윤상원 평전

윤상원 평전

김상집 지음

1980년 5월, 광주를 지킨
최후의 시민군 대변인 윤상원의 삶과 죽음

동녘

서문 | 윤상원 평전을 쓰면서

이 책은 역사를 바꾼 윤상원과 결사항전 주역들의 이야기다.

1980년 5·18민중항쟁은 광주를 비롯한 전남 전 지역의 무기고를 열어 군부 쿠데타에 항거한 전라 민중 무장봉기였다. 노동자·농민·청년학생·재야인사들이 항쟁의 중심에 섰음은 물론 경찰과 군인들까지도 항명하는 사태가 잇따랐으며, 방위병 상당수도 총을 들고 싸웠다. 이 항쟁의 한가운데에 전민노련 중앙위원이면서 시민군 대변인이었던 윤상원과 재야 수습위원 가운데 최연장자인 제헌의원 이성학 장로, 민주투쟁위원장 정상용, 민주투쟁위 기획위원 이양현 등이 있었다.

5·18민중항쟁 한복판에서 재야 수습위원회나 민주투쟁위원회로 결사항전을 이어갔던 민주 인사들은 1970년대에 이미 숱한 옥고를 치르면서 노동·농민·빈민·청년학생 운동을 이끌어왔다. 이 과정에서 종교계와 재야인사들 사이에 두터운 신뢰가 쌓였고, 이는 5·18민중항쟁 과정에서도 변하지 않았다.

1980년 5월 21일 낮 1시, 공수들의 집단 발포에 분노한 전라 민중들은 예비군과 함께 경찰서의 무기고를 열고 무장하기 시작했다. 무장 시민군은 무기와 탄약, 다이너마이트를 싣고 속속 광주로 몰려들어 공수들을 완전히 광주 외곽으로 몰아냈다. 그러자 5월 22일 아침부터 도지사와 관변 단체를 중심으로 수습위를 만들어, 장휴동 수습위원이 분수대에 올라서는 '총기 반납'을 요구했다. 이에 분노한 조선대생 김종배가 장휴동의 마이크를 빼앗아 총기 반납은 절대로 안 되며 "지난 며칠간 수많은 광주시민들이 군인들에 의해 죽었습니다. 이 상황에서 단순한 수습과 상황 종결만을 이야기해선 안 됩니다. 구체적인 방안이 제시되어야 합니다"라고 외쳤다.

이에 재야 민주 인사들이 나서 재야 수습위를 꾸렸고 이어 학생수습위가 등장했다. 마침내 함평으로 피신했던 정상용과 이양현이 광주로 돌아와, 녹두서점 일행과 청년학생들을 끌어 모아 재무장에 착수했다. 재야 민주 인사들은 계엄군의 탱크를 맨몸으로 막는 '죽음의 행진'을 했고, 예비군은 광주를 지키겠다며 총기 지급을 요구했다. '총기 회수'와 '재무장'이라는 입장 차이에도 불구하고 모두가 죽음을 각오했다는 것은 똑같았다. 학생수습위는 민주투쟁위로 재편되었고 여기서 결사항전을 결의하게 된다.

시민군의 결사항전은 살아남은 자들을 부끄러운 죄인으로 만들었고 반독재 민주화 투쟁의 원동력이 되었다. 결사항전의 주역들은 모두 죽거나 포로가 되었지만 감옥에서 나온 뒤에도 민주화 투쟁을 멈추지 않았다. 우리는 마침내 6월 민주항쟁의 승리를 일구어냈다.

이 글은 윤상원과 결사항전의 주역들이 1970년대부터 각 부문에서 어떠한 활동을 해왔으며, 이들의 노력으로 성장한 광주전남의 운동 역량이 어떻게 죽을 것이 뻔한 상황에서도 결사항전이라는 초인적 결단을 내릴 수 있었는지를 더듬어보는 과정이라 할 수 있다.

물론 '전라 민중의 무장봉기'라는 것이야말로 5·18민중항쟁의 본질이다. 수백만의 민중이 5·18민중항쟁의 주역이다. 이 글은 전라 민중 무장봉기라는 대서사시 가운데 결사항전이라는 화두를 붙잡고 놓지 않았던 사람들에 국한하여 정리한 이야기임을 이해하길 바란다.

차
례

프롤로그 | 최후의 항전

1980년 5월 18일부터 27일까지 이어진 광주 민주화운동은 대한민국 민주화 시위의 도화선이, 그리고 문민정권 수립의 핵심이 된 항쟁이었다. 오랫동안 '불순분자들의 반동' '김대중의 사주를 받은 폭력 시위'로 왜곡되었던 5·18은 문민정부가 들어서서야 진상이 알려지고 재평가되었다. 그 치열하고 위태로웠던 항쟁으로부터 40년이 훌쩍 지난 지금, 우리는 5월 27일의 마지막 순간으로부터 민주투쟁위와 시민군의 초인적 항쟁의 의미를 윤상원의 행적을 중심으로 더듬어볼 것이다.

시민군과 지도부인 민주투쟁위는 죽을 것을 뻔히 알면서도 왜 자리를 지켰을까? 죽음을 눈앞에 두고서도 의연히 맞서 싸울 수 있었던 그 힘은 어디서 나왔을까? 주축이 된 윤상원·정상용·이양현 등은 주위의 많은 동료와 선배들로부터 계엄군이 쳐들어올 경우 피신처를 제공할 테니 피신하라는 권유를 받았다. 그럼에도 12명의 도청 지도부는 아무도 이탈하지 않았고, 500여 명의 시민군은 의연하게 항전했다. 마치 죽음을 선택한 것처럼.

오후 6시

1980년 5월 26일 오후 6시경이었다. 300여 명이나 되는 예비군들이 수습대책위가 지키고 있던 전남도청 정문을 무너뜨리며 격렬하게 총기 지급을 요구했다. 이에 회의 중이던 수습위원회 위원들 가운데 김영철·정상용·이양현·윤상원·박남선 등이 '광주YMCA에 가 있으면 총기를 지급하겠다'고 약속했고, 예비군들은 광주YMCA로 물러가 대기했다.

이 일을 계기로 수습위원회는 곧바로 이어진 회의에서 '민주투쟁위원회'로 명칭을 바꾸고 결사항전을 결의하게 된다. 이 12명의 민주투쟁위원회 시민군 지도부는 '자정까지 전남도청을 비우라'는 계엄 당국의 최후통첩에도 불구하고 의연하게 27일 새벽 최후의 항전을 이어갔다.

윤상원은 학생수습위가 민주투쟁위로 명칭을 바꾸고 결사항전을 결의하자, 곧 외신 기자회견을 열었다. 기자회견 뒤에 대학생 시민군들이 도청으로 들어왔다. 그들에게 단단히 훈시를 한 다음 총기를 지급하여 도청과 외곽 곳곳에 배치했는데, 이때 이양현·윤상원·김영철 등은 무기고를 지키는 일이 매우 중요하다고 판단하고 민원실 2층 회의실 곳곳 창틀마다 시민군을 배치했다. 그리고 "여자들과 고등학생들은 집으로 돌아가 역사의 증인이 되어주십시오"라며 귀가를 종용했다. 나가지 않겠다고 버티는 고등학생들과 "우리가 나가불면 밥은 누가 짓습니까?"라는 여성들로 한동안 도청 안이 어수선했다.

이렇게 가지 않겠다 버티는 이들이 있는가 하면 보이지 않는 이들도 있었다. 서로 말은 안 했지만 누가 안 보이는지 알았고, 사람들이 하나둘 빠져나가면서 시민군은 동요했다. 국장실로 돌아온 이양현·김영철·윤상원·윤강옥은 시민군 배치 상황에 대해 의견을 주고받았다. 잠시 침묵이 흘렀고, 윤강옥이 이양현에게 말했다.

"형님 어쩌실라요?"

직접적인 표현은 아니지만 이미 지도부 몇 사람이 도청을 빠져 나간 것 같으니 우리도 나가야 하지 않느냐는 것이었다. 이양현이 말했다.

"아까 궐기대회 때 분수대에 올라가서 '최후의 일 인, 최후의 일 각까지 투쟁하겠다고 말해놓고 어쩌겠는가? 나는 여기 남을라네."

이양현의 굳은 결심을 확인한 윤강옥은 소파에 드러누우며 "나도 형님 뜻에 따를라요" 하곤 머리에 이불을 뒤집어썼다.

자정

자정, 계엄군의 침공을 알리는 사이렌이 울리자 이양현·윤상원·김영철은 무기고가 있는 민원실 2층으로 달려갔다. 당시 회의실은 밤낮없이 식당으로 사용했기 때문에 온종일 전등이 켜져 있었다. 시민군은 모든 창문 커튼을 내리고 총을 든 채 창문을 지키고 있었지만 불이 켜져 있어 공수들의 표적이 될 수 있었다. 김영철 기획실장과 여러 시민군이 "불 꺼! 불 불!"하고 소리쳤다. 하지만 스위치가 어디 있는지 찾을 수가 없었다. 기동타격대장 윤석루는 환하게 켜진 전등을 향해 M16을 발사하여 전부 꺼버렸다. 그제야 시민군들은 창틀 벽에 몸을 붙이고 창밖을 주시했다.

새벽 4시, 공수들의 '청소'

1980년 5월 27일 새벽 4시 '상무충정 작전'이 개시됐다. 도청 후문 상공에서 공수들이 헬기에서 낙하하며 시민군에게 총을 쏴대기 시작했다. 김인환의 증언에 의하면 헬기에서 로프를 타고 내려오며 자동으로 '드르륵, 드르륵' 총을 갈겨댔는데 총의 반동으로 빙글빙글 돌며 내려왔다고 한다. 이 사격으로 당시 김인환과 함께 있던 친구 서호빈이 중상을 입고 쓰러져 결국 사망했다. 시민군들을 사살하고 낙하한 공수들이 후문을 열자 도청 안으로 본진이 들어왔다. 그리고 곧장 경찰청과 본관 건물 1층을 장악했다. 잠시 후 2층으로 올라오기 시작해 별관 끝 계단부터 공격했다.

도 경찰국 사무실 수색을 전부 마친 공수대원들은 3층 건물의 옥상으로 올라갔다. 이 모습이 AP통신의 테리 앤더슨Terry Anderson의 눈에 포착됐다. 다음은 테리 앤더슨이 도 경찰국 건물과 약 15~20미터 가량 떨어진 외신기자 숙소 '대도호텔'에서 목격한 장면이다.[1]

---

[1] '대도호텔'은 도청 남쪽 옆 골목에 위치한 자그마한 3층 호텔이었는데 지금은 아시아문화전당 부지로 편입돼 건물이 사라졌다. 이날 밤 테리 앤더슨, 노먼 소프 등 외신기자 몇 명이 이 호텔에 투숙하여 호텔 옥상과 유리창 너머로 공수부대의 도청 진압 작전을 가장 가까이에서 관찰하였고, 이때 목격한 장면을 《5·18 특파원 리포트》(풀빛, 1997)에다 생생한 기록으로 남겼다.

도청 앞 계엄군 탱크.

"동트기 직전, 나는 공수부대원들이 조용히 도청 주변을 돌
아 사령부가 있던 건물로 돌격하는 것을 보았다. 전형적인
시가전 교본에 따라 그들은 빌딩의 꼭대기로 올라간 다음
한 층 한 층 내려오며 '청소'를 시작했다. 군인들은 방마다 충
격 수류탄을 던져 넣고 돌입하여 움직이는 것은 무조건 쏘
아댔다."[2]

　공수부대는 외신기자들에게도 M16을 난사했다. 날이 밝아오
자 테리 앤더슨은 겨우 15미터 정도 떨어진 건물 옥상에 공수부
대원 두 명이 서 있는 것을 보았다.[3] 테리 앤더슨이 사진을 찍기

[2]　테리 앤더슨, 〈날아오는 총알을 피하며〉, 《5·18 특파원 리포트》, 30쪽.
[3]　도 경찰국 건물 옥상 남쪽 끝인 것으로 추정된다. 테리 앤더슨과 대도호텔에 함께 투숙했던

위해 창문으로 조심스럽게 다가갔을 때 그 군인 두 명이 그를 향해 M16을 난사했다. 첫 번째 탄환이 테리의 귀에서 겨우 몇 센티미터 떨어진 곳에 맞았다. 그는 다른 특파원들이 웅크리고 있는 구석으로 순식간에 몸을 던졌다. 군인들이 쏜 총알이 기껏해야 나무와 진흙으로 이루어진 얇은 벽을 뚫고 마구 쏟아져 들어왔다. 외신기자들은 미친 듯이 복도로 뛰어 나갔다. 계엄 당국은 분명히 이 호텔에 특파원들이 묵고 있다는 사실을 알았을텐데도 아랑곳없이 쏘아댔던 것이다.

새벽 4시, 시민군의 대응

한편 그 시각 3공수 11대대 1지역대 2중대가 목표 지점인 도청 본관 침투를 위해 충장로 방향의 남쪽 담벽 가까이 접근했을 때, 골목 건너편에서 웅성거리는 사람들 목소리가 들렸다.[4] 어두워서 누군지 분간이 되지 않았다. 가까이 접근할 때까지 기다렸다가 "여섯" 하고 말했다. "셋" 하는 대답이 돌아왔다. 그날 밤 공수부대의 암구호는 양측의 숫자를 합해서 아홉을 만드는 것이었다. 도청 부근에 먼저 도착한 중대와 만난 것이다. 잠시 후 계속 나아가는데 갑자기 총성이 들렸다.[5] 총소리가 잠잠해지기를 기다렸다가 다

노먼 소프는 2016년 5월 구 도청 본관 건물 옥상에 올라가서 1980년 5월 26일 밤 외신기자들이 투숙했던 호텔과 공수부대의 진압 장면 목격 위치를 정확하게 알려줬다.

4   김○○(남형), 3공수 11대대 1지역대 2중대장, 검찰 진술조서, 1996.1.26. 2중대장은 지역대장으로부터 새벽 2시에 조선대를 출발, 4시까지 도청 진압 작전을 종료하고 신호탄을 올리라는 지시를 받았다고 검찰에서 진술했다. 특전사 전투상보에 적힌 것보다 한 시간가량 앞선 시각이다.

시 전진하느라 예정 시각보다 늦게 목표 지점인 도청의 남쪽 측면 대도호텔 방향의 담벼락 밑에 도착했다. 지역대장이 왜 이렇게 늦었느냐고 질책했다.

> "시간을 많이 지체하였고, 도청 담에 도착하여서 지역 대장을 만나 독촉을 받았으므로 저희 중대는 도청에 오자마자 곧 담을 넘어 들어갔습니다. 저희가 좀 늦어서인지 마당에는 아무도 없었습니다. 저희는 도청 옆 담을 넘어 들어갔는데, 뒷문이 없어서 도청 뒤편 건물의 유리창을 깨고 들어갔습니다. 마침 그 방에는 아무도 없었으며, 곧 계단을 통하여 2층으로 올라갔습니다."[6]

원래 도청 본관은 3층 건물로 1층에는 서무과 등 행정부서 사무실, 2층에는 임원실, 3층에는 직능 부서 사무실과 회의실이 있었다. 도청 건물은 뒤쪽에 있는 경찰청 건물과 양 옆의 부속 건물들이 통로로 서로 연결돼 마치 가운데를 비워둔 중세 유럽의 성 같았다. 본관 각 층은 정문에서 들어서면 중앙 계단을 통해 접근할 수 있었고, 각 층마다 긴 복도가 있어 칸을 나누어 업무 공간으로 사용했다. 항쟁 지도부는 본관 1층 사무실을 상황실과 조사실 등으로 사용하고, 2층 도지사실과 부지사실, 국장실 등은 본부 사무실로 사용했다. 2층 공간은 복도가 길고, 각 사무실 문 안쪽

---

5   새벽 4시 10분경 도청 뒷골목에서 미리 접근한 계엄군을 발견하고 경계 중이던 시민군과의 교전에 따른 총성, 혹은 11공수여단이 도청 앞 분수대 부근을 통과하면서 화분대 뒤에 숨어 있던 시민군에게 쏜 총성으로 추정된다.

6   김○○, 3공수 11대대 1지역대 2중대장, 검찰 진술조서, 1996.

의 비서가 근무하는 좁은 부속실 공간을 거쳐 다시 문을 열고 들어가야만 집무실에 닿는다. 본관 1층의 남쪽으로는 해방 후 지은 4층 높이의 별관 건물이 일제 때 지어진 본관 건물과 도경 건물을 연결하고 있다.

공수가 본관을 공격해 들어올 때 이종기 변호사와 위원장 김종배, 부위원장 정상용·허규정, 상황실장 박남선, 총무 정해민, 기획위원 윤강옥, 민원부장 정해직 등 주요 간부들과 상황실 및 조사반에서 활동했던 대원들, 그리고 비상이 걸리자 YMCA에서 도청으로 들어온 시민군 지원병들에다 도청 앞 광장 분수대 주위에 숨어 있던 시민군 일부도 도청 본관으로 쫓겨 들어온 상태였다.

1층에서 올라온 박남선은 2층 복도의 유리창을 전부 깨라고 소리쳤다. 시민군들은 깨진 유리창에다 카빈 총을 거치하고 밖을 내려다보았지만 아직 동트기 전이라 아무것도 분간할 수 없는 상태였다. 박남선은 평소 권총 1정을 가지고 다녔으나 비상이 걸리자 카빈 소총과 실탄으로 무장했다.

공수부대 2중대장은 2층으로 올라갔을 때 6~7명 정도의 시민군이 복도 창문 옆에 서서 바깥을 향해 총을 겨누고 있는 모습을 보았다. 총을 몇 발 쏘자 복도에 있던 사람들 모두가 총알을 피하기 위해 순식간에 사무실로 들어가버렸다. 남쪽 별관 건물의 계단에 진입한 2중대는 재빨리 옥상으로 올라가 옥상을 점령한 다음 위층부터 아래로 훑어 내려왔다.

최후의 저항

2층 복도에서 창문 밖으로 총을 쏘던 시민군들은 대부분 사무실 안으로 몸을 숨겼으나 용감한 기동타격대원들은 총을 쏘며 강력히 저항했다. 그러나 섬광탄이 터지며 앞을 볼 수 없게 되자 기동타격대원들은 도청 본관 쪽으로 밀리기 시작해 민원실까지 밀려났다.

윤상원은 본관 건물과 민원실 2층을 잇는 복도, 경찰청 건물과 민원실 2층을 잇는 복도의 교차점을 지키고 있었다. 민원실 건물 자체가 둥그스름하게 지어졌는데, 민원실 2층에서 경찰청과 본관을 잇는 복도의 교차점에는 각각 창문이 세 개씩 있었다. 맨 앞 창문에 민주투쟁위 대변인 윤상원이 서고 바로 뒤 창문에서는 민주투쟁위 기획위원 이양현이 창문 밖을 향해 총을 겨누고 있었다. 그 뒤 창문을 민주투쟁위 기획실장 김영철이 지켰다.

이양현은 언제 죽을지 모른다는 생각에 침묵을 깨고 윤상원에게 말했다.

"자네하고 함께 했던 그동안의 삶이 즐거웠네."

윤상원은 뒤로 고개를 돌리며 대답했다.

"이제 우리 저승에서 만납시다. 저승에서도 사회운동을 계속합시다."

둘은 서로의 눈을 마주보며 씨익 웃었다.

본관 1층과 경찰청 건물 1층에서 산발적으로 총성이 울리더니 마침내 2층으로 총성이 올라오기 시작했다. 잠시 후 본관 건물 2층에서 기동타격대장 윤석루와 부대장 이재호를 비롯한 기동타격대원들이 우르르 회의실 안으로 쏟아져 들어왔다. 한참 뒤 경찰청 건물에서 시민군 두 명이 잇따라 뛰어오더니 회의실 안으로 피했다.

곧바로 윤상원이 M16에 하복부를 맞아 쓰러지고 그 뒤에 있던 이양현과 좌측의 김영철이 윤상원을 부축하여 회의실 안으로 데려왔다. 당시 민원실 회의실은 시민군의 식당으로 사용하고 있으면서 밤에는 바닥에 이불을 깔고 쪽잠을 자기도 하는 곳이었다. 이양현은 김영철과 함께 바닥에 이불을 깔고 윤상원을 그 위에 눕혔다. 윤상원은 의식이 없는 채 왼손으로 총에 맞은 하복부를 꾹 누르고 있었다.

함락

공수들은 민원실 건물 2층 회의실의 도청 안쪽 테라스를 타고 쳐들어왔다. 회의실 창문마다 커튼이 쳐져 있어서 공수들도 안을 들여다볼 수 없었다. 공수들은 창문 벽 뒤로 몸은 숨기고 섬광탄을 터트리며 M16만 창 안에 들이댄 채 자동으로 '드르륵 드르륵' 난사했다. 회의실 안에 있던 시민군은 황급히 회의실을 나와 일부는 1층으로 내려가 민원실 건물을 빠져나갔고, 1층에 공수들이 있다고 생각한 시민군들은 1층으로도 내려가지 못하고 회의실 문밖 복도에 몰려 우왕좌왕했다. 다급한 열댓 명이 화장실 안으로 들어갔고 김영철은 계단 복도 창틀 밑에 바짝 붙어 창틀 밖 테라스를 향해 계속해서 총을 쏘았다. 바로 그 뒤에서 이양현은 '엎드려 총'

上 무색 꽃우늬
下 비비군복.

진압 작전에 희생된 시민군들.

자세를 취하고 있었다. 갑자기 창틀 밖에서 공수가 M16만 창 안에 들이대고 김영철이 몸을 붙이고 있는 창틀 안쪽을 자동 난사했다. 그때마다 김영철도 같이 창밖을 향해 카빈 총을 단발로 쏘아댔다. '드르륵, 빵!' '드르륵, 빵!' 소리가 시간차를 두고 서너 번 반복되었다. 바닥에 엎드려 총을 쏘던 이양현은 콘크리트 바닥에서 튄 유탄에 맞은 줄도 모르고 있다가 어느 순간 눈이 보이지 않아 비벼보니 핏물에 눈이 가려져 있었다. '아 내가 총에 맞았구나' 생각한 이양현은 "항복, 항복!" 소리치며 앞에서 총을 쏘고 있는 김영철 기획실장에게 "형님, 항복합시다. 항복!" 하고 외쳤다.

"밖으로 총 던져!"라는 공수들의 말에 김영철과 이양현은 총을 밖으로 던지고 끌려 나와 항복했다. 김영철이 창틀 바로 밑에서 손을 들고 나가자 테라스에서 창틀 벽에 몸을 붙이고 있던 공수 중사가 "어? 너 안 죽었어?" 하며 도리어 깜짝 놀랐다. 이양현과 김영철을 바닥에 엎드리게 한 뒤 공수들은 회의실 문 앞 복도로 들어가지 못하고 테라스에서 몸을 숨긴 채 화장실을 향해 계속해서 총을 난사했다. 이는 10여 분이나 계속됐다. 이진호와 김관근 등 시민군 열댓 명은 화장실 바닥에 납죽 엎드려 총알을 피하고 있었다. 공수들은 저항 사격이 없자 "항복하라, 항복하면 목숨만은 살려준다"라는 말을 반복하여 외쳤다. 그래도 반응이 없자 다시 총을 난사하고 잠시 뒤 다시 "항복하라, 항복하면 목숨만은 살려준다"라고 반복해 외쳤다. 얼마나 총을 난사했던지 화장실 문 가운데가 뻥 뚫린 것은 물론 화장실 안쪽 벽이 총알에 의해 움푹 팼다.

화장실 안은 벽면에서 튄 시멘트 가루와 유탄으로 아수라장이었다. 화장실에 갇힌 시민군들은 누구도 선뜻 항복하지 않았다. 10여 분이 지난 뒤에야 한 명이 총을 밖으로 던지고 나가 투항했지만 나머지는 자칫하면 총에 맞을까 두려워 쉽사리 항복하지 않았다. 마침내 하나하나 나가기 시작하여 맨 마지막으로 이춘봉과 이관근이 항복함으로써 전투는 끝났다.

끌려 나온 이들은 모두 바닥에 엎드려 있었다. 민원실 2층의 테라스 곁으로 소나무 한 그루가 솟아 있었는데 공수들은 사로잡은 시민군들에게 그 소나무를 타고 내려가라고 명령했다. 그러지 않으면 여기서 죽이겠다는 말에 김영철이 먼저 소나무를 타고 내려갔고 이어서 이양현과 사로잡힌 시민군들도 차례차례 소나무를 타고 내려갔다.

소나무 밑에서는 공수들이 대기하고 있다가 내려오자마자 손과 발을 묶고 발 사이로 포승줄을 걸어 목이 뒤로 젖혀지도록 단단히 당겨 묶었다. 숨을 쉬려면 몸을 등 뒤로 활처럼 굽힌 채 버티고 있어야 했다. 얼굴과 온몸으로 발길질과 개머리판이 날아왔다. 한참을 두들겨 패곤 목과 발목 사이의 줄을 약간 풀어준 다음 낮은 포복으로 도청 문밖까지 기어가게 했다. 도청 문밖까지 기어 나가는 동안에도 개머리판 구타와 발길질이 계속되었다.

이 민원실 2층 전투를 끝으로 전남도청은 함락되었다.

1장 | 한국사회의
현실에 눈뜨다

1975년 군에서 제대한 윤상원은 2학기에 전남대 정치외교학과에 복학한다. 윤상원은 전남대 정문 부근 중흥동에 단칸방을 얻어 동생들과 함께 자취를 했다. 자신이 다녔던 살레시오고등학교 뒤로부터 전남대 정문 부근 집 앞까지는 논두렁이 펼쳐져 있었다. 당시 그의 목표는 외무고시 패스였다. 거의 매일 전남대 도서관에서 공부를 하며 지냈고, 지친 몸을 추스르기 위해 테니스를 쳤다. 교정에서 윤상원은 한 손에는 《타임》지를, 다른 한 손에는 테니스 라켓을 들고 다니며 외교관으로서 꼭 필요한 영어 공부와 운동을 병행했다.

겨울방학이 됐을 때 윤상원은 친구 김석균과 황철홍의 권유로 김상윤을 만나게 된다. 선배 김상윤은 1974년 민청학련 사건으로 구속되었던 인물이고, 1975년 2월 16일 광주교도소에서 출소했다. 김상윤의 출소로부터 열 달쯤 되던 때였다. 외무고시를 준비하던 윤상원은 민청학련에 대해 신문·방송에 나오는 피상적인 내용 정도만 알았고, 당시 광주일고 학생들의 무더기 제적 사태도 뉴스로 접했지만 구체적인 내용은 몰랐다.

인혁당 사건

유신 이후 체제에 대한 반대 투쟁이 본격화하자 박정희는 1974년 4월 3일, '특별담화'를 발표했다. 담화의 요지는 '전국민주청년학생총연맹(약칭 민청학련)이라는 지하 조직이 불순 세력의 배후 조종 아래 사회 각계각층에 침투해 인민혁명을 기도한다'는 것이었다. 4월 25일 중앙정보부는 수사 상황을 발표하며 민청학련을 '공산주의 사상을 가진 학생을 주축으로 하여 정부를 전복하려는 불순 반정부 세력'이라 규정했다. 이와 관련해 긴급조치 제4호 및 국가보안법 등을 위반한 혐의로 1024명이 '영장 없이' 체포되고, 그중 253명이 군법회의 검찰부에 구속 송치되었다.

또한 5월 27일 비상 보통군법회의 검찰부는 민청학련의 배후에 '인민혁명당 재건위원회'가 있고, 이들이 인혁당을 재건해 민청학련의 국가 전복 활동을 지휘했다고 발표한다. 이것이 곧 세칭 '인혁당 재건위원회(제2차 인민혁명당) 사건'이다.

7월 11일 비상 보통군법회의 재판부는 군 검찰부의 구형대로 인혁당 재건위 사건 관련자 21명 가운데 서도원·도예종 등 8명에게는 사형을, 김한덕 등 7명에게는 무기징역을, 나머지 피고인 6명에게는 징역 20년을 선고하였다. 7월 13일에는 민청학련 사건 관련자 32명 가운데 이철·이현배 등 7명에게는 사형, 나머지 관련자에게는 무기징역(7명), 징역 20년(12명), 징역 15년(6명) 등이 선고됐다. 그러나 이들 민청학련 사건 관련자들은 대부분 1975년 2월 15일 대통령 특별조치에 의한 형집행정지로 석방되었다.

형 확정 18시간 만의 사형 집행

비극적인 사건은 1975년 4월 8일 오전 10시에 벌어졌다. 인혁당 재건위 사건 관계자 등 39명에 대한 선고 공판에서 대법원 전원 재판부(재판장 민복기 대법원장)는 피고인은 물론 변호인조차 없는 상태에서 상고를 기각했다. 분노한 가족들의 절규와 항의가 이어졌지만 18시간 후인 4월 9일 새벽 사형이 집행되었다.

민청학련 사건으로 유죄 판결을 받은 도예종 등 13인.

이날 국가에 의해 살해된 서도원(53세, 전《대구매일신문》기자), 김용원(41세, 경기여고 교사), 이수병(40세, 일본어학원 강사), 우홍선(46세, 한국골든스템프사 상무), 송상진(48세, 양봉업), 여정남(32세, 전 경북대 학생회장), 하재완(44세, 건축업), 도예종(52세, 삼화토건 회장) 등 8명은 4월 혁명을 거치면서 사회변혁 운동에 나선 이들이었으며, 5·16 쿠데타 이후 일관되게 박정희 독재와 싸워온 통일운동가들이었다. 서도원과 이수병 등은 쿠데타 직후에, 도예종·김용원·우홍선·송상진·하재완 등은 1964년 제1차 인혁당 사건 당시에 각각 투옥된 바 있었다. 여정남은 경북대 총학생회장을 지내면서 한일회담 반대 시위를 주도했다(1964년은 박정희가 주도한 한일회담이 재개되자 그 반대 운동이 전국적으로 확산하던 시기였다. 제1차 인혁당 사건은 당시 중앙정보부에서 "북한의 지령을 받고 국가 변란을 기도한 남한 내 지하조직 '인민혁명당'을 적발했다"고 발표하면서 시작되었다. 그러나 검찰이 증거가 없다며 기소를 거부하는 등 무리한 수사로 국민의 지탄을 받으며 사건은 일단락되었다).

이틀 뒤인 1975년 4월 11일, 서울대생 김상진(1949년생)이 유신 철폐를 주장하며 할복 자결했다. 광주일고에서는 김상진 열사를 위한 학생 추모 시위를 주동하던 3학년 박석면이 제적(4월 15일)되었다. 이어 4월 30일 시위 계획이 발각돼 광주일고 2~3학년 40여 명이 경찰에 불법 연행돼 구타·고문을 당했고, 최수일·오순기·황광우 등 주동자 3명은 구속됐다. 당시 17~18세였던 학생 17명(박석면 포함)이 긴급조치로 집단 제적된 것은 "한 사람이 누려야 할 고교 시절의 삶을 강탈해 간 일종의 시한부 사형"이었다. 최수일 등 고등학생 세 명은 광주교도소의 0.9평짜리 징벌 방에 수

감됐다. 이러한 사건을 계기로 유신헌법 철폐와 정권 퇴진을 요구하는 민주화운동이 더욱 거세게 일어나자, 박정희는 5월 13일 유신헌법에 대한 일체의 언급이나 논의를 금지하는 긴급조치 9호를 발표했다.

긴급조치 9호는 다음과 같다.

① 다음 각 호의 행위를 금한다.
가. 유언비어를 날조, 유포하거나 사실을 왜곡하여 전파하는 행위.
나. 집회·시위 또는 신문, 방송, 통신 등 공중 전파 수단이나 문서, 도화, 음반 등 표현물에 의하여 대한민국 헌법을 부정·반대·왜곡 또는 비방하거나 그 개정 또는 폐지를 주장·청원·선동 또는 선전하는 행위.
다. 학교 당국의 지도, 감독 하에 행하는 수업, 연구 또는 학교장의 사전 허가를 받았거나 기타 예외적 비정치적 활동을 제외한 학생의 집회·시위 또는 정치 관여 행위.
라. 이 조치를 공연히 비방하는 행위.

② 제1을 위반한 내용을 방송·보도 기타의 방법으로 공연히 전파하거나, 그 내용의 표현물을 제작·배포·판매·소지 또는 전시하는 행위를 금한다.

③ 재산을 도피시킬 목적으로 대한민국 또는 대한민국 국민의 재산을 국외에 이동하거나 국내에 반입될 재산을 국외에 은닉 또는 처분하는 행위를 금한다.

④ 관계 서류의 허위 기재, 기타 부정한 방법으로 해외 이주의 허가를 받거나 국외에 도피하는 행위를 금한다.

⑤ 주무부 장관은 이 조치 위반자, 범행 당시의 그 소속 학교·단체나 사업체 또는 그 대표자나 장에 대하여 다음 각 호의 명령이나 조치를 할 수 있다.

가. 대표자나 장에 대한, 소속 임직원·교직원 또는 학생의 해임이나 제적의 명령.

나. 대표자나 장·소속 임직원·교직원이나 학생의 해임 또는 제적의 조치.

다. 방송·보도·제작·판매 또는 배포의 금지 조치.

라. 휴업·휴교·정간·폐간·해산 또는 폐쇄의 조치.

마. 승인·등록·인가·허가 또는 면허의 취소 조치.

긴급조치 9호가 선포되었을 때의 신문 기사. 헤드라인에 "국가안보·공공질서 위한 긴급조치 9호 선포"라고 적혀 있다.

김남주와 카프카 서점

윤상원은 바로 이 시점에 복학한 것이다. 민청학련으로 제적되었던 학생들은 수시로 학교 안팎에서 친구나 선후배들을 만나 시국을 논하고 있었다. 윤상원은 친하게 지냈던 김석균과 황철홍을 통해 김상윤을 만나 충격적인 진실들을 마주하고, 부당한 사회 현실에 눈을 뜨게 된다. 1976년 초 열혈 청년 윤상원은 곧바로 양승현, 신정식, 이현우 등과 함께 학습 팀을 꾸려 두암동에 있는 김상윤의 집에서 체계적인 지도를 받게 된다.

윤상원이 김상윤에게 받았던 지도, 즉 의식화 학습을 가장 먼저 강조한 사람은 김남주 시인이었다. 김남주 시인은 1975년 궁동 동부경찰서 부근에 '카프카'라는 광주 최초의 사회과학 서점을 열었다. 그는 문학도답게 주로 창작과비평 사의 서적을 취급했고, 몰래 금서들을 공급했다. 당시 창작과비평 사에서는 1974년 이미 리영희 선생의 《전환시대의 논리》를 펴냈다. 《창작과 비평》 1975년 봄호에는 김지하 시 〈빈 산〉 〈모래내〉 〈어름〉 〈1974년 1월〉 〈불귀〉 〈기마상〉 등이 발표되었으나 긴급조치 9호가 선포되자 곧바로 잡지가 회수되었다. '창비시선'으로 3월에 신경림 시집 《농무》와 5월에 조태일 시집 《국토》가, 6월 《신동엽 전집》이 간행되어 날개 돋친 듯 팔려나갔다. 그러나 《국토》 《신동엽 전집》과 리영희의 〈베트남전쟁 Ⅲ〉이 실린 《창작과비평》 여름호가 7, 8월에 잇따라 문화공보부로부터 판매 금지 처분을 받았다. 판매 금지된 국내 저작뿐 아니라 카프카 서점에는 1960년 4월 혁명 당시 나온 C. 라이트 밀스의 《들어라 양키들아》, 찰스 메이어가 쓴 《체 게바

라의 일기》, 파울루 프레이리의《페다고지》등 영어·일본어 원서
들도 많았다.

이러한 금서들은 서점 안 방으로 들어가기 전 딛고 올라서야
하는 작은 한 줄짜리 우물마루 속에 숨겨져 있었다. 김남주 시인
은 그때그때 이 우물마루를 열어 금서들을 빌려주거나 팔았다. 그
러나 김남주의 카프카 서점은 1976년 4·19를 맞이하여 교내 1인
시위를 벌인 전남대생 김영종의 기독학생회가 노출되면서 1년여
만에 문을 닫아야 했다.

최초의 의식화 학습 커리큘럼

의식화 학습을 강조한 사람이 김남주였다면, 이를 체계화한 사람
은 김상윤이었다. 김상윤은 체계적인 커리큘럼의 필요성을 느끼
고, 분야별로 필요한 책들을 정해서 한 권 한 권 독파해나갔다. 책
은 김상윤이 직접 헌책방과 도서관을 뒤져 구해 왔고, 모두 함께
정독하며 공부했다. 아마 '의식화 학습 커리큘럼'이 최초로 만들
어졌다고 보아도 무방할 것이다.

김남주 시인이 카프카 서점을 연 덕분에 책 공급은 어느 정도
이루어졌지만, 이 책 저 책을 읽으며 학습하다 보면 운동의 전체
를 이해하지 못하고 부분적으로만 이해하거나 맥락이 끊기거나
중복되는 경우도 있었다. 그러던 차에 카프카 서점마저 문을 닫은
것이다. 이에 김상윤은 동학으로부터 시작되는 한국근현대사,《조
선 후기 농업사 연구》로부터 시작되는 한국경제사를 꼼꼼히 학습

시켰다. 그런 뒤 노동·농민·혁명사 등 부문별로 책을 선정했다. 갑오년의 동학농민혁명과 위정척사파의 의병전쟁, 개화파의 사상과 흐름을 이해하는 데에만 10여 권의 책을 독파해야 했을 정도로 학습 강도가 높았다.

민청학련 동지들을 만나다

의식화 학습이 진행되면서 윤상원은 차츰 민청학련 동지들을 만나게 되었고 이들의 헌신적인 삶을 알게 된다. 민청학련으로 구속되었다가 1975년 형집행정지로 석방된 학생들은 윤한봉·이강·김상윤·김정길·박형선·문덕희·윤강옥·최철·이학영·박진·성찬성·유선규·이훈우·정환춘·하태수·전영천 등 16명이었다. 이외에도 기소되지는 않았으나 연행되어 조사받은 김윤환이 있다. 한편 이현택과 한국기독학생총연맹KSCF 광주연합회 염기열 회장, 김덕태, 한삼희, 임은희 등은 1973년 천주교 광주교구 피정센터에서 나상기 전국 회장이 김지하·이창복·김민기를 강사로 초빙하여 전국총회 겸 교육을 한 사건으로 무려 한 달 넘게 정보부에 끌려가 조사를 받았다. 또한 한국기독학생총연맹은 나상기 회장을 필두로 나병식, 황인성, 김경남 등이 민청학련의 핵심으로 참여하고 있었다. 민청학련이 반反정부 시위 실패시 2단계 시위를 계획했다는 내용이 나왔기 때문에, 한국기독학생총연맹 광주연합회 임원들은 끌려가 민청학련 재판정에도 증인으로 출두하는 등 고초를 겪었다. 이들은 석방된 뒤 당국의 감시에도 아랑곳하지 않고 거의 매일 학교를 드나들며 학생들을 만나 시국을 논했다. 윤상원이 김상윤과 함께 5인으로 조를 꾸려 학습하는 동안 민청학련 건으로 석방된 학생들은 이외에도 많은 학생들을 만나고 있었다.

윤한봉은 출소 이후 계림동 목재골목 안쪽에 자취방을 얻어, 주로 민족사회연구회를 중심으로 모였다. 전남대 최초의 사회과학 동아리인 민족사회연구회(약칭 민사연)는 1971년 '교련 반대 운동'으로 정상용·김진이 퇴학당하면서 이양현·김정길·문덕희·김석중·조천준·박형선·김창남 등이 모여 만든 것이다. 1972년 전남대학교 본부에서 명칭을 문제 삼자 '교양독서회'로 바꾸었으나 그 구성원들은 여전히 민사연이라는 이름으로 모였다. 여기에 윤한봉·오재일·유선규·문덕희·이훈우·정환춘·오국영 등이 참여하여 모두 20명 정도였다.

민사연에서는 수많은 독서토론회를 열었다. 동학, 3·1운동, 4·19에 대하여, 《역사란 무엇인가》나 《후진국경제론》 등을 읽고 토론했다. 학내에서 감시가 심해지자 태극당이라는 제과점에 모여 클래식 음악을 듣는 척하며 학습을 이어나갔다.

이 민사연에서만 민청학련에 참여한 학생이 윤한봉·김정길·박형선·문덕희·유선규·이훈우·정환춘 등 7명이나 되었다. 정상용·이양현 등은 이미 교련 반대 중간고사 거부 시위로 군대에 강제 징집되어 학교에 없었기 때문에 연루되지 않았을 뿐이었다. 출소한 윤한봉의 자취방은 늘 많은 학생들로 북적였다.

민사연과 함성지 사건

민사연에는 김정길이 소속돼 있었는데, 그는 이강·김남주 등과 함께 1972년 12월 8일 함성지 사건을 주도했다. 전남대 함성지 사건은 1972년 10월 유신 선포 이후 전국에서 최초로 일어난 반유신 운동이었다. 박석무·이강·김남주·김정길·이정호·이평의·김용래·윤영훈·이황 등은 국가보안법 및 반공법 위반 혐의로 구속 기소되었고, 이정·김덕종·이경순·강희순·이개석·이재은도 동일한 죄명으로 불구속 기소되었다.

민주화운동기념사업회에서는 "1973년 4월 남산 야외음악당 개신교 부활절 연합예배 사건은 반유신 운동이 최초로 표면에 떠오른 사건이라는 점에서 주목할 만하다"라고 기록했으나, 나중에 한국기독교교회협의회NCC에서 나온 민주화 운동사에서는 함성지 사건을 전국 최초의 반유신 운동이라고 기록하고 있다.

박석무가 1심에서 무죄 판결을 받고, 김정길은 집행유예를 받아 석방되었다. 1973년 12월 28일 이강과 김남주는 2심에서 집행유예를 받아 석방되었다. 이강과 김정길은 출소 후 이기홍 변호사의 사무실에서 일을 도와주고 있었는데, 서울에서 이철·황인성이 찾아와 얼굴이 알려지지 않은 자로 함께 일할 사람을 추천해 달라고 말했다. 이것이 전남대와 조선대 민청학련 조직의 출발점이었다.

윤한봉은 1975년 4월 민청학련 석방자들을 모아 신광교회에서 전국 최초로 '전남민주회복구속자협의회'를 창립했다. 전남 지역 민청학련 사건 구속자들의 생활을 지원하고 아직 감옥에 남

은 이들을 옥바라지하기 위한 모임이었다. 윤한봉은 구속자협의
회를 만들고 운영하는 과정에서 조직가로서의 탁월한 면모를 보
여주었다. 법조계에서는 홍남순과 이기홍 변호사, 학계에서는 안
진오와 송기숙 교수, 기독교계에서는 이성학과 조아라 장로, 이애
신 총무, 강신석 목사가 함께 했다. 가톨릭계에서는 김성용 신부
와 조비오 신부, 문화계에서는 황석영과 문병란 등의 작가들이 모
였다. 전남민주회복구속자협의회의 구성원은 모두 5·18민중항쟁
당시 예비검속되거나 구속되었다. 당시 광주에 없었던 황석영만
이 구속을 면했다. 이후 황석영은《죽음을 넘어 시대의 어둠을 넘
어》를 발간할 때 공저자로 이름을 올림으로써 5·18 당시 구속되
지 않았던 것에 대한 면죄부를 받는다.

박정희 암살단

1975년 4월 9일 새벽, 서울구치소에서 이른바 인혁당 재건위 사
건으로 사형을 선고받은 8명에 대한 사형이 집행되었다. 4월 8
일 판결이 확정된 뒤 불과 18시간 만이었다. 전남대 문리대 문학
부 앞 등나무 벤치에 있던 윤한봉·김남주·이학영은 인혁당 동
지들이 사형당했다는 소식을 듣고 경악했다. 설마 대법에서 상
고가 기각되자마자 형을 집행하리라고는 아무도 예상하지 못했
던 것이다. 스위스 제네바에 본부를 둔 국제법학자협회International
Commission of Jurists에서 이날을 '사법사상 암흑의 날'로 규정한 것은
그것이 유신 독재 정권에 의한 명백한 '사법 살인'임을 보여준다.

사실 민청학련 사건 자체가 고문으로 날조된 조작이었기 때문에 민청학련 관련자들은 가혹한 고문 조작 과정을 잘 알았다. 인혁당 관련자들의 형 집행 소식에 이학영은 그대로 머리를 움켜쥐고 통곡했다. 윤한봉은 분노로 치를 떨며 벌떡 일어나 맹세했다. "내 한 몸 다 바쳐 이놈의 독재 정권, 학살 정권과 맞서 싸우겠다."

유신헌법에 따라 통일주최국민회의 대의원만이 장충체육관에 모여 대통령을 뽑기 때문에 박정희가 실질적 종신 대통령이나 다를 바 없는 현실에서, 윤한봉은 이 나라의 민주주의를 바르게 세우기 위해서는 박정희를 암살하는 수밖에 없다며 울분을 토하고는 하였다. 당시 윤한봉의 자취방은 계림동오거리 부근에 있어 민족사회연구회 회원들뿐만 아니라 윤한봉을 존경하는 많은 후배들이 찾아왔다. 민사연을 처음 만들었던 정상용과 이양현은 윤한봉의 울분에 찬 외침에 마음이 움직였다. 한동안 이 두 사람도 유신헌법을 철폐하고 민주 정부를 수립하기 위해서는 박정희가 죽어야 한다고 생각했다. 더욱이 1974년 8월 15일 광복절 행사에서 문세광이 박정희를 암살하려다 육영수가 사망한 사건이 있었기에 박정희 암살 모의가 자연스럽게 이루어졌다.

국회 점거 계획에서 암살 모의로

암울한 군부 독재와 긴급조치로 모든 집회와 사적인 대화까지 처벌 대상이 되는 상황에서 정상용·이양현 등은 민주 정부 수립을 위해 무언가 돌파구를 찾지 않으면 안 되었다. 이들은 국민들의 공감을 얻으면서 가급적 많은 사람들에게 민주주의를 알릴 수 있는 방법으로 국회 점거를 결심하기에 이른다. 국회를 점거하기 위해서는 몇몇 사람들만으로는 어림없었고 많은 사람들이 필요했다. 그리하여 이양현은 서울로 올라가 노동자들을 조직하겠다는 꿈을 안고 상경할 계획을 세우게 된다.

그러던 중 정용화가 전투경찰로 군대에 갔다가 휴가를 나왔는데, 청와대 특경대에 근무하면서 박정희 대통령이 진돗개를 끌고 자기가 보초를 서던 초소 앞을 산책하는 모습을 보았다는 얘기를 자랑스럽게 늘어놓았다. 그러자 박정희 암살을 꿈꾸고 있던 이양현이 곧바로 정용화를 봉심정으로 불러들여 박정희 대통령 암살 모의를 부탁했다. 정용화는 선배들이 청와대의 경비 방식이나 전투 능력을 잘 알지도 못하면서 박정희를 암살하라는 요구를 하자 난감해하며 특경대의 규모와 전투 능력을 대략 설명하였다. 그러자 이양현은 말했다.

"걱정 말고 박정희가 진돗개를 끌고 네 초소 앞을 지나가면 빵 쏴부러라."

정용화는 하도 답답하여 "저는 어떡하고요?"라고 물었다. 김남주가 말했다.

"어차피 특경대 보초 시간은 정해져 있을 것이고, 우리가 그 초소 위치를 알고 있으니까 앞으로 날마다 네 초소 부근에 대기하고 있을란다. 총소리가 나면 잠깐 혼란스러울 것이고 얼른 그 틈을 타서 틀림없이 너를 구출해내겠다. 일단 박정희가 죽고 나면 유신 체제도 종식되고 그러면 민주헌법으로 바뀌어서 국민투표를 통해 민주 정부가 수립될 것이고 민주 정부가 되면 우리가 너를 얼마든지 지켜줄 수 있다."

　말문이 막힌 정용화는 아무 말도 하지 못한 채 부대로 복귀했고, 다음 휴가는 아예 나가지 않았다. 정용화는 김남주·정상용·이양현 등 존경하는 선배들의 굳은 의지를 보고는 처음에는 자신이 이 중차대한 임무를 수행해야 한다고 생각했다. 그리고 청와대로 복귀하여 암살할 기회만을 노렸다. 드디어 기회가 몇 번 오기도 했지만 시간이 지날수록 용기가 나지 않았다. 청와대의 일상은 안락한 가정처럼 평온했다. 결국 정용화는 임무 수행을 포기했다.

　이 박정희 암살 모의는 워낙 중대한 사안인지라 운동권 내에서 철저히 비밀에 붙여져 다행히 기관원의 귀에까지는 미치지 못했다.

2장

1970년대
활동가들과의 교류

윤상원은 민청학련 선배들 외에도 여러 선배 활동가들과 교류했고, 또 각종 단체와 관계를 맺었다. 윤상원이 활동가로서 성숙해 가던 시절에 만나고 관계 맺은 이들에 대해 잠시 짚어본다.

'광랑'과 최철

최철은 이미 광주일고 재학 시절 '향토반'이라 등록된 '광랑' 서클에 속해 있었다. 광랑에서는 매주 책을 선정하여 독서토론을 통해 역사와 현실에 대해 공부했다. 또한 방학 때면 농촌에 가 낮에는 방역, 이발, 일손 돕기 등의 활동을 하고 저녁이면 동네 주민들과 모여서 농촌 현실에 대한 토론을 했다. 이 광랑에는 고현석, 조영호, 정상용, 이양현, 김희택, 고아석, 최철, 김태종, 권오걸, 이훈

1980년 당시 충장로 거리.

우, 양태열, 정용화, 정경연, 송기은, 민동곤 등 기라성 같은 인물들이 포진하고 있었다. 사실 광랑 모임은 정상용·이양현이 전남대에 민족사회연구회를 만드는 출발점이 되었다고 볼 수 있을 정도로 구성원이 많이 겹친다.

　고교 시절부터 학습으로 단련된 광랑 멤버들은 민족사회연구회에서도 그대로 이어져 방학 때나 농번기가 되면 빠짐없이 농촌활동을 했다. 이러한 독서토론과 농촌활동은 이후 학생들의 기본으로 자리 잡게 되었다.

　민청학련 건으로 잡혀 들어갔다가 석방된 이후 최철은 거의 매일 전남대에 나가 후배들을 만났다. 1975년 4월 중순 최철이 맨처음 만든 서클 이름은 '메시아'였다. 주로 충장로 4가에 있는 음악다방에서 만났는데, 정보과 형사들의 감시가 심해지자 방림동과 지원동 종점에 있는 최철의 집이나 다른 회원의 집으로 옮겨

모임을 이어갔다. 메시아는 '맷돌'로 이름이 바뀌었지만 여전히 많은 학생들을 불러 모았다. 조봉훈·이세천·장석웅·정등룡·김금해·김경란·문백란·김소진·김영종·김용출·이일승·조천준·조난실·주효정 등등 많은 학생들이 교양독서회, 독서잔디, 맷돌, 기독학생회 등의 이름으로 독서토론과 농촌활동을 이어갔다.

나상기

민청학련 관련자인 나상기는 민청학련 당시 한국기독학생총연맹 회장을 역임한 인물로 광주YMCA의 고교Y 출신이었다. 나상기는 광주에 집을 두고 농민운동을 하기 위해 고향인 나주 세지면을 왔다갔다했다. 나상기는 민청학련 관련자인 이강·박형선과 자연스럽게 연계되었다. 특히 최철과 나상기는 기독학생회 등을 지도하면서 광주YMCA, 광주YWCA 행사에도 적극 참여하여 여러 단체·모임들의 관계를 돈독히 다졌다. 학생들만으로 박정희 정권에 대항하기는 어려웠으므로, 좀더 체계적이고 전방위적인 대응을 하기 위해서는 종교계·농민·노동자 등 다양한 계층과의 관계를 강화해야 할 필요가 있었다.

가톨릭 광주대교구

당시 종교계 민청학련 사건 관련 구속자 중에는 지학순 주교가 있었다. 정의구현전국사제단이 결성된 것도 이즈음이었다. 한국의 로마가톨릭교회 일부 사제들로 구성된 단체로, 한국 천주교회의 공식적인 입장을 대변하지는 않지만 1974년 천주교 원주교구의 교구장이었던 지학순 주교가 민청학련 사건으로 구속되자 이를 계기로 결성됐다. 광주교구에서도 장용주 신부를 중심으로 정의구현사제단이 결성되어 여러 일을 하고 있었다. 이후 1970년대와 1980년대 대한민국의 군부 독재하에서 유신헌법 반대 운동, 긴급조치 무효화 운동, 민주헌정 회복 요구, 광주 민주화운동 등의 반군사독재 운동을 벌였고, 가난한 이들의 생존권 확보 운동을 지속적으로 전개했다.

김성용 신부를 중심으로 가톨릭농민회가 농민 선교 활동을 하고 있었고, 개신교에서도 한국기독교장로회 농민선교위원회 중심으로 기독교농민회가 움직이고 있었다. 도시산업 선교는 강신석 목사와 최연석 전도사가 영등포산선과 연계하여 펼치고 있었다. 이양현이 실무자로서 모든 노동 현장에서 가톨릭노동청년회(JOC, 노동 사목 조비오 신부)의 간사 김성애와 함께 노동운동을 전개했다. 빈민 선교는 광주YMCA 총무인 박재봉 목사가 광천동에 광천삼화신협을 만들어, 더디지만 빈민운동을 전개하고 있었다.

한국기독교장로회와 광주NCC

개신교의 사회운동은 치열했다. 민청학련 사건 당시 구속된 이들 중 한국기독학생총연맹 관련자도 많았고, 박형규 목사를 비롯한 진보적인 개신교 목사들이 많이 구속되었기 때문에 자연스럽게 반유신 연대에 깊숙이 동참하게 되었다. 광주NCC(광주기독교연합회)는 광주YWCA에서 매주 목요기도회를 열며 석방 운동과 옥바라지 등에 많은 기여를 했다.

3·1민주구국선언은 1976년 3월 1일 명동성당에서 윤보선·김대중·문익환·김승훈·함석헌·함세웅·안병무 등 각계 지도층 인사들이 발표한 것으로, 이를 일컬어 '명동 사건'이라고 한다. 선언문은 긴급조치 철폐, 민주 인사 석방, 언론·출판·집회 등의 자유 보장, 의회정치 회복, 대통령직선제 요구, 사법권의 독립 및 박정희 정권 퇴진 등의 내용을 담고 있었다. 문익환·함세웅·김대중·문동환·이문영·서남동·안병무·신현봉·이해동·윤반웅·문정현이 구속되고, 윤보선·함석헌·정일형·이태영·이우정·김승훈·장덕필·김택암·안충석 등이 불구속 기소되었다. 기타 관련자는 공덕귀·박용길·박형규 등이다.

이에 1976년 3월 18일 목포 연동교회에 모인 한국기독교장로회(기장) 전남노회 임시 노회는 이 사건에 대한 입장을 표명하는 결의문을 작성하여, 3월 26일 이를 노회 산하 140여 교회에 발송하기로 결의하였으나 발송 직전 압수되고 말았다. 4월 22일 한빛교회에서 정기 노회가 열리자 다시 결의문을 채택하고 기도회 등 기회가 있을 때마다 낭독하기로 하였다. 8월 10일에는 광주 양림교회에서 기장 전남노회 임시 노회가 개최되었다. 이날 8·10선언문을 낭독한 강신석 목사와 순서를 맡은 임기준, 조홍래, 윤기석 목사, 이성학 장로, 그리고 양림교회 담임목사인 은명기 목사와 이한철, 고민영, 장광섭, 서용주, 유재현, 유기준 목사가 서부경찰서로 연행되었다. 이는 3·1민주구국선언에 이어 대규모로 목회자들이 구속된 사건이었다.

8월 11일 기장총회는 김익선 부총무를 광주로 보내 사태를 파악하는 한편 전남도 경찰국을 방문하여 은명기 목사의 자택 수색과 연행에 항의하였다. 8월 14일에는 교회와사회위원회가 모여 대책을 협의하고 이영민 총무, 권영진 부회장 등을 광주로 파송하여 사건 진행에 대해 조사하도록 했다. 같은 날 기장 전남노회는 목사·장로를 포함한 신도 200여 명이 광주의 한빛교회에 모여 기도회와 임시 노회를 개최하였다. 이날의 임시 노회에서는 '8·10 선언 사건 9인 대책위원회'를 구성하고 '10여 명의 노회원을 연행 및 구속한 것은 분명한 신앙 자유의 침해로서, 오늘 임시 노회에 참여한 전 회원이 구속자가 석방될 때까지 계속 농성 기도할 것'을 결의하였다. 그리고 박재봉(광주YMCA 총무) 목사를 공식 대변인으로 선출하였다. 박재봉 목사는 3·1민주구국선언을 꾸준히 알릴 목적으로 광주YMCA에 '시민논단'을 꾸리고 함석헌·천관우·김동길 등 많은 지식인들을 초청하여 광주 시민들과 함께 반유신 열풍을 이어갔다.

3·1민주구국선언은 광주 지역 대학 기독학생회에도 영향을 미쳤다. 1976년 4월 19일 4·19 기념일을 맞이하여 전남대 기독학생회의 김영종이 교정에서 단독 시위를 결행하며 성명서를 낭독하고 구속되었다. 김영종에게 3·1민주구국선언문을 전해준 전남민주회복구속자협의회 회장 윤한봉도 구속되었다. 이 사건으로 전남대 기독학생회의 서클 등록이 취소되었고, 이후 기독학생회는 모임 장소를 신광교회로 옮기게 된다. 신광교회(목사 유연창)는

매주 수요예배를 통해 성명서를 낭독하기도 하고, 기독학생회와 기독청년협의회EYC 합동으로 청년학생 헌신예배를 여는 등 다양한 프로그램을 운영하며 반유신 운동의 중심으로 변모하게 된다. 한편 8·10선언 사건으로 구속된 목회자들과 4·19 기념일 반유신 시위로 구속된 김영종·윤한봉의 석방을 위한 대책위원회 활동 중 연행되었던 광주기독교연합회 회장 유연창 목사는 1976년 12월 징역 2년, 집행유예 3년을 언도받고 출감하였다.

1976년 8월 23일, 유연창 목사가 구속되고 신광교회에 대한 감시가 심해지자 기독학생회는 모일 수가 없게 되었다. 당시 긴급 조치로 인해 학원과 교회 외에서는 모임이 불가능했으므로, 기독학생회는 8·10선언 사건 9인 대책위원회의 대변인인 박재봉 목사가 광주YMCA에서 시민논단을 운영하자 여기에 적극 참여했다. 조봉훈은 기독학생회가 당국의 의심을 받지 않고 학습을 계속할 수 있도록 광주YMCA 내에 '나사렛'이라는 성서 모임을 만들어 김천배 선생과 강신석 목사를 모시고 성경 공부를 하면서 꾸준히 독서토론을 이어갔다. 1978년 6월 29일 회장 조봉훈이 〈우리의 교육지표〉 사건으로 수배되자, 임영희가 회장을 맡아 1980년 5월까지 나사렛 모임을 이끌었다. 임영희 등 나사렛 회원들은 5월 민중항쟁 과정에서 녹두서점을 중심으로 검은 리본을 만들고 도청 앞 분수대에서 민주수호범시민궐기대회의 순서를 짜는 등 눈부신 활약을 하게 된다.

1976년 8·10선언 사건에 대한 당국의 보복 조치는 사건 당사자가 아닌 사람에게까지 파급되었다. 고흥경찰서 두원지서장으로 근무하고 있던 채방웅은 8·10선언 사건으로 연행되었던 10인 가운데 한 명인 이성학 장로의 사위였는데, 1977년 2월 24일 고흥경찰서는 전남도 경찰국의 하명이라며 사표 제출을 강요했다.

한국교회사회선교협의회

3·1민주구국선언에는 각계 지도층 인사들이 참여했고, 이 사건을 계기로 재야와 지식인, 신교와 구교, 한국교회와 세계교회의 연대가 강화되었다. 1972~79년에는 한국노총이 어용화되면서 노총을 통한 산업선교 활동이 어려움을 겪어, 주로 소그룹 활동을 통해 노동자들의 의식화 운동을 전개했다. 3·1민주구국선언을 계기로 산업선교 및 사회운동에 참여하는 신·구교 활동가들은 '한국교회사회선교협의회'(사선, 1976~89)를 조직했다. 전남의 회장은 김성용 신부이고 부회장은 제헌의원 이성학 장로, 총무는 조아라 광주 YWCA 회장이었다.

동시에 광주전남에서는 구속자 석방과 유신헌법 철폐를 외치는 기도회가 신교·구교를 망라하여 지속되었고, 또 이로 인해 더 많은 성직자와 교회 지도자들이 구속되었다. 기장 전남노회의 140여 교회는 매주 예배 때마다 유신헌법 철폐와 구속자 석방을 위해 기도하여, 전남 전 지역에 반유신 열풍을 불어넣었다.

전남대의 부당 평가로 불합격한 후배들

1977년 1월 전남대학교 입학시험에서 고교 시절 학생운동을 했던 수험생들을 성적과 상관없이 '면접 평점 D'를 주어 전원 불합격시킨 사건이 일어났다. 1974년과 75년 광주일고와 전남고 재학 시절 유신헌법 반대 시위를 했던 학생들의 명단을 정득규 학생처장이 면접 교수들에게 전달하여 모두 D를 주도록 지시했다는 교수 측 증언이 나온 것이다. 김상집·김형중·민영돈·박석면·윤성석·이재직·황일봉 등이 합격자 명단에서 빠져 있었으나 항의가 시작되자 민영돈·윤성석은 나중에 합격으로 처리하였고 최종적으로 김상집·박석면·이재직·황일봉은 불합격 처리되었다. 이 가운데 박석면·이재직·황일봉은 면접 평점의 부당성에 대한 항의로 행정 및 민사 소송을 하였다. 김형중은 야간대학으로 조대에 적만 두고 군대에 갔다가 다시 치대에 편입했고, 김상집은 군대 문제로 소송을 제기하지 않았다. 소송을 제기한 박석면·이재직·황일봉은 결국 패소했다. 그러나 홍남순·이기홍 변호사 등이 변론을 맡았고, 전남민주회복구속자협의회에서도 이를 교육의 근간을 흔드는 문제로 간주하여 문교부와 대학 당국에 강력히 항의했다.

이 사건의 얼개는 다음과 같다.

1974년 10월 21일 광주일고에서 지병주·이항규·송기은·김상집은 유신헌법 반대 교내 시위를 주도했고, 이 사건으로 이항규와 지병주가 조사를 받고 훈방되었다. 11월 15일에는 손호상·김윤창·박석면·심재철·신민호·김용태 등과 각 반 반장들이 학생들을

총기로 무장한 채 보초를 서고 있는 광주경찰서 앞.

인도하고 유도부 학생들이 교무실 교사들을 저지하여, 광주일고 학생 전원은 곧장 충장로로 진출해 유신헌법 반대 대규모 시위를 벌였다. 시위대는 교문 밖으로 나가 충장로를 돌파하고 전남도청 앞 광장까지 가두시위를 전개했다. 이로 인해 1차 교내 시위 당시 학생탑에서 선언문을 낭독했던 김상집도 서부경찰서로 함께 연행되었고, 김상집·손호상·박석면·신민호 등 네 명은 고교생 신분으로 전남 대공분실에 끌려가 3일 동안 혹독한 고문을 받았다.

또한 1975년 4월 11일 서울농대생이던 김상진이 유신헌법 철폐를 외치며 항의의 표시로 할복하여 절명하자, 4월 15일 박석면은 김윤창·곽수만·임성례·이형섭·박상태·김철호와 함께 '김상진 열사 추모식'을 거행했다. 이로 인해 박석면은 제적되었다. 이 소식을 들은 학생들은 매우 분노하여 5월 1일 개교기념일에 대규모 시위를 준비했다. 이것이 사전에 발각돼 최수일·오순기·황광우가 구속 기소되고, 윤성석·이재직·박광규·노상혁·유성·이병옥·이규·김형중·민영돈·김용준·이태연·최해갑·김종현 등 13인은 구류 10일을 언도받았으며, 16명 전원이 제적되었다.

흥미로운 점은 서울대 등 타 지역에 입학시험을 치른 수험생들에게는 면접 평점 D가 적용되지 않았는데, 유독 전남대와 조선대에만 블랙리스트가 배부되어 이런 사달이 벌어졌다는 것이다. 윤상원은 피해를 입은 이들이 평소 잘 아는 후배들이었기 때문에 시위 참여자들의 면접 평점을 조작해 아예 입학하지 못하도록 한 데 대해 긴급조치 9호 못지않게 분노하였다.

전남기독청년협의회 헌신예배로 구속된 활동가들

1977년 4월 4일 전남기독청년협의회와 기장청년회전남연합회는 광주YWCA에서 수난주일연합예배를 개최하였다. 이 자리에서 자유민주주의 회복과 선교 및 언론·집회의 자유, 구속자 석방 등을 주장하였는데, 결의문을 낭독한 조봉훈과 전남기독청년협의회 회장 배호경이 구속되었다. 이에 전남기독청년협의회와 기장청년회전남연합회는 4월 10일 부활절 예배 때 광주는 물론 전남 전역에 당시 낭독한 결의문과 사건의 진상을 알리는 성명서를 배포할 준비를 마쳤다. 성명서에는 "우리 청년들을 연행하여 볼펜으로 이마를 찍는 등 살인마적 횡포를 자행하고 있는 저들의 비행을 폭로하고 비인간적·비도덕적 행위를 중지시킴과 아울러 이 땅에 독재 정권이 물러나고 정의와 자유, 평등이 실현될 때까지 우리 기독청년들은 예수의 십자가를 짊어지고 죽는 날까지 투쟁할 것을 재천명 한다"라고 썼다. 경찰은 이를 사전에 알고 안철(기청 전국회장), 이철우, 정영근, 김상곤, 정등룡(수배 후 군복무 중 체포)을 긴급조치 9호 위반으로 구속 기소했다. 특히 평소 자주 만났던 조봉훈과 정등룡의 구속은 졸업을 앞둔 4학년으로서 학습을 이끌고 있던 윤상원에게 어떤 결단을 요구하고 있었다.

당시 극심한 통제 때문에 대학의 시위나 재야의 동향은 일체 언론에 보도되지 않았지만 전국의 각 대학에서는 크고 작은 시위가 연일 터져나왔고, 이런 시위 소식은 활동가들의 입을 통해 각 대학에 샅샅이 전파되었다. 윤상원도 서울 등 여타 지역의 학생 궐기 소식을 들을 때마다 가슴이 뛰었다. 비록 학습 모임을 통한 운동의 질적 성숙은 이루었다 할지라도 상당 기간 외형적으로는 투쟁적인 모습을 보이지 못한 전남대의 미진한 운동 양상이 그때마다 부끄러웠고, 시위가 불붙기 시작한 각 대학의 활동가들에게 미안한 마음마저 들었다.

3장 | 본격적인
활동에 나서다

윤상원은 여타 지역의 시위 소식을 접할 때마다 점점 초조감에
빠져들었다. 이제야말로 학습의 열매를 맺어야 한다는 자각 때문
이었다. 과학적 인식은 결국 위대한 행동을 낳기 위한 토대여야
한다고 평소 모임이 있을 때마다 그 스스로 열변을 토했던 터였
다. 윤상원은 졸업을 목전에 둔 최고 학년으로서 이 시점에서 조
직적·대중적 형태의 투쟁을 보여주어, 민청학련 사건 이후 침체
일로에 있는 전남대 학생운동에 새로운 활력을 불어넣고자 했다.

4·19 기념일 시위 모의

마침내 윤상원은 '거사'를 결심했다. 윤상원은 함께 학습을 한 후
배들의 시국담을 면밀히 관찰하며 한 사람 한 사람 개별적으로

만나 의견을 타진했다. 루사, 전대기독학생회KSCF, 독서잔디, 문우회 등 서클(학습 동아리)의 실질적인 지도자들과 소모임을 주도하고 있는 인물 중심으로 접촉했다.

"민청학련 사건 이후 전남대에서는 여러분이 아시다시피 별다른 투쟁 성과가 없었다. 작년에 김영종이 단독 시위를 주도했었고, 또 조봉훈이 결행한 부활절 반유신 예배 사건이 있긴 했지만 그것들을 조직적이고 대중적인 투쟁으로 보기는 어렵다. 그러나 서울 등지에서 지금 유신 반대 시위가 가열차게 불붙고 있다. 우리는 지금 아무런 행동도 보여주지 못하고 있다. 그렇다면 이곳 전남 지역만 유신체제가 아니란 말인가? 또한 지금 전국의 학생 대중들이 독재에 항거하고자 온몸으로 일어서고 있는데 우리 전남대 학생들만 잠잠하다. 그래서 이곳 전남대의 어두운 침묵을 깨뜨려야 한다. 역사와 민족 앞에 부끄럽지 않기 위해, 우리가 배운 민중 주체의 역사를 열어가기 위해 우리가 몸을 던져야 한다."

4·19가 다가오고 있었다. 4월 어느 날 윤상원은 신일섭에게 다가와 "18일 계림동성당 옆 골목 어느 막걸리 집으로 모이라"고 말했다. 지금이야 그곳이 많이 변했지만 그때는 작은 골목에 어수선한 선술집들이 즐비하게 늘어서 있었다. 약속 날 그 시간에 맞춰 계림동 약속 장소에 사람들이 하나둘 모여들었다. 이슬비가 부슬부슬 가볍게 내리고 있었다. 경찰이나 학교 측의 감시를 피해 일부러 허름한 술집으로 모의 장소를 택했던 것이다. 그러나

약속 시간이 훨씬 지났는데도 몇 사람이 나타나지 않았다. 그때 윤상원은 자신이 생각했던 거사를 이루어내기 어렵다는 것을 깨닫고, 지금까지의 과정을 없었던 일로 하기로 하고 그래도 약속을 지키고자 나온 신일섭·이택과 함께 막걸리만 마셨다. 술에 약한 윤상원은 그날 처음으로 동료들에 대한 분노를 거침없이 입에 담았다.

"나쁜 놈들. 역사와 민중 앞에 책임감이 없는 놈들이야. 그렇게 매사가 두려우면 처음부터 진짜 속마음을 얘기했어야지. 입으로만 민중을 찾고, 이론으로만 역사를 되새기면 무슨 소용이야. 몸을 내던질 줄 알아야지……"

혁명의 전조인가 아닌가

1977년 4월 21일 12시 윤상원은 점심식사 중 KBS 라디오에서 무등산 무당골의 주민 40~50명이 무허가 철거반을 습격했다는 뉴스를 들었다. 그리고 그다음 날 《동아일보》에도 주민들 40~50명이 낫과 곡괭이로 철거반을 습격하여 철거반원 네 명을 살해했다는 기사가 났는데, 4월 23일 박흥숙이 자수한 뒤부터 갑자기 박흥숙 개인이 철거반원을 죽인 것으로 바뀌었다. 그리고 박흥숙은 그냥 박흥숙이 아니라 '무등산 타잔 박흥숙'으로 불리기 시작했다. 윤상원은 《다리》지를 통해 1971년 광주대단지 사건을 알았고, 변혁기에 민란이 어떤 형태로 일어나는지에 관심을 가지고 있었다. 그러나 모든 언론이 '무등산 타잔 박흥숙'으로 프레임을 짜 보도했다.

김상집은 전남대 입학시험에서 면접 평점 D를 받아 낙방한 뒤 군 입대를 앞두고 있었기 때문에 본촌동에 있는 노준현의 집에서 숙식을 해결하며 연초 제조창에서 일했다. 윤상원은 김상집을 위로할 겸 자주 만나러 왔고 밤늦도록 얘기를 하다 버스가 끊기면 노준현의 집에서 함께 자기도 했다. 특히 졸업을 앞두고 거사를 계획했다가 불발된 시점이라, 공장에서 일하는 김상집과 노준현을 보러 자주 들렀다. 그러던 어느 날 김상집이 아무 말 없이 일터에서 사라져버렸다. 일주일 뒤에 다시 나타난 김상집으로부터 놀라운 이야기를 들었다. 김상집은 일주일간 벌어진 일을 자세히 설명했다.

당시 크리스찬아카데미에서 《월간 대화》라는 잡지를 펴내, 초판에 실린 〈어느 돌멩이의 외침〉이 인기를 끌던 때였다. 이양현과 정상용은 '무등산 타잔 박흥숙' 사건을 계속 주시하고 있었는데 의문점이 한두 가지가 아니었다. 사건 당일 라디오 뉴스나 다음 날 신문에도 분명히 '무당골 철거 주민 40~50명이 철거반원을 습격'했다고 보도되었는데, 왜 갑자기 박흥숙 개인의 사건으로 바뀌었을까? 주민 40~50명이 철거반원을 습격했다면 이는 혁명 전야에 나타나는 징조인 민란이 아닌가? 철거반원들은 모두 월남전에 참전했던 용사들이고 태권도 유단자들이었다. 보통 체구가 크고 성격이 강한 무술 고단자들이 철거반원으로 들어간다. 자신이 직접 지어 살던 집이 허물어지는 상황에서 누군들 가만히 있겠는가? 주민이 달려들 경우 이를 제압할 수 있는 힘을 가진 사람들을 철거반원으로 투입하는 것인데, 이 사람들을 박흥숙이라는 개인이 어떻게 제압할 수 있겠는가? 문제가 있었다. 갑자기 무등산 타잔이라는 수식어가 등장한 것도 이상했다. 사건이 조작되었다는 느낌이 들었다. 그래서 《월간 대화》에 연락했더니 6월호는 석정남의 〈불타는 눈물〉이 예정돼 있으니 8월호에 실어주겠다고 했다. 정상용·이양현은 박흥숙 사건이 개인의 우발적 살해 사건인지, 아니면 민란의 전조인지를 꼭 알아내야 했다. 민중 봉기의 전조라면 박정희 암살을 꿈꾸던 자신들의 투쟁 방식을 민중 봉기로 전환해야 하기 때문이다. 그런데 정상용과 이양현은 수배 중인 처지였다. 결국 이 사건에 대한 르포를 쓸 사람으로 공장에서 일하고 있던 김상집을 부르게 된 것이다.

김상집은 김은경과 임영희에게 연락해서 이양현의 자취방에 모여 신문 스크랩과 일기장을 분석했다. 철거민들의 증언이 꼭 필요했는데, 김현장이 자진해서 녹음기를 들고 돌아다니면서 녹음을 했다. 양동 열쇠수리 가게 주인, 공원 대교서점 주인, 영광군 군남면 박흥숙의 고향 마을 주민, 무당골 철거민 등을 만나 대화하면서 몰래 녹음을 해 와 녹취를 풀었다. 그걸 김상집이 정리했다.

문제는 이것이 민중 봉기냐 아니냐를 판단하려면 철거 당시 현장에 있던 철거민들의 증언을 들어야 하는데 철거민들이 한결같이 입을 다물었다는 것이다. 심지어는 박흥숙이 철거반원을 살해하는 현장을 목격한 사람조차 없었다. 광주대단지 사건 때는 경찰차 한 대와 파출소에 불을 지르기는 했지만 사람이 죽지는 않았다. 그런데 무등산에서는 철거반원이 네 명이나 사망했다. 뉴스나 신문에 나온 대로 철거민들이 집단 살해를 했다면 이는 민란으로 보아야 할 터였다. 녹음된 것을 들어보면, 박흥숙을 잘 아는 사람은 이름을 부를 때 정렬(호적에는 박흥숙)이라 부르면서

"정렬이는 파리 한 마리도 못 죽이는 사람이여" 하며 울어버렸다. "아이, 파리 한 마리도 못 죽이는 사람이요? 그럼 홍숙이가 안 죽였어요?"라고 다시 물으면 아무 말도 안 하고는 마냥 우는 것이었다. 누군가 입을 다물라고 겁을 주었으리라 짐작됐으나, 어쨌든 살해 현장을 직접 목격했다는 사람은 아무도 없었다.

무등산 타잔 박흥숙 사건의 전말

다음은 당국의 발표에 따라 한홍구 교수가 사건을 구성한 것이다.

1977년 4월 20일 오후 3시께 광주시 동구청 소속 철거반원 7명이 관할 지역인 운림동 산145번지 증심사 계곡 덕산골(속칭 무당골)에 들이닥쳤다. 덕산골에는 원래 20여 채의 무허가 건물이 있었는데, 구청에서 여러 차례 강제 철거를 해 4채만 남은 상황이었다. 몇 번의 계고장을 받았던 박흥숙의 가족은 예정한 날짜에 철거반이 나오자 가재도구를 꺼내는 등 순순히 철거에 응했다. 문제는 철거반원들이 단지 건물을 철거하는 데 그치지 않고 불을 질렀다는 점이다. 폐자재를 얼기설기 엮어 다시 집을 짓지 못하게 하기 위해서였다. 박흥숙의 어머니는 당시 많은 빈민들이 그랬던 것처럼 은행에 돈을 맡기지 않고 천장 위에 넣어두었다. 그들에게는 어마어마한 거금 30만 원이었다. 불길이 치솟자 어머니는 집 안으로 달려들어가려 했으나, 철거반원이 밀치는 바람에 쓰러져 정신을 잃었다. 박흥숙은 여기까지는 참았다고 한다. 박흥숙의 집을 불태운 철거반원들은 계곡을 타고 올라갔다. 몇십 미터 떨어진 곳에는 거동도 못하는 할아버지, 할머니가 사는 집이 있었다. 오갈 데 없는 환자들의 집마저 불타오르자 박흥숙은 이성을 잃었다.

열쇠집과 철물 공장에서 일한 적이 있는 박흥숙은 이때의 경험을 살려 사제 총을 만들었다고 한다. 당시만 해도 무등 산에 호랑이가 나온다는 소문이 있어 박흥숙은 산짐승을 만 났을 때의 호신용으로 총을 만든 것이다. 총알이 나가는 총 은 아니고 소리만 크게 나는 딱총이었지만, 박흥숙이 총을 들고 나타나자 철거반원들은 기겁을 했다. 7명의 철거반원 중 2명이 산 아래로 달아나자 박흥숙은 여동생 박정자를 시 켜 빨랫줄을 가져와 남은 5명을 서로 묶고는 광주시장과 담 판하기 위해 광주시청으로 가겠다고 했다. 평소 얌전하던 오 빠가 무섭게 흥분한 것을 본 여동생은 산을 내려가 광주시 에 전화하여 급박한 상황을 알렸지만, 시청에서는 대단치 않 게 생각하고 전화를 끊었다. 다급해진 박정자는 없는 살림에 택시를 타고 시청으로 달려가 시장실에 직접 신고했다. 집으 로 돌아오는 길에 박정자는 경찰에 연행되었다. 당시 박정자 는 덕산골에서 어떤 일이 벌어졌는지 상상도 하지 못했다.

철거반원은 대개 무술 유단자이거나 건장한 체격의 청장 년들이었지만, 사제 총을 들고 나타난 박흥숙에게 제압당해 끌려가는 신세가 되었다. 그들 중 몇몇은 틈을 보아 끈을 풀 고 박흥숙에게 저항하다 다시 제압을 당했다. 흥분한 박흥숙은 이들을 인근의 가로 2.5미터, 깊이 1미터 정도의 구덩이에 몰아넣고는 쇠망치를 휘둘렀다. 순식간에 4명이 죽었고 1명은 뇌가 함몰되는 중상을 입었다. 정신을 차린 박흥숙은 현장을 황급히 빠져나갔다.

즉 당국의 발표에 따르면, 불지르고 하산하려다 붙잡힌 철거반원 한 명을 박흥숙이 사제 권총으로 협박하니 숨어 있던 철거반원들이 항복하고 나왔다. 그리고 서로 묶도록 했다. 이때 여동생 박정자가 나타났고 박정자는 시장에게 신고하러 갔다. 다시 철거반원들이 도망치려 하자 박흥숙이 쇠망치로 후두부를 가격했다는 것이다. 여동생 박정자도 오빠가 사람 죽이는 걸 보지는 못했다. 사제 권총이란 것도 6·25 때 쓰던 탄피에 화약을 넣고 나무를 깎아 막은 다음 못으로 노리쇠를 만들어 고무줄로 격발하여 소리 내는 딱총인데, 그런 총으로 겁을 주니 그냥 항복해버렸다는 것이다.

《동아일보》나 KBS 라디오 뉴스에 나온 대로 주민들이 철거반원들을 붙잡았는데, 철거반원들이 도망치려고 하다가 발생한 우발적인 사건이리라 짐작할 수밖에 없는 상황이었다. 더욱이 당시 박흥숙은 사법고시에 1차 합격하고 2차를 준비하고 있었다. 법에 밝으니 이것은 공권력을 상대로 한 집단 저항, 곧 민란으로 철거민들이 한꺼번에 공동 살인범이 된다는 사실을 잘 알았을 것이다. 정상용·이양현·김상집 등은 박흥숙이 십자가를 진 것 아닐까 추측했다.

그리고 박흥숙은 무당골에서 빠져나와 버스를 타고 광주역으로 와서 여수로 가는 기차를 탔다. 여수 여인숙에서 아무개를 만나 세상을 비관하는 얘기를 나눴는데, 아무개가 서울로 간다고 해서 같이 전라선을 타고 서울 용산까지 함께 가게 되었다. 이야기를 하다 보니 그의 말이 수상하기에 박흥숙은 자수를 하면서 함께 간첩 신고를 했다. 그때 아무개는 진짜 간첩으로 판명되었다. 이 사실은 당시 변론을 맡은 이기홍 변호사가 확인해주는 바다.

박정희 정권으로서는 민란이 아닌 개인 사건으로 축소하는 것이 당시 정세에 유리하다고 판단했을 것이다. 유신 정권 말기에 철거민들이 집단으로 철거반원들을 습격했다는 사실이 널리 알려지면 다른 곳에서도 민란이 일어날 소지가 있었다. 말하자면 박흥숙 본인도 철거민들의 희생을 바라지 않았고, 박정희 정권도 박흥숙 개인만 희생시키고 주민들은 빼는 걸로 하여, 갑자기 23일부터 '무등산 타잔 박흥숙'이라는 프레임이 만들어졌다고 보는 것이다.

《난장이가 쏘아 올린 작은 공》속 청계천 복개 과정에서 밀려나 성남으로 이주당했던 민초들의 반란은 파출소와 경찰차 방화 수준에서 그쳤지만, '무등산 타잔 박흥숙' 사건에서는 4명의 철거반원이 죽었다. 이를 '혁명 전야의 민란'이라고 본다면 운동 방식도 달라져야 했으므로 정상용·이양현·김상집은 이를 알아내기 위해 무던히 애를 썼다. 결국 민란의 단초를 찾지 못해 제목을 〈무등산 타잔 박흥숙〉이라고 붙이고 마무리할 수밖에 없었다.

〈무등산 타잔 박흥숙〉을 완성하고 정상용·이양현·김상집·김현장은 이양현의 자취방에서 르포 내용을 검토하고 《월간 대화》지에 보내기로 하였다. 《월간 대화》에 누구 이름으로 낼지를 논의해야 했다. 김상집은 8월 5일 군 입대를 앞두고 있었기 때문에 군 대에서 어떤 일이 벌어질지 몰라 김상집 이름은 빼고 녹음을 하러 다녔던 김현장의 이름으로 발표하기로 했다. 김상집은 박흥숙 개인이 저지를 수가 없는 일이고, 민란이라는 것을 밝히지는 못했지만 우선 박흥숙을 살려놓아야 언젠가 독재 정권이 끝나거나 하는 시점에 이 진실이 규명될 수 있으리라 주장했다. 그러면서 '박흥숙구명위원회'를 만들어 사형이 집행되지 않도록 구명운동을 할 것을 제안했다.

8월 5일 김상집이 입대를 할 때 마침 윤상원의 동생 윤정원도 함께 입대하게 되어, 윤상원은 동생을 전송할 겸 송정동초등학교를 찾아왔다. 윤상원은 김상집의 손에 2만 원을 꼭 쥐여주며 "군대 가서 꼭 살아 와라. 와서 그때 노동운동 하자"라고 속삭였다.

4장 녹두서점

1977년 9월 김상윤은 계림동 헌책방 거리에 녹두서점을 열었다. 신간 서적을 취급하는 서점은 재정 때문에 엄두를 낼 수 없었고, 우선은 헌책방을 꾸리면서 형편이 되는 대로 사회과학 전문 신간 서적을 들여와 사회운동에 일조하고자 했던 것이다. 민청학련 사건으로 옥고를 치룬 이후 끊임없는 당국의 감시와 간섭으로 정상적인 생활의 궤도를 찾기 어려웠던 김상윤에게 헌책방 운영은 특별한 재정 부담 없이 기본적인 생존 문제를 해결해주는 동시에 사회운동의 의지를 펴나갈 수 있는 적절한 사업이었다. 진열된 책들은 김상윤이 직접 서울·목포 등지 서점들을 이 잡듯 뒤지며 구입한 것들이었다. 윤상원 또한 취업 준비에 열을 올리고 있었지만 김상윤의 서점 개설을 자기 일처럼 도왔다.

녹두서점은 당시 엄격한 판금 조치에 때문에 좀체 구해 보기 힘들었던 사회과학 서적의 은밀한 유통처였으며, 그러한 공감대에 의

녹두서점이 있던 자리.

해 광주 지역 청년 운동권의 모임터로서의 역할을 단단히 해냈다.

녹두서점으로 모인 사람들

윤상원은 녹두서점을 통해 다양한 사람들과 만났다. 민청학련 관련 구속자들은 물론이고 노동운동가 이양현, 농민운동가 이강·노금노 등과 황석영·문병란·김준태 등 진보적인 문인들, 재야인사들과 교분을 나누었다. 민족사회연구회의 정상용·김정길·박형선·문덕희·주효정·이일승·김금해·조천준·조난실·김경란·문백란 등도 녹두서점을 드나들며 자연스럽게 만날 수 있었다.

녹두서점을 통해 사회과학 서적 보급이 원활해지자 대학가에서는 단대나 학과별로 비공식 학습 동아리가 만들어지고 의식화 학습이 체계적으로 진행되었다. 조선대 약대의 경우 이명희·모애금·유소영은 무려 30여 명의 회원들을 모아 졸업할 때까지 동아리를 유지하였으며, 졸업 후에는 조선대 후배들의 야학과 동아리까지 꾸준히 지원함으로써 조선대 내에 의식화 학습이 자리 잡을 수 있도록 도움을 주었다. 나아가 교회마다 청년회가 활성화되어 양림교회, 한빛교회, 계림교회, 남광주교회, 무돌교회, 신광교회, 주월성결교회, 중앙성결교회 등도 민중신학 중심으로 의식화 학습을 진행했다.

이러한 흐름은 광주뿐만 아니라 목포, 강진, 해남, 무안, 함평, 장흥, 영암, 화순 등지로 퍼져나갔다. 체계적인 학습을 거친 활동가들이 배출되면서 가톨릭농민회와 기독교농민회, 교회 청년회, 교단 노회 등은 반유신 운동을 가열차게 전개해나갈 수 있게 되었다.

취직을 결심하다

윤상원은 드디어 졸업을 앞두고 자신의 거취를 고민할 수밖에 없게 되었다. 윤상원은 후배들과 의식화 학습을 하면서 '학생은 학생운동을 해야 하고 감옥에 갔다왔거나 졸업을 했으면 노동운동이나 농민운동에 뛰어들어야 한다'고 주장해왔다. 평소 "백 마디 말보다 실천이 중요하며 사상이 행동으로 구체화되지 않으면 관념의 유희에 불과하다"라는 메모를 자신의 좌우명처럼 적어놓기도 했다.

윤상원은 녹두서점에서 이양현을 만나 광주전남 지역의 노동운동과 전국의 노동운동에 대한 많은 이야기를 들었다. 청계피복노조가 운영하는 노동교실에서 활동하다 수배되어 광천동 서울샤시에서 일하고 있던 이양현은 1977년 12월 24일 결혼하여 계림동 오거리와 계림성당 사이 1층집 상하방에 신접 살림을 차린 터였다. 이양현의 결혼은 전격적으로 이루어졌다. 오랜 수배 생활에 지치기도 했지만 기관원의 탐문이 조용한 것 같아 결혼식장에서 잡혀갈 요량으로 무작정 식을 올린 것이다. 다행히 별 탈은 없었다.

윤상원으로서는 고시에 합격해서 든든하게 동생들 뒷바라지까지 하기를 원하시는 부모님의 바람이 항상 마음에 걸려 있었다. 1978년 1월 중순경, 한때 고시 공부에 매진했던 실력으로 주택은행 입사시험에 합격했다. 말할 것도 없이 부모님과 동생들은 뛸 듯이 기뻐했다. 그해 2월 졸업식을 마친 날 밤 윤상원은 막막한 속사정을 메모장에 옮겨놓았다.

졸업과 취직, 대학을 마친 이면 누구나 가야 하는 평범한 길임에도 내 마음은 편치 못하다. 적잖은 젊은이들이 지금 이 순간도 투옥되어 고초를 겪고 있다. 학교를 쫓겨나는 마당에 내가 받은 졸업 축하 꽃다발과 그럴듯한 직장의 취직은 도대체 무슨 의미가 있을까. 독재치하의 암울한 사회에 그대로 순응하며 살겠다는 것이 아닌가. 그래, 지금 내가 일단 발을 들여놓은 길은 부모님에 대한 마지막 효도에 불과하다. 나는 꼭 맘먹은 일을 실천할 것이다. 해낼 것이다.

취직을 축하한다며 김상윤이 양복을 한 벌 맞춰주었다. 그런 그에게 윤상원은 "곧 내려올 겁니다"라고 답례의 말을 전했다.

"인생을 어떻게 살아야 하겠다는 철학적 바탕이라고나 할까, 인간이 무엇을 위해 살아야 하는지 어렴풋이 깨달았소."

인생의 지향점을 전환하게 된 건 김상윤을 만나면서부터 시작한 학습 덕분이었다. 외무고시를 대학 생활의 전부로 여겼던 정외과 학생에서 박정희 유신독재 체제를 깨야 한다며 낯설기만 한 사회과학 서적을 탐독하는 전사로 거듭난 것이다. 그 과정에 번민이야 있었지만 김상윤을 만난 건 행운이었다. 외교관을 꿈꾸던 정외과 학생이 인간의 진실한 생각은 노동에서 비롯됨을 깨달은 것만으로도 훌륭한 대학 생활을 보낸 셈이었다.

"취직을 안 하고 내가 하고 싶은 것을 고집했다면 어찌 됐겠소? 동네 사람들은 우리 부모한테 '댁의 장남 상원이는 지금 뭡니까?' 하고 날마다 물을 거요. 그 질문을 받을 때마다 아버지의 가슴에는 못이 박힐 거요. 아버지 어머니가 나를 위해 모든 것을 바쳤다는 것을 형님은 누구보다 잘 알 거요. 그리고 대학을 마치는 오늘까지 동생들은 말할 수 없이 고생을 했소. 식구들의 희생이 없었다면 오늘의 나는 없었을 거요. 그러니 부모님한테 마지막 효도를 한다는 셈치고 취직을 한 거요. 회사를 관두고 나와서 내 길을 가게 되더라도 아버지는 누구에게도 부끄럽지 않을 거요. 고향 사람들이 물을라치면 아버지는 '아, 갸는 괜찮은 아인데, 딴 좋은 생각이 있는 갑소'라고 말할 수 있을 거요. 그러면 아버지 가슴에 못이 박히지는 않을 거고, 그게 내가 할 수 있는 마지막 효도라는 거요."

5장

짧은
은행원 생활

윤상원의 첫 직장은 주택은행 서울 봉천동 지점이었다. 직장 가까운 곳에서 하숙을 했다. 윤상원의 하루 일과는 단순했다. 하루 종일 돈을 세고, 전표를 끊고, 퇴근 전에 결산을 하면 늦은 밤이었다. 그리고 하숙집에 들어와 잠을 자고 또 날이 새면 아침 일찍 출근했다. 가끔 주말이면 먼저 재보험 회사에 취업한 황철홍과 농협에 입사한 김석균, 그리고 오래전부터 서울에 터를 잡고 미아리에서 표구점을 경영하고 있던 고홍 등을 만나 대폿잔을 나누었다.

함평 고구마 사건

어느 정도 은행원 생활에 익숙해질 즈음 광주에서 '함평 고구마 사건' 소식이 올라왔다.

1976년 함평군 농협은 고구마 농사를 짓던 농민들에게 파격적인 제안을 했다. 시중 가격보다 높은 가격으로 고구마를 쳐주겠다는 것이었다. 당시 농협이 농민들에게 제시한 고구마 수매 가격은 가마니당 1,317원이었는데, 평소 고구마 가격보다 높은 것이었다. 또 원래 고구마를 수확한 후에는 건조 과정을 거쳐 '빼깽이'로 만들어 팔곤 했는데, 그런 수고도 없이 생고구마를 사겠다고 했으니 그 또한 농민들에게는 편했다. 그리하여 농협의 제안을 환영한 7000여 곳의 농가들은 고구마 농사를 열심히 지었고, 그해 말 고구마 수확량은 전년 대비 25퍼센트 증가했다. 고구마가 수확되었다는 소식에 주변의 상인들이 농민들에게 접근해 고구마를 팔라고 했지만, 농민들은 농협과의 약속을 믿으며 팔지 않았다.

하지만 정작 고구마를 농협에 팔려고 하자, 농협은 수확량의 40퍼센트만 구매하곤 더 이상 사지 않았다. 농민들이 농협에서 트럭으로 실어 가라고 길가에 수십 수백 개의 포대를 쌓아놓았으나, 포대는 좀처럼 줄지 않았다. 함평의 고구마 농가는 쑥대밭이 되었다. 시장 출하 시기도 지난 상태였건만 농협이 전량 구매를 하지 않으니, 모처럼 많이 생산된 고구마를 처리할 방도가 없었다. 결국 포대에 담아놓은 고구마는 추운 날씨에 썩기 시작했고, 농민들은 뭐라도 건지기 위해 헐값에 포대를 팔아버리기도 했으나 손해를 메우는 데는 턱도 없었다. 당시 시가로 농민들의 피해액은 1억 4000만 원 정도로 추산되었다.

11월 23일 함평군의 한 식당에서 서경원, 노금노, 임정택,

김한경, 임재상 등 20여 명이 모였다. 이들은 대부분 가톨릭 농민회에 소속되어 있던 농민들과 사회운동가들이었다. 이들을 주축으로 먼저 피해 조사가 이루어졌다. 한 달 동안 160여 가구가 조사에 응했고, 그들의 피해 신고액은 총 309만 원이었다. 이중 농협이 고시 가격대로 수매하지 않아 발생한 손실금이 280만 원, 수매 시기가 늦어져 고구마가 썩어 빚어진 손해가 223포대 29만 원이었다. 그것을 토대로 추정해보니 전라남북도를 합쳐서 고구마 농가의 손해액이 24억 원 정도였다.

— 농민운동가 노금노의 증언

1977년 1월 9일 천주교 광주대교구 함평성당에서 가톨릭농민회가 조사한 결과를 가지고 대책위원회가 열렸고, 농협이 보상을 해야 한다는 결론이 나와 농협에 보상을 요청했다. 하지만 농협은 보상과 관련한 답변을 차일피일 미루기만 했고 경찰에 의한 방해 공작이 계속됐다. 4월 22일에는 활동가들과 농민들이 광주 계림동 천주교회에서 모여 기도회를 개최하고 보상을 위한 투쟁에 나서기로 했으나 경찰들이 들어와 큰 충돌이 벌어졌다. 농민들은 전라남도 농협 건물에 다시 모였으나, 다시 경찰에 의해 강제로 해산되었다. 일이 이렇게 되자 가톨릭농민회가 타지의 천주교회나 단체들에 연대를 요청하면서 이 일이 전국적으로 알려졌다.

1978년 가톨릭농민회는 이 '함평 고구마 사건'을 전국대의원대회에 특별 의제로 올리면서 전국적인 투쟁을 실시하겠다고 밝혔고, 전국대책위원회가 설립되었다. 전국대책위원회는 대규모 집회를 계획했다. 그리하여 4월 24일 광주 북동천주교회에 피해 농민, 가톨릭농민회, 농민운동가, 사회운동가, 천주교 신자 등을 포함한 700여 명의 인원이 모였다. 이들은 농민대회를 개최하고 "고구마 피해를 보상하라"고 외쳤다. 이들은 또한 거리 시위를 하려고 했으나 경찰의 제지로 실패하자, 모인 인원 가운데 73명이 무기한 단식 농성에 들어갔다. 그러자 경찰은 성당의 문을 폐쇄하고 성당의 미사마저 금지시켰다. 이 사실을 안 신부들이 호소문을 발표했고 천주교 광주대교구와 농민회도 지지 의사를 밝혔다. 이와 함께 전국의 민주화운동가와 천주교 인사들이 농성장을 찾아와 농성자들을 격려했다. 농민들이 처음 해보는 단식에 지쳐 쓰러지자, 함께 단식을 하기도 했다.

당시 농민들이 발표한 6개 요구 조항

- 함평 고구마 피해 농가의 피해액을 즉각 보상하라.
- 함평군 농협 조합장은 고구마 사건에 관한 책임을 지고 물러나라.
- 농협 전남도 지부장은 즉시 농민들 앞에 나와 농민들의 요구에 답변하라.
- 감사원은 함평 농협 감사 결과를 공개하라.
- 조합장 임면에 관한 임시조치법을 철폐하라.
- 농민회 탄압을 즉각 중단하라.

이렇게 되자, 정부도 더 이상 이 상황을 외면하기만 할 수 없

었다. 정부는 단식 4일째인 4월 27일 사태 해결을 위한 회의를 열었다. 여기에는 가톨릭농민회 회원 서경원, 전남도지사 고건, 중앙정보부 전남국장 김광호, 천주교 광주대교구장 윤공희 빅토리노 대주교가 참석했다. 여기서 서경원은 해산 후 해결과 졸속 해결을 지껄이는 김광호와 고건에 맞서 올바른 피해 보상을 촉구했다.

> 김광호 지국장이 "머리띠나 풀고 얘기합시다"라고 해서 저는 "고구마 문제 해결해주면 머리띠를 풀겠다"고 맞받아쳤습니다. 그때 고건 도지사가 "309만 원 중에서 100만 원을 주겠다"고 했고 저는 "지금 돼지새끼 놓고 흥정하는 거냐. 이게 흥정의 대상이냐"고 따졌습니다. 사태의 본질을 파악한 윤공희 빅토리노 대주교는 저에게 "이제 내가 알겠다. 열심히 투쟁해라. 도와주겠다"고 격려하기도 했습니다.
>
> — 서경원의 증언

단식 5일째인 4월 29일이 되자 쓰러지는 사람들이 속출했다. 하지만 농민들은 여전히 끝까지 투쟁하겠다는 결의를 버리지 않았다. 결국 정부가 항복했다. 농협 전남지부로부터 309만 원이 농민들에게 전달되었고, 농민들은 1인당 1만 9300원을 받을 수 있었다. 20개월간의 투쟁이 드디어 빛을 본 것이다. 하지만 단식은 시위 중에 연행된 2명의 회원이 석방될 때까지 계속되어, 5월 2일 이들이 석방된 후에야 멈췄다.

한편 이 사건 이후 감사원은 농협과 주정 회사 등에 감사를 실시했는데, 이를 통해 농협과 주정 회사가 결탁하여 80억 원의 부당 이득을 취한 사실이 드러났다. 이들은 고구마를 농민들로부터 헐값에 샀지만 중간 상인을 통해 비싸게 샀다고 장부를 허위로 조작하여, 그 마진으로 80억이라는 폭리를 취한 것이다. 이 일에만 600여 명이 넘게 연루되어 옷을 벗어야 했다.

친구인 김석균이 농협중앙회에 근무하고 있었기 때문에 윤상원은 이러한 농협의 문제점을 잘 알고 있었다. 윤상원도 일찍이 농촌 경제와 농업 구조, 농민운동사 등을 공부한 바 있고, 농민운동에 투신해볼까 생각해보지 않은 것은 아니었으나 우선 당장 고시 합격이나 그럴듯한 직장을 원하는 부모님의 기대를 저버리고 임곡 천동마을로 내려가 별다른 수익도 없는 농사를 짓는다는 게 엄두가 나지 않았었다. 그래서 농민운동과 일정한 거리를 두고 있던 차에, 민청학련 선배인 이강과 박형선 등이 고향에 내려가 가톨릭농민회 활동을 하더니 마침내 북동성당에서 농학 연대를 이루어 가톨릭교구의 지원으로 함평 고구마 사건을 해결해냈다는 사실에 마구 가슴이 뛰었다.

노동운동의 모색과 이태복과의 만남

윤상원은 이제 자신이 가고자 하는 노동운동의 길을 찾아야 했다. 그동안 녹두서점에서 만난 적 있는 김상집의 친구 백삼철(서울대 75학번) 등을 통해 '겨레터 야학'에도 들르고 구로동과 문래동·대방동 등지의 공장 지대도 둘러보면서 노동운동의 꿈을 키워왔다.

그리고 서울로 올라온 지 얼마 되지 않아 경동교회에서 교회 청년들이 마련한 '노동자의 밤'이라는 행사를 보러 갔다가 광민사 대표 이태복을 만나게 되었다. 그 자리는 동일방직 노조를 위한 자리였다.

동일방직 주식회사는 인천시 동구 만석동에 있던 회사로 광목·포플린·재봉실·혼방직물·면직물을 생산하여 국내에 시판하고 일부를 수출하고 있었다. 당시 노동자의 수는 약 1300여 명으로, 그중 여성이 1000여 명을 차지해 압도적으로 많았다. 조직으로는 산별체제하의 어용노조가 있고 근로조건은 매우 열악한 상태였다. 1966년경부터 가톨릭노동청년회, 인천산업선교회 등의 협력으로 일찍부터 소그룹 운동이 전개되었고, 노동자들의 권리의식이 높았다. 이를 바탕으로 1972년 우리나라 최초의 여성 지부장으로 주길자를 선출하여 여성 노조 집행부를 구성하였다.

1977년 4월 4일 '동일방직분규수습대책'이라는 이름으로 노동청 감시하에 대의원 대회가 열려 여성인 이총각 총무가 지부장으로 선출되었다. 1978년 2월 대의원대회를 앞두고 섬유노조는 동일방직 노조를 사고 지부로 규정, 한국노총이 위촉한 수습위원에게 지부장 권한을 인계하도록 하고, 회사 측은 조합원들을 매수하여 대회를 무산시키려 하였다. 섬유노조와 회사 측의 협박을 받으면서도 2월 21일 동일방직 노조가 대의원 선출을 위한 투표를 감행하려 하자 또다시 회사 측 남성 노동자들이 습격해왔다. 이번에는 똥을 날라다가 여성 조합원들의 입, 가슴, 옷에 닥치는 대로 똥을 바르는 짓을 자행했다. 심지어는 똥 걸레로 문지르고 입에 먹이기까지 하였다. '아무리 가난하지만 우리도 인간이다. 우리는 똥은 먹고 살 수 없다'고 절규하는 여성 노동자들을 경찰들은 구경만 하였고, 도움을 요청하는 여성 노조원들에게는 냉소와 욕설을 퍼부었다. 세상이 분노한 이 사건이 소위 '동일방직 똥물 세례 사건'이다. 이날 대의원 선거에서 40여 개의 투표함이 박살났고, 50여 명이 부상을 당했다. 정부와 섬유노조, 기업주가 공모한 이 사건의 진상과 탄압을 알리기 위한 노동자들의 투쟁은 계속되었다.

3월 10일 '근로자의 날' 행사장인 장충체육관에서 동일방직 노동자 80여 명이 김영태 퇴진과 동일방직 문제 해결을 요구하는 기습 시위를 벌여 강제 퇴장 당하고 31명이 연행되었다. 이후 동일방직 노조 문제 해결과 산업선교회의 탄압 중지를 촉구하는 노동자들과 신·구교 종교인들의 단식 농성이 시작되었고, 노동자들은 3월 20일 기독교방송국에 진입하여 노동 문제에 침묵하는 언론에 항의하였다. 마침내 4월 1일 회사 측은 노동위원회의 승인을 받아 노동자 126명을 해고하였다. 섬유노조는 이들 해고자 명단을 각 사업장에 돌려 재취업을 봉쇄하였다. 최초의 블랙리스트가 동일방직 해고 노동자들에게 적용된 것이다.

동일방직 사건은 단순한 노사분규가 아니라, 정부·노총·회사가 한패거리가 되어 신·구교 산업선교와 노동운동을 파괴, 말살하려는 음모의 결정판이었다. 따라서 동일방직 사건은 단순한 노동운동 차원을 넘어 생존권적 요구조차 억압하는 유신체제에 대항한 반유신 민주화운동이며, 인권운동으로 전개되었다.

— 동일방직복직투쟁위원회 엮음, 《동일방직노동조합운동사》

다음은 광민사 대표 이태복의 이야기다.

내가 처음 윤상원을 만난 것은 1977년 말 녹두서점에서였다. 유한계급론의 책을 첫 출판하고 지역 판매망을 개설하기 위해 광주에 갔을 때였다. 나는 이때의 만남을 잘 기억하지 못했다. 대구, 부산, 청주 등지에서 많은 독자들과 인사를 나눴기 때문이다. 그런데 1978년 경동교회에서 열렸던 행사에서 다시 윤상원을 만났다. 당시 나는 공장에서 일을 하고 출판사에 들러 편집 일을 살펴보거나, 여러 젊은 동지들을 만나 서클주의를 벗어나 어떻게 하면 타격을 받지 않는 운동 조직을 건설하느냐 하는 문제를 논의했다. 군사 정권의 무자비한 탄압을 이겨내려면 철저한 비밀주의는 말할 것 없고, 목숨을 건 투쟁 의지로 무장한 투사들의 결집이 중요한데, 그게 쉬운 일이 아니었다. 앞에서는 큰소리치고 목숨을 걸 듯하다가도 막상 싸움에 나서라고 요구하면 뒷걸음질치는 꼴을 숱하게 보아온 나로서는 사람을 바로 보고 정확한 판단을 하는 능력을 키워가는 것이 중요했다.

경동교회에서 윤상원을 처음에 알아보지 못했던 것은 그의 말쑥한 신사복 차림 때문이었다. "광주의 녹두서점에서 인사드렸던 윤상원"이라고 소개해서 "아! 네!" 하고 인사를 나눴는데, 그의 변신에 대해 묻지는 않았다. 그런데 그가 한번 뵙고 좋은 말씀을 듣고 싶다는 거였다. 다시 그의 얼굴과 전신을 훑어보았다. 그때는 일명 프락치(fraktsiya, 러시아어로, 특수한 임무를 띠고 다른 조직체나 분야에 파견되어 비밀리에 활동하는 사람)들의 접근과 신원을 알 수 없는 젊은이들이 많았던 시절이라 일단 경계부터 하는 것이 습관이었다. '느낌이 좋긴 한데, 저 말쑥한 양복 차림은 뭐지?' 내 눈초리를 의식했는지, "지금 은행에서 근무하고 있는데, 현장 활동을 해볼까 하고요" 하는 것이 아닌가. 일단 거리를 두고 살펴보기로 했다. "제가 바쁘긴 한데, 한번 봅시다. 연락주세요."

며칠이 안 돼 6월 하순경 출판사로 찾아왔다. 그때 출판사 광민사는 성대 정문 앞에서 혜화동 로터리로 이사하기 위해 분주하던 때였다. 마침 책상 위에는 막 교정이 끝난 《한국 노동 문제의 구조》라는 교정지가 있었다. 우선 그 책의 편집 의도와 각 필자들의 차이 때문에 편집에 애를 먹은 일을 설명하며, "고민거리가 뭐냐"고 단도직입적으로 물었다. '은행에 사표를 내고 광주에 내려가 현장 운동에 뛰어들고 싶은데, 의욕만 있을 뿐 구체적으로 어찌해야 할 바를 모르겠다'는 거였다. 당연하다고 맞장구를 치면서 "그럼 근처에 가서 막걸리 한잔 하면서 얘기하자"고 끌었다.

성대 학생들이 주로 다니는 주점에 들어가 막걸리 한 병을 시켜놓고 이런저런 말로 그의 '환경'을 파악했다. 보통 현장에 가겠다는 얘기를 하더라도 막상 현장 생활을 하는 경우는 많지 않고, 또 '직업적 노동운동'을 지향하는 경우는 거의 없었다. 학생운동 경력도 풍부하지 않은 윤상원이 도대체 어떻게 하겠다는 것인가, 일시적인 감상에 빠져 편안한 은행원 생활을 못 견뎌하는 것은 아닌지, 아니면 애인이 현장론자여서 그런 것은 아닌지 알 수 없었다.

나는 막걸리를 마시면서 그에게 가정환경, 파평 윤씨 집안 내력, 농사 규모, 고교·대학 시절 주된 관심사와 좋아하는 과목까지 10여 가지 사항을 부드럽게 물었는데, 그는 매우 솔직했다. 광주 변두리 농촌마을에서 6남매의 장남으로 태어나 자랐고, 공부에는 큰 관심이 없었고, 태권도를 했으며, 삼수 끝에 전남대 정치외교학과에 진학했고, 처음에 외교관을 지망했는데 긴급조치 시대의 학원 모습에 실망했고, 군에 하사관으로 복무하고 제대하여 시위 주동도 해보고 김상윤 선배가 주도하는 학습 모임에 참여하여 사회과학 공부를 통해 한국사회의 구조적 모순을 인식하고 깨우쳤으나 가정 형편이 어렵고 장남으로서 부모님께 효도하기 위해 은행에 취업, 서울에 왔는데 많은 갈등과 분노가 가라앉지 않는다고 고백했다. 연애를 해본 적은 없고 판소리 등의 활동에 참여해서 〈소리 내력〉을 즐겨 부르고 가끔 통소도 입에 댄다고 말했다.

그는 나를 어떻게 생각했는지 '선배님'이라고 불렀다. 또 아주 순진해 대학 신입생 같았다. 진국이구나! 프락치 냄새가 전혀 나지 않아 나는 안심하고 속마음을 조금씩 드러냈다. 그 스스로 편안한 은행원 생활을 그만두겠단 결단도 홀

룡하고, 현장에 가겠다는 것도 기특해 보였다. 그래서 고난으로 가득 찬 운동가의 삶을 왜 선택하려 하느냐, 집안 형편이 어려우니 동생들이 성장할 때까지는 집안을 돕는 일도 마땅히 할 일인데 그런 문제는 어찌 할 것이냐, 현장 경험이라는 것은 사실 노동판의 언어와 그 속에 녹아 있는 여러 체험을 자기화해서 노동 해방의 여러 경로를 모색하는 것이다, 은행원도 사무직 노동자이니 꼭 사직하고 광주로 가서 일해야 하는 것은 아닌데 그 결심은 확고한 것이냐 하는 이야기를 했다. 또 현장에 가서 지켜야 할 몇 가지 원칙이 있는데 아느냐고 물었더니 들어본 적 없다고 말했다. 연안 시절에 성공한 공작과 실패한 공작의 사례를 설명했더니 아주 흥미진진하게 들었다. 특히 장제스의 북벌 이후 베이징대 등 학생운동의 현장 이전이 활발했으며 많은 시행착오가 있었다는 얘기도 했는데, 자신의 일로 생각했는지 윤상원은 심각하게 들었다.

그날 나는 윤상원을 믿음직한 동지로 생각했다. 좋은 동지로 성장하도록 지원을 아끼지 말자고 마음먹었다. 그리고 그에게 "일본의 진보적인 출판사에서 출판한 노조 관련 서적을 준비해놓을 테니, 내가 없더라도 가져다 공부해봐라" 하고는 헤어졌다. 그에게 준 복사본은 《노동조합은 무엇인가》 《조합 결성의 기초 지식》 《임금이란 무엇인가》 《노동의 역사》 등인데, 이후 광민사의 산업신서로 번역 출간되었다.

전남대 교수들의 뜻을 모은 〈우리의 교육지표〉

이태복을 찾아가 많은 얘기를 듣고 현장에 가기로 결심한 윤상원은 이제 서울 생활을 정리하고 광주로 내려가기로 했다. 윤상원이 은행에 낼 사직서를 품에 담고 있을 즈음, 광주에서도 독재 정권에 맞선 대학교수들의 움직임이 본격화됐다. 1978년 6월 27일, 당시 전남대학교 김두진·김정수·김현곤·명노근·배영남·송기숙·안진오·이석연·이방기·이홍길·홍승기 등 교수 11인이 〈우리의 교육지표〉를 선언한 것이다.

> "오늘날의 교육의 실패는 교육계 안팎의 모든 국민으로 하여금 자발적 일치를 이룩할 수 있게 하는 민주주의에 우리 교육이 뿌리박지 못한 데서 온 것이다. 〈국민교육헌장〉은 바로 그러한 실패를 집약한 본보기인 바, 행정부의 독단적 추진에 의한 그 제정 경위 및 선포 절차 자체가 민주 교육의 근본 정신에 어긋나며 일제하의 교육 칙어(메이지 천황 무쓰히토가 국민에게 직접 충성과 효를 분부하는 형식의 유지)를 연상케 한다. 뿐만 아니라 그 속에 강조되고 있는 형태의 애국애족 교육도 그냥 지나칠 수 없는 문제를 안고 있다. 지난날의 세계 역사 속에서 한때 흥하는 듯하다가 망해버린 국가주의 교육 사상을 짙게 풍기고 있는 것이다."

교수들은 더불어 인간다운 사회 건설을 위해 다음과 같은 네 가지 실천 사항을 언급했다.

전남대 정문 앞 시위대와 전경들.

1. 물질보다는 사람을 존중하는 교육, 진실을 배우고 가르치는 교육이 제대로 이루어지기 위하여 교육의 참 현장인 우리의 일상과 학원이 아울러 인간화되고 민주화되어야 한다.
2. 학원의 인간화와 민주화의 첫걸음으로 교육자 자신이 인간적 양심과 민주주의에 대한 현실적 정열로써 학생들을 가르치고 그들과 함께 배워야 한다.
3. 진실을 배우고 가르치는 일에 대한 외부의 간섭을 배제하며 그러한 간섭에 따른 대학인의 희생에 항의한다.
4. 3·1 정신과 4·19 정신을 충실히 계승, 전파하여 겨레의 숙원인 자주평화통일을 위한 민족 역량을 함양하는 교육을 한다.

전남대 교수들이 〈우리의 교육지표〉를 선언할 당시는 긴급조치 9호가 발동되어 있던 상황이었다. 교정에는 사복 경찰과 경찰 기동대, 중앙정보부 요원이 돌아다니며 학생들을 지켜봤고 교수들로 하여금 지도교수라는 명목으로 학생을 감시하게 했다. 이에 반발한 양심 있는 교수들은 교수직을 지키기 어려웠다.

교육지표 선언의 파장

〈우리의 교육지표〉는 송기숙 교수의 주도로 준비됐다. 송 교수는 서울대 경제학과 안병직 교수를 만나 학생의 희생이 발생하면 교수들이 먼저 나서자는 약속을 했다. 6월 중순경 해직교수협의회 회장을 맡고 있던 성내운 교수도 뜻을 합쳤다. 서울대 백낙청 교수가 교육지표 초안을 작성했다.

서울과 광주의 대학교수 80여 명의 서명을 받아 동시에 발표하기로 결의하고 서명운동을 진행했지만 박정희 정권의 감시가 심해지면서 서울과 광주에서 함께 발표하는 것이 어려워졌다. 그러자 성내운 교수는 전남대학교 교수 11인의 이름으로 작성한 성명서를 AP통신 등 외신에 먼저 발표하자고 제안했다.

발표 직후 서명 교수 11인은 중앙정보부 전남지부로 연행되어 조사를 받았다. 송기숙 교수와 성내운 교수는 긴급조치 9호 위반 혐의로 구속 투옥되었고, 선언에 참여한 교수 전원은 해직 처리되었다. 하지만 오랜 침묵 끝에 나온 교육지표 선언은 대학 사회에 경종을 울렸고 시민사회에도 큰 파장을 미쳐 자유실천문인협의회, 해직교수협의회, 한국인권운동협의회, 정의구현사제단, 한국기독교교회협의회 인권위원회 등 여러 운동 단체 및 종교, 재야 단체에서 지지 성명을 발표했다.

사회는 양심 있고 존경할 만한 교수가 남아 있다는 사실에 안도했다. 교수 11인에 대한 당국의 처사에 반발하는 움직임이 일어나기 시작했다. 기독학생회를 비롯한 운동권 학생들과 민청학련 관련자들을 중심으로 시위가 본격화됐다.

노준현·정용화·박석삼·박몽구·김윤기·조봉훈·김선출·안길정·박현옥은 6월 29일 시위를 진행하기로 결정했다. 노준현이 주동했고 박몽구가 선언문을 작성했다. 이들은 대부분 김상윤·윤한봉·윤상원과 함께 학습을 했던 전남대 활동가들이었다.

전남대학교 중앙도서관 앞 잔디밭에 모여 "연행 교수 석방하

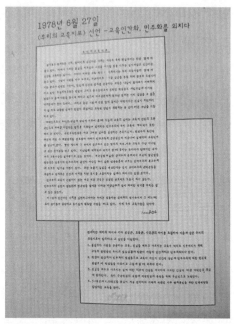

당시 만들어진 〈우리의 교육지표〉 유인물.

라!" 등의 구호를 외쳤고, 〈우리의 교육지표〉와 〈6·27 양심 교수 연행에 대한 전남대 민주학생 선언문〉을 살포하고 시위를 벌였다. 더불어 상담지도관실, 교수 재임명제, 학원 사찰 등의 제도를 없앨 것과 민주화와 학원의 자유, 양심의 회복을 주장했다.

경찰은 시위를 무력 진압했고 7월 5일까지 휴교령을 내려 등교하는 학생들을 막았다. 7월 3일, 조선대학교 학생들도 〈우리의 교육지표〉와 전남대 학생들의 시위에 지지를 표명하며 선언문을 발표하고 시위에 나섰다. 이는 민주회복전남구속자협의회에서 활동하던 김운기(금속공학 75학번) 중심의 학내 조직이 주도했다. 양희승·박형중·김용철·유재도 등 4명이 구속되었고, 이들은 그대로 5·18 당시 조선대학교 총학생회에 해당하는 민주투쟁위원회 구성원이 된다.

〈우리의 교육지표〉발표 이후 1주일간 이어진 전남대·조선대 학생들의 끈질긴 시위로 500여 명이 연행되었다. 1970년대 최대 규모의 가두시위였다. 전남대 재학생 노준현·정용화·김윤기·김선출·안길정·문승훈·박병기·박몽구·박현옥·신일섭·이택·이영송·최동열·한동철 등 14명이 구속되었다. 박기순·신영일·양강섭 등 10명은 학교에서 제적되었다. 광주YWCA에서 유인물 제작을 도왔던 김경천 간사와 인쇄업자 정호철도 구속되었다. 전남대학교 교수 11명은 전원 해직되었으며 송기숙 교수는 재판에 회부되었다. 박석률의 동생 박석삼은 윤한봉이 작성한 〈우리의 교육지표 사건 상황일지〉를 들고 서울로 올라가 백낙청·성내운 교수를 만나 전달하고 남민전 사건으로 구속될 때까지 수배되었다.

〈우리의 교육지표〉사건은 엄혹했던 유신의 끝자락에서 일어난 전남대학교 교수들의 저항이었다. 학생들은 이 사건을 결코 교수들만의 저항으로 남겨두지 않았다. 1주일간 500여 명이 연행될 정도로 끈질기게 지속된 학생들의 저항은 5·18민중항쟁의 위대한 전초전이었다.

후배 뒷바라지와 사직서

며칠 뒤 조봉훈·박몽구·김윤기·김선출이 검거망을 뚫고 서울로 잠입해 각기 따로 봉천동 윤상원의 하숙집을 찾아왔다. 이들은 이리저리 피신하며 며칠을 보낸 터라 의복은 말할 것도 없고, 이발이나 면도도 하지 못한 데다 잘 먹지도 못해 한결같이 꾀죄죄한 몰골이었다. 후배들은 윤상원에게 와서 〈우리의 교육지표〉 사건에 대해 자세히 설명해주었다. 도피 중이었던 넷은 한 곳에 있으면 몽땅 잡힐 우려가 있어 각기 따로 거처를 정했다.

윤상원은 후배들이 대견했다. 광주에 있을 때 함께 학습했던 후배들이었고, 특히 김윤기와 김선출은 서울에 오기 직전인 1977년 겨울방학 때 광주YMCA에서 주관한 민속극 교실에서 함께 탈춤을 배우기도 했던 터였다. 당시 민속극 교실은 한국 문화운동의 1세대 격인 최희완·유인택·무세중 등을 강사로 초빙하고, 윤만식·김정희·김윤기·김선출·조길례 등 전남대 탈춤반 출신들과 연극반의 윤상원과 그의 친구 정오현이 참가한 프로그램이었다. 당시 해남에 거주하고 있던 작가 황석영 등이 문화운동의 텃밭을 가꾸기 위해 주선한 이 민족극 교실을 거쳐 이듬해 전남대 탈춤반이 창립됨으로써 이들 참가자들은 곧 광주 문화운동의 1세대 격으로 자리매김되었다.

윤상원은 박몽구가 마땅히 머물 곳이 없다고 하자 미아리에서 표구점을 하고 있는 고흥에게 연락해 당분간 묵을 피신처를 마련해주었다. 그리고 매일 연락을 취하기로 약속한 뒤 박몽구에게 20만 원을 쥐여주었다. 일찍 서울로 올라와 자리를 잡고 있던 친구 황철홍과 김석균에게 부탁하여 준비한 돈이었다. 윤상원의 초봉은 8만 6000원이었고, 하숙비만 3만 3000원이었으니 윤상원의 호주머니에 돈이 남아 있을 리 없었다. 윤상원은 며칠 뒤 은행을 그만둘 즈음 박몽구에게 다시 20만 원을 보내주었다.

주택은행 봉천동 지점에 근무한 지 6개월째가 되는 7월 10일, 윤상원은 사직서를 제출했다. 윤상원은 주택은행을 사직하면서 아버지께 보낼 편지를 썼다. 그러나 차마 그 편지를 시골에 부치지 못한 채 오래도록 간직하고만 다녔다.

불초 소생 부모님의 뜻을 저버리고 직장을 그만두게 되었습니다. 그동안 저를 길러주시고 뒷바라지 해주신 은혜를 생각하면 평생을 다 바쳐 노력해도 부족합니다마는, 부정과 불의가 판을 치는 이 나라 이 민족의 현실을 무시할 수 없어 그만두려 하니 부모님 양해해주십시오. 사내대장부로 태어나 더욱 뜻있고 보람 있는 일을 하려 합니다. 아무리 어려운 고난과 역경이 제 앞에 닥치더라도 결코 굴하지 않고 꿋꿋이 부모님의 자랑스런 아들답게 이겨나가렵니다. 민족이 처한 어려운 현실에 뛰어들어가 잘못됨을 바로잡는 데 조그만 저의 힘이나마 보태려 하니 불초 소생의 뜻을 부디 용서하시고 차라리 그 길도 참된 효도의 길이라 여겨주십시오.

6장 | 노동 현장으로

광주로 내려온 윤상원은 녹두서점 부근에 자취방을 얻었다. 서울로 올라가기 전부터 자취를 했던 방에는 광주고에 다니는 동생 윤태원이 살고 있었으나 가끔 식사를 하러 들르는 정도였다. 윤상원은 부모님이 계시는 임곡 천동마을엔 내려가지도 않았고 별다른 소식도 주지 않았다. 부모님의 심란해할 모습이 보지 않아도 눈에 훤해 시골에 내려갈 자신이 없었던 것이다. 가끔씩 임곡농협에 근무하는 여동생 윤현희만 광주에 올라오면 녹두서점에 들러 시골 소식을 전해주곤 했다.

윤상원은 서울로 올라가기 전처럼 눈만 뜨면 녹두서점으로 출근하다시피 했다. 녹두서점에 가야 세상 돌아가는 것도 알고 많은 사람들을 만날 수 있었지만 무엇보다도 일자리 문제를 김상윤과 상의하기 위해서였다. 당시 광천동 공단에서 위장 취업 중이던 이양현이 많은 조언을 해주었다.

이양현과 가까워지다

이양현은 전남대 문리대에서부터 이미 알고 지내던 친구였다. 이양현과 정상용은 1학년 때 이미 교련 반대 시위로 강제 징집당한 터였다. 사실 입대 전 윤상원은 고시파인데다 연극반이어서, 정상용·이양현 같은 운동권 친구들과 가깝게 지내기는 어려웠다. 1975년 제대하고 복학한 뒤에도 함께 복학한 그들과 반갑게 인사를 하는 정도였다. 그러다 김상윤 선배를 만나 한국사회 현실에 관한 학습을 하면서부터는 정상용·이양현과 가까워졌고, 평소 존경하는 마음을 지니고 있었다. 그런데 두 사람은 복학한 지 얼마 안 되어 갑자기 학교를 자퇴하고 사라져버렸다.

유신헌법으로 장기집권 체제를 갖춘 박정희는 긴급조치를 발동하더니 민청학련 사건을 날조하고, 나아가 이 사건의 배후에 인혁당이 있다고 발표하더니 대법의 판결이 나자마자 다음 날 새벽 사형을 집행했다. 당시 윤한봉·김남주 등 대부분의 사람들은 '총통 체제나 다름없는 유신헌법 치하에서 이 땅에 민주주의가 자리잡는 일은 박정희가 죽지 않고서는 불가능하다'고 생각했다. 이양현은 정상용과 함께 박정희를 암살하기 위해, 혹은 암울한 시대의 돌파구를 뚫기 위해 무언가 해야겠다는 신념으로 스스로 대학을 자퇴한 것이었다. 정상용이 주로 무기 수집과 암살 방법에 몰두했다면, 이양현은 쿠바의 카스트로처럼 무장대를 조직하여 암살 이후 정부를 전복할 전투 조직을 보유해야 한다고 생각했다. 그런데 박정희 대통령을 청와대에서 암살하기로 한 정용화로부터 소식이 들려오지 않자, 노동자 조직을 만들기 위해 들어갈 공장을 찾다가 1976년 봄 청계노조 노동교실에 참여하게 되었다. 노동교실에 24시간 상주하면서 노동 상담을 했는데, 크고 작은 문제에 청계노조는 적극적으로 관여하여 함께 싸웠다. 그중 가장 대표적인 투쟁이 풍천화섬 노동자들의 노조 결성을 위한 투쟁이다.

풍천화섬은 서울 성동구 성수동에 소재한 '에이원저지'라는 옷감을 생산하는 공장이었다. 생산직 노동자 대부분은 연소자 여성으로서 약 800여 명 규모에 달하는 비교적 큰 사업체였다.

당시 에이원저지는 수출은 물론 국내 수요도 많아 경기가 좋았음에도, 회사의 노동 조건은 형편없었다. 공휴일과 생리휴가 등도 무시하면서 하루 3교대 작업을 2교대로 바꾸고, 임금 또한 낮아서 2~3년 근무한 사람의 일당이 고작 480원이었다.

머리가 유난히 긴 10대 후반의 박숙녀가 동료 네 명을 인솔해서 노동교실에 찾아왔다. 이양현은 이들을 집중적으로 교육시켰다. 민족의 대명절 추석 연휴인 9월 9일 아침, 박숙녀는 기숙사 베란다에 500여 명의 동료들을 모이게 한 뒤 〈단결의 노래〉를 부르며 임금 인상, 기숙사 외출의 자유 보장, 공휴일 근무제 폐지, 부서 복귀, 노조 결성 등 7개 사항을 요구하는 유인물을 돌리고 이를 구호로 외쳤다. 자신들의 요구가 적힌 휘장을 두른 채 회사가 있는 뚝섬 안 약 3킬로미터가량을 아무런 제지도 받지 않고 행진했다. 이는 유신 기간 '버스안내양'들의 집단 탈출(1964년 1월 16일 새벽 2시, 서울 영등포구 신대방동에 있는 삼양여객 소속의 버스안내양 74명이 합숙소를 집단으로 탈출했다) 이후 집회 및 시위에 관한 법률, 국가보위에 관한 특별조치법, 대통령 긴급조치 9호 등이 엄존한 상태에서 공장 노동자들이 처음으로 나선 가두시위였다. 이들은 뒤늦게 출동한 경찰에 의해 한양대 부근에서 머리채를 잡히고, 군홧발로 걷어차이는 폭행을 당했다. 그리고 76명이 동부경찰서로 연행되었고 2명이 동부시립병원에 입원했다.

사건이 터지자 이양현은 수배되었다. 또한 조광피혁의 선점숙도 청계노조의 노동교실에서 이양현과 함께 맹렬히 활동했는데 풍천화섬의 박숙녀와 함께 '숙녀와 소녀'라는 이름으로 알려질 정도였다. 둘 다 이양현과의 관계가 탄로나, 이양현은 일명 '소녀'라 불리던 선점숙과 함께 광주로 내려와 광천동 서울샤시에 위장 취업하여 생계를 꾸리고 있었다.

윤상원은 이양현·정상용이 '무등산 타잔 박흥숙' 사건을 혁명 전야의 민란으로 보고 이를 파헤치기 위해 김상집을 불러 르포를 쓰도록 하였다는 사실에 큰 충격을 받은 바 있었다. 또한 이들이 박정희 암살을 꿈꾼 적 있다는 것도 알았다.

한남플라스틱에 들어가다

윤상원은 김상윤·이양현과 함께 자신의 거취 문제를 상의했다. 이양현은 이미 청계노조 노동교실에서 노동 상담을 해왔고, 풍천화섬에 노조 만드는 일을 지도한 배후로 수배 중이었다. 풍천화섬의 열악한 노동 조건 속에서도 활기차게 노조를 건설하고 가두투쟁을 할 수 있었던 것은 이양현의 치밀한 예행연습 덕분이었다. 풍천화섬 노조위원장 박숙녀는 경찰과 싸우는 과정에서 많이 다친 척하며 동부시립병원 2층에 입원했고, 경찰들의 감시가 느슨

해진 틈을 타 탈출했다. 이는 치밀한 사전 기획 없이는 불가능한 일이었다. 이양현은 자신의 풍부한 지식과 경험을 하나하나 전수해주었다.

이양현은 윤상원에게 한남플라스틱에 취직할 것을 권유하였다. 들불야학에 참여해달라는 요청이 있었지만 윤상원은 야학보다는 공장 취업에 무게를 두고 있었다. 서울에 있는 동안 겨레터 야학뿐만 아니라 여러 교회나 성당의 야학을 둘러본 적이 있어 야학의 한계를 누구보다 잘 알았다. 특히 광민사 대표 이태복을 만나 많은 대화를 나누면서 노동 현장에서 일할 결심이 확고하던 시점이었다.

야학 교사는 대부분 대학생이었다. 일부 야학 졸업생(노동자)이 차기 협동 교사로 일하는 경우도 있었지만 그 비중은 그리 크지 않았다. 저학년이 많은 수를 차지한 이들 대학생들은 대부분 가치관이나 세계관을 정립해가는 중인 사람들이었으며 더구나 노동 교육에 있어서는 비전문가였다. 야학 교사들은 체계적인 노동 교육을 실시하기에는 부족한 점이 많았고, 나아가 야학 졸업 후까지 노동자들과 지속적인 관계를 갖기 힘들었다. 더구나 야학 교사들은 보통 1년여 정도만 몸담다가 훌쩍 떠나버렸으므로 경험의 전수라든가 야학의 질적 발전을 위한 프로그램의 개발 등이 제대로 이루어지지 못한 것도 사실이었다.

마찬가지로 들불야학도 1기 교사 가운데 전복길·최기혁·김영철이 군 입대를 앞두고 있어 충원이 시급했다. 김상윤과 이양현은 윤상원이 공단에 자리를 잡지 못하자 우선 들불야학의 교사가 될 것을 권유했다. 윤상원은 10월 중순경 배환중·전용호·김연중·고희숙 등과 함께하는 대기 교사 오리엔테이션에 참석했다. 그리고 며칠 뒤 한남플라스틱에 고졸로 입사원서를 내고 면접을 본 다음 10월 25일 첫 출근을 했다.

벌교 농지개혁 사건

1978년 10월 초, 가농전남연합회 교육부장을 맡고 있는 이강으로부터 전남도청 앞으로 모이라는 운동권 총동원령이 떨어졌다. 지난 4월 북동성당에서 함평 고구마 사건 때 내려졌던 총동원령이 또다시 내린 것이다. 이미 부활절예배 사건과 6·27교육지표 사건으로 학생들이 대거 구속된 상황이었지만, 많은 이들이 전남도청으로 몰려갔다. 전남도청에는 가농전남연합회 벌교 회원인 이기환과 가농 회원들, 기독학생회의 박형중·황연자 등이 운집해 있었다.

총동원령의 배경은 농지개혁법에 따라 이미 농민에게 불하됐던 땅을 소송에 의해 빼앗긴 사건이었다. 갯벌을 간척했던 이는 광주시장·전남도지사·국회의원을 지냈던 서민호의 부친 서화일과 박사윤으로 1930년대에 사재를 들여 간척지로 매립해 소작농에게 밭을 짓게 했다. 그러던 것을 1949년 정부의 농지개혁과 함께 정정식(작고) 등 17명이 5년(1950년 3월~1954년 12월)에 걸쳐 정부에 상환금을 지불하고 매입하기에 이르렀다. 이들 농민들은 난생 처음 등기된 농지를 가졌고, 농사를 짓고 매매도 하면서 자작농의 권리를 마음껏 누렸다. 그러다 10여 년이 지난 1965년 서민호(원고)는 소작인이 차지한 땅이 농지개혁법의 대상이던 전답이 아닌 대지라는 이유로 '원인 무효에 의한 등기 말소 청구 소송'을 제기해 그해 광주지방순천지원으로부터 승소 판결을 받았다.

농민들과 정부(피고)는 설마하는 마음으로 아무 대책 없이 지켜보다가 청천벽력 같은 소식에 서둘러 변호사를 선임하고 광주고법 항소심에서 승소할 수 있었다. 이 사건은 결국 대법원까지 올라가 1971년 원인 무효의 반증이 될 만한 충분한 증거가 없다는 이유로 서민호가 승소하면서 매립 농지 2270평의 등기는 다시 서 씨에게 넘어갔다. 서민호 일가는 애초 등기를 소작농에게 넘길 때 상환료를 받아 챙긴 데 이어 재판으로 땅까지 돌려받은 것이다. 법률 상식에 어두웠던 농민들과 재판에 성의껏 응하지 않은 담당 공무원들의 실책이 빚은 어처구니없는 사건이었다.

이기환은 "농지개혁법에 의거 5년 동안 상환금을 납부하고 등기까지 필한 땅을 허무하게 빼앗겼는데, 힘없는 농민들을 두 번 울린 서민호 일가와 정부가 원망스럽다"며 고건 전남도지사와의 면담을 요청했다. 당시 고건 전남지사는 계속되는 농민들의 반발에 시효가 지나 보상은 불가능하다며 불우이웃돕기를 통해 돕겠다는 뜻을 전했으나, 주민대책위원장이던 이기환은 "우리가 왜 불우이웃이냐. 땅을 돌려주든지 상환료(쌀 한 가마에 3만 원씩 모두 3800여 만 원 상당)를 돌려달라"며 도청 옥상에 올라가 투신 자살 소동을 벌이기도 했다.

당시 농민들은 대법원에 올라가나 마나 빤한 일이라며 관심을 두지 않고 지내다 5년 기한인 재심 청구를 하지 않아 확정 판결이 난 데다 시효를 놓쳐 상환료도 돌려받지 못하게 되었다. 농민들은 확정 판결 결과조차 알지 못했고 그 이후로 몇 해 동안 권리 행사를 계속하다, 1978년 목포-순천 간 도로 확장 공사가 시작되면서 150평 정도가 국도로 편입된 데 따른 보상금 수령 문제를 다투는 와중에 비로소 사건의 전말을 알게 되었다. 재판 진행 중 서민호가 사망하자 그 자녀들이 보상금 수령 권리를 주장하였고, 집을 짓고 살고 있거나 매매로 땅을 취득한 농민들은 보상금 한 푼 받지 못하고 쫓겨나게 되었다.

농민들의 딱한 사정을 전해 들은 소설가 송기숙은 1978년 4월 29일자《전남일보》에 기고한 〈버림받은 사람들〉이라는 글에서 "백성들의 표를 받아다가 국회의원까지 됐고 대통령까지 출마했던 이의 명성이 아까울 지경"이라며 서민호를 나무랐다.

이 사건은 1978년 이후 전두환-노태우 정부 때까지도 탄원과 진정이 이어졌지만 뚜렷한 결말을 보지 못한 채 역사 속에 묻히고 말았다.

7장 | 들불야학

들불야학은 윤상원이 서울에서 은행을 그만두고 고향에 내려와 한남플라스틱에 입사한 1978년 후반부터 애정을 쏟아 활동한 터전이다. 윤상원은 야학의 한계도 잘 알았지만 가능성도 믿었다. 들불야학에 몸담는 과정에서 새로이 관계를 다지게 된 동지들도 많았다. 언제나 물심양면으로 윤상원의 곁을 지킨 김상윤과 이양현 외에 김영철과 들불야학 교사들, 학생들이 그러했다. 들불야학의 시작, 윤상원이 들불야학의 교사가 되고 이에 투신한 이야기와 1978년 말부터 79년 초까지의 이야기를 짚어본다.

광천동 시민아파트

들불야학이 광천천주교회 교리실에 문을 열 즈음, 김영철은 광천동 시민아파트를 중심으로 빈민운동을 하고 있었다. 김영철은 독실한 기독교 신자로서 초대 교회로 불리우는 바닥교회로 기초 공동체를 이루고자 하는 꿈을 지닌 젊은이였다. 9급 공무원에 합격하여 승주군 별량면사무소에서 잠시 공무원 생활도 했던 김영철은 군에서 제대한 뒤 광주와 서울 등지에서 주로 막노동을 하며 생계를 이어갔지만 마음만은 늘 하느님의 나라, 곧 공동체에 대한 꿈을 안고 있었다. 기독교의 기초 공동체를 갈망하는 김영철에게 신용협동조합은 무엇보다 친근하게 다가왔다.

신용협동조합은 1972년 신협법이 제정되면서 1970년대 중반 이후 전국 각지로 빠르게 확산되기 시작했다. 전남신용협동조합 운동은 '전남협동개발단'이 중심이 되어 전개되고 있었다. 전남협동개발단은 단장에 조아라 광주YWCA 회장, 부단장에 광주 영신원 서경자 원장, 그 외에 조명제·정구선·장두석 등 지역개발 운동을 하는 사람들이 참여한 단체였다.

김영철을 전남협동개발단과 맺어준 사람은 부단장인 서경자 영신원 원장이었다. 김영철 가족과 서경자 원장은 각별한 사이였다. 그의 가족이 목포에서 광주로 처음 왔을 때 인성모자원 원장으로 인연을 맺기 시작하여 어머니가 마지막 임종할 때까지 옆에서 지켜준 이가 바로 서경자 원장이었다. 서경자 원장의 권유로 김영철은 1976년 1월 7일부터 24일까지 2주간에 걸친 제51차 신용협동조합 지도자 교육에 참여했다. 이 교육에는 장두석의 권유로 전남대 농대생인 조봉훈과 김명수 등 기독학생회 및 민청 회원 다수가 참여했다. 김영철은 1976년 2월 전남협동개발단이 후원하는 제52차 신용협동조합 지도자 교육에도 참여했다. 1977년

당시 시민아파트 전경.

1월에는 승주 별량의 첨산신협 창설의 일환으로 순천중앙교회 신협 지도자 교육을 유치했다. 여기에는 70여 명의 주민들이 참여했다.

1977년 3월, 순천신협 지도자 강습회 추진 과정 등에서 적극적인 활동상을 인정받아 김영철은 전남협동개발단 간사로 임명되었다. 전남협동개발단 활동을 본격적으로 전개하기 위해 김영철은 아내와 갓난 아들 동명이를 데리고 순천에서 광주 학동의 영아원으로 이사했다. 당시 전남협동개발단은 빈민 지역인 광천동 시민아파트 발전 사업을 준비하고 있었다.

광천동은 원래 비만 오면 물에 잠기는 고수부지였다가 광주천의 제방을 막아 피란민과 부랑민 수용소를 세운 자리로, 인구가 늘자 광천동으로 불리게 되었다. 6·25 직후의 피란민과 부랑민 수용소에 광주시에서 아파트 세 동을 건립하여 170여 세대가 입주한 것이 광천동 시민아파트다. 주민의 대다수가 학력 수준이 낮고 노동으로 하루하루의 생계를 유지하는 극빈층으로서 이름만 아파트지 판자촌과 다를 바 없었다.

1971년 박재봉 총무는 광주YMCA에 부임하여 광천동에 주목하고, 광주YMCA신협을 광천동으로 확장해 빈민운동을 목적으로 2월 9일 광천삼화신용협동조합을 창립하였다. 광천삼화라는 명칭 가운데 삼화三和란 시민아파트 세 동의 주민이 화합한다는 뜻을 담고 있었다. 박재봉 총무는 광주YMCA 내에 염기열을 실무자로 배치하여 광천동 지역개발사업을 누차 시도하였으나 주민들 가운데 알코올중독자가 너무 많았다. 조합원 모집은 지지부진한데다 광천삼화신협은 계속 적자를 면치 못했고, 광천삼화신협 실무자가 출자금까지 써버려 주민들로부터 외면 받고 있었다. 설상가상으로 3·1민주구국선언과 기장전남노회 활동을 계기로 박재봉 총무가 1976년 광주YMCA 총무직을 사임하고 서울로 떠나자, 광천삼화신협에 대한 외부 지도 사업마저 중단되어 해산 위기까지 내몰린 상황이었다. 박재봉 총무의 부단한 노력에도 불구하고 광천삼화신용협동조합은 주민들의 장래에 어두운 그림자를 던져주는 결과가 되었고 도리어 주민들은 외부 사회를 경원하게 되었다.

김영철은 처음 그곳을 찾아갔을 때의 심정을 이렇게 이야기했다.

"사방 군데군데가 쓰레기장이었고, 아파트 복도는 암굴처럼 어두웠다. 내부 벽은 매우 더러웠으며, 공동 화장실은 수세식이 아니어서 냄새와 메탄가스로 눈이 따가웠다. 놀이터가 없어 어린이들은 부서진 리어카 위에서 난폭하게 놀고 있었다."

그때 그의 나이는 서른이었다. 그는 1977년 10월, 주민들과 함께 생활하기 위해 학동의 영신영아원에서 시민아파트 A동 216호로 이사했다. 전세금 10만 원은 전남협동개발단 부단장인 서경자가 마련해주었다. 그리고 1980년 5월 항쟁으로 구속될 때까지 그곳에서 살았다.

그는 먼저 아파트의 주민들을 종교별·학교별·직업별로 나누고, 175가구의 각 호마다 수입·지출·부채 등의 기초조사표를 만들어 종합개발사업 계획안을 만들었다. 그리고 청년회를 부활시켜 총무를 맡고, 청년부 산하에 청소년부를 두어 어린이 주말학교 운영과 아파트 대청소를 실시했다. 어린이들의 이름을 외워 아침마다 청소하자고 불렀으며 청소가 끝나면 인근 효광여중 운동장에서 축구 시합을 했다. 토요일 오후와 일요일에는 어린이 주말학교를 아파트 옥상이나 인근 수영장 등에서 개최하여 능력 개발 훈련과 각종 놀이를 했다.

김영철이 적자로 폐업 상태에 있던 광천삼화신용협동조합을 인수받은 것은 1978년 1월 6일이었다. 그는 어린이들에게 빈 병을 모아오게 해 출자금 통장을 발행했고, 이를 성인 조합원까지 확대하여 신협을 정상화시켰다. 마침내 광천삼화신용협동조합은 1979년 11월 4일 광천동 중심 상가의 복판 지점인 현재의 장소로 이전하여 급속하게 성장했고, 김영철은 1980년 5월 민중항쟁 당시까지 이사장을 맡았다. 상무는 3년 선배인 김길만이었다. 그는 지역 활동상을 주민들에게 인정받아 처음에는 A동 반장을 맡았다가 나중에는 광천동 11통 합동반상회에서 새마을 지도자로 선출됐다.

1978년 7월 전남협동개발단이 해체되어 김영철이 추진하고 있던 광천동 시민아파트 지역개발 운동도 공식적으로는 중단되었다. 광주YWCA신용협동조합 이사장이면서 전남협동개발단 부단장인 서경자의 배려로 그는 광주YWCA신용협동조합 참사로 근무하게 되었다. 전남협동개발단은 해체되었지만 그는 광천동 시민아파트 지역개발 운동을 멈출 수 없었다. 그 운동은 그가 평생 동안 추진하고자 했던 사업이기 때문이었다.

들불야학

들불야학은 서울에서 야학 교사를 해봤던 전복길(서울대 75), 최기혁(외대 76), 김영철(서울대 76) 등 광주 출신 대학생들이 처음 제안하여 1978년 5월부터 창립을 준비하였다. 그해 7월 들불야학은 광천동 성당 교리실에서 35명의 청소년 노동자들과 8명의 교사로 출발하였다. 교사들은 주로 서울에서 학생운동을 하다 휴학하고 내려온 학생들과 전남대학교 재학생들이었다. 김영철의 광천동 종합개발계획에도 돈이 없어 학교에 못 가고 공장에서 일하는 청소년을 위한 야간중학교 건립이 있었는데, 여력이 없어 보류하던 차였다. 그런데 뜻밖에도 야학 학생을 모집한다는 벽보를 보고 김상윤을 찾았다. 이에 김상윤은 김영철을 들불야학에 소개했

다. 김상윤은 김영철의 서중일고 동기이고 계림신협 이사장으로
있는 장두석의 권유로 계림신협 이사를 맡고 있었기 때문에, 협동
개발단 간사로 있는 김영철이 광천동에서 빈민운동을 하고 있다
는 걸 잘 알았다. 김영철은 전복길·최기혁·김영철·박기순·신영
일·임낙평·나상진·이경옥 등 들불야학의 교사들을 만나고, 광천
천주교회 교리실에서 열린 입학식에 참여하여 지역 주민을 대표
해 축사를 하였다. 그리고 교사들과 친해지기 시작하여 나중에는
형제처럼 가까워졌다. 그는 특별 교사로 참여해 시사 과목과 레크
리에이션을 맡았다.

10월 중순부터 생활을 공장 노동과 들불야학 예비교사 활동에
쏟아부어야 했던 윤상원은 우선 안정된 거처를 마련해야 했다. 김
영철은 윤상원에게 거처를 광천동 시민아파트로 옮길 것을 권유
했다. 김영철의 지역사회 개발운동(빈민운동)에 대해 김상윤과 들
불 교사들에게서 들은 터였으므로 김영철의 권유를 마다할 이유
가 없었다. 그동안 외롭게 빈민운동을 해왔던 김영철은 자기 동네
에 들불야학이 창설되는 것을 보면서 우군을 만난듯 기뻤다. 더구
나 듬직한 윤상원이 자신이 계획하는 사업에 참여한다면 더욱 큰
성과가 있을 듯싶었다.

1978년 11월, 윤상원은 광천동 시민아파트의 방 한 칸을 사글세
로 빌려 들불야학 학생 백재인과 함께 살게 되었다. 거처를 옮김과
동시에 윤상원의 방은 들불 교사들과 학생들의 새로운 모임터가 되
었다. 그렇지만 자기 삶의 공간을 송두리째 공동의 것으로 만든 윤
상원의 현실적 삶은 각박해질 수밖에 없었다. 그 무렵 쓴 윤상원의
일기 속에는 이처럼 말 못할 고민들이 고통스럽게 녹아 있다.

> 얼마간의 돈을 더욱 충당하지 않으면 이 방을 유지할 수가 없다.
> 생활이 유지되지 않는 한 이루어질 것은 아무 것도 없다. 해야 할
> 일들은 산적해 있는데 무엇부터 손을 대야 할지 모르겠다. 자신감
> 이 점점 사라지고 허무감이 날 괴롭히려 한다.

연말이 다가오면서 야학에도 새롭게 해야 할 일들이 산처럼
쌓였다. 대기 교사의 수가 늘어났고, 다음해 1월에 2기생 모집을
해야 했으므로 교구와 교재들을 새로 만들어야 했다. 광천천주교
회의 교리실 한 칸을 계속 학당으로 사용할 수 있었으나, 2기생을
모집하게 되면 교실이 한 칸 더 필요했다.

12월 중순께 이러한 현안들을 총체적으로 협의하기 위해 1기
교사와 대기 교사 전체 회의가 소집되었다. 이 회의는 이례적으로
오전 10시에 열기로 했으므로, 윤상원은 출근을 포기하고 학당으
로 갔으나 약속시간이 되어도 한두 사람만 나타났을 뿐이었다. 초
조하게 기다리던 몇몇 교사는 지각한 이와 불참한 이들을 향해
욕설을 퍼부었고 주먹다짐까지 일어났다. 좀처럼 화를 내지 않던
윤상원은 불같이 화를 내고 시민아파트 방으로 돌아와버렸다.

1년 전 4·19혁명을 기념하여 10여 명이 철석같이 반유신 시위
라는 거사를 약속하였지만 두 사람만 나타나고 나머지는 아무 말
도 없이 나타나지 않아 거사를 포기한 적이 있었기 때문에, 윤상
원은 약속을 지키지 않은 교사들의 태도에 대해 분노를 참을 수
없었다. 더욱이 윤상원은 애초 투신하려 했던 노동 현장 외에 뜻

하지 않았던 야학까지 준비하려니 차츰 체력에 한계를 느끼기 시작한 터였다. 야학의 문제점을 모르는 바는 아니었으나 막상 들불 야학 대기 교사로 들어와보니 모든 일의 하중이 선배인 자신에게 몰아쳐왔다. 특히 휴일도 없이 일한 월급은 겨우 3만 6000원에 불과한 처지인데 2기생들의 교구와 교재에 들어갈 예산은 훨씬 더 많았다.

이양현은 체력적 한계와 빈궁한 처지는 운동가로서 반드시 극복해야 할 사안이라고 격려해주었고, 윤상원도 이를 극복해야 한다고 하루에도 수차례 되뇌고 있었지만 현실은 어쩔 수 없었다.

결국 윤상원은 한남플라스틱 공장 노동을 포기하고 말았다. 매사 낙천적이고 환한 미소로 주위 사람들을 편안하게 했던 윤상원의 표정은 의기소침해졌다. 마침 이양현은 1977년 12월 24일 청계피복노조에서 만난 선점숙과 결혼하여 계림동오거리에서 신접살림을 차린 터였다. 계림동 헌책방 거리에 있는 녹두서점과 가까웠고 윤상원은 매일 녹두서점에서 살다시피 했기 때문에 이양현과 더 자주 만날 수 있었다. 이양현은 노동운동의 선배답게 "A라는 방법이 안 되면 B라는 방법을 찾고, B도 아니면 C를 찾고, 또 이도 아니면 D, E, F 등등을 찾아 일하는 게 운동가의 자세 아닌가"라며 다른 방법을 찾아보자고 격려했다. 그리하여 야학을 뒷바라지하면서 더불어 생계도 해결할 수 있는 일터를 수소문하기 시작했다. 마침내 김상윤과 이양현은 신협 전남도지부 부지부장인 장두석을 통해 광주 최대의 신협인 양동신협 이사장 김세원에게 자리를 부탁했다. 그리하여 윤상원은 양동신협에 들어갈 수 있게 되었다.

주택은행이라는 안정된 직장을 나와 노동 현장에서 땀 흘리는 노동자가 되겠다던 애초의 꿈을 야학 활동으로 인해 당분간 접어야 했지만, 그만큼 들불야학은 중요했다. 광천동에는 한국전쟁 피란민과 부랑인 수용시설이 있었고, 박재봉 목사가 일찍이 빈민운동을 해왔으며, 김영철이 꾸준히 마을 공동체 터전을 일구어놓은 곳이었다. 들불야학은 교사들을 전남대 이념 서클에서 골고루 선발하였다. 강학 기간에 학생인 노동 형제들과 함께 토론하며 노동 현장을 이해한 뒤, 다시 학교로 돌아가 학생운동을 하거나 노동 현장으로 들어가기를 바랐던 것이다. 들불야학은 기존 검정고시 야학처럼 중·고등학교 교과서를 교재로 채택하지 않고 자체적으로 편집한 책을 교과서로 사용하였다. 야학을 졸업한 뒤에는 노동 현장에 들어간 교사와 학생들이 본격적인 노동운동 학습을 하도록 소모임을 꾸린다는 계획이었다.

　　여기에 교사 회의에서 여러 가지 의견들이 수렴되면서 새로운 사업들이 구상되었다. 우선 김영철의 활동에 더욱 열심히 동참하는 것을 토대로 장기적으로는 들불야학 자체를 광천시민아파트 주민들의 것으로 숙성시켜나간다는 데 합의를 보았다. 이에 따라 현재 광천공단 내 노동자들이 당하는 착취와 억압의 실태를 파악할 수 있도록 노동자 실태조사를 추진하기로 하였다. 이렇게 하여 1978년 12월 말 실태조사반이 정식으로 구성되었다.

　　이세천·장석웅·박병섭·위승량 등 학내 운동의 주축들과 박관현·박용안·최금표·안진·김정희 등의 활동가, 그리고 야학에서는 신영일이 조사반에 동참했다. 물론 조사반 활동은 들불야학과는 무관한 독자적인 사업으로 기획되었다.

이태복과의 본격적인 만남

윤상원이 아직 한남플라스틱에서 일하고 있던 때, 이태복으로부터 만나자는 연락이 왔다. 일요일이었기에 시내 다방으로 나갔더니 함께 무등산에 가자는 거였다. 이태복은 무등산 중머리재에 오르면서 이것저것 물어보았다. 특히 당시 맹렬하게 세력을 확장하던 남민전(남조선민족해방전선준비위원회의 약칭, 1976년 10월 결성된 단체) 조직에 대한 입장이 어떤지를 물었다. 양동신협 이사장의 배려로 직원이 될 수 있었는데, 그 이사장이 김세원으로 과거 혁신계 활동을 한 사람이기 때문이다.

또 광주 분위기가 다른 지역과 달라서 반합법적 농민운동과의 결합도 중요한데 어떻게 풀어야 할지 분명한 태도가 필요했다. 그래서 남민전의 지도부인 신향식 선생과의 토론 내용도 소개해주었다. 윤상원은 '운동가로서 훌륭한 삶의 태도를 갖는 것과 과학적인 운동을 하는 것은 다른 것 같다'며, '그분들이 한국사회를 식민지 반봉건 사회라고 규정하는 것은 자신의 은행원 체험이나 한국사회의 현실과 거리가 멀고, 또 지식인들끼리 조직해서 조급하게 움직이면 사건만 일으키고 대중을 움직일 수 없는 것 같다'면서 이태복의 정세 인식에 전적인 공감을 표시했다. 자신도 광주에서 구 혁신 세력의 선배도 알고 지냈고 존경하지만, 운동은 전혀 다른 것이라고도 했다.

이태복은 윤상원에게 '나와의 개인적 만남을 비롯해 일체의 정보를 노출시켜서는 안 되며, 녹두서점의 김상윤 선배도 훌륭한 분이지만, 조직을 함께하는 것은 아니니 보안에 신경 써야 한다'

'현장 학습 조직과 야학 교사 모임은 서로 연관된 것이니 적극적으로 활동하면서 결합해나가는 게 좋겠다'고 말했다. 윤상원도 한남플라스틱에서 일하며 노동운동의 방식에 대해 많은 학습과 경험이 필요함을 느끼고 있었기에 당분간 들불야학에 전념하면서 보안에 신경 쓰겠다고 대답했다.

노동자의 벗, 박기순

1978년 12월 26일 윤상원은 양동신협에 첫 출근을 했다. 얼굴을 처음 대하는 직원들과 미처 인사를 끝내기도 전에 윤상원은 참담한 비보를 접하게 된다. 들불야학 1기 교사인 박기순이 저 어둡고 먼 세상으로 떠난 것이다.

박기순은 1976년 전남여자고등학교를 졸업하고 전남대학교 사범대학 국사교육학과에 입학했다. 학내에서는 '루사'에서 활동하다 1977년 7월 공용의·조명옥·한동철 등과 함께 산수동 경로당에서 '꼬두메' 야학을 시작했다. 꼬두메 야학은 검정고시 야학으로, 불과 10개월 만에 문을 닫았지만 그곳에서 야학 운영 방법을 터득할 수 있었다.

1978년 6월 전남대의 〈우리의 교육지표〉 사건 때 가두시위를 주도하여 무기정학 처분을 받은 뒤, 1978년 7월 23일 박기순은 1기 교사로서 들불야학을 창립하고 수학 과목을 맡았다. 들불이라는 이름도 박기순이 직접 지었다. 그러면서 1978년 10월부터는 하루 일당 800원으로 광천공단 내 동신강건에서 견습공으로 일했다.

12월 24일, 광천동성당 크리스마스 행사에 들불야학 팀이 단체로 참여했다. 이들은 전남대 연극반 출신 박효선이 만든 연극 〈우리들을 보라〉를 공연했다. 광천공단에서 일하는 어느 노동자의 서사를 통해 당대의 노동 현실을 날카롭게 비판하는 연극이었다. 이러한 인연을 계기로 박효선은 들불야학 3기 교사로 합류하여 문화 분야를 맡게 된다. 그날 공연이 끝난 후 들불야학 교사 및 학생들은 윤상원의 자취방에서 뒷풀이를 했다.

12월 25일 성탄절, 야학당에 지필 난로의 땔나무를 구하러 박기순과 학생들은 함께 화정동 광주소년원 뒷산에 올라 장작을 모았다. 그날 밤 박기순은 밤늦게 귀가했는데 피곤하여 오빠 집에서 자다 연탄가스에 중독되어 영면한 것이다.

박기순. 스물 둘, 들불야학을 창립하고 〈우리의 교육지표〉 사건 당시 가두시위를 주동하였으며, 들불 형제들과 함께 공장에서 일했던 노동자의 벗이었다.

이틀 밤낮의 장례 일정 동안 윤상원은 박기순의 곁을 침묵으로 지켰다. 소설가 황석영이 조사를 하고, 문병란 시인이 조시를 읊었으며, 마침 광주에 온 김민기가 〈저 들에 푸르른 솔잎이 되어〉라는 영결가를 바친 영결식장은 온통 눈물바다였다.

1978년 12월 27일자 윤상원의 일기에는 박기순에 대한 애타는 추모의 시가 적혀 있다.

불꽃처럼 살다간 누이여

왜 말없이 눈을 감고만 있는가

두 볼에 흐르던 장밋빛

늘 서럽도록 아름다웠지

그대의 죽음은 내게 무엇을 말하는가

아무리 쳐다보아도 넌 아직 살아 있을 뿐이다

죽을 수가 없다

흰 솜으로 그대의 코를 막고

흰 솜으로 그대의 열린 입술을 막았을 때

난 속으로 외치고 있었다

그렇게 해서는 안 된다고……

그러면 참말로 기순이는 죽어버린다고

그대는 정말 죽었는가

믿어지지 않은 그 죽음 앞에 모든 이들이 섧게 운다

모닥불이 탄다

기순이의 육신도 탄다

훨훨 타는 그 불꽃 속에 기순이의 넋은 한송이 꽃이 되어

우리의 가슴속에 피어난다

윤상원의 필살기, 소리 내력

윤상원은 주택은행에 입사하기 전인 1977년 광주YMCA의 민속극 교실에 참가하여 북과 장구, 꽹과리의 기본 가락을 익히고 탈춤의 춤사위를 배웠다. 윤상원은 이 민족극 교실에서 천성적인 놀

이꾼의 재능을 보였는데, 민족극 교실을 마련한 황석영조차 윤상원의 빠른 익힘과 뛰어난 기량에 놀랄 정도였다.

1976년 윤상원이 의식화 학습을 할 때 처음 선보인 노래는 〈무지개 사랑〉이었다. 학습이 끝난 뒤나 결혼, 또는 회갑 등 잔치가 있을 때면 운동권 식구들이 모두 모여 돌아가며 노래 한 소절씩 부르는 게 보통이었다. 〈무지개 사랑〉은 함께 학습하던 이현우가 불렀던 노래로, 윤상원은 이 노래를 무척 좋아하여 때마다 즐겨 불렀었다.

1977년 5월 어느 날에는 김상윤과 함께 전남대 강당에서 박동진의 판소리를 듣게 되었는데, 공연이 끝나고 돌아오는 길에 윤상원은 박동진의 판소리에 대해 감탄을 연발했다고 한다. 그러고는 공연 중에 잠깐 귀담았을 뿐인 판소리 한 소절을 흉내 내는데, 당시 김상윤도 감탄할 정도로 꼬불치고 휘감는 맛이 영락없더라는 것이었다.

윤상원은 주택은행에 근무하던 때 임진택의 〈소리 내력〉 녹음 테이프를 구해 틈틈이 연습하여 마침내 완창을 할 수 있게 되었다. 〈소리 내력〉은 전통극 전문가인 임진택이 김지하의 담시들을 현대판 판소리로 부른 것 가운데 하나였다.

1978년 12월 31일 광주YWCA 소심당에서 민족민주 세력의 송년잔치가 열렸는데, 여기에는 〈소리 내력〉의 원작자 임진택과 대금 연주가 김영동이 함께 자리하고 있었다. 이 무대에 윤상원이 깜짝 출연했다. 김상윤의 결혼식에서 이미 선보여 모두를 놀라게 한 바 있어 윤상원의 〈소리 내력〉 실력을 아는 동료들이 임진택이 자리하고 있는 것을 보아 윤상원을 무대로 떠민 것이다.

윤상원이 빈틈없이 완창을 하자 장내엔 환호성이 일었다. 소리를 듣고 난 임진택도 박수를 아끼지 않았다. 현대판 판소리 〈소리 내력〉은 윤상원의 십팔번이자, 좌중을 압도하는 윤상원의 필살기였다. 임진택이 말하기를, 원래 연극반 출신으로 소리 연습을 하지 않았음에도 우렁우렁한 성량에다 맑고 깨끗한 음색을 가져 자신이 따라가지 못할 소리꾼이라는 것이었다. 후일 임진택은 〈소리 내력〉을 부를 때마다 이 노래를 광주 5·18 윤상원 열사에게 바친다며 윤상원의 노래라고 말한다.

들불야학 2기 교사가 되다

양동신협으로 직장을 옮긴 윤상원은 다시 은행원이 되기는 했지만 신협이 가진 협동조합의 이념과 양동 상인들의 가게를 돌면서 나누는 대화가 정겹고 좋았다. 그리고 점심시간이면 자전거를 타고 녹두서점으로 가서 김상윤과 점심을 먹으며 세상 돌아가는 소식을 들을 수 있어 더욱 좋았다. 틈틈이 신간 서적을 탐독하며 밤 늦도록 김상윤·이양현과 토론하며 운동가의 자세를 다듬어갔다. 얘기에 열중하다 통금이라도 넘기는 날이면 막 신혼 살림을 시작한 김상윤과 아내 정현애 사이에 끼어 자기도 했다. 들불야학의 어려운 재정은 김상윤이 적극 지원해주었다.

들불야학은 새로 쓸 야학 교재들을 손수 편집해서 등사했으며, 신학기에 선보일 들불 문집도 만들었다. 지난 연말 일일다방을 해서 벌어들인 돈과 박기순의 유족들이 희사한 돈, 그리고 기

당시 양동시장 길거리 좌판 모습.

타 후원금을 모은 60만 원을 가지고 시민아파트 방 한 칸을 전세내어 어렵게 새로운 학당도 마련했다.

　1979년 1월 23일, 드디어 들불야학 3기 입학식을 열 수 있게 되었다. 이미 들불야학은 광천공단과 주민들에게 널리 알려져 있었기 때문에 무려 40여 명에 이르는 학생들과 14명의 교사, 그리고 학부모와 아파트 주민들까지 거의 150여 명이 입학식에 참석했다. 윤상원을 비롯하여 배환중·고희숙·전용호·김연중·배충진·최영희·박용안·김호중·현수정 등이 교사로 동참했고, 김영철과 박용준이 특별 교사가 되었다. 여기에 1기 교사인 임낙평과 나상진이 남아 14명의 교사진이 이루어졌다.

　동시에 '광천공단 노동자실태조사반'은 독자적으로 활기차게 자신들의 계획을 추진하고 있었다. 실태조사반은 초기에는 김영철의 도움으로 광천삼화신협에서 합숙하다가 아파트 학당이 개설되자 아예 그쪽으로 자리를 옮겼다. 들불야학은 저녁 시간에만 장소를 이용했기 때문에 빈 시간에는 조사반원들의 차지가 된 것이다. 장석웅·이세천 등 전남대 학생운동의 핵심 성원들이 중심이 되고, 학내 각 의식 동아리에서 고루 파견되어 나온 실태조사반은 새해 들어 철야 합숙에 돌입했다. 이들은 사찰 당국의 눈을 피하기 위해 보안을 최우선으로 하고 있었다. 윤상원 등 핵심 교사를 제외한 들불의 성원들은 그들이 누구인지 어떤 조사 작업을 하는지 알 수 없었다. 윤상원은 매일 저녁 시간 이들과 만나 적극 힘을 보태고 뒷받침해주었다. 윤상원은 실태조사원 가운데서 박관현을 눈여겨보게 된다.

1979년 2월 말경 광천공단 노동자실태조사반은 〈광천공단 노동자 실태조사 보고서〉의 초안을 완성하고 해체되었다.

8장

부문운동의 분화와
폭발적인 성장

당시 광주전남권의 운동 상황은 아직은 여전히 과도기적인 형태였다. 노동자실태조사반은 '6·27교육지표 사건' 이후 황량해진 이 지역 학생운동의 활성화 계기를 마련하고자 했다. 들불야학을 통해 학생운동과 노동운동, 나아가 주민운동까지 발전하면서 학생운동의 폭이 넓어졌고 많은 운동가들이 성장했다. 동시에 1977년 광주앰네스티가 창립되면서 재야인사들이 공개적·합법적으로 시국 강연을 개최하고 양심수들을 후원하기 시작했다. 이에 힘입어 송백회가 결성되고 광주양서협동조합이 조직되자, 그동안 대학가와 개신교·천주교 중심으로 전개되던 민주화운동에 교사 등 일반 시민과 고등학생까지 참여하게 되었다. 이 시기 광주전남권 운동의 전개에서 중요한 사건들을 정리해본다.

민주화의 요람, 광주양서협동조합

1978년 6월 27일 교육지표 사건으로 인해 송기숙 교수와 성내운 교수는 긴급조치 9호 위반 혐의로 구속 투옥되었고, 선언에 참여한 교수 11명 전원은 해직 처리되었다. 다른 한편으로는 일명 '삼봉조합'이 있었는데, 이 삼봉조합은 대동고 박석무·윤광장·박행삼 교사를 중심으로 중앙여고 송문재·양성우·임추섭 교사와 전남고 김준태, 광주여상 윤영규 교사 등이 함께하는 단체로 교사의 수가 20여 명이나 되었다. 이 교사들은 경찰이나 기타 사찰 기관원들의 눈을 피해 "삼봉이나 치세"라는 말로 연락하여 모임을 가졌다. 모여서는 정세를 토론하고 함께 공부했다.

이 삼봉조합 교사들과 교육지표 사건으로 해직된 대학교수들은 독서 지도와 의식화에 중점을 두고, 중·고등학생과 대학생들에게 좋은 책을 읽혀 민주화운동의 뿌리를 튼튼히 해야 한다는데 의견을 모았다. 마침 신협 운동가 장두석의 주도로 1978년 3월경 광주YWCA 1층 휴게실에 책을 진열하고 대여하다가, 해직 교수들이 참여하면서 11월 정식으로 임원을 구성하여 광주양서협동조합으로 출범하게 된다. 이사장은 안진오 교수, 부이사장은 이일행, 이사는 정규완 신부, 한모길 목사, 문병란 시인, 박석무 교사, 박행삼 교사 등이었다. 이사 겸 집행위원장은 장두석, 감사는 이성학 장로와 임추섭 교사, 총무 황일봉, 간사 김현주 등으로 조직을 구성했다. 임원진은 아니었지만 송기숙·이방기·김정수 등 20여 명의 전남대 교수들과 권광식·김제안 등 25명의 조선대 교수들, 그리고 수백 명의 교사 및 재야인사들이 참여했다. 나아가

각 고등학교마다 독서회가 조직되었고 고교생 회원도 가입하여 중·고등학교에 광범위한 조직을 갖추게 됐다. 입회비는 1450만 원 정도 쌓였다.

광주양서협동조합은 1979년 11월 광주YWCA 2층에 독자적인 공간을 확보하게 된다. 양서조합은 각종 시국 강연회를 열고, 구속자를 위한 기도회를 열고, 대학생들이 모여 토론하는 그야말로 '민주화의 요람'이었다.

전남기독교농민회 창립

1978년 3월 9일, 광주에서 전남기독교농민회가 창립되었다. 회장 배종렬, 부회장 문경식·황연자, 총무 정광훈, 서기 김정순, 상임위원은 정광식·윤기현·박상문·손옥자 등이었다.

해남기독교농민회는 1978년 9월 26일 옥천면을 기반으로 하여 조직되었으며 정광훈·윤기현·정광식 등이 중심이 되었다. 해남Y농민회는 1979년 2월 8일 창립되었다. 해남Y농민회가 결성된 데는 기독교농민회의 창립도 한 가지 배경이 되었지만, YMCA가 전개하는 농촌 사업의 사업적 성격을 탈피하여 운동성을 회복하자는 것이 근본 취지였다. 1978년 기독교농민회 무안지역협의회, 1979년 해남지역협의회를 조직하는 등 지회 16개를 조직하였다. 마침내 1978년 12월 전주에서 전남·전북·경남·경북 등지의 활동가 10여 명이 모여 '전국기독교농민회 준비위원회'를 결성했다. 이 전국 단위 기독교농민회를 조직하는 일은 전남기독교농민회가 주도하였다. 전남은 가농, 기농, Y농민회가 전 군에 걸쳐 맹렬히 활동하며 꾸준히 성장해나갔다.

농민운동가들은 녹두서점을 통해 사회과학 서적을 접하고, 국내 정세에 대해서도 소통할 수 있었다. 윤상원은 노금노·윤기현·황연자 등 많은 농민운동가들을 만나면서 한때는 농민운동도 고민해보았다.

송백회의 탄생과 현대문화연구소

1978년 〈우리의 교육지표〉 사건으로 구속된 전남대 교수들의 가족들은 옥바라지를 시작하며, 털양말과 책을 자기 가족만이 아닌 모든 시국 사건 수감자들에게 넣어주었다. 곧 구속자 가족 사이에 끈끈한 결속이 이루어졌다. 광주 구속자 가족들은 단체를 만들기로 결의했고, '송백회'라는 단체를 조직했다. 나혜영이 회장을, 홍희담이 총무를 맡아 1978년 12월 광주YWCA에서 출범식을 가졌다.

1979년 1월 윤한봉은 이들과 함께 옥바라지를 하기 위해 현대문화연구소를 설립하여 사무실을 차렸다. 윤한봉은 동지들에게 "족보, 일기장, 집문서 빼고 책이란 책은 다 가져오라"는 주문을 했고, 곧 3000여 권의 책을 사무실에 모았다. 윤한봉은 송백회 회원들과 함께 전국의 구속자들에게 책을 전달했다. 책을 다 읽을 때쯤 되면 새로운 책으로 교환해주었다. 현대문화연구소는 광주전남 지역의 민주화운동 움직임을 망라해 간접적으로나마 외부에 알리는 유일한 공식 사무실이었다. 구속자들의 옥바라지, 노동·농민·여성 운동 지원, 시민 인권운동 및 종교계 민주화운동과의 연계, 타지역 운동 세력 간의 연대 등을 위해 윤한봉은 쉴 새 없이 뛰었다. 윤한봉은 당시 사찰 당국으로부터 가장 주목받는 운동가였다.

광주앰네스티의 인권운동

1977년 국제앰네스티가 노벨평화상을 수상했다. 초법적인 긴급조치 9호로 많은 학생들과 재야인사들이 줄줄이 구속되던 시절인지라 대동고 교사로 있던 박석무는 인권단체의 필요성을 절감하고 곧 광주앰네스티 조직에 돌입했다. 박석무는 함성지 사건 당시 자신을 변호해주었던 이기홍 변호사를 찾아가 대표를 맡아달라고 부탁했다. 11월 21일 앰네스티 광주지부 발기인 대회에서 준비위원장으로 이기홍 변호사를 추대하고, 총무에는 박석무 교사, 준비위원으로 강치원 목사, 고민영 목사, 김성용 신부, 문정식 목사, 방철호 목사, 이성학 장로, 이애신 총무, 홍남순 변호사, 은명기 목사, 정규완 신부, 조비오 신부, 조아라 장로, 윤철하 변호사, 이형민 YWCA 간사, 박가용 선생, 김년 선생, 이일행 선생, 정태성 선생, 장기언 선생, 윤영규 선생, 장두석 선생이 선임되었다. 1977년 12월 10일 회원 37명이 참석한 가운데 광주가톨릭센터 507호실에서 창립 총회가 개최되었다. 총회는 유연창 목사의 기도로 시작되었고, 정규완 신부의 세계인권선언문 낭독과 나길모 한국위원회 이사장의 축사 뒤 광주지부 규약을 통과시키고 임원을 선출했다. 지부장 이기홍 변호사, 총무 담당 운영위원 박석무 교사, 재무 담당 조아라 장로, 조비오 신부, 교육 담당 유연창 목사, 문병란 시인, 섭외 담당 이성학 장로, 김성용 신부, 이애신 YWCA 총무, 고민영 목사, 정규완 신부, 감사 이영생 YWCA 총무, 이형민 YWCA 간사, 고문 홍남순 변호사, 은명기 목사, 나상택 신부, 강치원 목사, 윤철하 변호사 등이었다. 유신헌법으로 자유와 인권이 말살당하고 혹독한 독재에 신음하던 시절 광주 지역을 대표해 민주주의 회복에 앞장서서 투쟁하던 인물들이 모두 참가한, 광주의 대표적인 투쟁 단체로서의 면모를 보여주는 데 부족함 없는 조직 구성이었다.

1977년 12월 30일 제1차 운영위원회가 열려 1978년도 예산안을 통과시키고 1978년 매월 마지막 월요일 오후 6시에 광주 YWCA 2층 클럽실에서 월례회를 갖기로 하였다. 사무소는 광주

광주앰네스티 창립 총회 현장.

광주앰네스티 《회보》 제1호.

YWCA에 두고 연락소는 이기홍 변호사 사무실로 정했다. 활동의 시작은 긴급조치로 구속된 조선대 임영천 교수와 광주중앙여교 교사이던 양성우 시인의 가족을 돕는 것이었다. 이곳이 광주였기에 40여 명의 회원이 모여 창립 총회를 개최하고, 월례회에서 시국담을 나누고 모금을 통해 양심수 돕는 일을 할 수 있었지, 그런 일이 여타의 지역에서 쉽게 이루어질 수 있는 일은 아니었다. '긴조 시대'라는 그 엄혹하던 시절, 소극적인 반유신 투쟁으로 시작된 앰네스티 운동은 광주 지역의 특수성에 맞게 과감하고도 적극적인 투쟁 대열로 진전될 수 있는 분위기를 조성해나갔다.

양심수 가족을 돕고 재판 법정에서 방청하며 확보한 모든 정보는《회보》를 통해 공개했다. 《회보》첫 호에 나온 기사를 보자.

1978.3.5. 양심수로 광주고법에서 재판이 계류 중인 강인한(재우) 목사(전북 김제 백구면 난산교회)가 교도관으로부터 폭행당한 사건 발생.

1978.3.8. 지부장 이기홍 변호사가 강인한 목사를 면회하고 진상을 확인. 강인한 목사 폭행 사건 진상 보고를 본부에 발송하고 그 시정책을 촉구함.

1978.3.8 장흥지원에서 긴급조치 위반으로 6년(자정 6년) 징역형을 선고 받은 고영근 목사가 항소로 광주교도소로 이감하였음(수번 994번).

1978.3.11. 강인한 목사가 전주지법에서 긴급조치 및 반공법 위반으로 징역 10년과 자격정지 7년을 병과하여 선고받고 광주고법에 항소 중 폭행당한 사건으로 물의를 일으켰으나 광주고법에서는 항소가 기각됨.

1978.3.14. 상고. 이날 법정에는 서울의 문익환 목사와 그 사모님, 기장총회 총무 박재봉 목사 등이 참석하였고 본 지부 앰네스티 다수 회원이 참석하여 강 목사를 구타한 사실에 대하여 언성 높여 질책하며 혼을 내준 사실까지 발생.
안철·이철우 긴급조치 위반 사건은 1978년 2월 28일 대법에 상고가 기각되어 1년 징역형이 확정돼 1978년 4월 26일 석방될 예정이며, 배호경 긴급조치 위반 사건 상고심 선고일이 1978년 3월 28일로 정해짐.

《회보》 제2호는 1978년 3월 24일 간행되었는데 머리글로는 시인 문병란의 〈인간과 양심〉이라는 글이 실렸다.

1978.4.14. 춘계 인권강연회 개최. 광주YWCA 소심당에서 400여 명의 청중이 운집한 가운데 이문영(전 고려대 교수) 선생의 〈인권과 제도〉라는 내용과 송건호(전 《동아일보》 편집국장) 선생의 〈인권과 언론〉이라는 주제의 4·19 기념 강연회를 개최하였다.

이런 강연회는 시민들의 의식화에 많은 영향을 끼쳤다. 참석하기를 두려워한 시민도 많았지만 용기를 내어 참석하는 이도 많았다. 앰네스티 광주지부라는 단체가 없었다면 이런 강연은 개최할 방법이 없었을 것이다. 《회보》를 통해 탄압받는 민주운동가들의 소식을 전하고 대중 집회를 통해 반유신 정서를 고양시키는 일은 당국에서 가장 싫어하는 일이었다. 양심수 재판 방청석에 앉아 수인들을 격려하고 그들과 그들의 가족을 도와주는 일도 매우 가치 있는 일이었다.

《회보》 제3호의 기사에서는 전남대 교수들의 6·27 〈우리의 교육지표〉 사건에 대한 기사를 내보냈고, 6월 28일 본 지부 산하에 '6·27대책위원회'를 결성하여 이성학 장로와 박석무 총무 등이 실무를 맡아 구속된 교수와 학생 등의 석방에 백방으로 노력한다는 기사도 있었다.

《회보》 제4호의 머리말은 이기홍 지부장의 〈고문 제도의 조속한 폐지를 위하여〉라는 글이었다. 당시 독재 정권이 양심수들에게 가한 고문을 폭로한 것으로, 지금 읽어도 가슴이 아픈 내용이다.

현하現下 우리 주변에는 또 하나의 놀라운 사실이 밝혀졌다. 지난 6월 하순경 전남대 및 조선대 학생들의 시국에 관한 의사 표시 및 시위와 관계되어 연행 조사를 받았던 학생들이 구속 송치되어 광주교도소에 수감 중인 바 이들을 변호인으로서 접견하였더니 전대 영문과 4년생인 박현옥이라는 여학생은 수사 중 머리채를 잡히고 발로 채이며 뺨을 맞는 등의 폭행을 당하였고 구속 중인 전대생 7명 전원이 고문을 당했다고 주장하고 있으며 조선대 법과 2년 김용출 군, 공대 1년 박형중 군, 금속학과 1년 양희승 군 등도 한결같이 뺨을 맞는 등 고문을 당했다고 주장하였으니 법치국가인 데다 20세기 후반의 현대 사회에서 이러한 일이 자행될 수 있다니 통탄을 금할 수 없다.

또한 이어지는 글에서는 긴급조치 위반으로 인한 구속 사실을 세상에 알렸다.

지난 6월 27일 전남대 교수들의 〈우리의 교육지표〉 발표와 함께 한 분의 교수가 긴급조치 위반으로 구속 기소되고 10명의 교수가 사표를 쓰고 교단을 떠나게 되었다. 그뿐만 아니라 전남대생들의 시위와 관련 8명의 학생들이 구속 기소되어 있고, 광주YWCA

간사 김경천과 인쇄업자 정호철 씨가 구속 기소되어 이 지방에는
며칠 사이에 많은 양심수들이 또다시 우리 앰네스티 회원들의 손
길을 기다리게 되었다.

1978년 8월 28일자로 발행한 《회보》 제5호의 〈양심수인의 재
판을 구경하고〉라는 머리글은 이성학 장로 이름으로 게재되었지
만 박석무 교사의 글이었다. 법관의 양심과 법에 의한 재판이 아
니라 정보 당국의 지시에 꼭두각시 노릇을 하는 재판의 불공정성
을 가차없이 비난한 내용이었다.

1978년 9월 28일자로 간행한 《회보》 제6호에서는 1심 재판정
송기숙 교수의 최후 진술 내용을 게재하였다. 〈국민교육헌장〉이
라는 이름하의 치욕적인 독재 교육에서 벗어나 우리 국민들을 새
로운 교육지표로 교육시켜야 한다는 〈우리의 교육지표〉 발표 동
기부터, 그 내용이 담은 뜻을 소상히 밝혀 법에 저촉된 사항이 아
님을 조리 있게 증명해낸 명연설이었다. 송 교수의 최후 진술 내
용이 국민들에게 알려질 수 있도록 보도한 사실은 작은 일이 아
니었다. 제6호 《회보》의 소식란에는 당시 지부의 외부 활동이 자
세히 보도되었다.

《광주앰네스티운동 30년사》에는 5·18민중항쟁으로 구속된 앰
네스티 회원 명단이 있다. 김성용, 명노근, 박석무, 송기숙, 송희
성, 안철, 위인백, 윤광장, 윤영규, 이기홍, 이애신, 이영생, 장기언,
장두석, 정규철, 정태성, 조비오, 조아라, 최운용, 호남순(가나다

순) 등이다.

광주앰네스티의 양심수인을 위한 문학의 밤

1979년 2월 5일 광주앰네스티 주선, 광주NCC와 천주교 정의구현사제단 주최로 문익환 시인, 송기숙 소설가, 김지하 시인, 양성우 시인 등 갇혀 있는 4인을 위한 문학의 밤 행사가 광주YWCA 소심당에서 400여 청중이 모인 가운데 개최되었다. 광주지부 다수의 회원 및 광주의 문인, 서울에서 온 고은·염무웅·조태일·박태순 등 많은 문인들이 대거 참석한 행사였다. 4인의 대형 사진이 단상 벽에 내걸렸고, 뜨거운 열기 속에서 그들의 석방을 외쳤다. 유신의 마지막 해인 1979년 한 해의 인권운동은 이 대회로부터 우렁찬 서막을 올렸다. 전국 어디에서도 양심수인을 위한 행사가 불가능하던 때, 앰네스티 광주지부의 활약으로 개최된 광주 문학의 밤 행사는 다른 지역으로 전파되기도 했다.

광주앰네스티의 《회보》에는 전남대 교육지표 사건에 연루되어 광주지방법원에서 구속 피고인으로 재판받던 연세대 성내운 교수의 최후의 진술 내용 대부분이 게재되어 있었다. 방청석에 앉은 모든 이들을 울렸던 성 교수의 명 진술은 글을 읽은 이들의 가슴도 뜨겁게 만들었다. 윤상원은 물론 이런 행사에 빠지지 않고 참석했다.

민주주의와 민족통일을 위한 국민연합 출범

1979년 3월 1일 '민주주의와 민족통일을 위한 국민연합', 약칭 민주통일국민연합이 새롭게 출범했다.

한국기독교가 3·1운동을 본격적으로 기념하기 시작한 것은 기미독립선언 50주년인 1969년부터다(정지강, 1984). 이를 주도한 단체는 한국기독교교회협의회(이하 한국NCC)였다. 1969년 3월 1일 한국NCC는 3·1운동이 50주년을 맞이함에 따라 역사의 발자취를 돌아보지 않을 수 없으며, 이를 통해 사회참여 의식을 새로이 정비해야 할 필요성을 느꼈다는 취지문을 발표했다. 먼저 한국 NCC는 "이웃의 가난과 국가적 과제를 외면한 우리의 예배는 정의의 하나님 앞에 도리어 거짓된 제사가 될 뿐"이라고 고백했다. 길 위의 영성, 즉 〈누가복음〉에 나오는 사마리아인의 이야기처럼, 고난에 처한 이웃의 고통에 동참하는 것이야말로 하나님께 드릴 수 있는 최선의 예배라고 선포한 것이다. 이러한 신앙 고백에 따라 NCC는 그리스도인이 "잘못된 사회구조와 불의한 정치와 부패한 풍조가 하나님의 뜻에 대한 반역"임을 밝히고 이 우상들에 대해 저항할 것이라고 선언하였다.

1976년 3월 1일, 명동성당에서 열린 신·구교 연합예배에서 〈민주구국선언〉이 낭독되었다. 〈민주구국선언〉은 문익환 목사가 작성한 초안을 바탕으로 김대중·윤보선·함석헌 등의 협의를 거쳐 만들어졌다. 이날 여성 신학자 이우정이 낭독한 〈민주구국선언〉은 "독재정치의 쇠사슬에 매이게" 된 한국의 정치 상황을 애통해하면서 "국가안보라는 구실 아래 신앙과 양심의 자유"가 억압받고 있음을 고발하였다. 특히 〈민주구국선언〉은 민주주의가 대한민국의 국시라는 점을 분명히 밝히면서 유신 정권이 훼손한 삼권분립 원칙의 회복을 강력하게 주장했다. 한마디로 〈민주구국선언〉은 제2의 3·1운동을 지향하면서 독재 정권의 퇴진을 요구한 선언이었다.

3·1절 명동 민주구국 사건으로 총 18명이 검거되었다. 이들은 유신 정권에 의해 '정부 전복'이라는 반란죄 혐의를 받았다. 나중에는 긴급조치 9호 위반 혐의로 바뀌었지만, 불의한 체제에 저항했다는 이유로 불온한 세력이 되었다는 사실은 변하지 않았다. 이들 중 목사가 4명(문익환, 문동환, 윤반웅, 이해동), 신학교수가 3명(서남동, 안병무, 이우정), 신부가 5명(신현봉, 문정현, 함세웅, 김승훈, 장덕필)이었다. 역사의 구체적 현실에 그리스도인이 참여한 대표적인 사례라 할 수 있다. 유신 정권은 이 사건을 가지고 민주화운동을 대대적으로 탄압하려 했지만, 결과적으로 민주화운동의 새로운 연대를 형성하는 계기를 제공해주었다. 3·1민주구국선언 사건에 연루된 이들이 1979년 3월 1일에 조직된 민주통일국민연합의 공동 의장단으로 참여했기 때문이다(윤선자, 2002).

민주통일국민연합 전남 대표로는 박민기·홍남순·이성학·박준구·최운용 등 5인이 참여했다. 국민연합의 조직은 윤보선·함석헌·김대중을 공동 의장으로 하는 의장단과 총회, 문익환을 의장으로 하고 고은·함세웅을 부의장으로 하는 중앙위원회, 그리고 그 아래 중앙상임위원회로 이루어졌다. 국민연합 산하에는 한국인권운동협의회·천주교정의구현전국사제단·해직교수협의회·자유실천문인협의회·NCC인권위원회·민주청년협의회 등 13개 단체가 가입되어 있었으며 350여 명의 개인 회원이 있었다.

당시 전남지부에는 이성학·송기숙·윤한봉 등 단체 대표와 개인 회원으로는 박민기·홍남순·김남현·김창주·명재용·위민환·김석형·김봉주·박광웅·최팔균·전상표·한상근·이상채·범인규·김한근·박정웅·노동식·차관훈·고홍석·이수헌·김장옥·최형주·안철·김영진·이기현·이대우·김상용·최성춘·최운용·유영욱·김용석·안식·배기원·김오현·공영석·박준구·박근영·장종욱·김희·이사형·정우인·장기언 등이 참여하였다.

이로써 민주통일국민연합은 집회 결사의 자유가 극도로 억압된 상황에서도 종교단체를 포함한 문인, 학자, 언론인, 예술인, 청년 등 각계 인사를 망라한 전국 최대의 반정부 조직으로 자리매김하였다.

	꿈틀거리는
	노동 현장

1979년 3월 춘투가 다가오자 노동 현장이 들썩였다. 각 사업장별로 임금 인상을 앞두고 어용노조와 노동운동가 사이에 파열음이 나기 시작한 것이다. 도시산업선교회가 광주 지역에서 활발하게 활동하던 시기는 1979년 무렵인데, 강신석·최연석 목사 등이 비밀리에 이양현을 실무자로 하여 지원 활동을 했다.

호남전기의 임금 투쟁

호남전기에는 가톨릭노동청년회joc 활동을 하는 김성애가 있었다. 호남전기에는 2000여 명에 달하는 생산직 노동자들이 있었지만 군수 군납을 하는 방위산업체로서 노조를 만들 수 없었다. 그러나 노조를 형식적으로 만들어 운영하고 있었으며, 김성애는 이

노조의 부녀부장이었다.

크리스찬아카데미에서 교육받은 김성애는 이양현과 더불어 3월의 임금 인상 협상과 5월의 대의원 선거를 목표로 회사 내에 소모임을 조직하기 시작했다. 김성애는 이정희·진숙희·추선숙·윤청자 등 핵심 그룹을 중심으로 작업장별로 소모임을 만들어 회사 밖에서 별도의 교육을 준비했다. 3월 초 김성애는 무등산으로 야유회를 가자며 조합원 30여 명을 모았다. 일행은 증심사 계곡의 방을 빌렸는데, 당시 이화여대 시간강사였던 신인령 교수가 교육을 했다. 전태일이며 동일방직 사건 등 전국 노동 현장의 투쟁들을 소개했다. 근로기준법과 노동조합법, 임금 협상 방법 등을 밤늦도록 촛불을 켜놓고 토론한 뒤 이들은 자연스럽게 자칭 '결사대'가 되어갔다.

다음 날 회사가 발칵 뒤집어졌다. 교육을 받았던 사람 가운데 프락치가 있었던 것이다. 김성애는 노조 사무실에 감금되다시피 나오지 못하게 묶어놓았고 나머지 30명은 따로 불러 무등산에서의 교육을 확인했으며 대규모 부서 이동이 이루어졌다. 우선 일감을 주지 않아 작업 라인에서 배제된 채 우두커니 서 있어야 하는 일을 겪었고, 윤청자·추선숙 등 일부는 '아오지탄광'이라 불린 성형반으로 배치되었다. 성형반에서는 석면 합제 가루인 합제 석탄을 마시게 되었다. 진폐증을 방지하기 위해 회사에서는 한 달에 두 번 서방시장에 가서 돼지비계를 배급받을 수 있도록 증을 끊어주었다. 아오지탄광에서 일하는 노동자들은 진폐증에 걸리지 않기 위해 이 돼지비계를 솥단지 가득 김치를 넣고 삶아 먹어야 했다.

3월 말, 임금 협상이 시작됐다. 하지만 노조의 어용 집행부가 협상 과정에 무등산에서 교육받은 사람들을 배제하였고 겨우 3퍼센트 임금 인상에 그치고 말았다. 이에 김성애·이정희·추선숙·윤청자 등 결사 조직이 나서서 최초로 회사 안에서 집회를 열었다. 이들은 개사곡을 부르며 집회를 이어갔다.

5월 대의원 대회가 열리고 민주노조가 탄생했다. 함께 교육을 받았던 이정희가 최초의 여성 노조지부장이 되고 대의원 전원이 바뀌었다. 김성애·이정희·추선숙·윤청자 등은 차근차근 교육을 진행하여 조직을 확장해갔다. 나아가 이양현과 김성애는 가톨릭 노동청년회와 광주YWCA에 노동자 교육 프로그램을 만들기 시작했다.

호남전기의 임금 인상 협상과 민주노조의 탄생은 다른 작업장에도 영향을 주었다. 섬유노조 전남지부는 1979년 5월 전남제사, 광산잠사산업, 나주잠사를 상대로 약 45일 동안 임금 인상과 노동 조건 향상 등을 요구하는 준법투쟁을 이어갔다. 결국 사용자는 임금 30퍼센트 인상과 노동 조건 향상을 제안했고, 가톨릭노동청년회 회원들이 다수 참여했던 노동조합은 이를 수용했다(한국가톨릭노동청년회 50년의 기록 출판위원회 등, 2009, 125~126쪽).

광주 지역의 또 하나의 중요한 노동 야학으로 1979년 가을 방림신용협동조합 지하실에서 운영했던 백제야학이 있었다. 백제야학에서는 기본 학과 공부에다 노동조합 결성이나 노동법 등도 가르쳤다. 전남대 학생이었던 김홍곤·김윤창·김문수·손남승·박용성 등이 교사로 활동했는데, 이들 중에는 윤상원의 후배도 있었다. 윤상원은 들불야학에 몸담으면서 백제야학을 간접적으로 지원했고, 강신석·최연석 목사와 이양현도 이들을 후원했다. 백제야학에서는 김민기가 창작한 〈공장의 불빛〉이라는 노래굿을 공연하기도 했다. 백제야학에서 공부한 사람들은 1975년 서울 평화시장연합노동조합 청계피복지부에서 노동운동을 하다가 오랜 피신생활을 거쳐 광주로 다시 내려온 이양현과 접촉하고 있었다. 이들은 주로 이양현의 집에서 모임을 가졌는데, 이 자리에는 노동자들뿐만 아니라 지식인과 농민 등도 함께 했다(이양현 구술 2014).

이양현이 중심이 되었던 학습 소모임은 1977년 말경부터 활동했다. 여기에는 로케트전기에서 해고되고 가톨릭노동청년회에서 상근 활동가로 근무했던 김성애, 빛고을 학생교회 출신 이윤정·정유아 등과 로케트전기·삼양제사·남해어망 등에서 근무하던 여성 노동자 이정희·임미령·정향자·이진행 등이 있었다. 이 소모임은 각 사업장의 노동조합 설립과 임금 인상 투쟁 등의 활동에 직간접적으로 관여했다. 1979년 5월에 이정희가 호남전기의 최초 여성 노동조합 지부장이 될 수 있었던 데는 바로 이러한 배경이 있었다.

계림동성당과 전삼순

또다른 노동자들의 소모임은 계림동성당에서 회합을 가졌다. 이황은 1977년경 계림동 옛 광주시청 인근에 '한국교육문화사'를 개업하고, 인근 호남전기·남해어망·전남방직·일신방직 등의 노동자들에게 한문 학습지 배달 사업을 했다. 그는 이 사업을 매개로 노동자들과 만나게 되었고, 조비오 신부가 담당하고 있던 계림동성당을 빌려 노동법 및 노동조합 등에 대해 강의하고 토론도 했다. 이 모임에는 이윤정·이정·김순이·최정림·임미령·이정희·윤청자·전삼순 등이 참여했다. 1979년에는 들불야학이 표류하면서 이 모임을 들불야학과 결합하자는 논의가 진행되기도 했으나, 이강이 남조선민족해방전선 사건에 연루되고 그의 동생인 이황이 기관의 주시 대상이 되면서 무산되고 사실상 해체되었다.

전삼순은 1978년 일신방직에 입사했는데 이미 이전부터 무진교회에 다니고 있었기 때문에 전남 지역 도시산업선교회를 맡았던 강신석 목사와 함께 성경 공부와 더불어 노동 현장 공부를 하고 있었다. 1979년 3월 춘투를 거치면서 호남전기와 마찬가지로 일신방직 어용노조가 물러나고 새 지도부가 들어섰다. 이 노동조합에서 전삼순은 교육 담당을 맡아, 강신석 목사를 초빙해 노동의 역사 등을 학습하며 여성 노동자의 복지 문제와 인권 문제 등을 토론하였다. 일신방직은 2500명의 직원 가운데 2000명이 여성이었다. 전삼순은 라인별로 몇 그룹의 소모임을 이끌고 있었다. 특히 일신방직은 노동자들이 거의 전부 기숙사 생활을 했기 때문에 방마다 돌아다니며 임금 인상 협상이라든가 식단 개선 등 현안들을 직접 만나 설득할 수 있었다. 일신방직이 광천동과 가까워 윤상원과도 자주 만났고, 윤상원의 소개로 이태복·박관현 등을 만나 노동 서적 등을 주고받으며 현장 경험을 공유했다.

백제야학, 또 하나의 노동 야학

광주 지역 또 하나의 중요한 노동 야학으로 1979년 가을 방림신용협동조합 지하실에서 운영했던 백제야학이 있었다. 백제야학에서는 학과 공부를 기본적으로 진행하고, 이와 더불어 노동조합 결성이나 노동법 등을 가르쳤다. 전남대 학생이었던 김홍곤·김윤창·김문수·손남승·박용성 등이 교사로 활동했는데, 일부는 윤상원의 후배들이었다. 윤상원은 들불야학에 참여하면서 백제야학을 간접적으로 지원하고 있었다. 또한 강신석·최연석 목사와 이양현도 이들을 후원했다.

백제야학 탄생의 주역인 박용성은 1979년 윤상원을 서너 차례 만났다. 박용성의 기억에 의하면, 윤상원은 체면이나 격식을 차리지 않는 이웃집 형님 같았다고 했다.

백제야학의 출발은 너무나 순수하고 소박했다. 세상 물정 모르는 대학 초년생들이었지만 압제의 쇠사슬에 분노하고 고민하며, 전태일의 외침을 듣고 신동엽과 김수영의 시를 읽으며, 서울로 압송되는 전봉준의 사진을 눈물로 마중하며 김상윤의 녹두서점을 수시로 드나들곤 했다.

1978년 사직공원 근처 승공회관에서 검정고시 야학을 운영하던 박용성·최문수·손남승·김종률·김동희·박현희 등은 1979년 산수동오거리 산수어린이집으로 자리를 옮겨 '사랑의 학교' 야학을 이어갔다. 그해 여름 신선유업이라는 아이스크림 공장에 다니던 학생 김경자가 회사에서 포장용 프레스에 손가락 세 개가 잘리는 사고를 당하게 된다. 너덜너덜 으깨어져 이을 수 없는 상태였다. 교사들은 이 엄청난 사건에 어쩔 줄 몰라 당시 대의동에서 현대문화연구소를 꾸리던 윤한봉을 찾아갔다.

"그 회사에 노동조합이 있냐?"

윤한봉이 물었다.

"없습니다."

"그럼 누구 한 명이 감옥에 갈 수도 있는데 밀고 가겠냐?"

아무도 대답이 없었다. 그들은 감옥에 간다는 생각까지는 미처 못한 듯했다.

"이 문제를 해결하기 위해서는 반드시 희생이 필요하다. 다음부터는 박용성이 너 혼자만 나한테 와라."

훗날 박용성은 윤한봉이 자기를 지목하여 감옥에 가라는 뜻으로 이해했다고 술회했다. 회사 측은 처음 합의금으로 당시 화폐로 손가락 한 개당 3만 원씩 도합 9만 원을 제시했다. 다른 직원들도 그렇게 주었다고 했다. 박용성은 감옥이라는 말은 까맣게 잊어버리고 있었다. 오직 분노와 윤한봉에게서 배운 뱃심으로 회사의 횡포를 폭로하고 고발하고 싶었다. 회사의 근로기준법 위반 사례를 수집하고 비리를 캐내기 위해 바쁘게 움직였다. 이미 등사기로 유인물을 만들어 회사 주변과 시내에 뿌릴 준비를 마친 상태였다.

그런데 돌연 10·26이 터졌다. 계엄령으로 모든 집회가 금지되고 예측할 수 없는 미래에 대한 두려움이 엄습해왔지만, 김경자의 잘린 손가락은 이어져야만 했다. 윤한봉은 강했다. 타협을 거부하며 처음부터 한 치도 물러서지 않았다. 협상 테이블에 서기로 한 박용성에게 "500만 원을 요구해라. 사장이 거부하면 가차 없이 자리를 박차고 나와라"라고 했다. 윤한봉을 만나면서 인생의 행로가 바뀐 박용성 또한 만만치 않았다. 수집한 회사의 비리를 폭로하고 유인물을 뿌리겠다고 으름장을 놓으며 사장에게 삿대질을 해댔다. 나하고 같이 죽자고 사장을 다그쳤다. 성에 차지 않으면 자리를 박차고 나왔다. 그러기를 수차례 마침내 사장은 기가 꺾인 듯 변두리 집 한 채 값 정도인 300만 원을 던져주며 테이블을 떠났다. 누구도 예상치 못한 합의를 이끌어냈지만, 박용성은 여전히 잘린 손가락의 아픔과 결과의 허망함에 괴로워했다. 그가 들여다본 자신은 마치 상해를 입은 노동자의 합의금이나 흥정해대는 거간꾼의 모습이었다. '아니다……' 도리질을 하면서 '이건 아니다'를 되뇌며 그는 단련되어갔다. 민중 속으로 꼿꼿하게 들어가 민중과 함께해야 한다는 각성뿐이었다.

새로운 장소를 찾아야 했다. 장두석을 찾아가 도움을 청했고, 김홍곤의 살레시오고등학교 은사이던 임기석이 이사장으로 있던 전남의대 오거리 방림신협 지하실에 터를 잡았다. 당시 도시산업선교의 전남 책임자 무진교회 강신석 목사와 무등교회 전도사였던 최연석이 책상과 의자를 지원해주었다. 그 뒤로도 최연석 전도사는 수업이 파한 야학에 늘상 찾아와 막걸리와 떡이 꼬막을 사주며 백제야학과 한 길을 갔다.

노동 야학으로의 전환에 필요한 교사의 역할과 학습 계획이 꾸려졌다. 박용성은 학교로 복귀해 다가올 안개 정국을 주시하면서 야학과의 관계를 유지하기로 했고, 나머지 교사들은 '이 땅에서 야학이 없어지는 날까지 야학을 위해 열심히 살자'고 다짐했다. 최문수·손남승·김동희가 남았고 김홍곤·정권율·고혜숙·신경화·박미옥이 새로 들어왔다. 겨울방학 동안 《민중교육론》과 《페다고지》《중국혁명사》 등을 학습하며 날밤을 새워 세미나와 토론을 이어갔다. 손가락에 입김을 불어대며 고드름 걸린 전봇대에 학생 모집 전단지를 언 풀로 붙이면서 라면을 끓였다.

드디어 1980년 2월, 교사 8명과 학생 60여 명이 함께하는 백제야학이 탄생했다. 학과목은 주로 근로기준법, 한국 근현대사, 한문 위주였고, 음악은 민중의 노래로 흥겹게 채워나갔다. 학생들은 무등양말, 호남전기, 태광산업, 일신방직 노동자들이 주축이었다(참고로 백제야학은 교사를 형이라 칭했고, 학생은 형제라 불렀다).

들불야학은 표류하고

1979년 3월 말경 시교육청에서 나왔다고 자신을 소개한 사람들이 야학의 목적이며 개설 동기, 학생 수, 수업 내용, 구성원 등을 꼬치꼬치 묻고 돌아갔다. 학생들의 현장 투신의 일환인 노동 야학에 사찰 당국이 족쇄를 걸어오기 시작한 것은 어쩌면 너무도 당연한 일이었다.

대부분이 전남대생인 교사들은 지도교수들과 학생 활동을 감시하는 학내 상담지도관실 직원들의 호출을 받았다. 정보 사찰 당국의 요청이 있었다며, 야학 활동을 중단하라고 했다. 대학에서는 부모들에게도 연락해 불순한 야학에 나가지 말라 강권토록 하기도 했다. 시교육청 사람이 다녀간 지 며칠 지나지 않아 가장 먼저 현수정이 개인적인 이유로 야학 활동을 계속할 수 없다고 말했다. 교육계에 계신 아버지께서 당국의 협박을 받고 있기 때문이라고 했다.

그리하여 4월 말 교사의 공백 문제와 학교 당국의 야학 중단 요구, 서부경찰서 형사들의 노골적인 감시 문제에 대처하기 위한 들불야학 긴급 총회가 전남대 상대 뒤편 반룡부락에서 열렸다. 현수정의 후임으로 박관현이 교사로 참여하였고, 기존 교사들도 박관현의 야학 참여를 모두 환영했다. 그리고 들불야학을 굳건하게 지켜나갈 것을 결의했다.

5월이 되자 야학 교사들은 한마디로 사찰 당국의 입체적인 공작에 휩싸여 사면초가에 빠져 있었다. 부모님, 지도교수, 상담지도관실 요원들, 학생과장, 정보과 형사들이 공동 작전이라도 펴듯 탈퇴를 강권했다. 5월 중순경 학교식당에서 모인 야학 교사들은 구수회의 끝에 그들의 결집된 뜻을 담은 결의문을 채택하고 이를 학교 당국에 전달했다.

한편 이즈음 전남대 내에서는 야학 탄압에 항의하는 유인물들이 때를 맞춰 나돌기 시작했다. 야학 탄압 등과 같은 독재 당국의 민주화운동 탄압에 모든 학생들은 가열차게 항의해야 한다는 격렬한 내용이 담긴 이 유인물은 한때 들불 교사였던 신영일 등이 비밀리에 제작하여 학내에 배포한 것이었다.

또한 마침 이때 지난 겨울 야학의 교사들과 박관현 등이 참여한 〈광천공단 실태조사 보고서〉가 '전남대사회조사연구회' 명의로 전남대 신문에 발표되어 학생들의 관심을 끌었을 뿐 아니라, 그것이 일간신문에 전재돼 파문이 더욱 커졌다. 경찰은 결국 5월 어느 날 전용호·임낙평·박용안·고희숙 등 야학 교사 몇 명과 전남대 사회조사연구회의 조사팀을 연행해 갔다. 다행히 다음 날 모두 풀려 나왔으나 어쩔 수 없이 야학은 만신창이가 되어 비틀거렸다. 교사들이 곧잘 부모에게 발이 묶여 야학에 나오지 못했기 때문이다.

학생들도 짜증 섞인 푸념을 했다. 수업도 제대로 하지 않는 야학에 나가면 뭐하냐는 식이었다. 사실상 수업이 정상적으로 진행되지 못했던 것이다. 이미 2기 학생들 대부분이 탈락한 셈이었다.

원래 1979년 7월이면 들불야학 제3기가 출범해야 했지만 교사 모집은 더디기만 했고 광천공단과 광천동 주민들의 호응도 문제였다. 다행히 김영철과의 끈끈한 연대가 시민아파트 주민들과 한 동아리가 되는 데 큰 도움이 되었다.

들불야학 제3기의 모집을 한 달 늦추기로 하고 7월 초 윤상원의 집에서 가까운 황룡강으로 야외 수련회를 갔다. 윤상원은 근무를 해야 했으나 어머님이 아프다는 핑계를 대고 양동신협을 빠져나와 황룡강 수련회에 참석했다. 이 수련회에서는 김영철의 광천동 종합개발계획에 따라 매일 아침 청소를 하고 또다른 주민 공동 사업에 열성적으로 참여하면서 주민들과 함께 호흡해나가기로 결정했다. 그리고 김영철과 합심해 여러 가지 행사를 치르기로 했다.

그리하여 조촐한 음식을 마련해서 주민들이 참여하는 체육대회를 개최했으며, 학내에서 민중문화운동을 이끌던 박효선 등의 탈춤반 단원들을 불러 흥겨운 놀이마당을 열고 주민들과 축제의 기분을 나누었다.

YH투쟁과 김경숙

그 당시 이태복은 전국적인 노동운동 조직을 만들고 있었다. 이태복이 조직하려던 전국적인 현장 조직에 광주 지역이 빠져 있어서 고심하던 차였고, 전남방직이나 가톨릭노동청년회 등에 맹렬한 현장 여성 노동자들이 있어 몇 차례 만남과 토론 등을 거치면서 대상자들을 물색하고 있었다. 마침 윤상원이 현장 생활 중이고, 이미 20여 가지 문답을 통해 파악한 바로는 조직운동에 매우 적합했다. 하지만 이태복이 보기에 윤상원은 광주 지역이라는 조건하에서 어떻게 대처해나가야 할지에 대한 전략이 미흡한 듯했다. 당장은 불황기 고통에 빠진 노동자들에게 희망을 줄 수 있는 투쟁도 고민해야 했고, 1978년 말부터 YH투쟁을 조직하느라 정신이 없어 윤상원과 구체적인 대화는 못하고 있었다.

1979년 7월 13일 6·27 교육지표 사건 1주년 기념행사를 광주NCC와 광주앰네스티가 공동으로 광주YMCA 백제실에서 거행하였다. 1년 전 민주 교육 선언의 뜻을 기리는 자리였으며, 이문영 교수(고려대)의 '민주 교육의 이념'이라는 주제의 대중 강연도 열렸다. 수백 명의 청중이 모였다.

7월 17일에는 제헌절 특별사면으로 출옥한 석방자 환영회를 개최했다. 이 자리에는 서울에서 온 평론가 염무웅, 시인 조태일, 소설가 윤흥길과 지방의 문병란 시인, 한승원 소설가, 김준태 시인 등이 참석했다. 환영받은 양심수는 송기숙·양성우·윤담용·정용화·노준현·김경택·백삼철·신용길 등이었다. 특히 윤상원은 함께 공부했던 노준현의 석방에 크게 기뻐하며 밤늦도록 얘기를 나누었다.

박정희 군사독재를 비판한 〈겨울공화국〉을 낭독해 교직에서 파면된 시인 양성우가 출옥한 지 며칠 지나지 않아 박정희 유신독재에 종지부를 찍을 수 있는 사건이 발생했다. 일명 'YH 사건'이다.

1970년대 초 수출 순위 15위로 대한민국 최대의 가발 수출 업체였던 YH무역은 1970년대 중반부터 수출 둔화, 업주의 자금 유용, 무리한 기업 확장 등으로 심각한 경영난에 빠져들어 1979년 3월 폐업 공고를 했다. YH무역 사장 장용호는 회사의 재산을 정리하고 미국으로 도망쳤다. 1975년 설립 이후 적극적인 활동을 전개해온 노동조합은 이에 회사 정상화 방안을 채택하고 YH무역을 회생시키기 위해 여러 방면으로 노력했으나, 사측과 정부 당국이 시종 무성의한 태도를 보이자 4월 13일부터 장기 농성에 들어갔다.

노동자 172명은 8월 9일부터 도시산업선교회의 주선으로, 사회적 파급 효과가 큰 서울특별시 마포구 신민당 당사에서 농성을 감행했다. 당 총재 김영삼은 이들을 위로하면서 '여러분이 마지막으로 우리 당사를 찾아준 것을 눈물겹게 생각한다'며 '우리가 여러분을 지켜주겠으니 걱정 말라'고 노동자들을 안심시켰다.

이에 경찰은 신민당의 반대에도 불구하고 치안상의 이유를 들어 8월 11일 새벽 2시경 1000여 명의 인원을 투입해 20여 분 만에 강제 해산시켰다. 신민당 의원과 당직자들이 몸싸움을 벌였지만 역부족이었고 YH무역 노동자들은 모두 연행되었다. 연행 과정에서 건물 옥상에 올라간 노동자들 가운데 김경숙(당시 21세)

YH 사건으로 사망한 고 김경숙의 추도식.

신민당사에서 농성을 하다 끌려나가는 YH 노동자들.

이 몽둥이에 맞아서 죽었으나 경찰은 추락하여 사망했다고 조작 발표했고 김영삼은 경찰에 의해 상도동 집으로 강제로 끌려갔다. 여성 노동자 10여 명, 신민당원 30여 명, 취재기자 12명이 부상을 입었다. 신민당은 김경숙의 추락사가 강제 해산 도중에 발생했다고 주장했으나, 경찰은 '경찰의 신민당 진입과 무관하다'고 발표했다.

8월 17일 경찰은 이 사건과 관련하여 주동자로 YH무역의 노조 간부, 그 배후로 도시산업선교회 소속 인명진 목사 등 7명을 구속했다. 이는 1970년대 여성 노동자들의 노동운동 흐름 속에 있는 사건으로서, 사건 직후 야당 및 여러 민주화운동 세력이 공동 전선을 형성하여 반유신 투쟁에 나서는 계기가 되었으며, 닭장차에 끌려가는 모습은 열악한 노동 환경에 처해 있는 노동자의 처지를 일깨웠고 나아가 10·26 사태의 도화선이 되었다.

1979년 8월 13일 광주YMCA 무진관에서 광복절 기념 인권 강연회를 열어 신민당 김영삼 총재를 연사로 초청하고자 했으나 YH 사건으로 인해 김 총재의 광주 방문이 어렵게 되자 천주교 정의구현사제단, 광주NCC와 광주앰네스티가 공동으로 YH 사건을 보고하고 이때 사망한 광주 출신 김경숙을 추도하는 자리를 가졌다. 약 1500여 명의 청중이 모였다. 김성용 신부의 안동교구 가톨릭농민회 오원춘 사건에 관한 진상 보고, 광주 출신 이필선 국회의원의 YH 여공 신민당사 농성 강제 해산에 관한 진상 보고, 강진군 농민회 김규식 구속 사건에 관한 누이동생의 진상 보고와 호소문 발표로 1부 순서를 마치고, 2부에는 고 김경숙 추도회가 이어졌다. 추도회에서는 조비오 신부의 비통한 기도와 유연창 목사의 애끓는 추모사가 청중의 가슴을 울렸다. 역시 김경숙의 죽음을 애통해하는 김록영 의원의 인사말로 식을 마쳤다.

추모사

겨레 앞에 순국한 위대한 민족의 딸 고 김경숙 양의 영전에

북악산도 한강물도 슬피 울고
무등산 극락강도 애처로이 울어예는
이 나라 광복의 달 팔월의 하늘 아래
겨레의 딸 김경숙 양이 꽃다운 스물한 살 처녀의 몸으로
조국의 민주 회복 투쟁에 희생의 제물로
이 나라의 근로민중 앞에서 십자가 지고 그리스도 제자의 길을
  갔습니다.
1979년 8월 11일 2시 30분경 마포 신민당사 YH 여공 노동 투쟁
  현장에서
우리 모두 부끄럽다고 고개 숙여
한없이 참회의 눈물을 흐르도록 합시다.
눈물이 말라 이 값진 죽음에
새 생명으로 부활하고 새 힘이 솟아날 때까지
재생의 용기를 주는 기맥힌 눈물로 애곡애곡 울어봅시다.
무등산아 극락강아 말해다오
북악산과 한강수야 말해다오
우리 무등의 딸 경숙이를 누가 죽였느냐고?
자해라고 했다가는 투신이라고 바꿔 말하는
신문과 라디오 이야기는 믿을 수가 없도다.

경숙이 영혼이여,

그대는 살아 있는 우리 모두가 죽였을 뿐입니다.

자해여도 좋고 투신이어도 좋고

추락사여도 타살이어도 좋습니다.

그대가 빼앗긴 생존권을 위해

쫓겨난 생활터를 되찾기 위한

인간의 기본적 권리인 일할 자리를 얻겠다는

노동 투쟁에서 죽어간 이상,

그대의 죽음은 조국과 겨레를 위한 순국이요

민주주의를 위한 민주 제단에

몸과 피로써 바친 거룩한 죽음입니다.

아버지 김동원 씨를 일찍 여의고 홀어머니 최연자 부인 슬하에서
자라 1971년 광주남국민학교를 졸업한 김경숙 양은 14살 때부터
무허가 장갑공장에서 봉제 일을 시작하여 72년 5월 서울 양동에
있는 제품 공장으로 자리를 옮겨 한풍석유, 태신산업, 이천물산을
거쳐 76년 8월 30일 일 잘하는 성실한 여공이라는 소문으로 YH무
역회사 김모 과장에 스카웃되어 일자리를 옮긴 이래로 동료들 사
이에서는 '책임감과 의지가 강한 언니'로서 회사 내에서는 유능하
기로 이름난 여직공이었습니다.

　회사 노조의 상임집행위원으로 맡은 바 소임을 다하였고, 지난
79년 8월 9일부터 시작한 YH 여공 신민당사 농성 투쟁에서는 결
의문을 낭독하는 등 주동 역할을 했었습니다. 딸의 죽음도 모르고
리어카에 튀밥을 싣고 평상시처럼 행상을 하던 어머니가 뒤늦게
딸의 죽음을 들었을 때의 슬픈 사연을 우리가 어찌 상상이나 할
수 있으며 3개월마다 5~6만 원을 보내주는 누나의 도움으로 전남

기계공고 3학년에 다니는 동생 준곤이가 수업 중에 누나의 비명에 간 죽음을 들었을 때의 청천벽력 같은 심정을 우리가 어찌 이해할 수나 있겠습니까.

연 5만 원 월세방에서 살아가던 가난하기 짝이 없는 가정에서 가장 노릇을 하던 믿음직스럽던 딸의 죽음을 무엇으로 보상해주고 그처럼 커다란 자리를 누가 메꿀 수 있겠습니까. '우리가 단결하면 꼭 이길 겁니다'라던 싸움이 이기지도 못한 채 '몇 년 전 장용호 회장이 미국으로 돈을 외화 도피시켜서 저희 근로자들의 생활이 더욱 어려워졌고, 돈 많은 회장이나 사장들은 자기만 잘살겠다고 저희 근로자들을 버리고 도망갔어요'라고 어머니께 보낸 편지는 오늘날 우리 경제 현실의 난맥상이 어디에 그 원인이 있나를 보여주지만 그러면서도 '여름의 변덕이 심한 날씨에 고생하시는 어머님의 그 모습은 멀리 떨어졌다고 잊지는 않고 기억하고 있습니다'라는 어린 딸의 효성 어린 마음씨를 간직하고도 있었습니다.

'우리가 힘을 합치면 우리 문제는 곧 해결됩니다'라고 하였고, '힘 약한 근로자들은 힘을 합하여 단결하여 투쟁하고 있습니다'라고 승리의 그날과 승리할 수 있는 방법까지를 예견하는 투사로서의 지략을 지녔던 어린 경숙 양! 사랑스러운 동생에게 보낸 79년 7월 9일자, 최근의 8월 3일자 두 편지를 읽어가다보면 '누나는 바쁜 생활 속에서도 나의 취미를 살리고자 회사의 친구에게 키타를 배우고 있단다. 건전한 노래나 찬송가를 부르며…'라고 시속의 여성다움을 지녔으면서 '준곤아 이왕에 세상에 태어났으니 남에게 꼭 필요로 하는 인간의 구실을 해야겠지' '이 세상의 모든 문제가 어렵고 힘들지라도 나와 너 서로 이해하며, 사랑하며 살도록 하자 으응. 이 누나는 어떠한 일에도 참고 이기며 살려고 힘껏 노력하고 있는 거야. 여러 사람들을 위한 길이라면 나의 목숨도 아끼지 않고 다수를 위하여 살고 싶어. 꼭 그렇게 살도록 할꺼야~'라고 끝내는 자기의 각오를 토로하기까지 했습니다.

여러 사람들을 위한 길이라면 목숨도 아끼지 않겠다고, 다수를 위해서만 살겠다던 경숙이는 한 알의 밀알이 썩어서 수천 개의 밀을 되살게 하려고 살신성인의 숭고한 정신으로 목숨까지 아끼지 않고 말았습니다. 동생에게 교회에 나가고 신학을 공부하고 성서를 읽으라며 '그러한 즉 그리스도 안에 있으면 새로운 피조물이다. 이전 것은 지나갔으니 보라 새것이 되었도다'(고린도후서 5:17)라는 성경 말씀을 통해 수준 높은 기독교 철학으로 죽음 후에 올 새 시대의 도래를 우리 민족 앞에 엄숙히 선언해놓고 이제 몸만 갔을 뿐 성령으로 살아 있게 되었으니 그대의 죽음은 육신의 죽음일 뿐입니다.

이 민족 5천 년 역사에서도 유일한 죽음으로 노동 투쟁의 현장에서 역사적 죽음을, 영원한 삶으로 새롭게 부활할 위대한 순국을 하였습니다. 유관순 언니보다도, 전태일·김상진 오빠 열사보다도 생생한 역사의 현장에서, 이 나라 5천만 민족에게 생존권을 위한 투쟁의 천금 같은 교훈을 남긴 채 850만 이 나라 근로 대중의 모든 목숨을 대신한 희생의 목숨으로, 온 겨레 삶의 십자가를 혼자서 짊어지고 연약한 우리의 딸 경숙 양은 우리에게 새로운 투쟁의 힘을 불러일으켜주는 듯 죽지 않은 채 눈만 감았습니다.

무등아 무등아 광주의 딸 경숙이가 죽지 않은 부활의 몸으로 승천한 생명으로 우리를 지켜본다. 민중들아, 백성들아, 너희는 지금 이 순간에 무엇을 하고 있느냐고. 고이 잠드소서 고이 잠드소서. 민족이 있고 겨레가 남아 있는 한 근로자와 노동 투쟁을 위해 그가 남긴 샛별 같은 이정표는 영원히 이 땅에서 사라지지 않을

> 것이니 그대의 영혼이여 편히 쉬소서. 무등이여 하나님의 뜻으로
> 우리의 딸이 편히 쉬게 해주소서 남아 있는 우리 민중에게 힘을
> 주게 해주소서. 순국열사 노동 투쟁 선구자, 김경숙 만세 만만세.
>
> — 광주앰네스티 《회보》 12호

1979년 8월 11일 새벽 노동자 김경숙은 노동 투쟁 현장에서
굽히지 않고 투쟁하다 국가권력에 의해 목숨을 잃고 말았다. 김경
숙의 순국 이후 한국의 노동운동은 한 단계 발전하였고, 오래지
않아 10·26이라는 유신체제 붕괴의 위대한 승리를 쟁취하기에 이
른다. 1979년 후반기에 들어 정권의 붕괴가 오래 남지 않았음을
실감하면서 모든 분야에서 투쟁이 더욱 활발히 전개되고 있었다.

들불야학 3기 출범하다

1979년 8월 18일, 온통 정국이 들끓는 가운데 들불야학 3기 입학
식이 열렸다. 시민아파트 주민들, 천주교회 청년·학생들, 야학 관
계자들 등 많은 사람들이 모여 들불야학 3기 출범식을 환영했다.
3기 대기 교사였던 박효선·서대석·정재호·김경옥·동근식·김경
국·오홍상·이영주·이성애 등이 정식 교사로 참여하였고, 기존 교
사들 중에서는 윤상원·박관현·임낙평·박용안이 그대로 남기로
했다. 김영철과 박용준 역시 특별 교사를 계속 맡기로 했다. 이날

입학식에서는 특별히 대기 교사인 박효선의 지도로 야학 1기생들이 〈누가 아는가〉라는 연극을 공연해 큰 갈채를 받았다.

숨 고르는 노동 현장

YH무역 김경숙의 죽음으로 청년·학생들과 재야 민주 세력들은 비장한 각오로 전열을 재정비하고 있었다. YH 사건은 신민당 의원들의 항의 농성과 종교계와 언론인, 해직 교수와 문인, 청년 등 민주화운동 세력의 유신 정권 비판으로 이어졌다.

9월 3일, 개학과 동시에 강원대생 800여 명이 시위를 했고, 4일에는 대구 계명대에서 임진호가 〈이 어두운 역사의 조타수가 되지 못한다면〉이라는 선언문을 낭독한 뒤 무려 학생 1500여 명이 시위에 참여하여 2킬로미터나 행진했다. 9월 11일 서울대에서 1500여 명의 학생들이 선언문을 발표하고 시위를 벌였으며, 이화여대·연세대 등 경향 각지의 대학에서 박정희 정권 퇴진을 요구하며 유신 철폐 시위를 벌였다.

이양현은 주로 중흥동 2층 집에서 호남전기 이진행·이정희·윤청자 등과 근로기준법을 중심으로 10명 이내의 학습 모임을 이어갔다. 기본 학습이 끝나면 피라미드 형태로 소모임을 확장하며 활동가들을 교육했다. 이 모임에는 김홍곤·김윤창·손남승·박용성 등 백제야학의 일부 교사들도 참석했다. 광주YWCA나 광주 YMCA 무진관에서 강연이 있을 때면 호남전기와 일신방직, 전남방직, 들불야학과 백제야학의 일부 교사들과 학생들도 참석할 수 있도록 권유하여 의식화 학습의 장이 되도록 하였다. 점점 학습의 폭을 넓혀간 것이다. 물론 호남전기 노조의 임금 인상 협상 때의 사내 농성 집회나 일신방직의 이사라 등 가톨릭노동청년회원들이 주도하는 준법 투쟁에도 학생들을 동원하여 격려했다.

이양현의 생활은 날이 갈수록 어려워만 갔다. 이양현의 집에서 소모임을 하게 되면 저녁 식사는 물론 막걸리나 야식 등으로도 비용이 들어갔기 때문이다. 1979년 여름 즈음부터는 이해학 전도사로부터 도시산업선교회의 실무자 지원금을 받았다. 이양현은 매월 활동비 10만 원을 보조 받아 부족한 경비를 충당할 수 있게 되었다.

노동 소모임이 점점 커지자 이양현은 공식 창구를 통해 소모임을 운영할 필요성을 느끼게 되었다. 1979년 말 강신석 목사와 최연석 전도사가 나서서 조아라 광주YWCA 회장을 설득해 광주YWCA에 사회교육부를 신설했다. 담당자로는 이행자 노동간사(프로그래머)와 정유아 농민간사(프로그래머)를 두었다. 어느 정도 부담을 덜어내기는 하였으나 비좁은 중흥동 이층집에는 여전히 많은 활동가들이 하루가 멀다 하고 드나들었다. 윤상원은 광주YWCA 프로그램에 꼬박꼬박 나가기는 했지만 이양현의 집에 들러 구체적인 대화를 나누었다.

남조선민족해방전선 준비위원회 사건

1979년 10월 9일, 군에서 휴가를 나온 김상집은 본촌동에 있는 노준현을 만나 교육지표 사건에 대한 얘기를 듣고 나서 현대문화연구소에 가기 위해 시내버스를 탔다. 그때 라디오에서 남조선민족해방전선 준비위원회, 즉 남민전 사건이 발표되고 있었다. 김상집은 발표 중인 남민전 관련자 명단을 하나하나 외우기 시작했다. 그 속에는 광주 사람들도 있었기 때문이다.

현대문화연구소에 들어서자 마침 윤한봉도 자리에 있었다. 방금 뉴스에서 들은 남민전 사건에 대해 말하니 윤한봉은 "아이고, 드디어 터졌구만"이라면서 명단에 누가 들어 있더냐고 물었다. 대충 50여 명의 명단을 얘기하자, "나는 인자부터 잠수탈란다" 하며 서류가방을 옆구리에 끼고 황급히 문을 열고 사라졌다.

지난 4월 동아건설 최원석 회장 집에 강도가 들어온 사건이 있었다. 이들이 최원석 회장의 집에 들어가자, 경비원이 "강도야!"라고 소리를 질렀다. 조직원 차성환이 경비원과 격투를 벌였고 곧 경찰이 도착했다. 이때 전남대 출신 이학영이 체포되어 광주에서는 모두들 숨죽이며 전전긍긍하고 있던 터였다. 남민전을 주도한 사람은 이재문이었다. 당시 광주 출신으로 서강대 총책이었던 박석률은 김남주·이학영과 동생 박석삼을 남민전에 합류시켰다. 이들은 모두 서울에서 생활하던 사람들이었다. 김남주는 1977년 녹두서점에서 윤상원·노준현 등과 《파리 콤뮨》 일본어 강독을 하다 수배되어 서울에서 도피 생활을 하고 있었고, 이학영은 윤강옥과 함께 서울에서 사업을 하다 돈을 떼여 어려운 처지에 있었다. 김상집도 1977년 군에 입대하기 전에 나병식·이기승과 함께 서울에서 어려운 처지에 있던 윤강옥·이학영의 집에 찾아갔다가 박석률을 만났고, 이 자리에서 박석률이 반÷합법 지하조직의 필요성을 강조하며 합류를 권유한 바 있어 대충 짐작만 하고 있던 터였다.

박정희 암살을 모의했던 열혈청년 김남주는 광주 민청의 대표인 윤한봉을 찾아와 남민전에 합류해달라 요청한 적 있었다. 그러나 사회운동은 대중적 기반 위에 뿌리내려야 한다고 생각했던 윤한봉은 남민전과 같은 전국적인 비밀결사를 결성할 경우 오히려 운동가들을 독재자에게 넘겨주는 결과를 초래할 수도 있다고 판단했다. 윤한봉은 남민전으로 합류해달라는 요청을 받은 직후 남민전에 대해 수소문했는데, 하루만에 조직의 강령이 손에 들어왔다. 비밀 모임에 문제가 있다고 생각한 윤한봉은 동지들에게 '석률이가 말한 조직은 1년 내로 박살난다. 보안에 문제가 많은 것 같으니 다들 조심해주었으면 좋겠다'고 부탁했다. 그의 판단대로 윤상원을 포함한 광주 지역 활동가들은 남민전 사건을 피해 가게 되었고, 역량을 보전할 수 있었다. 그러나 당시 서울에서 생활하고 있던 농민운동가 이강과 김정길은 구속 수배자 명단에 들어갔다.

남민전 조직 와해의 계기가 된 것은 1979년 8월 '횃불 투쟁'으로 명명한 유인물 배포 활동이었다. 이로 인해 정보 당국의 수사망에 걸린 것이다. 횃불 투쟁은 신민당사에서 농성 중이던 YH 여공들에 대한 무차별한 진압과 이 과정에서 사망한 김경숙의 죽음을 알리기 위해 남민전 산하 민학련 주도로 이루어진 활동이었다. 이 수사망에 의해 민학련 간부가 검거되고 이것이 남민전 중앙조직의 피습으로 파급되어, 남민전은 중앙과 하부로부터 동시에 타격을 입고 전원 체포되었다.

10장 유신의 몰락

위세가 꺾이지 않을 것 같던 박정희의 유신체제는 느닷없이 크게 균열되기 시작했다. 유신 정권에 대한 민중의 분노를 크게 응집한 계기는 김영삼의 의원 제명이었고, 이는 부마항쟁으로 이어져 전국으로 번져나갔다. 또한 민중은 박정희 피살이라는 뜻밖의 사태를 맞이하게 된다.

1979년 10월 4일 여당의 주도로 국회에서 김영삼 징계동의안이 통과되었다. 이 일은 신민당 소속 국회의원 전원이 사퇴서를 제출하는 사태로 비화했다. 의원직에서 제명되자 김영삼은 기자들과 인터뷰를 하고 '영원히 살기 위해 일순간 죽는 길을 택하겠다'라며 '닭의 목을 비틀어도 새벽은 온다'는 명언을 남겼다.

김영삼 총재 제명에 대한 반발로 10월 13일 신민당 국회의원 66명 전원과 민주통일당 국회의원 3명은 국회의원직 사퇴서를 제출했고, 민주공화당은 선별적 수리를 하겠다고 발표했다. 10월 15

일에는 김영삼의 정치적 본거지인 부산에서 민주선언문이 배포됐다. 10월 16일에는 5000여 명의 학생들이 시위를 주도하고 여기에 시민들이 합세하여 대규모 반정부 시위가 전개됐다. 시위대는 16일과 17일 이틀 동안 정치탄압 중단과 유신정권 타도 등을 외치며 파출소, 경찰서, 도청, 세무서, 방송국 등을 파괴했다. 18일과 19일에는 마산 및 창원 지역으로 확산되었다.

이에 정부는 10월 18일 0시를 기해 부산 지역에 위수령을 선포하고 1058명을 연행, 66명을 군사재판에 회부했다. 20일 정오에는 마산 및 창원 일원에 위수령을 발동하고 3공수여단을 출동시켜 505명을 연행하고 59명을 군사재판에 회부하는 등 시위를 진압했다.

상담지도관실 방화 사건

영남 지역에서 위수령을 발동하고 공수부대까지 동원하여 시민들을 진압한 박정희의 칼날은 광주전남 지역에도 휘둘러지고 있었다. 부산과 마산의 민중항쟁 소식은 녹두서점과 현대문화연구소, 광주양서협동조합, 광주앰네스티를 통해 곧바로 대학가와 시내 곳곳에 퍼졌다. 부산 시내에 탱크가 등장하고 사람이 몇 명 죽었다느니, 공수들의 상상을 초월하는 무자비한 진압에 많은 시민들이 잡혀가고 부상당했느니 하는 흉흉한 소문이 나돌자 대학가에도 비상이 걸렸다.

부마항쟁이 일어난 지 며칠 지나지 않아 시위를 준비하던 전남대에도 대규모 검거의 바람이 불기 시작했다. 이른바 '인성다방 사건'이다. 전남대 사회조사연구회의 창립 성원인 최용주와 박순 등이 인성다방을 빌리고 학내 사회과학 동아리의 활동가들을 불러 간담회 형식의 토론을 벌였던 것이 사찰 당국의 눈에 띈 것이 발단이 되었다. 사찰 당국은 당장 참석자 전원을 불법 집회 혐의로 연행한 뒤 갖은 고문과 구타로 추궁해 시위 준비를 하고 있던 신영일·이세천 등의 활동 상황을 알아냈다. 그리하여 신영일·이세천뿐 아니라 전용호·나상진·고희숙 등도 함께 연행되었는데, 수사 도중 그동안 미궁에 빠져 있던 10월 초순의 상담지도관실 방화 사건의 진상이 드러났다.

당시 상담지도관실은 학내 기구의 정식 부서로서 배치되어 학생운동을 학교 안에서 감시하고 수시로 당국에 보고했는데, 이에 분노한 학생들이 10월 초 한밤중에 몰래 불을 지른 것이었다. 이는 신민정·고희숙·김정희·김경희·박유순 등이 주도한 사건으로, 한동안 미궁에 빠져 있다가 인성다방 사건 이후 시위예비음모죄로 연행된 학생들이 조사받는 과정에서 전모가 드러났다. 한편 당시 현대문화연구소를 운영하며 광주전남 지역 민주화운동의 일선에 있던 윤한봉이 이 사건 배후 조종자로 지목돼 함께 연행되어, 연루 혐의를 찾느라 갖은 고초를 겪었다(《윤상원 평전》, 2007, 218~219쪽).

이들은 조사가 끝난 상태로 교도소 이관만 기다리고 있던 어느 날 새벽, 10·26이라는 뜻밖의 사건을 맞이하게 된다.

박정희 암살과 유신체제의 몰락

1979년 10월 26일, 5·16 군사 쿠데타로 정권을 잡은 뒤 18년이나 장기 집권해온 박정희 대통령이 김재규 중앙정보부장의 총탄에 의해 사망했다. 그것은 지배 세력 내의 권력 갈등 결과로, 유신 체제의 정치적 폐쇄성의 반영이었으며 궁극적으로는 그 몰락을 의미하는 것이었다.

10월 27일 정부는 대통령 권한대행에 최규하 총리를 임명하고 제주도를 제외한 전국에 비상계엄령을 선포했다. 동시에 정승화 계엄사령관은 포고문 제1호를 발표해 집회·시위·언론·출판·보도 등을 제재하고 통행금지 시간도 밤 10시부터 새벽 4시까지로 연장했다.

박정희 시해 사건 당시 김재규 공판.

인성다방 사건으로 연행되었던 이세천·신영일은 당시 상급반이었고 여러 동아리에 관여되어 있었기 때문에 사찰 당국의 요주의 대상이었다. 남민전 사건이 터지자 당국은 전남대 학생운동을 남민전에 연루시키기 위해 이세천과 신영일을 심하게 고문했다. 이세천은 1974년도에 전남대 국문과에 입학하여 군대까지 마친 상태여서 학내 운동의 대선배 격이었다. 신영일은 들불야학 교사이면서 학내 여러 동아리에서 왕성하게 활동하고 있었다. 더욱이 부마항쟁까지 일어난 터라 사찰 당국은 인성다방 사건을 빌미로 전남대 학생운동을 남민전 학생 조직인 민학련 하부 조직으로 조작하려 고문을 서슴지 않았다.

이세천과 신영일이 극심한 고문으로 신경이 곤두서 있던 10월 27일 새벽 갑자기 경찰서가 수런거리기 시작했다. 수사관들의 말투도 달라지고 있었다. 한 수사관이 조용히 유치장 앞으로 다가와 소식을 전해주었을 때에야 박정희가 암살되었다는 것을 알았다. 그러나 제주도를 제외한 전국 일원에 비상계엄령이 선포되어 있었고 조사는 멈출 기미가 없었다. 남민전 관련 조사는 멈추었고 일부 학생들이 훈방되기는 했으나, 학내 활동 자체가 긴급조치 9호 위반이라며 이세천·신민정·조순형이 윤한봉과 함께 기소되어 교도소로 이감되었다.

정부는 12월 8일 0시를 전후해 대통령긴급조치 9호 위반 혐의로 구속됐던 학생 33명과 종교인·언론인 등 일반인 35명, 총 68명을 석방했다. 이보다 앞서 10·26 사태 이후 긴급조치 9호 해제 조치 이전까지 풀려난 사람은 모두 64명이었다. 이밖에 불구속으로 재판 중 또는 수사 중이던 200여 명은 검찰이 불기소 결정을 내렸으며, 형집행정지·가석방 중이던 193명은 나머지 형집행이 면제됐다.

　박정희 암살 소식을 들은 윤상원은 하루 종일 신협과 녹두서점을 들락거리며 뉴스에 귀를 기울였다. 신영일이 꾸준히 들불야학 교사로 활동해왔기 때문에 언제 들불야학으로 불똥이 튈지 모르는 상황이었다. 일단 박정희 암살로 수사가 들불야학까지 확대되지는 않을 것으로 생각되었지만, 그래도 며칠이 지나도록 수사는 계속 이어지고 있었다. 마침내 12월 8일, 긴급조치 9호가 해제되어 윤한봉·이세천·신영일·신민정과 교육지표 사건 관련하여 수감 중이던 박몽구·김선출·김윤기·조순형 등이 석방되었다. 그제서야 비로소 윤상원은 한시름 놓을 수 있었다.

YWCA 위장 결혼식 사건과 12·12 군부 반란

10·26 사태 이후 새벽 4시 김재규가 체포되고, 각료들은 국방부 회의실에서 서둘러 비상 조치를 내렸다. 대통령 유고시 국무총리가 대통령직을 승계하도록 한 법에 따라 최규하 국무총리가 대통령 권한대행이 되었고, 정승화 육군참모총장이 계엄사령관으로 임명되어 함께 정국을 이끌게 되었다.

　11월 6일, 민주통일국민연합은 반민주적·반민족적인 1인 독재정치를 전면 부정한다는 내용의 성명서를 발표했다. 민주적인 헌법 질서 확립, 계엄령 철회, 정치 활동 보장, 모든 정치범 무조건 석방, 자택연금 철회 등 정국에 대한 요구 조건을 분명히 한 성명서였다. 그러나 최규하 대행은 11월 10일 현행 유신헌법에 기초하여 대통령 선거를 실시하겠다고 발표했다. 곧바로 재야에서는 최규하 대행의 정치 일정은 실질적으로 유신 체제를 유지하자는 것이고 국민에게 커다란 실망을 안기는 것이라며 성토하기 시작했다.

YWCA 위장 결혼식 사건은 10·26 사건 이후 간접선거로 대통령을 선출하려는 통일주체국민회의의 발표에 반발하여 윤보선·함석헌 등 민주통일국민연합의 주도하에 1979년 11월 24일에 서울 YWCA 회관에서 개최되었던 대통령 직선제 요구 시위였다.

윤보선·함석헌·박종태·임채정 등의 재야인사들은 계엄군의 견제를 피하기 위해 대회장을 연세대 복학생인 신랑 홍성엽과 신부 윤정민의 결혼식으로 위장해 계엄군과 통일주체국민회의를 규탄하는 집회를 열었다. 사전 준비로 홍성엽과 윤정민의 결혼을 가장한 위장 청첩장을 돌렸다. 이중 연세대 복학생 홍성엽은 실존 인물이었으나, 신부인 윤정민(타계한 윤형중 신부의 성씨에 '민주주의 정부'의 앞글자를 따서 지은 이름)은 가공의 인물이었다.

결혼식이 시작되고 신랑이 입장할 때 민주화를 요구하는 선언문이 낭독되었다. 장내에는 환호성과 박수갈채가 울려 퍼졌고 이내 윤보선과 함석헌 등을 각각 미행하던 경찰관들이 난입하여 행사장은 아수라장이 되었다. 이어 경찰이 출동해 집회는 강제로 해산되었다. 집회 종료 후 140명은 불구속 입건되었고, 주동 인물 중 윤보선·함석헌 등은 소환 조사 및 서면 조사를 받았으며, 기타 주동자 14명은 용산구의 보안사령부로 끌려가 고문을 당했다.

이날 집회에 모인 사람들은 '유신 대통령을 다시 선출하는 것은 국민에 대한 반역이다'라는 사실을 명백히 밝히고, 최규하·김종필의 유신 정부는 하루빨리 퇴진하고 거국 민주 내각을 조직해야 할 것이며, 공화당·유정회·통일주체국민회의는 즉각 해체하고, 또한 우리나라의 민주화에 대한 외부 세력의 개입을 일체 거부한다는 내용의 성명을 발표했다. 이로 인해 전국은 다시 들끓기 시작했으며 투쟁 목표도 통일주체국민회의의 대의원에 의한 대통령 선거 반대 운동으로 모아졌다.

이와 함께 광주 지역의 개신교 목사와 재야인사들도 유신 체제 대통령 선거 방식 저지 투쟁에 뜻을 합하고 11월 28일 광주 YWCA에서 기독교장로회 전남노회 주최로 '수요연합기도회'라는 형식을 빌려 집회를 열기로 했다. 그러나 사전에 정보를 입수한 경찰은 대회를 원천봉쇄했다. 겨울비가 내리는 우중충한 날씨에도 불구하고 대회장에 모인 많은 민주 시민들과 민주 인사들은 당국의 봉쇄에 거칠게 항의하며 '민주주의를 위해 힘차게 나아가자'라는 유인물을 낭독하고 시민들에게 배포했다.

광주YWCA 주변에서 시위를 하다 광천동 집으로 돌아온 윤상원은 들불야학 교사들과 함께 자연스럽게 낮의 시위에 대해 토론했다. 최규하 권한대행과 전두환 일당의 유신독재 회귀 움직임을 막아내고자 하는 운동은 여전히 군부와 경찰력에 의해 막혀 있었다. 박관현 등 교사들에게 윤상원은 비탄조의 얘기를 늘어놓았다.

"나는 오늘 시민들의 민주화에 대한 열기를 확인하고 왔다. 이럴 때 누군가 나서주어야 한다. 한데 아무도 나서는 이가 없다. 대학생들조차도 광주는 잠잠하기만 하다."

　윤상원이 답답한 마음으로 말하고 있을 때 졸업한 교사로 학
내 운동을 하던 전용호가 겨울비에 흠뻑 젖은 채 들불야학에 들
어섰다. 전용호는 윤상원과 마찬가지로 광주YWCA에서 시위를
하다 돌아온 터라 이 엄중한 시국에 시위의 필요성을 역설했다.
두 사람은 바로 그 자리에서 마음을 합쳐 시위 계획을 짜기 시작
했다. 이렇게 해서 11월 30일 전남대 시위 사건이 터지게 된다. 이
날 발표한 선언문은 윤상원이 직접 쓰고 들불야학의 박용준이 들
불야학의 등사기로 밤을 새워 등사한 것이었다.

　11월 30일 김정희·전용호 등이 주동하여 학생식당에서 최규
하 내각 사퇴, 계엄령 해제, 구속 인사 석방 등을 요구하는 유인물
을 낭독 및 배포했다. 학생들은 점심시간에 학생식당 문에 식당
의자로 바리케이드를 쌓아 바깥출입을 차단하고 식당 안에 있는
학생들을 상대로 유인물을 낭독하고 구호를 외쳤다. 즉시 경찰이
출동하여 시위 현장에서 김정희 등이 체포되었으나 애초의 약속
대로 들불야학과는 무관한 것으로 조사되었다. 김정희는 구속되
어 1심에서 징역 1년에 집행유예 2년을 선고받았고, 전용호는 도
피했다(《윤상원 평전》, 2007, 228~229쪽).

　1979년 12월 6일, 군부가 예정했던 대로 최규하 권한대행은
통일주체국민회의 대의원 선거에서 대통령으로 선출되었다. 그러
나 12·12 쿠데타의 불씨가 된 정승화와 전두환의 갈등이 빚어지
고 있었다. 암호명이 '생일집 잔치'인 12·12 군부 반란은 당시 전
두환이 사령관이었던 국군보안사령부가 모든 통신망을 장악하

고 있던 상태에서 벌어졌다. 대한민국 국군 내에는 박정희의 밀명에 의해 속칭 '박정희 친위대'라 할 수 있는 하나회가 결성되었고, 대한민국 특전사의 수도권 4개 여단 가운데 무려 3개 여단의 여단장이 전두환의 심복이었다. 그 하나회는 전두환이 주장主將, 노태우가 부장副將인 상태였다. 이 하나회가 12·12 반란을 주도하여 정승화 계엄사령관까지 김재규와 연루시켜 체포한 것이다.

최규하는 절대로 정승화의 체포에 동의할 수 없으며, 합동수사본부의 상급자에 해당하는 노재현 당시 국방부 장관과 상의한 뒤 재가를 검토하겠다고 버텼다. 제주를 제외하고 전국에 비상계엄이 선포되었던 터라 총 책임자는 국방부 장관이었다. 결국 최규하는 노재현 국방부 장관이 서명한 뒤 정승화 체포 동의안에 재가 서명을 했는데, 다만 이때 동의안 표지에 재가 날짜와 시간을 적어놓았다. 이 때문에 당시 전두환 측의 행위가 재가를 받고 나서야 체포해야 한다는 절차를 어긴, '선 체포 후 동의'라는 명실상부한 불법 행위라는 확실한 증거가 남았다.

11장

새로운 군부독재의 풍랑 속에서

박정희 암살과 12·12 군부 반란으로 유신 체제는 종말을 고했지만 새로운 군부독재의 서막이 오르고 있었다. 박정희 유신 정권을 무너뜨리기 위해 전국적인 조직으로 반합법 투쟁 조직인 남민전과 전국적인 대중 조직으로 민주통일국민연합이 있었지만, 남민전은 10·26 이전에 궤멸되었고 민주통일국민연합은 YWCA 위장 결혼식 사건으로 커다란 타격을 입었다. 그리고 제주를 제외한 전국에 비상계엄이 선포된 상태였다.

이양현, 보성기업을 설립하다

1977년 12월 결혼한 뒤 계림동에서 박남석과 함께 '광성샤시'를 경영했던 이양현은 열심히 일한 데다 당시 소규모 건축업자들의 도움을 받아 사업이 나날이 번창해갔다. 사업이 확장되자 박남석이 자기 땅에서 사업을 하고 있다는 빌미로 이익을 배분하지 않고 독자 경영을 하겠다고 욕심을 부려 결국 갈라섰다. 그리하여 이양현은 1978년 10월경, 다시 정상용·박형선·이기승과 함께 백운동에서 풍암동으로 가는 입구(현 프라도 호텔 뒤)에 연탄보일러와 선라이트, 간이 상수도 공사용 파이프를 납품하는 보성기업을 설립했다.

이양현은 낮에는 열심히 보성기업 일을 하며 광주전남 지역을 돌아다녔으나 밤이면 중흥동 2층집에서 노조 간부들과 소모임을 했다. 소모임은 처음에는 10여 명으로 시작했으나 3~4개월 학습을 거쳐 다듬어지면 한 사람씩 부서별로 또 소모임을 만들었던 터라 순식간에 100여 명으로 늘어났다. 호남전기(종업원 1500여 명)의 경우 김성애가 부녀부장으로 있어서 엄중한 비상계엄 시국에도 불구하고 조직 역량은 날로 강화되어갔다. 또한 김성애는 가톨릭노동청년회에서 파트타임 간사를 맡아 그 간부들을 모아 이양현과 더불어 매일유업, 남해어망, 전남제사 등에서 교육을 진행했다. 매일유업에서는 정희구가 화학노조 지부장을 담당했고, 남해어망은 임미령이 노조위원장을, 전남제사에서는 정향자가 섬유노조 지부장을 맡고 있었다. 이양현은 당시 300여 명이 머물고 있는 전남제사 기숙사에 비밀리에 들어가 교육을 하기도 했다.

1979년 말 정상용과 이양현은 2억에 가까운 파이프 납품 계약을 수주할 수 있었으나, 납품하려면 담보가 필요했다. 소설가 황석영이 양림동 집을 저당 잡혀 2000만 원을 확보하고, 황석영의 친구인 관광호텔의 한 모 이사가 나머지 현금을 빌려주어 1980년 초까지 납품할 수 있었다. 수금하기 직전에 5·18이 터져, 나머지 잔액 수금은 이기승이 하게 됐다. 보성기업은 박형선과 이기승이 이어받아 운영하여 오늘에 이르렀다.

낮에는 사업가이면서 노동자요, 밤에는 거의 매일 노동자 교육에 나섰던 이양현을 윤상원은 선생처럼 존경하며 따랐다. 겨우 두어 달 남짓 한남플라스틱에서 일하다 그만뒀던 윤상원으로서는 이양현이야말로 존경스러운 사람이라고 김상집에게 말하곤 했다.

이양현보다 윤상원이었던 이유

이태복은 한 달에 두 번 정도 전국을 순회했다. 광주에 올 때면 녹두서점에 들러 수금을 한 다음, 남는 시간을 여러 노동운동가를 만나는 데 할애했다. 이태복은 틈나는 대로 호남전기의 김성애와 일신방직의 전삼순을 만나 대화를 나누었고, 그들의 소모임에 들어가 YH투쟁에 대해 교육했다. 특히 들불야학의 동근식을 따로 만나며 신뢰를 쌓았다.

1979년 8월 YH투쟁 직후 윤상원이 야학 교사들에게 이태복을 소개할 기회가 있었다. 윤상원은 녹두서점에서 만나기로 해서는 이태복을 밤에 광천동 들불야학으로 데리고 왔다. 그날 이태복은 YH투쟁에 대해 설명했다. 야학 교사들의 질문이 많았고, 윤상원은 이태복에게 박관현과 따로 면담을 했으면 좋겠다고 요청했다.

그다음 날 근처 다방에서 이태복은 박관현의 고민을 듣고 충고를 해줬다. 그때 '전공이 행정학과이니 행시를 봐서 좋은 일을 하는 것도 좋지 않겠느냐'라는 박관현의 고민에 이태복은 의상과 원효의 길에 대해 예를 들면서 '집안 사정은 충분히 이해하지만 민중과 더불어 사는 삶을 선택하라'고 권유했다. 다음에 만났을 때 박관현은 '선생님이 얘기하신 대로 원효의 길로 나아가겠다'며, 자신의 다짐을 이태복에게 전했다. 이태복이 광천동 들불야학에서 새벽 2~3시까지 얘기를 나누고 한두 시간 눈을 붙인 뒤 새벽 차를 타기 위해 방을 나설 때면, 박관현은 꼭 방 앞에 앉아 있다가 얼굴을 닦고 가라며 따뜻하게 적신 물수건을 건네주었다. '왜 잠을 자지 그러냐'며 나무랐지만, '밤낮 없이 민중을 위해 고생하시는 선배한테 제가 드릴 수 있는 조그만 정성이니 그냥 받아서 얼굴을 닦으라'며 막무가내였다. 이태복이 윤상원에게 '박관현의 이런 태도는 선배에 대한 예의로는 훌륭하지만, 봉건적인 냄새가 나니 못하게 하라'고 했는데도 박관현은 이를 그만두지 않았다.

　10월 26일 박정희가 죽자 이태복은 여러 차례 이양현을 만나 본격적으로 전민노련에 합류할지를 타진해 보았다. 이양현은 현장을 벗어난 전국 조직에 매우 비판적이었다. 또한 이양현은 노동자들의 소모임도 학생운동 쪽에 알려질까봐 보안에 무척 신경을 쓰는 편이었다. 어느 날 이태복은 이양현에게 전민노련 합류에 대한 확답을 받기 위해 그의 중흥동 2층집을 찾아갔다. 문을 두드리고 이양현을 불러도 안에서는 대답이 없었다. 분명 방문 앞에 신발이 놓여 있어 누군가 안에 사람이 있을 법한데도 안쪽은 조용하기만 했다. 평소 같으면 그냥 지나칠 일이었지만 그날만은 아무래도 느낌이 좋지 않아 방문을 따고 방안을 들여다보았다. 방안에는 연탄불이 피워져 있었고 이양현의 아내 선점숙은 이미 의식이 없는 상태였다. 급히 병원으로 이송하여 다행히 불상사는 없었다.

이 일로 인해 이양현이 노동운동을 계속하는 데 어려움이 있겠다고 생각한 이태복은 전민노련의 광주전남 책임자를 윤상원으로 정하기로 마음먹었다. 이태복은 전국적인 현장 조직을 구성하기 위해 포항공단과 울산·부산·광주·대구 지역의 활동가 중에서 함께할 동지를 선택하기 위해 전국의 많은 활동가들을 만나 대화를 나눴다. 드디어 이태복은 윤상원 동지가 광주에서 중앙위원으로 일하면 좋겠다는 생각을 갖게 되었고, 윤상원도 이태복의 말에 전적으로 공감을 표시했으나, 이태복은 윤상원의 정세관이나 시국관·인생관 등을 더 면밀히 따져보고 있었다.

일반 회원의 경우에는 감사위원이 입회하여 문답을 치렀으나 창립 회원은 이태복이 직접 50항목의 문답을 거쳐 선발했다. 1979년 YH의 박태연, 청계피복의 양승조, 《어느 돌멩이의 외침》 저자 유동우, 산업선교회 간사 신철영, 포항의 연합노조 김병구 등이었는데, 대부분 노동자 출신이거나 민주노조의 위원장 등 간부들이었고 노동자와 함께하는 학생운동 출신들이 그 뒤를 이었다. 이태복은 윤상원의 중앙위원 참여 문제를 매듭짓기 위해 광주에 들를 때마다 다방·공원 등을 산보하면서 자연스럽게 문답을 나눴다.

일반적인 공개 노동 조직이라면 구태여 까다로운 입회 문답을 거칠 필요가 없었다. 하지만 전민노련은 한국의 노동운동과 학생운동, 더 나아가 조국의 통일운동을 꾸려나갈 전국적인 운동의 중

1979년 6월 30일 카터 미 대통령 방한 당시 모습.

심 역할을 맡아야 했고, 투사들의 전위 조직이어야 했다. 윤상원
과는 그동안 가정환경, 형제들, 초·중·고·대학 동료와 선후배, 그
밖의 인간관계, 이력 등에 대해 허심탄회하게 대화를 나눴으므로
인생관·정세관·투쟁관 등에 대한 집중적인 질문이 준비되어 있
었다. 그런 연후에 당면한 정세 조건에서 어떻게 싸워야 할 것인
가, YH투쟁의 성과와 한계 등을 어떻게 생각하고 있는가를 알아
볼 필요가 있었다.

　1979년 여름 카터 대통령은 방한하여 미국정부가 박정희를 신
뢰하지 않는다는 표시를 노골적으로 하였고, 한국의 야당과 재야
세력에게 적극적인 투쟁을 부추겼다. 그래서 이태복은 1979년 초
YH무역의 박태연·권순갑 동지 등 집행부 간부들에게 회장이 재
산을 빼돌려 미국의 백화점 등에 투자하고 한국 회사는 껍데기로
남겨놓으려 한다는 구체적인 자료를 한국은행으로부터 입수하여

전달했다. '불황기에 노동운동이 안 된다고 주장하는 것은 패배주의적 사고의 산물이고 지부장이 계속 투쟁을 미룬다면 불신임 투쟁으로 대응하자'고 설득한 결과, 마침내 최순영 지부장도 적극 투쟁으로 돌아섰다. 그들은 당시 YS가 총재로 있던 신민당 당사에 진입하여 노동자의 비참한 실상을 폭로해 전 국민의 관심을 불러 모았고, 박정희 정권을 막다른 골목으로 밀어넣는 데 성공했다. 그 후 박정희의 김영삼 제명으로 촉발된 부산·마산의 시민 궐기와 정치적·경제적·사회적 모순이 격화되어, 마침내 내부의 갈등으로 박정희 군사 정권은 붕괴하고 말았다. 윤상원은 YH투쟁의 전말을 자세히 알았고, 전국적인 투쟁이 순식간에 불타오른다는 것도 알았다. 하지만 그 공감대가 문제였고, 지배력의 강도가 어느 정도냐를 잘 평가해야 한다는 점을 명심하라고 지적받았다. YH무역 노동자들은 투쟁의 깃발을 들어 내부 갈등이 폭발하는 상황까지 밀고갔으나 군사 정권의 급작스런 내부 붕괴까지 예측하지는 못했다. 이런 상황 전개에 대처하기 위해 이태복은 서둘러 전국적 중심 조직을 세우려 했다.

윤상원은 YH투쟁 과정에서 보여준 이태복의 투쟁 전술과 보수 야권 활용 등에 찬사를 표하면서, 자신도 본격적인 노동운동가로서 활동하기를 바랐다. 남민전 노선의 문제점과 북한 정권 문제에 대한 집중 토론을 통해, 윤상원은 구체적인 현장에 근거한 투쟁과 역량의 결집이 전위적인 조직의 적극적 활동과 결합되어야 성과를 가져올 수 있다고 인식하게 되었다. 이태복은 윤상원에게 외국의 노동운동에 대해 학습하고 리포트를 제출하게 하였다. 특히 10·26 이후 국면에서 여러 정치 세력들이 준동하면서 마치 민주화가 이뤄진 듯하고, 공개적인 활동이 난무하는 현상에 대해 현재 민주화 세력의 역량으로는 12·12 쿠데타로 권력을 장악한 신군부의 힘을 극복하기 어렵기 때문에 비공개 방침을 견지해야 한다는 정세관에 윤상원은 전적으로 동의했다.

요컨대 '1970년대 민주화운동은 박정희 독재에 대한 민주주의의 기본적 권리를 주장하는 성명을 발표하고 감옥에 가서 조용히 책을 읽다가 나오는 방식의 투쟁으로 점철됐으나 이런 태도는 민중의 현실과 너무나 거리가 멀다' '1980년 봄의 민주화는 그저 기다려서 되지 않고 적극적으로 싸워서 진일보시켜야 한다' '마침 박관현이 학교로 돌아가 비록 늦게 출범했지만 학생회를 맡을 수 있으니 노학연대의 깃발을 들고 나가자' '서울을 비롯한 여러 곳은 학교와 현장을 이제껏 분리해온 만큼 갑자기 전환하기에는 여러 보안상 어려움이 있으니 80년 봄의 투쟁을 진행하면서 노학연대를 구체화하자' '이제 서클주의적 운동을 벗어던지고 조직적 운동에 나서자' 등이었다. 1980년 2월 초 이에 합의하고 이양현과 김성애 등을 그룹으로 묶기로 하였으나 개인적인 문제 등이 터져나와, 들불야학 교사들로 예비 모임을 구성하고 가톨릭노동청년회 등 광주전남 지역의 활동가들을 개별적으로 회원으로 영입하기로 하였다.

전민노련 조직에 온 힘을 쏟다

1979년 10월 초 윤상원은 군대에서 두 번째 휴가를 나온 김상집에게 자신은 노동 현장 일을 해야 하니 들불야학에서 손을 떼겠다고 말했다. 윤상원은 광천동 시민아파트 방으로 김상집을 데리고 가 김영철과 박용준을 소개하고 함께 막걸리를 마시며 많은 이야기를 나눈 뒤, 김영철과 박용준이 자리를 떠나자 말을 꺼냈다. 야학은 교사들이 노동 현장을 이해하고 현장에 투신하는 데 많은 도움이 되었지만, 한편으로 교사들과 노동자 학생들의 갈등이 끊이지 않았다. 민중과 지식인 논쟁이 주된 것이었지만 소소한 갈등도 많았다. 그런데 김상집은 광주일고 재학 시절 시위 경력 때문에 전남대 입학시험에서 블랙리스트에 올라 면접 평점 D를 받아 입학이 불허되었기 때문에 대학생 신분이 아니었다. 우선 학생들과 갈등의 소지가 없었고, 이미 김상집은 고교 졸업 후 나주 다시면에서 재건중학교 수학교사를 한 적도 있었기 때문에 야학을 운영하는 데도 아무런 지장이 없으리라 생각했던 것이다. 김상집에게 제대하면 공장에 다니며 야학에도 참여하라고 권유한 것은 그 때문이었다. 특히 대학 출신이 아닌 김영철과 박용준이 김상집을 무척 좋아했다. 박용준은 김상집과 나이도 같았고 그들은 만나자마자 금방 친해졌다. 윤상원은 김상집이 이미 이양현을 잘 알았기 때문에 이양현의 소모임과 노조 지원 활동 등을 예로 들면서 자신도 이런 일을 해야 할 시점이며 들불야학도 중요하지만 노동 현장 문제에 집중하고 싶다고 말했다.

　1980년 3월경 김상집이 말년 휴가를 나왔을 때 윤상원은 전민노련을 얘기하며 제대하면 일단 공장에 자리를 잡고 이태복을 만나 함께 일하자고 말했다. 자신이 전민노련 중앙위원이며 광주전남 지역 책임자로 일하게 됐는데 함께 일할 믿을 수 있는 활동가들을 조직하고 있다고 했다.

1979년 후반기에 도시산업선교의 광주전남 지역 책임을 맡고 있던 강신석 목사가 조아라 회장과 상의하여 광주YWCA에 이행자 노동간사, 정유아 농민간사를 두어 상설적으로 노동자 교육을 진행했다(강현아, 2013). 광주YWCA와 가톨릭노동청년회의 노동자 교육 프로그램은 이윤정과 김성애가 주관했는데, 매월 또는 매주 교육이 이루어졌다. 이양현과 윤상원·김상윤은 호남전기의 이정희 지부장, 김성애 가톨릭노동청년회 간사, 이윤정 광주YWCA 노동간사, 정유아 농민간사 외 두 명의 학생과 한 달에 한 번씩 만나며 노동 문제를 숙의했다.

1980년 1월 5일, 들불야학의 졸업 교사와 현 교사들이 모두 참여하는 교사 총회 겸 수련회가 박용안의 자취방에서 1박 2일 일정으로 열렸다. 1979년 10월 26일 박정희가 암살되어 유신독재가 종말을 고하는가 싶더니, 12월 5일 유신헌법에 의해 최규하 권한대행이 대통령으로 선출되고, 12월 12일 반란으로 전두환 군부가 실권을 잡음으로써 또다시 안개 정국이 되었기 때문이다. 이태복과 함께 10·26 이후의 정세와 신군부의 움직임, 국민연합 등 재야 민주화 세력의 한계와 문제 등에 대해 토론해왔던 윤상원은 이 비상한 시국에 민주정부 수립을 위한 주체로서의 노동운동을 조직하기 위해 지난 1년간 근무했던 양동신협을 12월부로 사직했다.

한편 윤상원은 선배인 김상윤으로부터 녹두서점을 함께 꾸려보자는 제안을 받았다. 계림동 헌책방 거리에서 헌책과 사회과학 서적만을 중심으로 운영해오던 녹두서점을 시가지에 있는 장동으로 옮긴 뒤 일반 교양도서나 중·고교 참고서까지 광범위하게 취급하는 중형 서점으로 탈바꿈할 계획이어서 누군가의 도움을 받아야 했다. 마침 양동신협을 그만둔 윤상원은 흔쾌히 수락했다. 이제 녹두서점의 일원이 된 것이다.

윤상원의 신변뿐만 아니라 1979년 후반부터 1980년 초반까지 대학가 및 노동 현장의 움직임도 변화했다. 5월 민중항쟁 직전까지의 흐름을 짚어본다.

들불야학 4기 출범하다

윤상원은 들불야학 교사들에게 이번 학기를 끝으로 야학을 떠나겠다고 통고한 상태였다. 1월 5일의 총회 겸 수련회 자리에서는 노동 야학으로서의 위상을 확실히 하는 문제, 교사들 가운데서 일부가 노동 현장으로 이전하는 문제, 졸업한 노동자 학생들의 소모임을 조직하는 문제, 4기 강학 문제 등을 논의하여 각자 역할을 맡았다. 윤상원은 40여만 원에 달하는 재정을 맡았다. 단지 졸업생과의 소모임은 현장 경험이 있어야 하고 비공개로 해야 하므로 과제로 남겨두었다.

또한 윤상원은 광천동 시민아파트 김영철의 집을 나와 동생 태원과 함께 인근 주택가에 새롭게 자취방을 꾸몄다. 물론 들불 교사들이 여전히 드나들기는 하지만 들불야학과는 그만큼 거리를 둔 것이다. 이태복과 김상집도 이 집을 자주 드나들었다.

1980년 2월 2일 저녁, 광천동천주교회 교리실 강당에서 들불야학 1기 졸업식이 열렸다. 그리고 윤상원은 일일다방을 열어 얻은 수익으로 시민아파트 앞 주택가에 야학 공동방을 얻었고, 예전 광천삼화신협 사무실을 야학 강당으로 쓰기로 하고 전세를 냈다. 마침내 3월 8일, 들불야학 4기 입학식이 광천동천주교회 교리실 강당에서 열렸다. 박관현·서대석·정재호·오홍상·김경옥·동근식·이영주·김경국·박효선 등 기존 교사들에 김상전·나승준 등이 새로이 합류했고, 김영철·박용준은 역시 특별 교사로 참여하기로 했다.

학원자율화추진위원회에서 총학생회로

1979년 10월 26일 박정희가 암살되자 대학가에서는 학원 부패와 비민주적 질서를 타파하고 학도호국단 대신 학생회를 새로 구성하려는 움직임이 일어났다. 1979년 11월 초부터 서울대를 필두로 고려대·연세대·성균관대·숙명여대 등에서 학원 민주화 선언을 발표하고 겨울방학 중에 학생회 결성을 준비했다. 다음은 김상윤이 증언한 바다.

1979년 11월 어느 날이었다.

"선배님, 인사드리겠습니다."

나이가 썩 들어 보이는 학생이 나에게 선배님 운운하면서 말을 걸어왔다.

"저는 전남대 철학과 3학년입니다. 광주일고 19회니까 선배님 한참 후배입니다."

7년 후배라는 한상석은 여러 차례 녹두서점에 찾아와 침착하고 진지하게 대화를 나눴는데, 요지를 정리하면 이렇다.

현재 민주화운동 일선으로 뛰어든 학생들도 있지만, 많은 학생이 현 상황을 제대로 인식하지 못하고 있는 것 같다. 학생회도 없어서 학생들의 움직임을 조율할 수 있는 조직도 없는 셈이다. 대학이 이런 실정이니 아무래도 단계를 밟아가면서 사회 전체의 민주화 흐름에 동참하게 하는 것이 옳을 것 같다. 자기는 '학원자율화추진위원회(학자추)'를 먼저 만들어 학생들의 광범위한 의견을 수렴하고, 그 의견들을 토대로 자율적인 학생회를 만드는 것이 순서라고 생각한다. 나중에는 학생회가 전면에 나서서 대학의 민주화운동을 선도해야 한다. 선배의 큰 지도와 지원을 바란다.

학자추가 학내 민주화를 위해 제반 활동을 하고 총학생회를 출범시킬 때까지 상당한 경비가 필요한데 나에게 그 경비를 빌려달라고 부탁을 했다. 학생회가 출범하면 정식으로 경비 신청을 해 빌린 돈을 제대로 갚을 테니 우선 자금을 지원해달라는 것이다. 그날 이후부터 한상석은 여러 번 녹두서점에 들러 학원자율화추진위의 활동 내용을 알려주었고, 필요한 만큼 경비도 가져갔다. 그리고 전남대 총학생회가 출범한 이후 한상석은 그때까지 가져간 경비 120만 원을 한 푼도 빠짐없이 모두 돌려주었다. 학생과에서 정식으로 경비 인정을 받아 가져온 것이다.

—《녹두서점의 오월》, 2019

10·26 직후 학원자율화추진위원회로 복학생인 한상석과 송선태·문승훈 등 복적생협의회와 각 동아리 대표, 각 학과 회장들이 모여 논의를 시작했다. 단대 회장이 빠진 이유는 당시 학도호국단에 단대 회장들이 연대장이란 이름으로 포함되어 있었기 때문에 민주총학생회를 꾸리기 위해서 제외한 것이다. 이처럼 아래로부터 각 동아리와 각 학과 대표들, 민주화운동을 하다 제적되었다가 복적된 학생 대표들까지 참여하는 민주적 조직은 전국에서 전남대의 학원자율화추진위원회가 유일했다. 그러므로 학생회의 부활을 위해 학생회비를 포함한 모든 권한을 학원자율화추진위원회에 넘겨주겠다는 약속을 학도호국단으로부터 받을 수 있었다. 1980년 2월 14일에 학원자율화추진위원회를 만들고 한상석이 위원장을 맡아 활동했으며, 공개 토론 2회를 거쳐 공청회를 개최했는데, 이 공청회에서 공술인으로 박관현이 발표하여 학생들의 의견을 수렴했다. 마침내 1980년 3월 말경 학생회장 선출을 위한 선거 준비에 들어갈 수 있었다.

　　이때 공청회 공술인으로 탁월한 대중 연설 능력을 선보인 박관현이 일약 스타로 떠올랐다. 학자추는 학도호국단을 인수하고 총학생회 회칙을 만든 뒤 박관현을 총학생회장 후보로 내세웠다. 박관현 본인은 학내 활동보다는 들불야학에 주력해왔으므로 강하게 사양했으나 노학연대를 염두에 두고 있던 윤상원이 박관현을 설득했다. 윤상원은 평소 얇은 점퍼와 단벌 바지에 검정고무신을 끄집고 다니는 '촌놈' 박관현을 총학생회장 후보에 당선시키기 위해 주택은행에 근무하던 시절 입었던 양복을 입히고 구두도 신겼다. '민주 학원의 새벽 기관차'라는 애칭을 내걸고 선거전에 뛰어든 박관현은 결국 탁월한 연설과 민주화 바람을 타고 압도적인 지지표로 총학생회장에 당선되었다.

극단 광대

1979년 12월, 들불야학의 문화 수업 교사이기도 한 박효선은 전남대 탈춤반 및 연극반 출신들을 모아 극단 '광대'를 결성했다. 비상계엄 시국이라 일체의 집회나 단체 등록이 허용되지 않았기 때문에 광주YWCA에 극회로 등록하였다. 당시 고정희 시인을 대표 명의로 했으나 실질적인 단장은 김정희가 맡았다. 초창기 단원은 박효선·윤만식·임영희·김태종·김정희·김선출·김윤기·이현주·김빌립·최인선·김영희·임희숙 등이었다. 1979년 당시 돼지값이 폭락하여 농민들이 왕창 손해를 보고 있던 때라 김정희와 임영희가 현대문화연구소 안에서 〈돼지풀이〉라는 대본을 썼다.

1980년 3월 광주YWCA에서 열린 마당극 〈돼지풀이〉는 광주 최초의 마당극 공연으로 엄청난 성황을 이루었다. 이에 용기를 얻은 단원들은 장동로터리 주변 소아과병원 건물 지하에 '동리소극장'을 얻어 황석영의 중편소설 〈한씨 연대기〉 공연을 준비했다. 동리소극장은 황석영의 절대적인 후원을 받아 박효선이 단장을 맡았는데, 〈한씨 연대기〉 공연을 시작으로 본격적인 민중극 시대를 준비하려는 것이었다. 극단 광대 단원들은 날마다 오전 10시면 동리소극장에 모여 맹렬히 연습했다. 장동로터리에는 동리소극장 외에도 현대문화연구소와 송백회가 청산학원 건물 2층에서 한 사무실을 쓰고 있었고, 녹두서점도 바로 곁에 있었다. 이들은 연습이 끝나면 현대문화연구소나 녹두서점에 들러 세상 돌아가는 소식을 들었다. 예정된 5월 말 공연을 앞두고 5·18민중항쟁을 맞이해, 극단 광대는 도청 앞 분수대 위에서 〈한씨 연대기〉를 올려 민주시민궐기대회의 모습으로 역사적인 마당극을 펼치게 된다.

어용교수 백서

3월 개학과 함께 전남대는 어용교수 백서를 발표하여 어느 대학에서도 시도한 바 없는 획기적인 학생운동을 전개했고, 학원자율화의 본질적 작업을 철두철미하게 진행했다. 조선대 역시 대학의 족벌 체제 규탄을 위한 학생들의 학내 운동이 질서 있게 전개되고 있었다. 1977년 전국에서 유일하게 전남대와 조선대 입학시험에 면접 평점 D를 적용하여 고교 시절 학생운동 가담자를 전원 낙방시킨 배후에는 사찰 당국이 있었지만, 이들과 협조하여 일신의 안일을 추구해온 학생처장과 교수들도 있었다. 특히 1979년 10월 전남대 상담지도관실 방화 사건에서 보듯 당국과 연계하여 학생들을 사찰할 뿐만 아니라 회유 및 겁박하는 일을 자행했으므로 어용교수들은 평소 학생들의 원성을 사고 있었다.

어용교수 의제는 재학 시절 학교 당국으로부터 끊임없이 사찰을 당했던 복적생위원회에서 들고 나왔다. 의식에 선행하는 행동적 운동이 본래 어렵듯이 대다수 학생들이 학원 자율화의 본질과 핵심을 인식하지 못하고 있을 때, 전남대와 조선대 복학생들 중심의 어용교수 의제는 학원 내 농성과 토론회 그리고 학생 시위를 통해 학생 전체의 의식을 변화시키는 데서 효과를 얻어내고 있었다. 마침내 4월에 들어서서는 비폭력 성토대회에 그치지 않고 전남대생들이 어용교수들의 연구실 출입문을 봉해버리는 정침식釘針式을 거행함과 동시에 어용교수들의 화형식 및 장례식을 치르는 온건한 실력행사로 발전하기에 이르자, 전남대의 분위기는 고조되기 시작했다. 여기에 발맞춰 조선대생들도 총장실을 점거했고, 학교 당국이 용역 깡패를 동원해 유혈이 낭자한 폭력전이 전개되어 학내 기물이 파괴되기도 했다(박석무의 수기).

노학연대: 춘투에 돌입한 민주 노조들

1980년 3월이 되자 노동 현장마다 임금 협상에 돌입하였다. 당시는 산별노조 체제였기 때문에 산별노조별로 임금 협상이 시작되었다. 도시산업선교회 전남 지역을 맡고 있는 강신석 목사와 최연석 전도사는 1979년부터 이양현을 실무자로 하여 각종 소모임을 확장해나갔다. 또한 노동 사목을 맡고 있는 조비오 신부는 호남전기(여성노동자 2200여 명) 노조 부녀부장 김성애를 가톨릭노동청년회 파트타임 실무자로 하여 중흥동성당 교리실에서 노동 교육을 꾸준히 전개했다.

이황은 조비오 신부가 시무하고 있는 계림동성당 교리실에서 전남방직(노동자 1500여 명, 3교대)과 일신방직(노동자 2000여 명, 3교대) 노동자들과 소모임을 통해 근로기준법과 노동조합법을 교육하며 임금 협상을 준비했다.

이윤정은 1979년 말부터 광주YWCA 노동 담당 간사가 되어 매주 노동 교육을 진행하고 있었다. 1980년 4월부터는 아세아자동차(노동자 600여 명) 금속노조 조합원들이 조금래 지부장의 비리를 폭로하여, 억울하게 무고죄로 옥고를 치르고 나온 김영업과 함께 민주노조 건설을 준비하는 모임을 교육했다. 이 모임은 이양현이 윤상원과 최연석 전도사와 함께 진행하였다.

전삼순은 일신방직 노조 교육 담당으로서 강신석 목사와 함께 기숙사 안으로 들어가 임금 협상을 준비하는 교육을 실시했다. 임투 과정에서 요구 사항이 막히자 노조는 호남전기처럼 1000여 명을 식당에 모아 파업에 들어갔는데, 단 하루 만에 타결되어 노조는 조합원들의 기대에 부응했다.

전남제사(노동자 800여 명)의 정향자는 섬유노조 분회장으로 밤에도 이양현을 기숙사로 불러 임금 협상에 대비한 교육을 실시했다.

남해어망 노조위원장 임미령은 가톨릭노동청년회의 김성애와 이양현을 회사로 불러 회사 몰래 노조원들을 교육하며 함께 임금 협상을 준비했다. 매일유업의 화학노조 지부장 정희구는 이양현과 긴밀히 연락하며 임금 협상을 앞두고 별도로 노조원들을 교육했다.

1980년 춘투는 실질적 지도자인 이양현이 가톨릭노동청년회의 김성애와 광주YWCA의 이윤정 간사, 윤상원과 함께 준비하고 있었다.

임투에 들어가자 호남전기 노조지부장 이정희는 비공식적인 통로로 회사가 수백 명을 감원할 수밖에 없다는 말을 들었다. 원래 서방에 있던 본사에다 양산동 허허벌판에 신공장을 신축하고 있었는데, 신공장 생산 라인 인원은 1200명 정도로 상당수는 신공장에 가 있었다. 문제는 현재 서방과 양산동으로 생산 라인이 나뉜 상태에서 신공장으로 옮기면서 인원을 확 줄인다는 소문이 파다하다는 것이었다. 이정희 지부장은 조용히 윤청자 대의원을 불러 이 문제를 상의했다. 그리고 곧바로 조회 단상에 올라가 외쳤다. 이정희 지부장의 목소리는 원래 쩌렁쩌렁한 데다 분노를 참지 못한 터라 그날따라 더욱 크고 우렁찼다.

"양산동 신공장으로 회사를 옮길 때 회사에서는 8개월치 임금을 주고 퇴사시킬 계획을 가지고 있습니다. 이제 아무도 우리 일자리를 보장해주지 않습니다. 여기 남아 있는 사람들은 다 찍힌 사람들이고, 회사가 우리 중 어느 누구도 보장해줄 수 있는 그런 여건은 지금 아니라고 생각합니다. 그렇다면 여러분은 어떻게 하시겠습니까? 지금 당장 기계를 끄고 신공장으로 가서 신공장에 있는 노동자들과 함께 파업에 돌입합시다."

그리하여 노조 지도자들은 강제로 기계를 멈추게 하고 양산동 신공장으로 향했다. 경찰들이 따라오고 8킬로가 넘는 길을 행진하여 양산동 신공장에 도착하니 회사는 문을 봉쇄해둔 상태였다. 김재곤이라는 공고 출신 병역특례자(군복무를 대신해 공장에 근무하는 공고 졸업생)가 화장실 유리창을 깨고 문을 비틀어 연 다음 공장 안으로 들어가 앞문을 열었다. 그리하여 구공장 및 신공장 노동자들 1200여 명은 신공장 바닥에서 농성을 시작했다.

이 사실은 곧장 이양현에 의해 민청협에 알려졌고 윤한봉과 김상윤은 함평 고구마 사건처럼 운동권 총동원령을 내렸다. 농민회는 쌀을 실어 왔고, 현대문화연구소와 송백회는 수시로 찾아와 격려했다. 전남대와 조선대 학생들이 지원 투쟁을 나와 한참을 응원하고 돌아가기도 하였다.

김성용 신부는 이 문제를 교구에 보고하고 광주YMCA·광주YWCA·광주NCC 등 재야 단체들과 대책위를 꾸려 매일 상황을 주시하면서, 월급 3만 2000원뿐인 열악한 임금에 대해 회사 차원의 대책 수립을 요구했다.

당시 김남중은 《전남일보》 신문사 사장이었고 전일빌딩 소유주로서 막강한 힘을 갖고 있었다. 마침내 열흘간의 투쟁 끝에 노조 지부장과 김성용 신부 등 대책위는 광주관광호텔에서 김남중을 만나 협상을 타결할 수 있었다. 3만 2000원이었던 월급이 5만 2000원으로 인상되었고 30가지나 되는 요구 조건도 모두 관철시켰다. 함평 고구마 사건과 같이 완전한 승리를 거둔 것이다. 이는 노학연대뿐만 아니라 재야 민주 세력의 역량이 집중된 결과였다.

그러나 가슴 아픈 일도 있었다. 공고 출신 병역특례자 일곱 명이 손을 다치면서까지 문을 따고 들어가 여성 노동자들의 파업 농성을 도왔는데, 회사 측이 사진을 찍어두는 바람에 회사에서 해고당한 것에 더해 강제로 징집까지 당한 것이다. 공고 출신 병역특례자들에게는 파업 권한이 없다는 이유였다. 그뿐만이 아니었다. 워낙 저임금에다 작업 환경이 좋지 않았던 탓에, 5월 민중항쟁으로 노조원 수백 명이 회사 측의 회유와 협박에 8개월치 퇴직금을 받고 퇴사하는 사태가 줄을 이었다.

'전홍준 집들이' 시국담

비상계엄이 선포된 상태인지라 민청과 재야인사들은 서로 모일수가 없었다. 중앙정보부, 보안사, 대공과, 정보과 등이 전방위 사찰을 했기 때문에 모두들 조심하고 있었다. 특히 정권 교체기에는 언제나 대규모 간첩단 사건이나 휴전선 총격 등이 발표되면서 민주 인사들을 잡아가 사건을 날조하기 때문에 평소 외출시 항상 자신의 행적을 복기하며 확실한 명분이 없을 때는 아예 출입을 삼갔다.

1980년 3월 말 정상용·이양현·김희택 등 많은 운동권 후배들을 지도했던 전홍준이 양림동 전셋집으로 이사했다며 집들이를 한다는 연락을 했다. 그러자 선후배 제현들이 집들이를 명분 삼아 모였다. 당시 전홍준은 광주기독병원 전문의 과정을 밟고 있었다. 4·19세대인 김시현을 비롯하여 이홍길 교수에다 정동년·박석무·윤한봉·김상윤·김영철·정상용·이양현·윤강옥·윤상원·박관현·노준현·신영일 등 20명 정도가 모였다.

오랜만에 모인 선후배들은 자연스럽게 시국 담론으로 넘어갔다. 비상계엄이 언제까지 지속될 것인지, 유신헌법을 철폐하고 국민투표에 의한 민주정부 수립을 위해 대학생 등 민주 세력은 무엇을 할 것인지, 어용교수 문제에 대한 대학 밖 시민들의 의견은 어떠한지, 만약 비상계엄을 제주를 포함한 전국 일원으로 확대할 경우 사회 혼란을 빙자하여 민주 인사들을 체포하고 투옥할 텐데 이에 어찌 대처할 것인지 등을 논의했다. 주로 윤한봉이 격정적인 발언을 많이 했는데, 이홍길 교수가 김시현을 향해 "형님, 후배들이 이런 속아지 없는 소리를 하면 좀 주의도 주고 그래야 하지 않소?"라고 했을 정도였다.

이날 전홍준 집들이 모임은 5·18민중항쟁을 앞두고 비상 시국의 정세를 분석한 것이었지만, 이들 가운데 한두 사람을 제외하곤 전부 5·18민중항쟁의 주역이 되어 죽거나 포로가 되어 혹독한 고문을 받았기 때문에 마치 5·18민중항쟁을 예비 학습한 것처럼 보였다.

전국민주노동자연맹 결성식

노동절을 기념해 1980년 5월 1일 인천시 북구 계산동 홍진아파트에서 이태복·김병구·유동우·양승조·신철영·박태연·윤상원이 참석한 가운데 전국민주노동자연맹(약칭 전민노련) 중앙위원회 결성식을 거행했다. 정관 등을 축조 심의하고 조직 방침, 당면 투쟁 원칙 등을 철야로 세우고 축하 회식을 가졌다.

이 자리에서 윤상원은 자기 인생에서 "최고로 기쁜 날"이라며 "동지들이 영원히 기억해주길 바란다"면서 〈소리 내력〉을 뽑아냈다. 동지들은 이구동성으로 "저 단정한 얼굴로 연극판에 올랐으면 대배우가 됐을 텐데"라며 박수치며 웃었다.

전국민주노동자연맹 결성 이후로 윤상원은 시시콜콜한 일까지 보고해와서, 이태복은 "여러 현안 문제는 그 지역 중앙위원이 결정하면 존중하겠다"고 얘기했다. 광주전남 지역은 일단 들불야학 교사 등 예비 자원이 충분하니 그들을 묶어 집단 교육을 실시하기로 하고, 윤상원에게 선발을 일임했다. 윤상원은 김상집·전용호 등 5~6명을 선발했다고 보고하고, 박관현이 전남대 학생회장으로 당선됐으니 노학연대 투쟁을 이어가기로 하였다.

민주농정 실현을 위한 전남농민대회

1979년 10월 26일 박정희 암살 사건으로 민주화에 봄이 올 듯하자 기독교농민회는 전체 농민운동 및 민주화운동 세력과 함께 활발한 활동을 전개했다. 현장 교육 및 조직화, 강제 농정 철폐, 농협 민주화 등의 권익 실천 활동이었다. 그리고 당시 헌법개정운동에 발맞추어 전국 농민 단체들의 공동연대 활동으로서 1980년 4월 대전에서 전국적으로 500여 명의 농민들이 참석한 가운데 '헌법 개정 및 농업관계법령 개정'에 관한 공청회를 가졌다. 이 공청회에 전남기독교농민회가 참여했다. 이때 기독교농민회 활동 회원은 전남 지역을 중심으로 전국에서 100여 명에 이르렀다. 물론 전국적 농민운동 세력으로서 기독교농민회 안에서 전남기독교농민회가 중심이 되었다(《민주장정 100년》 제6권 농민운동).

5월 19일은 가톨릭농민회 전남지부가 함평 고구마 사건 2주년을 기념하는 날이었다. 2년 전 함평 가톨릭농민회는 주정 원료인 고구마 판매 문제로 농협과 대대적인 투쟁을 했고, 광주터미널 부근에 있는 북동성당에서 여러 날 농성을 벌여 결국 승리를 쟁취했다. 이 투쟁에는 농민운동가들만 참여했던 것이 아니라 전남 지역의 운동 역량이 모두 동원되었다고 할 수 있고, 문익환 목사를 비롯하여 많은 민주 인사들이 광주로 내려와 힘을 보태고 있었다. 윤공희 대주교도 앞장섰으니, 이 투쟁이 얼마나 전국적 파급 효과를 가졌는지 알 수 있을 것이다. 이 사건으로 말미암아 함평 가농은 한국 농민운동의 상징으로 떠올랐다. 당시 가농 전남지부 회장이었던 서경원(전 국회의원)은 독실한 기독교인이었는데, 가톨릭 신자도 아니면서 가농에 잠입해 활동한다는 정보기관의 공세에 시달려 결국 가톨릭에 입교하기도 했다.

함평 고구마 사건 1주년 기념식은 계림동성당에서 가졌는데, 전국에서 운동권 인사가 많이 참석했다. 이때 박효선은 함평 고구마 사건을 소재로 광주 최초의 마당극을 만들어 공연했다. 박효선은 1980년 5월 도청에서 시민군 홍보부장을 맡아 시민궐기대회를 주도하게 된다.

함평 고구마 사건 2주년 기념식은 북동성당에서 5월 19일 거행하기로 되어 있었다. 당시 북동성당 맞은편에는 광주터미널이 있어서, 이곳에서 집회가 열리면 전남 각지로 순식간에 소식이 퍼지게 되어 있었다. 가농 전국 본부에서 이병철(부산대 민청학련 관련자)이 먼저 내려왔고, 전남지부 총무인 노금노가 실질적으로 행사를 준비했다. 이 기념식에는 전국의 농민운동가는 말할 것도 없고, 여러 분야 운동가들이 대거 합류할 예정이었다. 노금노 총무는 이 기념식에 대학생들이 참여하면 좋겠다는 뜻을 김상윤에게 전했다. 김상윤은 농민운동과 학생운동이 협력하는 것은 당연한 일이라고 생각했기에, 전남대 총학생회와 농학연대에 대한 협의를 맡기로 했다.

이 함평 고구마 사건 2주년 기념식을 계기로 전남 농민들이 함께 뜻을 모아 추진했던 것이 '민주농정 실현을 위한 전남농민 대회'였다. 대회 요강은 적어도 1500명 이상의 농민을 한곳에 모아 농민들의 조직 역량을 재점검하고, 종교 단위로 나뉘어 있는 조직을 내부적으로 통합해나가면서, 새로운 헌법에 맞는 새로운 질서를 창조한다는 것이었다. 당시 기독교농민회·가톨릭농민회에다 아직 조직 역량으로는 나타나지는 않았지만 불교농민회 등 종교적 성격을 가진 1970년대 농민운동의 역량을 총집결해 대회를 준비했다.

일단 1500여 명의 농민들이 모여서 민주농정을 실현하기 위한 결의를 다지고, 북동천주교회에서 전남도청까지 평화적 시위를 하는 것으로 계획하였다. 1500여 명이 시가행진을 한다면 경찰 병력으로도 막을 수 없으리라고 보았다. 여기에 전남대 총학생회와 조선대 총학생회 학생들이 참여한다면 농민 세력이 재야 민주 세력과 함께 도청 앞 광장에 모여서 현 시국에 대한 청년·학생·노동자·농민의 전체 입장을 발표하는 것으로 마무리할 계획이었다. 그리하여 전남대는 녹두서점 김상윤을 통해, 조선대는 김운기를 통해 대화하고 있었다(노금노 증언 요약,《땅의 아들 노금노 유고집》, 76~77쪽).

송백회 어린이날 야유회

1980년 5월 5일 어린이날, 송백회 주최로 민청학련 선배들과 1970년대 여러 부문에서 활동했던 선후배들이 식영정 뒷산에 모였다. 이날 모임은 담당 형사들의 눈을 피해 어린이날을 맞이해서 모두 아이까지 데리고 놀러 가는 척하며 모인 것이다.

먼저 2박 3일간 사북탄광에 가서 갱부들의 투쟁과 계엄군의 진압 과정을 조사하고 온 청계피복노조 노동자 2인의 보고가 있었다. 언론은 물론 외부 출입을 철저히 통제했기 때문에 두 사람은 신혼부부 행세를 하며 사북탄광에 들어갔고, 거기서 노조 사람들을 만나 전말을 파악할 수 있었다. 공수부대 투입 예고, 예비군 무기고의 총기와 탄광의 티엔티 등등 사북 항쟁은 5월 항쟁 과정에서 공수부대에 대항할 수 있는 예비 학습장이 되었다.

윤한봉은 1979년 11월 YWCA 시국선언으로 잡혀간 함석헌·김대중·김영삼 등을 비롯한 민주 인사들이 남한산성(군부대 감옥)에서 당했던 수모와 고초를 설명해주었고, 이후 현 시국에 관해 토론했다. '전두환·신현확의 집권 시나리오'와 이를 저지하기 위한 노동자·농민·학생·종교계·언론인·문인 등 민주 인사들의 투쟁 현황과 전망에 관해서였다. 전두환과 신현확은 최규하 대통령을 허수아비로 세워놓고 겉으로는 국민투표를 하겠다고 말했으나 국민투표를 통해서는 3김의 적수가 되지 못하기 때문에, 향후 정치 일정을 파기하기 위해 비상계엄을 제주 일원까지 확대하고 통일주체국민회의 대의원 선거를 통해 집권하리라 예측했다.

문제는 '비상계엄 확대'의 명분과 시기였다. 박정희 군사정권의 18년 장기 독재가 궁정동 피살로 막을 내림에 따라 민주정부 수립을 요구하는 각계각층의 시위가 널리 일어나고 있었기 때문에 간첩단 사건이나 휴전선 총격 사건 등을 발표하며 비상계엄을 확대할 것으로 보았다. 박정희의 양자임을 자처하는 전두환인 만큼 5·16 군사 쿠데타를 기념하여 거사를 일으키리라 보았다. 그렇기 때문에 광주 운동권은 물론 전국의 민주화운동 세력은 5월 16일을 앞두고 시시각각 의견을 주고받으며 극도로 긴장하고 있었다. 전두환·신현확의 집권 음모는 여러 정황상 거의 확실했다. 단지 비상계엄을 확대하면 사북 사태에서처럼 공수들이 투입될 것이기 때문에 그다음에는 어찌해야 할지 몰라 모두 두려워했다.

모임이 끝나고 윤상원은 김상집·노준현과 함께 버스를 타고 산수동오거리에서 내렸다. 윤상원은 김상집과 노준현에게 막걸리나 한잔하자며 인근 주점으로 데리고 갔다. 윤상원은 공수들이 투입되면 어쩌는 게 좋겠냐고 물었다. 김상집은 제대하기 전 군에서 시위 진압 훈련인 충정 훈련을 했고, 특히 506항공대는 서울 이남 2군 지역을 관할하는 500MD 공격용 헬기부대라 부마항쟁 당시 최루가스를 공중 살포하는 훈련을 했던 것을 설명하며, 군은 비상계엄 확대와 동시에 500MD 헬기를 투입할 거라고 말했다. 윤상원은 최루가스야 견딜 수 있지만 공수부대 투입이 문제라고 말했다.

민주통일국민연합 전남지부 사무국장이 되다

국민연합은 1980년 '서울의 봄'을 맞이하여 대통령 선거를 국민투표로 실시할 것을 염두에 두고 전국적인 지부를 조직하기 시작했다. 노동운동에 뜻을 두고 전민노련 활동을 하고 있던 윤상원에게 재야 청년 운동권의 윤한봉은 국민연합의 광주전남지부 사무국장을 맡아달라고 요청했다. 윤상원이 계속 거절하며 이태복과 상의해야 한다고 하자 윤한봉은 4월 말 양서조합의 골목길 포장마차에서 이태복을 만났다. 당시 이태복은 윤한봉에게 단도직입적으로 물었다.

> **이태복** 장기표 등 여러분들이 국민연합에 들어가 국장 일을 맡고 선거가 치러지면 정권의 일부도 맡길 수 있다는 얘기가 있던데, 그게 사실입니까?
>
> **윤한봉** 뭐 그렇게 명확하게 정리된 것은 없소.
>
> **이태복** 하긴 그런 얘기를 공개적으로 할 리는 없고 개인적인 발언이겠지요. 그런데 윤형은 선거가 치러질 수 있을 것으로 생각합니까?
>
> **윤한봉** 그럼, 미국이 박 정권을 쓰러뜨리고 한국의 민주화를 지지한다는데 다른 무슨 수가 있겠소. 이형, 윤상원이는 정말 쓸모 있는 사람인데 우리가 함께 하자고 해도 이형의 동의가 있어야 한다며 대답을 안 해요.
>
> **이태복** 그래요? 공개 활동도 좋지요. 찬성합니다. 그렇지만 우리는 이번 선거가 가능하지 않다고 봐요. 국민연합 측에

서 헛물을 마시는 것 같네요. 선거가 가능하다는 착각은 하지 마세요.

윤한봉과 만난 이후 이태복은 재야인사들과 접촉면을 넓히되 현장 중심 조직 활동을 견지하라는 지침을 주었다. 이성학이 민주통일국민연합의 전남지부장이 된 데도 사연이 있다. 1980년 서울의 봄이 오자 국민연합은 국민투표를 통한 선거, 곧 김대중의 대통령 선거에 대비해서 지역 조직을 결성하기로 한다. 이에 따라 전남에서도 지부를 조직하기로 했다. 1970년대 내내 광주전남의 민주화운동을 이끌어온 인물은 민주회복국민회의 전남지부장을 맡은 홍남순 변호사다. 그러나 홍남순 변호사는 자신보다 연장자인 이성학 제헌의원에게 국민연합 전남지부장 역할을 미뤘다. 당시 김대중 대통령 선거 지역 조직으로 '민주헌정동지회'(회장 최운용)가 있었는데, 이에 전념하기 위해서였다. 그리하여 제헌의원을 역임한 이성학이 전남지부장을 맡게 되었다.

13장

불타오르는 5월

5월 13일부터 전국적으로 대학가의 시위가 가두시위로 전환되었다. 아마 전국 대학의 대학생들이 서로 소통하고 있었을 것이다. 전남대는 하루 늦은 5월 14일부터 가두시위에 나섰다. 전남대 정문에서부터 전남도청까지 쭉 따라가는 도보 시위였는데, 폭력 없이, 아무런 제지도 없이 진행한 평화 시위였다. 전남대 총학생회장 박관현이 전남경찰국장 안병하를 만나 행사 전에 미리 조율한 결과였다. 경찰 측에서도 이번 시위는 막을 수도 막아서도 안 된다는 판단을 하고 있었다.

시위가 끝나고 다시 학교로 돌아갈 때는 전남대 교수 여러 명이 대형 태극기를 마주잡고 선두에 섰다. 학생들은 감격했고 많은 시민이 박수를 보냈다. 유신 체제 아래서 정보기관의 강요로 학생들을 감시해야 했던 교수들은 이제 '민족민주화 성회'라고 명명된 시위의 선두에 서서 국민들에게 민주화가 대세임을 선포하고

태극기를 들고 선두에 선 전남대 교수들과 학생들.

교문을 사이에 두고 평화 시위 협상을 하는 계엄군과 대학생들.

있었다. 학생들은 곳곳에, 특히 공단지역에 엄청난 양의 유인물을 뿌렸다.

교수와 학생들이 5·16 화형식을 열다

그날(13일) 시위에서는 도청 분수대 주변에서 박관현이 군중을 사로잡는 특유의 명연설을 했다. 이때부터 박관현은 광주 시민들에게 '제2의 김대중'이 나타났다는 찬사를 듣게 되었다.

5월 15일 민족민주화 성회를 열었을 때는 학생들의 시위를 구경하는 시민들이 엄청나게 늘어났다. 모두 신바람이 난 얼굴이었고, 민주화될 세상을 갈망하는 눈빛이었다. 특히 호남전기는 노동자 1500여 명 전원이 도청 앞으로 행진하여 민주화 시위에 참여했다. 3월 춘투 임금 협상 때 감원 소식이 들려오자 1주일간 농성투쟁을 벌였는데, 당시 밖에서 학생들과 농민, 현대문화연구소, 송백회 등이 격려 방문을 했다. 이때 학생들은 빵과 격려금을, 농민회는 쌀을, 송백회 등은 격려금을 전달해주었기 때문에 이에 대한 답례로 참가한 것이다. 호남전기 노동자들은 감원과 임금 인상 문제 등이 해결된 뒤 학생들이 학내 문제로 농성에 들어가자, 빵을 사들고 전남대와 조선대 농성장을 방문하여 '여러분들의 크나큰 격려로 우리의 요구 조건을 100퍼센트 관철시킬 수 있었다'고 고마움을 표시하면서 학생들의 투쟁을 격려한 적도 있었다. 현대문화연구소의 윤한봉과 녹두서점 김상윤이 평소 연대운동을 통한 전 국민적 항쟁의 중요성을 강조하기도 했지만, 이는 궁극적으로 이양현과 윤상원이 노학연대를 이루어내고자 노력한 결과였다.

서울에서는 5월 15일 서울역 회군을 끝으로 '신군부에게 빌미를 주지 않기 위해서'라는 명분 아래 일단 시위를 중단하고 대세를 관망한다는 결정을 내렸다. 전국에 있는 대학들도 보조를 맞추기 위해 모두 가두시위를 중단하기로 했다는 소식이 들렸다. 그러나 전남대학교는 이미 계획되어 있던 5월 16일 시위 준비에 들어갔다.

김상윤은 학생회장 박관현을 만나 다음 날 있을 시위에 관해 몇 가지 제안을 했다. "여러 신문에서는 시민들이 학생 시위에 대해 그다지 긍정적이지 않다는 보도를 내고 있다. 그렇지 않다는 것을 알려줄 필요가 있다. 횃불 시위를 할 때 시민들에게도 모두 소등해달라고 요청하고, 마침 5월 16일이니 횃불 시위의 마지막

도청 앞 분수대 횃불 시위.

은 분수대 위에서 모든 햇불을 모아서 태우는 '5·16 화형식'을 거행하자." 박관현은 학생회 간부들과 상의하여 시민들이 소등하는 문제는 불안을 야기할 수 있고 불상사가 발생할 위험이 있어 하지 않기로 했다고 전해왔다. 대신 햇불 시위와 5·16 화형식은 거행하기로 했다.

5월 학살의 서막, 서울역 회군

당시 전두환의 신군부 세력은 차근차근 정권 장악에 매진하였으나 학생운동의 중심인 서울대는 너무나 태평했다. 복학생들이 이를 비판하기 시작하자 마지못해 5월 12일 오후 학생회관에서 신군부에 항의하는 농성을 하기로 결의했다. 그러나 불과 3시간 후 학생회 지도부 회의에서 농성을 풀기로 결정했다. 신군부가 공수부대를 관악산에 진주해놓아 곧 학내로 진입할 예정이어서 위험하다는 이유를 들었다. 사실이 아니었다.

5월 13일 아침 등교한 학생들은 격앙했고 아크로폴리스에서 비상 학생총회가 개최되었다. 이때 김부겸은 농성 해제를 비판하며 교외로 진출해 신군부와 싸워야 한다고 주장했다. 학생들은 당장이라도 광화문으로 가자고 부르짖었으나 준비할 시간이 필요하다는 이유로 출정은 다음 날로 정해졌다.

1980년 5월 14일 새벽 4시 30분경, 고려대 총학생회장실에서 서울 지역 27개 대학의 총학생회 대표 40여 명이 모여 14일 오전부터 전면적인 가두시위를 전개하기로 결의한다. 학생 대표들이 헤어진 뒤 7시간이 지난 14일 정오를 전후하여 서울 시내 대학생 7만여 명이 일시에 교문을 박차고 나왔다.

5월 14일 아침, 서울대 아크로폴리스에 집결한 학생 수천 명은 교문을 나섰다. 구로공단과 여의도광장을 지나 광화문에 도착한 학생들은 스스로 놀랐다. 운동권이 거의 없다고 보았던 대학들도 모두 나서 광화문 일대를 가득 메운 것이다. 밤이 늦자 다음 날을 기약하고 시위 대열은 해산했다.

그다음 날인 5월 15일에는 훨씬 더 많은 학생과 시민들이 시위에 나섰다. 자연스럽게 서울역에 15만 명이 모였다. 시위 지도부의 봉고차가 집회를 지휘했다. 많은 연사들이 나와 신군부 타도와 비상계엄 해제를 외쳤다. 오후가 되자 김병곤이 이선근 옆에 앉더니 "조금 전 대우빌딩에서 복학생과 재학생 지도부가 모여 집회 해산을 결의했고 이게 곧 이화여대에서 열리고 있는 전국대학 학생 회장단 회의에 전달될 것이다. 거기서 결정되면 시위 지도부가 해산을 알릴 것이다"라고 말했다. 곧이어 시위 지도부의 해산 주장에 많은 반대가 일어났지만 반대하는 발언이 나올 때마다 '과격분자'라며 욕설을 했다. 혼란이 일자 시위 지도부는 '비상연락망이 잘 만들어져 있으니 언제든 싸울 수 있다'며 설득했다. 그러자 하나 둘 대학별로 돌아가기 시작했다.

이것이 이른바 '서울역 회군'이다. 시위 지도부는 시민들의 적극적인 호응이 없는 상황에서 심야에 군과 충돌한다는 것은 현명치 않다고 판단했다. 입수된 병력 이동 정보를 점검해볼 때 곧바로 군대가 투입될 가능성이 짙었기 때문이다. 이 결정에 따라 서울역에 있던 학생들은 학교로 복귀했고, 다음 날 아침 대학가는 거짓말처럼 평온했다. 학생들의 가두시위는 민주 진영의 모든 세력을 신군부와 최규하 정부의 유신 부활 음모 분쇄를 위한 공세에 나서도록 고무하고 촉진시켰으며 표면상으로는 전두환의 신군부가 마치 수세에 몰린 것처럼 보였으나, 바로 그 무렵 신군부의 치밀하고도 무자비한 공세 음모가 진행되고 있었다.

이태복은 비밀리에 청년연맹과 전민노련을 결성한 이후 노동 현장에서 전개되고 있는 사태의 추이를 수시로 분석하고 있었다. 이 과정에서 국민연합과 전민노련은 정세를 다르게 인식했다. 국민연합이 개헌을 통한 국민투표, 즉 대통령 선거에 기대를 걸고 있었던 반면 전민노련은 비상계엄 치하에서 국민투표는 치러질 수 없다고 보았고, 민주정부 수립은 조직된 청년·학생과 조직된 노동자·농민 등 민중이 함께 연대하여 투쟁하지 않고서는 실현하기 힘들다는 입장이었다. 윤상원 등 전민노련은 현장 중심론에 빠지지 않고 노학연대를 적극 주장하였으며, 나아가 모든 민주 세력이 연대하여 1980년 '서울의 봄'을 승리로 이끌어야 한다는 신념을 강하게 갖고 있었다. 그러나 5월 15일 대략 15만 명의 학생·시민이 운집했던 서울역 집회에서 국민연합은 '소요 사태로 계엄 당국이 개입할 빌미를 줘서는 안 된다'는 입장을 세웠다. 시민·학생들의 열화와도 같은 민주정부 수립 요구가 대규모 군중 집회로 이어지자 다급해진 국민연합은 이해찬과 김병곤 등을 보내어, 서울대 총학생회장 심재철과 유시민 등 학생 지도부를 대우빌딩 안으로 불러들여 서울역 회군을 종용하게 하였다.

당시 전민노련·전민학련은 서울역 현장에서 이선근 등 학생들에게 광화문까지 진출해 미국에게 '군부 출동 저지'와 '선거 보장'

을 요구하라고 지시했으나 국민연합 측의 선거론에 밀려 손을 쓰지 못했다. 집회를 주도한 심재철·김부겸 등은 광화문까지 나가서 미 대사관을 둘러싸는 것은 북한 간첩이나 하는 짓이라며 발언을 막았다. 이른바 보수 야권과 재야 청년 세력의 선거 전략에 따른 서울역 회군 결정이 신군부에 탄압 명분을 주고 만 것이다. 이 서울역 회군은 결국 신군부의 계엄 확대와 시위 주동자 체포령으로 서울의 봄을 끝내고, 광주 학살의 여건을 조성하고 말았다.

서울역 회군으로 이미 광주 학살이 예견되었다는 비판에 김병곤은 죽기 전 "서울역 회군은 내 인생 최고의 실수였다"라고 크게 반성하며 후회했다고 한다.

전민노련·전민청련·전민학련의 동분서주

윤상원은 군에서 제대한 김상집이 5월 6일부터 전남방직에서 일하기 시작하자 김상집을 추천하기 위해 이태복과 연락하려 했으나 이태복은 도통 녹두서점에 나타나지 않았다. 광민사에 연락을 했는데도 연락이 없어 기다리고 있는데 5월 15일에야 연락이 되었다.

전민노련의 이태복은 5월 15일 회군 결정 이후 군부의 검거에 대비하기 위해 전국민주노동자연맹과 청년연맹의 간부들로 하여금 주거지를 이동하고 비상 상황에 대비하라고 했으나 윤상원 등 일부만 연락이 되었다. 15일 늦게 서울역에서 거점으로 돌아온 이태복은 윤상원과 통화하여 서울과 전국 상황을 전하고 일부 조직의 침탈이 있었다고 전했으나 청년연맹 조직은 윤상원이 모르고 있었기 때문에 굳이 알리지 않았다. 다만 검거 작전이 시작될 것이니 그에 대비하고 매일 통화하며 상황을 공유하기로 했다.

이태복으로부터 소식을 들은 윤상원은 서울역 회군을 격렬히 비판했다. 미 대사관을 포위하여 국군통수권을 지닌 미국에 한국의 민주화운동에 군부가 개입하지 않도록 요구해야 하는데, 서울역 집회에서 김부겸이 이선근에게 빨갱이 같은 소릴한다고 몰아붙였다는 것에 분노했다. 사북탄광 진압 때 공수들이 출몰한 것처럼 전두환 군부 세력은 사회 혼란을 빙자하여 쿠데타를 꿈꾸고 있음이 명백했다. 그런데도 선거를 통한 집권을 노리는 국민연합을 윤상원은 비판한 것이다.

김상집은 5월 14일부터 날마다 전남방직에서 일을 마치고 퇴근길에 유동삼거리에서부터 전남대 시위대를 따라 도청 앞 분수대까지 걸어왔다. 윤상원은 5월 15일에는 도청 분수대 부근에서 박관현의 연설을 듣고 있는 김상집을 만날 수 있었다. 윤상원은 김상집에게 이태복과 통화한 내용을 알려주고 서울역 회군으로 대규모 검거 바람이 불 것 같으니 조심하라고 주의를 주었다. 그리고 이태복에게 위원으로 김상집을 추천했는데 이태복도 김상집과의 만남을 흔쾌히 수락했다며, 언제 만날지 상의하기 위해 다시 공중전화로 전화를 걸었다. 5월 21일은 부처님 오신 날로 회사도 휴무이기 때문에 5월 20일 밤 서울에서 만나기로 약속했다. 그러나 5·18민중항쟁이 발발해 이 약속은 지키지 못했다.

민족민주화 성회

5월 16일에 실제로 횃불 시위가 진행되었고, 도청 앞 분수대로 합류한 시위대들의 횃불은 모두 분수대 위 5·16 화형식에 사용될 계획이었다. 전남대 총학생회장 박관현의 포효가 쏟아졌고 여러 학생의 연설로 민족민주화 성회의 열기가 달아올랐다. 분수대 주변은 인산인해를 이루어 사람들이 접근하기도 어려웠다. 윤상원과 김상윤은 분수대 바로 아래에서 전체적인 진행을 지켜보고 있었는데, 전남대 영문과 이경순 교수가 꽉 막힌 시위대를 뚫고 김상윤을 찾아왔다. "박석무 선생님과 전홍준 선생님이 뵙자고 합니다. 아주 시급하고 중요한 일이 있으니 꼭 모시고 오라던데요!"

이경순 교수는 전남대 영문과 재학 시절인 1973년 '함성지 사건'에 연루되어 박석무 선생과 함께 재판을 받은 경험이 있었다. 그의 아버지는 일제강점기 광주 항일 학생운동의 주역이었던 이기홍 선생이다. 김상윤은 어렵사리 분수대 근처를 빠져나와 이경순 교수를 따라 어느 가게로 들어갔다. 탁자에 막걸리 잔을 앞에 둔 채, 박석무 선생과 전홍준 선생이 심각한 표정으로 김상윤을 맞이했다.

"상윤이, 군부의 움직임이 심상치 않아. 이대로 가만히 있을 놈들이 아냐. 학생들이 횃불 시위를 하고, 게다가 5·16 화형식까지 한다니 몹시 걱정이 되네. 군부가 나올 수도 있는데 무슨 대비책이라도 있나?"

대비책이 있을 리 없었다. 신군부가 군대를 동원해 민주화의 열기를 엎어버린다면 도대체 무슨 대책을 세울 수 있단 말인가.

"그런 우려는 진작부터 있었어요. 어제 서울역 시위를 끝으로 대학생들이 모든 시위를 중단한 것도 신군부가 쿠데타를 일으킬 명분을 주지 않기 위한 고육지책 아니겠습니까? 그러나 그런 우려가 있다고 해서 학생들이 아무 일도 하지 않고 조용히 있을 수는 없습니다. 민주화라는 대세를 뒤엎을 수 없도록 분위기를 만드는 일도 중요합니다."

"그럼에도 우리 명분을 잘 만들어놓을 필요가 있네."

두 선배는 김상윤의 말에 수긍하면서도 이를 강조했다. 신군부가 쿠데타를 일으킬 경우 '빨갱이 사냥'의 광풍이 일어날 것이 두려웠다. 두 선배는 간절한 어투로 '국군 장병에게 드리는 글' 같은 성명서라도 즉각 발표해야 한다며 지금 바로 김상윤에게 글을 쓰라고 채근했다. 김상윤은 할 수 없이 그 자리에서 글을 썼다. 두 선배는 김상윤의 글을 읽어보더니, 지금 바로 분수대 위에서 이 글을 낭독하게 하라고 독려했다. 김상윤은 간신히 인파를 뚫고 분수대 앞으로 나아갔다. 전남대 총학생회 총무부장인 양강섭에게 글을 낭독하도록 했는데, 뜨겁게 달아오른 분위기와 달리 차분한 대화체의 내용 때문에 다소 생뚱맞은 발표문이 되고 말았다. 이 성명서는 신군부 쿠데타 앞에서 민주화운동의 명분을 살려주는 데 그다지 도움이 되지 못했다.

아세아자동차 어용노조를 민주노조로

당시 YWCA 사회교육부에 아세아자동차(종업원 600여 명) 노사

분규 사건이 접수되어 대책을 강구하기 위해 매일 저녁 아세아자
동차 노조원들이 모임을 갖고 있었다. 광주YWCA 사회교육부 노
동 담당 이윤정 간사가 장소를 제공했는데, 실질적인 프로그램은
이양현이 기획해서 윤상원과 최연석 전도사와 함께 진행하고 있
었다. 5월 17일에는 김상집도 함께 이 프로그램에 참여했다.

금속노조 전남지부장인 조금래는 불법적으로 아세아자동차노
조 분회장을 맡으며 거액의 조합비를 횡령했다. 이에 노조 설립
당시부터 노조 활동을 열심히 했던 김영업이 노동조합의 민주화
를 외치며 조합장 직선제, 소비조합 이익금 환원을 요구하며 노동
청에 조금래를 횡령 혐의로 진정했었다. 그러나 사무장을 서울로
도피시킨 조금래는 증거가 없다는 이유로 도리어 무고죄로 고발
해 김영업이 징역 1년 6개월을 복역하게 되었다. 형기를 마친 김
영업은 서울 등지를 수소문한 끝에 사무장이었던 노동길을 찾아
이중장부까지 확보했다. 1980년 5월에는 다시 조금래를 조합비
횡령으로 고소하고 법원에 불구속 처리를 해놓은 상태였다.

YWCA 2층 소회의실에 모인 20여 명의 조합원은 김영업의 억
울한 옥살이와 조금래의 횡령 사실에 관한 명백한 해명을 요구했
고, 더욱이 조금래가 자신의 결백을 주장하며 김영업을 무고죄로
고발했던 사실에 모두 분개했다. 또한 그러한 일은 유신정권 하에
서 자행되었으니 10·26 이후 정권 교체기를 맞아 노동자도 민주
적 노조를 운영하자며 진지한 토론을 벌였다. 자리에 있던 모든
사람들은 계엄 확대에 관해 걱정하면서도 어떤 상황이 닥치더라
도 끝까지 민주노조를 만들 것을 결의했다. 일행은 5월 18일 오후
3시에 다시 만나기로 하고 헤어졌다. 5월 18일 광주YWCA 소심

당에서 이창복 선생이 호남전기와 섬유노조인 전남제사·전남방직·일신방직·남해어망 등 노동자들을 상대로 교육을 하기로 예정되어 있었다. 이 자리에 아세아자동차 노조원들도 참여하기로 한 것이다.

당시 광주 지역의 노사 분규 상황은 호남전기의 단식 파업과 전남방직의 임금 협상이 가장 큰 화두였다. 호남전기는 2200명의 노동자 가운데 1200여 명의 여성 노동자들이 감원 문제로 회사 안에서 열흘째 파업을 하고 있었다. 밖에서는 광주YWCA·광주YMCA 등이 대책위를 꾸리고 김성용 신부가 파업 현장을 방문하는 등 회사 안팎에서 크게 싸우고 있었다. 특히 전남대생들의 기습적인 빵과 음료수 공수는 노학연대의 신호탄이 됐다. 앞서 말했듯 전남대생들이 양산동 호남전기 신사옥에서 단식 농성 파업을 하고 있는 노동자들을 찾아가 빵을 전달하면서 격려의 노래를 부르고 구호를 외치면서 응원한 바 있는데, 호남전기 노조는 결국 사장 김남중과의 협상에서 감원은 없는 것으로 확약을 받아냈다. 이 여파로 전남방직 노조의 임금 협상도 1000여 명의 여성 노동자들이 단식 투쟁을 선언하자 순조롭게 타결되었다.

이들이 2층에서 1층으로 내려올 때 1층 소심당에서는 박현채 교수가 강연을 하고 있어 인산인해였다. 윤상원은 그때까지도 예비검속 상황을 몰랐다. 윤상원은 김상집에게 내일 오후 3시에 꼭 광주YWCA에 나오라고 말하고는 광천동 집으로 돌아왔다.

그러나 1980년 5월 17일 21시 40분, 임시 국무회의에서 비상계엄 확대선포안을 의결하자 신군부는 서울·부산·대구·광주 등 전국 대도시에 신속히 군대를 투입했다. 특히 서울과 광주가 신군부의 주요 공격 목표였다. 서울에는 1·3·5·9·11·13공수여단이 배치되었고 광주에는 7공수여단 33대대와 35대대가 전남대와 조선대에 배치되었다. 이들은 수개월 동안 오직 시위 진압 훈련에만 몰두해온 신군부의 정예 부대로서 전투 장비를 잔뜩 가지고 내려왔다.

농학연대와 예비검속

김상윤은 총학생회장 박관현과 총무부장 양강섭에게 농학연대를 바라는 가톨릭농민회의 뜻을 전했고, 그들은 제안에 바로 동의했다. 가급적 많은 학생들이 참여할 수 있도록 노력하겠다고 약속했다. 17일 저녁 함평 고구마 사건 2주년 기념식을 계기로 전남 농민들이 함께 뜻을 모아 추진했던 '민주농정 실현을 위한 전남농민대회' 준비를 위해 이병철과 노금노 총무가 녹두서점에서 김상윤과 더불어 전남대 총학과 농학연대에 대한 최종적인 검토를 할 참이었다.

이미 5월 17일 오전 11시부터 국방부의 회의실에선 전군 주요 지휘관 회의가 무려 네 시간 동안이나 은밀하게 진행되고 있었다. 보안사령관 겸 중앙정보부장 전두환, 수도경비사령관 노태우, 특정사령관 정호용 등이 주축이 된, 5·17 군사 반란 각본의 초석을 만든 회의였다. 그리고 5월 17일 오전부터 이화여대에서 전국 55개 대학 총학생회장단 회의가 열리고 있을 때 갑자기 경찰이 들이닥쳐 다수의 학생회 간부들이 끌려갔다.

이화여대 학생회장단의 연행 소식을 들은 박관현은 서울 소식의 진위를 파악하기 위해 녹두서점의 김상윤에게 전화를 걸었다.

"저희는 지금 원효사 근처 관광호텔에 있는데 이상한 소식을 들었습니다. 이화여대에서 전국 대학의 학생회장 모임이 있었는데, 모두 연행되었다는 소식이 있습니다. 사실인지 확인해주십시오. 저희는 거기에 참석하지 않았습니다."

김상윤이 이곳저곳 알아보며 사태를 파악하고 있는데 양강섭에게서 또 전화가 왔다.

"형님, 우리는 지금 시청 근처 대지호텔에 있습니다. 상황이 어떤가요?"

"학생회장들이 연행된 건 사실이고, 비상계엄도 확대된 것 같아. 이 전화도 도청되니 지금 당장 그곳을 떠나라. 내 말을 심각하게 듣고 지금 당장 그곳을 떠나!"

그때 밖에서 녹두서점의 셔터를 두드리는 소리가 크게 났다. '후배들이 찾아왔나?' 하고 김상윤은 셔터 문을 올렸다.

"김상윤이지?"

검은 형체가 김상윤의 머리에 권총을 들이대며 물었다. 함께 온 서광주 정보과 형사가 고개를 끄덕이며 김상윤이 맞다는 신호를 했다. 네 명이나 김상윤을 체포하러 온 것이었다.

김상윤이 끌려간 곳은 화정동에 있는 505보안대 지하실이었다. 컴컴한 지하실 복도에는 벌써 고문당하는 사람들의 비명이 낭자했다. 밤새 혹독한 취조를 받고 넘겨진 곳은 상무대 영창이었다. 상무대 영창에는 예비검속된 정동년(전남대 복적생), 김운기(조선대 복적생), 박형선(민청학련), 문덕희(민청학련), 윤목현, 박선정

(전남대 인문사회대학 학생회장) 등과 5월 18일 녹두서점 앞에서 연행된 김천수(전남대 학생) 등이 잡혀와 있었다.

14장

**작전 명령
'화려한 휴가'**

5월 18일 0시경, 녹두서점에 합수단 4명이 와서 김상윤을 예비검속했다는 소식을 들은 윤상원은 통행금지가 지나자 새벽 5시경 산수동에 있는 김상집에게 전화를 걸었다. 큰형 김상윤이 어젯밤 12시경 녹두서점에서 합수부로 잡혀갔고 비상계엄이 제주를 비롯한 전국으로 확대되었으며, 예비검속이 시작되었다고 알렸다. 큰형이 한밤중에 잡혀갔으니 빨리 나와 형 대신 서점을 지키며 이곳저곳 연락을 맡아달라는 부탁을 했다. 그리고 어젯밤 늦게 윤상원의 집에 들어온 박효선·노준현·임낙평과 함께 앞날을 걱정하고 있었다.

아침 8시경 박관현이 불쑥 방문을 열고 들어왔다. 윤상원은 깜짝 놀라 누가 볼까봐 박관현을 데리고 골목 안 공터로 데리고 갔다. 골목 입구에서는 차명석과 김영휘가 주위를 살피고 있었다. 윤상원은 박관현에게 전국에서 예비검속을 하고 있으니 우선 피신해 있으라고 말했다. 때가 되면 양강섭을 통해 연락하겠다고 말했다. 그리고 윤상원은 박관현에게 상식적이지만 만약 잡힐 경우를 대비하여 피신해 있는 동안 반드시 숨어 있던 자리마다 날짜와 이름 등 비밀 표시로 본인의 행적을 남기라고 신신당부했다. 잡히면 보안사에서 무조건 도피 기간에 북에 다녀왔다고 고문하여 날조할 게 뻔하니, 미리 대비하여 비밀 표시로 행적을 증명할 수 있도록 대비한 것이었다. 특히 박관현은 전남대 총학생회장인데다 민족민주화 대성회에서 5·16 화형식까지 한 터라, 박정희의 양자를 자처하는 전두환 등 하나회가 가만 두지 않을 것이었다. 학생운동 세력을 빨갱이 집단으로 매도하기 위해 박관현을 북에 갔다온 빨갱이로 충분히 만들 수 있었다.

윤상원은 서울역 회군 이후 이태복과 날마다 통화하며 정세를 살피고 있었기 때문에 권력 과도기인 이 시점에 혹독한 검거 바람이 불리란 점을 잘 알았다.

'어쩌면 이런 데서 만난다니……'

전민노련에서는 이 국면을 돌파하기 위해서 청년·학생과 노동자와 농민, 종교계가 연대하여 투쟁하기로 결정한 바 있었다. 5월 19일에는 민주농정 실현을 위한 전남농민대회가 있을 예정이었고, 5월 22일에는 민주통일국민연합이 전국 동시다발로 유신 철폐와 독재 타도를 외치며 민주정부 수립을 위한 전국대회를 개최할 예정이었다. 윤상원은 박관현에게 앞으로 상황이 어찌 될지 모르나 시위가 계속되고 대중 투쟁이 격화되면 그때는 어쩔 수 없이 나서야 되지 않겠느냐고 말했다.

박관현이 떠난 후 윤상원은 곧바로 전남대 정문으로 달려갔다. 전남대 정문 앞을 지키고 있는 공수들 때문에 학생들이 교문으로 들어가지 못하고 삼삼오오 흩어져 가끔 구호를 외치는 상황이었다. 학생 수가 점점 불어나 300여 명쯤 되자 학생들은 본격적으로 구호를 외치기 시작했다.

"계엄령을 철폐하라!"
"휴교령을 철회하라!"
"유신철폐 독재타도!"

"돌격 앞으로"라는 명령이 떨어지자 공수들이 학생들을 향해 달려들었다. 경찰 곤봉보다 1.5배 길고 두 배 무거운 곤봉으로 무방비 상태인 학생들의 머리를 도끼로 장작 패듯 위에서 아래로 마구 찍어대기 시작했다. 학생들의 머리 위로 피가 솟구치고, 공수들은 쓰러져 실신한 학생들의 다리를 잡아 질질 끌고 전남대 정문 안으로 사라졌다. 흩어졌던 학생들이 서너 번 다시 모였다가 흩어지기를 반복하더니 "도청 앞으로!"를 외치면서 대열을 이루어 도청으로 가기 시작했다. 윤상원도 대열에 합류하여 가다, 신역 앞에 이르러 급히 공중전화를 찾아 녹두서점으로 전화를 걸어 지금까지의 상황을 김상집에게 알려주었다. 김상집에게는 계속 상황을 알려줄 테니 상황일지를 써놓으라고 당부했다. 윤상원은 계속해서 시위 상황을 연락해 알려주었다. 전남대 정문, 신역, 공

5월 19일 차량이 불타고 있는 금남로 가톨릭센터 앞.

용터미널 등등……

　마침내 금남로 가톨릭센터 앞에 모인 수많은 시위 대열은 스크럼을 짜고 제일성결교회 앞에서 대치 중인 전경들을 밀어붙였다. 전경들은 어깨동무를 한 채 구호를 외치며 다가오는 대학생들의 머리를 무자비하게 내리쳤고 최루탄을 터트려 시위대를 해산시켰다. 가톨릭센터 뒷골목과 충장로로 흩어졌던 시위대가 재차 모여 스크럼을 짜고 "계엄 철폐, 독재 타도"를 외치며 전경들의 바리케이드를 뚫고 분수대를 장악하려 시도했지만, 경찰들의 곤봉

세례와 최루탄에 또다시 흩어질 뿐이었다. 곤봉과 무자비한 최루탄 발사로 모였다 흩어지기를 몇 차례 반복하던 시위대가 스크럼을 짜는 대신 보도블럭을 깨서 던지기 시작했다. 윤상원과 김상집은 "비상계엄 해제" "구속자 석방" "전두환 타도"를 외치며 시위대와 함께했다.

전경들의 진압으로 잠시 시위대가 해산되어 길가에 물러서 있을 때였다. 멀리서 전경들 앞에 서서 메가폰을 든 지휘자가 방독면을 벗는 모습을 보고 김상집은 깜짝 놀랐다. 그는 윤상원과 중·고등학교부터 대학교까지 내내 함께한 후배 김종수였다. 김상집이 윤상원에게 말했다.

"형, 저기 종수 형 아니여?"

"뭐 종수라고? 맞다. 야! 종수야!"

윤상원이 크게 이름을 부르자 그는 주위를 두리번거리더니 윤상원을 발견하고는 얼른 방독면을 써버렸다. 그는 전남대 정치외교학과를 나와 경찰행정대학원을 거쳐 전남도경 간부로 일하고 있었다. 윤상원과 김상집은 얼굴을 마주 보며 쓴웃음을 지었다.

'어쩌면 이런 데서 만난다니……'

총검에 찔린 남자가 눈앞에서 쓰러지다

시위대는 다시 광주우체국으로 접어들어 도청을 향해 전진했다. 경찰기동대가 광주우체국 앞에 몰려 있는 시위대를 향해 사과탄을 던졌다. 시위대가 좀처럼 물러설 기미를 보이지 않자 지프차를 밀고 오더니 광주우체국에서 금남로로 가는 길목을 막아버렸다. 이 길을 지나면 곧바로 광주YMCA가 있고 도청 분수대를 장악할 수 있는 길목이었기 때문이다. 몇 차례나 지프차를 넘어 돌진했으나 워낙 많은 사과탄을 투척해서 돌파하기 어려웠다. 이때 누군가가 1갤런짜리 깡통을 지프 차량 밑으로 던지는 게 보였다. 곧바로 차에 불이 붙었다. 시위대는 '와아' 하는 함성을 지르며 기뻐했다. 지프차는 한 시간 가까이 타올랐고 그동안 시위대는 잠시 지친 몸을 쉴 수 있었다. 차가 타는 동안 황금동 유흥가의 아가씨들이 양푼과 밤색 고무대야에 물을 떠 와서 최루탄에 고통스러워하는 시위대에게 제공했다. 눈도 씻고 물도 마실 수 있었다. 그러나 지프 차량이 불에 다 타버리자 경찰기동대가 추가로 배치되어 시위대가 모이기만 하면 사과탄을 터트리니 더 이상 전진할 수가 없었다.

김상집은 녹두서점으로 돌아와 상황일지를 정리하고 있었다. 그때 윤상원에게 전화가 왔다.

"가톨릭센터 앞에 공수들이 쳐들어와 아수라장이 됐어. 광주공원으로 시민들과 도망쳤고 그놈들이 끝까지 우리를 추격했는데, 공원에 있던 할아버지들이 흥분해서 야단을 치는 거야."

"그래서요?"

"그런데 공수 놈들이 인정사정없이 할아버지 머리를 쳐서 머리가 터지고 피를 쏟으며 실신하니까 도망치던 시민들이 흥분해서 공수들을 쫓았다."

"그래 어떻게 됐어요?"

"겁먹은 공수들은 거의 도망쳤는데 한 놈만 도망가지 못해서 시민들이 계속 추격했지. 그놈은 광주천을 따라 도망치다가 불로 동 다리 밑으로 뛰어내렸어. 그래서 그에게 돌을 엄청나게 던졌어. 아마 죽었을 거야."

"잘 알았어요, 형. 몸조심해요."

시위 대열은 광주우체국에서 벗어나 경찰기동대가 없는 금남로 3가로 나왔다. 금남로에는 골목골목에서 쏟아져 나온 시위대가 대략 수천 명은 되었다. 시위대는 도청을 지키고 선 전경들을 밀어붙이려 했으나 전경들이 쏘아대는 최루탄이 워낙 엄청나 다가서지 못했다. 하필 최루가스도 시위대 쪽으로만 날아와 상황이 불리하니, 시간 낭비하지 말고 파출소를 습격하자는 목소리가 나왔다. 전남대 정문에서 공수들이 자행한 만행을 목격한 학생들은 이제 파출소에까지 분노를 표출하고 있었다.

시위대는 구 시청 사거리를 거쳐 인쇄소 골목을 지나 전남도청 뒤쪽에 있는 동명파출소로 쳐들어갔다. 시위대가 들이닥치자 겁을 먹은 순경들은 금세 도망쳤다. 시위대는 최규하의 사진을 뜯어내 지근지근 밟아버렸다.

시위대는 지산파출소를 부수고 파출소 앞에 세워진 오토바이에도 불을 질렀다. 산수파출소로 가려고 법원사거리 부근에 왔을 때였다. 지나가던 택시기사가 격앙된 목소리로 시위대를 향해 외쳤다.

"지금 시외버스공용터미널 부근에서 공수들이 사람들을 죄다 죽이고 있소!"

시위대는 시외버스공용터미널의 사람들을 구하자며 태극기를 앞세우고 가던 방향을 바꾸었다. 시위 대열이 지산파출소에서 동명동 농장 다리 내리막을 내려가는데, 갑자기 전경이 탄 닭장차 한 대가 농장 다리로 올라오는 게 보였다. 흥분한 시위대는 전경 닭장차를 포위하고 곧바로 타이어 바람을 빼서 차가 움직이지 못하게 했다. 흥분한 시민들이 차벽과 유리창을 두들기자 전경들은 방패를 차량 유리창에 바짝 붙인 채 막고 있었다. 윤상원은 앞문으로 가서 항복하라고 소리쳤으나 안에서는 꼼짝도 하지 않았다. 잠시 후 철학과의 민청학련 출신 복학생인 박진이 앞문을 두들기며 나오지 않으면 차에 불을 지르겠다고 겁을 주자, 마침내 항복하며 손을 들었다. 시위대는 전경들을 끌어내려 포로로 삼았다. 그들이 가지고 있던 곤봉, 최루탄, 방독면 등의 진압 장비를 빼앗아 시위대들이 착용했다.

포로들을 이끌고 시위대는 노동청 쪽과 청산학원 쪽으로 진출하려 했다. 그러자 경찰들이 곧바로 바리케이드를 쳤다. 박진은 그곳에 진을 치고 있던 전경들에게 다가가 예비검속된 사람들과 포로로 잡힌 전경들을 맞교환하자고 제안했다. 그들은 자신들의 권한으로 결정할 수 있는 사안이 아니라며 상부와 교신 후 대답해줄 테니 10분만 기다려달라고 했다. 시위대는 동계천 위에서 포로들을 꿇어앉히고 잠시 쉬었다. 동계천 옆에 있던 '수복식당'과 '예술의 식당', 그리고 분식점 등에서는 아주머니와 어린 여자아이(수복식당 딸, 김미라 15세)까지 나와 큰 플라스틱 대야에 물을 담아 길가에 내려놓으면서 최루탄 가루에 범벅이 된 시위대에게 얼른 씻으라고 했다. 그리고 마실 물과 밥·김치 등을 주면서 배가 고플 텐데 밥을 먹고 힘껏 싸우라고 격려해주었다.

주린 배를 채우고 있는데 약속한 10분이 지나도 소식이 없었다. 이때 갑자기 전남여고 쪽에서 공수부대 차량 10여 대가 시위대 쪽으로 밀려왔다. 그들은 곧바로 차에서 내렸다. 일부는 총에 착검을 하고 일부는 곤봉을 들었다.

"앞에 총! 제자리 뛰어! 돌격 앞으로!"

엉거주춤한 자세로 서 있던 시위대가 그들의 기세에 놀라 뒤로 물러서려는데 워낙 사람이 많아 어떻게 할 도리가 없었다. 공수들은 '앞에 총!'을 외치고 느릿느릿 달려오더니 눈앞까지 와서는 '찔러 총!'을 외쳤다. '윽' 하는 소리와 함께 여기저기서 비명과 공수부대원들의 욕설이 들렸다. 공수들은 무조건 총검으로 찌르고 곤봉을 휘둘러댔다. 그렇게 힘을 써대는 그들의 입에서 술 냄새가 풍겼다.

겨우 사람들 틈에서 빠져나와 주위를 둘러보니 공수부대원들이 장동로터리에서 농장다리 쪽으로 밀고 가며 길가 다방, 당구장은 물론 일반 가정집까지 수색하며 젊은 사람은 무조건 두들겨 패서 잡아가고 있었다.

칼이나 송곳을 들어라

윤상원은 녹두서점으로 돌아와 남편의 예비검속으로 걱정하고 있는 부인들에게 인사를 하고 서점 계산대 서랍을 뒤졌다. 서랍 안에서 송곳을 꺼내더니 잠바 호주머니에 넣고 다른 송곳을 김상집에게 주었다. 그리고 김상집에게 시위대 본대에 합류하지 못한 사람들에게 전화가 오면 상황을 안내하면서, 소식이 닿는 주변인들에게 꼭 호주머니에 칼이나 송곳을 가지고 다니도록 전하라고 말했다. 공수들이 길에서는 물론 집 안까지 쳐들어와 젊은 사람들을 무조건 곤봉으로 머리를 두들겨 패서 실신시킨 다음 짐짝처럼 차에 던져 실었기 때문이다. 공수들과 정면으로 맞닥뜨려 곤봉에 맞아 기절하면 어디론가 끌려가 암매장 될 수 있으니까, 우선 왼손을 머리 위로 올려 곤봉에 팔목이 부러지더라도 머리를 맞지 않도록 하고, 그다음 공수가 총을 쏘기 전에 칼이나 송곳으로 공수의 허벅지를 찌른 다음, 속으로 열을 세기 전에 주위 담을 넘어 도망가거나 골목으로 들어가라고 전달하라고 했다. 공수들은 단독 군장에 '어깨 걸어 총'을 하고 있었는데, 총을 바로잡고 안전장치를 푼 다음 조준해서 사격하려면 최소한 10초 이상 걸리기 때문이다.

윤상원은 그동안 형수인 정현애와 김상집이 작성한 상황일지를 들고 나가면서 지금부터는 시민들에게 알릴 소식지가 필요하다고 했다. 녹두서점을 나온 윤상원은 공중전화로 전민노련의 이태복에게 전화하여 상황일지에 적힌 내용들을 설명했다.

"공수들이 시위대든 지나가던 행인이든 불문하고 M16 총과 개머리판, 충정봉으로 마구 구타를 하고 대검으로 찔러서 유혈이 낭자하니 신군부가 초기에 유혈 진압도 주저하지 않는 것 같습니다. 그러나 김대중 구속 사건이 민심에 불을 붙였으니 치열한 투쟁이 예상됩니다."

5월 20일 전국 동시다발 집회를 알려오다

5월 19일 아침 일찍 김상집에게 전화가 왔다. '서울에서 내려온 민주통일국민연합 간부인 최형호라는 사람이 녹두서점으로 와서 국민연합 전남지부 사무국장 윤상원을 찾는다'는 것이다. 윤상원은 즉시 달려가 최형호와 정현애, 김상집과 서점 뒷방에서 대화를 했다.

"원래 5월 22일 전국 집회를 예정했지만 비상계엄이 확대되고 민주 인사들이 예비검속되었기 때문에, 5월 20일 오전 10시를 기해 전국 주요 도시에서 국민연합 주최로 동시다발적 가두시위를 벌이기로 했습니다. 광주에서도 그때까지 힘껏 싸워주세요."

윤상원은 어제 밤늦도록 연락하여 오늘 아침 모이기로 했던 사람들을 만나기 위해 한일은행 앞으로 걸어갔다. 전남대 학생 동아리와 민주헌정동지회 등이 연락되었으나 과연 몇 명이나 모일지 알 수 없었다. 아침 일찍부터 시내에서는 2인 1조로 길목마다 공수들이 지키고 서 있었다. 그들은 지나가는 시민들에게 신분증을 제시하라고 하고는, 가까이 가면 정수리를 후려치는 만행을 저질렀다. 시민이 쓰러지면 발목을 잡아 군용 트럭으로 질질 끌고 가서는 둘이서 양손과 다리를 들고 군용 트럭 적재함에 던져 실었다.

10시경 한일은행 앞으로 사람들이 모이기 시작했다. 윤상원은 우선 녹두서점에 상황을 알렸다. 공수들이 시민들을 향해 마구 곤봉을 휘두르며 시위대를 해산한 다음, 실신한 사람들을 다리를 잡고 질질 끌어 트럭에 실어 올리자 시민들은 경악과 분노로 몸을

공수부대원에게 붙잡힌 시민들.

떨었다. 시민들이 격렬히 항의하자 공수들은 아예 시민들을 추격하여 잡아가기 시작했다. 그리하여 충장로 안까지 들어와 급히 셔터 문을 내리는 가게까지 강제로 열고 들어가 안에 있는 젊은이들은 무조건 두들겨 패고 한곳에 모은 다음, 남녀를 불문하고 팬티만 남기고 옷을 벗도록 했다.

이에 분노하여 시위대가 점점 불어났다. 1만여 명이 넘는 시위대가 도청을 향해 진격하기 시작했다. 윤상원의 전화를 받은 김상집도 얼른 금남로로 나가 윤상원의 시위대와 합류했다. 그런데 와서 보니 시위대의 3분의 1가량이 중고생이었다. 광주의 모든 중·고교에 휴교령이 내려졌다고 했다. 중고생들이 집으로 가지 않고 금남로로 몰려와 시위대에 합류한 것이다. 시위대는 가톨릭센터 앞까지 진격하여 충금지하상가 공사장 부근에서 드럼통을 굴려 속에 있는 기름을 태웠다. 불길이 치솟고 분위기는 한껏 고조되었다.

그때 가톨릭센터 옥상에서 무전기를 들고 시위 상황을 교신하는 공수들이 보였다. 흥분한 시민들은 "저놈 잡아라" 하며 가톨릭센터 안으로 쳐들어갔다. 잠시 후 옥상에서 까까머리 중학생이 왼손에 M16 소총을 들고 오른손으로 철모 끈을 잡고 철모를 빙빙 돌리며 공수들을 잡았다는 신호를 보냈다. 시민들은 "와" 하며 환호성을 질렀다.

윤상원, 화염병을 만들다

그런데 잠시 후 도청 쪽에서 공수들이 쳐들어왔다. 시위대는 충금지하상가 공사장 뒤로 물러났고, 그러자 공수들을 잡으러 가톨릭센터 안으로 들어갔던 사람들이 자연적으로 고립되었다. 시위대를 중앙교회까지 물려놓은 공수들은 곧장 가톨릭센터 안으로 쳐들어가 눈에 띄는 대로 '인간 사냥'을 했다. 공수들의 무자비한 도륙에 놀란 시민들이 사방으로 도망쳤다.

공수들의 만행에 분노한 윤상원은 녹두서점으로 전화를 걸어 화염병을 만들자고 했다. 지난 어린이날 식영정 모임이 끝난 뒤 노준현·김상집과 산수동오거리 막걸리집에서 뒤풀이를 했는데, 그때 광주에도 사북 탄광처럼 공수들이 투입된다면 어떻게 물리칠 것인지 이야기한 적이 있었다. 당시 노준현과 김상집은 실제로 그런 일이 일어난다면 우리도 화염병을 만들어야 하지 않겠느냐고 했었다. 윤상원이 김상집에게 화염병을 만들 줄 아느냐고 묻자, 김상집은 정상용·이양현 선배들이 박정희 암살을 계획하고 있을 때 소총으로는 불가능할 테고 폭탄을 터트려야겠다고 해서 화염병부터 만들어본 적이 있는데 그때 곁에서 배웠노라고 했다. 전화를 받은 김상집은 휘발유를 사러 녹두서점 앞 장동로터리의 동명주유소를 찾았다. 그러나 주유소에서는 시에서 휘발유를 절대로 팔지 말라는 엄명이 내려왔다면서 팔지 않았다. 이리저리 핑계를 대며 사정을 해도 도대체 소용이 없었다. 하는 수 없이 녹두서점으로 돌아와 휘발유를 어찌 살까 고민하고 있는데, 녹두서점으로 대동고등학교 학생 두 명이 찾아왔다. 고등학생들이 무슨 일

인가 싶었다.

"어떻게 왔지?"

"김상윤 씨의 예비검속 소식을 듣고 뭔가 할 일이 있을 것 같아서요."

"대동고생이라면 박석무 선생님을 아는가?"

"학교에서 독서회 활동을 함께 하고 있는데요. 박석무 선생님께서 저희 독서회 지도교사이시고 저는 회장입니다."

대동고 독서회 회장인 김효석과 1년 선배인 전남대 사학과 학생 김병인이었다. 믿을 만하다는 생각이 들었다. 마침 휘발유를 사려던 참에 잘됐다 싶어 두 학생에게 휘발유를 사 오라며 돈 5만 원을 주었다. 그리고 계엄령이 내려져 주유소에서 팔지 않으려고 하니 요령껏 사 오라고 주의를 주었다. 한 시간 뒤 돌아온 그들은 주유소에서 휘발유를 팔지 않는다며 대용품으로 에프킬라를 사 가지고 왔다. 에프킬라를 발사하면 가스가 나오는데 거기에 불을 붙여 던지면 차를 태울 수 있지 않겠느냐며 에프킬라 꼭지를 눌러 불을 붙여 불꽃을 보여주었다. 김상집은 그러다간 총 맞아 죽기 십상이니 변두리 지역으로 가서 다시 사 오라고 했다. 마침내 김병인과 김효석은 백운동 수피아여고 정문 근처의 간이주유소에서 휘발유 한 말을 사왔다. 그동안 휘발유를 사려고 광주 외곽 이곳저곳으로 택시를 타고 돌아다니느라 가진 돈을 다 써버려 막상 휘발유를 사려 하니 돈이 많이 부족하게 됐다. 이에 김병인이 손목에 차고 있던 손목시계를 맡기고 휘발유 한 말을 사 왔다고 했다. 어느 정도 화염병이 만들어지자, 나머지는 서점에 있는 형수들에게 맡기고 김상집은 김효석·김병인과 함께 화염병을 들고 거리로 나왔다. 많은 사람이 녹두서점으로 와서 화염병을 몸에 숨긴 채 가지고 나갔다.

광주우체국 부근에서 시위가 있었다. 김상집은 그곳에서 처음으로 화염병을 사용했다. 처음에는 불이 솟지 않아 화염병을 잘못 만들었나 생각했다. 그런데 옆의 다른 시위대 대원이 던진 것이 성공해 전투경찰의 K-100 지프차에 불이 붙었다. 시민들이 그것을 보고 환호성을 지르자, 화염병에 놀란 전경들이 우체국 뒤로 도망쳤다.

화염병을 사용해 가장 효과적으로 사람들을 운집하게 할 수 있는 시간이 황혼녘이라는 것도 알게 됐다. 피곤에 지친 시민들은 불길이 솟는 것을 보고 온 신경을 한곳에 집중시켰고, 자연스럽게 많은 사람이 불길이 솟은 곳으로 모였다. 이후 일행들은 주로 오후에 화염병을 사용했다.

윤상원은 김상집에게 양동시장과 유동삼거리에서 공수 트럭이 불에 타고 있는데 퇴근길이라 많은 사람들이 운집해 있더라고 전해주었다. 타지역 사람들은 광주 소식을 모르니 전화번호부를 뒤져 전국 곳곳에 아는 사람을 찾아 광주 소식을 알리라고 말했다. 또 서점에 있는 책의 출판사마다 전화를 걸어 상황판을 낭독하며 광주의 학살 소식을 전하도록 하라고 했다. 김상집은 오후 퇴근 시간에 CBS 기자인 송정민에게서 전화가 왔다는 내용을 알려주었다. 상황일지에 적힌 광주의 상황을 얘기하면서 광주 사람들이 다 죽어가고 있으니 외신기자들을 보내달라고 했으며, 오후에는 독일에서 유학 중인 위상복이 녹두서점에 전화를 걸어왔기에 광주 상황을 설명했다고 하였다.

광주시 상공에 뜬 헬기.

많은 시민이 녹두서점으로 시위 상황을 알려왔다. 어떤 사람은 녹두서점의 김상윤을 잘 안다며 전화로 계속해서 군부대의 이동 상황을 알려줬다. 그는 전남대 사회학과 김상형 교수로 김상윤의 집안 형님뻘 되는 이였다. 김상집은 14일 전남대생들이 교문 밖으로 진출하여 도청 앞 분수대에서 집회를 할 때 형 김상윤에게 혹시 무슨 일이 일어날까 싶어 찰싹 붙어 경호하며 따라다녔는데, 군중 속에서 그를 마주치자 김상윤이 집안 형님이라고 알려줘서 김상집도 몇 마디 나눈 적이 있었다. 김상형 교수는 고교 동기인 홍성률 대령이 있는 보안사 안가로 찾아가 온종일 앉아 있었는데, 거기에서 홍성률 대령이 보고받는 소식을 곁에서 듣고는 잠깐잠깐 밖으로 나와 공중전화로 군부대 동향을 알려주었다. 전화를 받으면 "나야, 듣기만 해"라면서 몇 마디 전하고는 전화를 끊었다.

19일 오후 5시경 부산항에 미국 항공모함이 도착했다는 소식을 포함하여, 김상형 교수가 전해준 소식은 모두 정확히 들어맞았다. 항공모함에서 헬기가 떴는데 10분 뒤면 광주 상공에 나타날 거라는 거였다. 실제로 10분 뒤에 헬기가 나타나 군복을 입은 사람이 양옆 문을 열고 시위대를 굽어보고 있었다. 윤상원과 김상집은 미국 항공모함 소식을 듣고는 많은 고민을 했다. 작금의 대중 정서로 보아 미국의 본질을 폭로하는 것은 무리였다. 이미 윤상원은 이태복으로부터 서울역 회군 소식을 듣고 이를 맹렬히 비판한 바 있었다. 당시 전민노련에서는 미국 대사관을 포위하여 국군통수권을 지닌 미국으로 하여금 한국의 민주화운동에 군부가 개입하지 않도록 요구해야 한다는 입장이었다. 그리하여 윤상원은 거꾸로 '미국이 전두환 군사독재 정권을 견제하러 왔다'고 〈투사 회보〉를 통해 알리기로 했다.

시위를 하다 녹두서점에 돌아온 윤상원은 그동안 작성해놓은 상황일지를 들고 나갔다. 시민들에게 뿌릴 소식지를 만들려면 서점에서 작성한 상황일지가 꼭 필요했다. 김상형 교수가 전해준 군부의 동향과 상황일지를 근거로 작성했기 때문에, 〈투사 회보〉는 시민들에게 가장 신속하고 정확한 소식을 들을 수 있는 창구가 되었다. 그리고 다음 날은 민주통일국민연합이 주최하는 전국 동시다발 집회였다.

5월 19일 백제야학 지하실에는 손남승과 김홍곤, 그리고 학생 김순옥과 이정례가 있었다. 그들은 고개를 떨구고 울다가 헛웃음 웃으며 책상을 밀치고 당기다가 겨우 그들이 할 수 있는 일을 찾아냈다. 유인물을 만들어 시민들에게 나누어주기로 한 것이다. 가톨릭노동청년회 정향자에게서 등사기를 빌려왔다.

유인물의 제목은 〈광주시민이여 궐기하라〉였다. 내용은 주로 광주 시내와 타지역의 민중봉기 동향을 다루었고, 파출소 습격과 총기와 버스 탈취 등의 속보를 담아냈다. "도청으로 모이자" "모두 거리로 나와 계엄 철폐와 전두환 퇴진을 광주시민의 힘으로 이루어내자"라는 호소문이었다. 다섯 차례에 걸쳐 전남대병원 오거리와 구 노동청 사거리에서 시민군에게 배포했다.

19일 저녁, 윤상원은 숨이 가쁜 목소리로 이태복에게 전화를 걸었다.

"선배님, 우리도 참을 수 없어서 공수를 야전삽으로 패버렸습니다. 지금 광주는 공수들이 시민들을 대검으로 찌르고 충정봉으로 정수리를 패서 죽이고 있습니다. 시위대가 모이기만 하면 시위대를 해산하는 정도가 아니라 가정집과 상가 문까지 강제로 뜯고 쳐들어가 젊은 사람은 무조건 곤봉으로 치고 조금이라도 반항하면 대검으로 찔러 죽이고 있습니다. 처음에는 깜짝 놀라고 기가 막혀 어찌할 줄 몰라 당황했지만 지금은 광주시민들이 칼이나 송곳을 가지고 다니며 자위적인 무장을 해가는 분위기입니다."

깜짝 놀란 이태복은 순간 호흡을 멈췄다.

"무장 저항이라고? 광주에서 고립된 투쟁을 하고 있는데 윤동지는 어쩔 것인가?"

윤상원은 상황일지를 보고 피해 상황을 설명했다.

"공수들의 잔혹한 만행은 도저히 참을 수 없습니다. 저는 제가 맡은 해야 할 일들을 하겠습니다."

이태복은 답답한 마음으로 대답했다.

"알았네, 현지 상황에 맞게 싸워나가되 너무 앞서지는 말게."

15장

국민연합의
전국 동시다발 시위

5월 20일 아침, 윤상원은 설친 잠에서 깨어나 다시 이태복에게 전화를 걸었다. 윤상원의 목소리는 비장했다. 이미 결심이 선 듯 어제 미처 하지 못한 말을 했다.

"아무래도 죽을 각오를 해야 할 것 같습니다. 우리라도 맞서 싸우지 않으면 신군부의 만행을 누가 얘기하겠습니까?"

그는 이렇게 말하고는 전화를 끊고 녹두서점으로 갔다. 오늘 '민주주의와 민족통일을 위한 국민연합'(약칭 민주통일국민연합)이 전국적으로 동시다발 시위를 한다는데 조직 동원이 여의치 않았다. 비상계엄이 제주까지 확대되면 전남대 총학생회는 수배령이 떨어질 것으로 예상했다. 이에 대비하여 총학생회 조직과 별도로 기획실을 두었는데, 이 기획위원들은 각 동아리를 대표하는 인물들이었다. 학자추위원장 한상석과 복적생협의회 문승훈, 노준현과 송선태, 그리고 총학의 총무부장 양강섭이 기획실 회의에 참석했다. 이들은 총학생회가 사라지면 동아리 조직들을 동원해 투쟁을 계속해나가기로 계획을 세워놓았었다. 그런데 기획위원을 맡았던 노준현이 18일 오후 풍향동에서 녹두서점으로 전화를 건 뒤 소식이 없었다. 노준현을 제외한 다른 기획위원들은 아예 보이지도 않았다. 이에 따라 간간이 동아리 회원들이 어찌 대처해야 할지 전화로 묻고 있는 상태였다.

총학생회와의 단절 속에서 시위를 준비하다

아침 일찍 형수인 정현애가 가톨릭센터 주변을 살폈는데, 가톨릭센터 안에서 시체 2구를 싣고 나가더라고 전했다. 어제 가톨릭센터를 포위하고 사람들을 사냥하다시피 공격하던 공수들이 쓰러진 사람들을 싣고 갔는데, 아마 추가로 발견된 사람들인 모양이었다. 대체 대검에 찔리고 곤봉에 머리가 터져 죽은 사람들을 어디로 실어 가는지 알 수가 없었다. 이토록 무자비하게 불법으로 양민을 학살했으니 그 증거를 없애기 위해 시 외곽 어딘가에 암매장했을 거라고 추측만 할 뿐이었다.

이때 녹두서점으로 전화가 왔다. 전남대 김상형 교수였다. 김상형 교수는 김상집에게 어젯밤 7공수가 돌아가고 3공수와 11공수가 투입되었다고 알려주었다. 김상집은 윤상원에게 전대 총학은 물론 기획실 팀도 소식이 없다고 말해주었다. 녹두서점의 상황일지를 보며 윤상원은 김상집에게 "관현이가 연락이 안 되어야" 하며 심란한 표정을 지었다. 오른손으로 머리카락을 쓸어 올린 채 윤상원은 눈을 지그시 감고 한참동안 담배만 빨고 있었다.

"오늘 국민연합이 전국 동시다발 집회를 하는데 이럴 때 관현이가 나와야 하는데……"

중얼거리며 윤상원은 상황일지를 정리한 종이를 들고 일어섰다. 어제 가톨릭센터 앞에서 시위를 하던 시민 중에는 공수들의 살육에 분노하여 "지난 16일 밤 도청 분수대에서 최후의 일 인, 최후의 일각까지 투쟁하겠다던 박관현은 왜 보이지 않느냐. 박관현 나와라"를 외치기도 했다. 윤상원은 시민들이 애타게 박관현을 찾는 모습에 깜짝 놀랐다. 5월 18일 아침에 박관현이 윤상원을 찾아왔을 때 상황이 어찌 될지 모르니 꼭꼭 숨어 있다가 민중이 부르면 나와야 된다고 철석같이 약속을 했는데, 연락을 맡은 양강섭까지 연락이 되지 않았다. 여기저기 확인해보았지만 총학생회장 박관현의 거취를 알 길이 없었다. 공수들이 철저하게 검문검색을 하는 상황에서 총학생회와의 단절은 싸움을 더욱더 어렵게 만들었다.

전민노련 중앙위원회에서는 이미 국민투표는 실시하지 않을 게 뻔하기 때문에 노학연대와 농학연대를 통한 가열찬 민주화 투쟁으로만 이 비상계엄 시국을 돌파할 수 있다고 평가한 바 있었다. 전민노련 이태복은 서울역 회군으로 학생운동의 동력이 약화된 틈을 타서 전두환 군부 세력이 비상계엄을 확대하여 대대적으로 민주 인사들을 검거하고, 사회 혼란을 빙자하여 최규하 대통령을 밀어내고 군부가 정권을 찬탈할 것이라 보았다. 윤상원이 박관현을 설득해 전남대 총학생회장 선거에 나서도록 한 것도 이러한 노학연대를 염두에 둔 것이었다. 그런데 지금은 노학연대를 넘어 수만이 넘는 시민들이 공수들의 총칼에 맞서 맨몸으로 항거하는 상황이 아닌가.

사실 19일부터 금남로에는 대학생들이 거의 눈에 띄지 않았다. 도리어 휴교령이 내려진 중·고등학생들이 금남로를 가득 메우고 있었다. 중고생들은 1교시 수업 후 휴교령이 내려지자 시내버스를 타고 집으로 가는 길에 금남로에서 내려 속속들이 시위대에 합류하고 있었다. 중고생들은 공수들을 겁내지 않았고 몸도 대학생들보다 빨랐다. 특히 공수들은 단독 군장을 하고 방석모를 쓰고 있었기 때문에 다람쥐처럼 재빠른 중고생에 비하면 마치 슬로우 비디오를 보는 것처럼 느려 보였다.

윤상원은 민주통일국민연합 전국 동시다발 집회를 꾸리기 위해 몇몇 사람과 약속한 대인시장으로 갔다. 대인시장 앞은 공수들이 탱크로 길을 막아놓았고, 시장 상인과 시민들은 리어카와 가판대 등으로 군인의 진입을 막고 있었다. 시위대가 계림극장 쪽 대인시장 입구에서 쏟아져 나오면서 금남로로 행진하려 하자 어느새 공수 차량이 나타나 최루탄을 터트리고 시위대에 달려들었다. 그러자 시위대는 다시 대인시장 안으로 숨어버렸고, 상인들이 시위대가 지나간 다음 리어카와 가판대를 슬쩍 밀어 좁은 시장 골목을 막아버렸다. 공수들이 리어카와 가판대에 막혀 입구에서 서성대자, 시위대는 시장 안에서 아침 장을 보러 온 시민들과 어울려 구호를 외쳤다. 또한 상인 아주머니들은 시위대에게 치마로 돌을 날라다주었다.

공수들의 수가 늘어나 리어카와 가판대를 치우기 시작하자 시위대는 반대편 전매청 쪽으로 빠져나갔고, 시외버스공용터미널에서 온 대열과 합류하여 금남로 4가 한일은행 쪽으로 갔다. 한일은행 앞으로 진출하여 교두보를 확보했을 때 시민들은 1만여 명으로 불어나 있었다. 그런데 웬일인지 금남로 4가에서 공수들이 시민들을 추격하지 않았다. 알고 보니 외신기자들이 취재를 하고 있었던 것이다. 흥분한 시민들이 계속 불어나 순식간에 수만 명을 넘어섰다.

윤상원은 어제 밤새도록 손으로 긁은 선언문을 뿌리면서 군중 속에 몸을 숨기고 있었다. 이 선언문은 민주통일국민연합 전국 동시다발 집회를 준비하며 이성학 지부장과 상의하여 만든 것이었다. 원래 민주통일국민연합의 전남지부는 5월 22일 전국 동시다발 집회 때 공식적인 출범을 널리 알릴 예정이었다. 그러나 비상계엄이 확대되어 시위 날짜가 당겨진 데다 공수들의 학살이 난무하는 상황이었기 때문에 윤상원은 짧고 간결하게 선언문을 작성했다. 들불 교사 박용준이 필경했고 정재호·서대석·동근식·이영주·김경국이 등사를 도왔다.

선언문

유신 잔당과 전두환 쿠데타 일파는 이제 더 이상 민족 반역의 살인극을 중단하고 준엄한 역사의 심판을 받으라!
우리는 최후의 일각까지 최후의 일 인까지 민주 투쟁을 위해 죽음을 각오할 것이다.
이 나라의 장래와 더 이상의 희생을 막기 위해 우리의 결의를

다음과 같이 밝힌다.

1. 껍데기 최규하 정부는 즉각 물러가라!

2. 살인마 전두환을 처단하라!

3. 민주 인사들로 과도 구국 정부를 구성하라!

4. 구속 중인 학생들과 민주 인사들을 즉각 석방하라!

5. 계엄령을 즉각 철폐하라!

6. 휴교령을 즉각 철폐하라!

7. 정부와 언론은 전남인과 경상인의 지역감정에 대한 왜곡 보도를 허위 조작하지 말라!

8. 천인공노할 발포 명령을 즉각 중단하라!

이 길만이 현 시국을 수습하는 유일한 길임을 역사 앞에 준엄히 선언한다.

1980년 5월 20일

전남 민주주의와 민족통일을 위한 국민연합

전남민주청년연합회

전남민주구국학생연맹

윤상원은 선언문을 뿌리면서 이성학 지부장은 물론 국민연합 인사들과 눈인사를 나누었다. 민주헌정동지회 회장이면서 국민연합 공동 대표인 최운용을 만났다. 최운용 회장은 민주헌정동지회 원 40~50명을 이끌고 날마다 시위대의 전면에 서 있었다. 대학생들이 사라진 마당에 이들이 있어 남은 시위나마 지속할 수 있었다. 이들은 김대중을 지지하는 사람들로, 홍남순 변호사를 중심으로 유신헌법을 철폐하고 민주 헌법으로 개정하여 국민투표를 통해 민주 정부를 수립해야 한다는 확고한 신념을 갖고 있었다.

만여 명이 넘게 참여한 시위는 오래 가지 않았다. 외신기자들이 철수하자마자 공수들이 득달같이 달려들어 평화적인 시위대의 정수리를 갈기기 시작했다. 정수리에서 피가 솟구치고 사람들이 짚단 무너지듯 허물어졌다. 윤상원도 미처 뿌리지 못한 유인물을 들고 황급히 충장로 안의 가게로 도망쳐 들어갔다. 가게 주인은 사람들더러 얼른 들어오라고 손짓하면서 공수들이 눈앞에 나타나자 얼른 셔터를 내려버렸다. 그러자 공수들이 셔터를 들어 올리기 시작했다. 사람들이 달려들어 셔터 문을 누르자 셔터는 다시 내려갔다. 그때 사과탄이 가게 안으로 들어와 터졌다. 셔터를 누르고 있던 사람들이 숨이 막히고 눈을 못 떠 우왕좌왕하는 사이에 공수들이 셔터 문을 들어 올리고 가게 안으로 쳐들어왔다. 가게 주인이 뒷문으로 빠져나가라고 외치자 모두 뒷문으로 빠져나가기 시작했다. 너무 많은 사람들이 몰려 있던 터라 윤상원은 겨우 몇 사람과 함께 빠져나올 수 있었다. 윤상원은 얼른 옆집 담을 넘어 숨었다. 공수들은 가게 안은 물론 가게 뒷문으로 나와 미처 피하지 못한 사람들까지 마치 북을 치듯 머리만을 골라 '퍽, 퍽' 소리가 나게 두들겨 패서 쓰러지면 발목을 잡고 질질 끌고 나갔다.

공수들이 사라지자 윤상원은 다시 한일은행 사거리로 나왔다. 공수들이 쓰러져 피범벅이 된 사람들을 질질 끌고 가 트럭에 던져 싣고 있었다. 길 한켠에서는 잡힌 시위대들의 옷을 벗겨 팬티

공수부대원에게 폭행당하고 끌려가는 시민들.

만 입힌 채 무릎을 꿇리고 이마를 땅바닥에 대도록 해서는 계속 곤봉으로 두들겨 패고 있었다. 이 끔찍한 광경을 본 사람들이 하나둘 모이기 시작하더니 점점 수가 불어나자 구호를 외쳤다. 그때 시위대의 선두에서 "모두 우리를 따르시오!"라고 외치는 소리가 들려왔다. 건장한 젊은이가 잠바를 벗어 던지더니 우람한 팔뚝을 들어 보이면서 큰 소리로 말했다.

"야 동생들아. 이 성이 저 쥐방울만 한 공수 새끼한테 마빡을 맞아부렀어야. 가만히 있는 사람을 무담시 쌔려부러야. 저 새끼들 오늘 내가 가만 안 놔둬불란다. 내 밑에 동생들은 다 내 뒤로 붙어라 이! 오늘 저놈들하고 사생결단 해불란다."

그러더니 앞장을 서는 것이었다. 아까 공수들이 충장로4가 상점들의 셔터 문을 열고 젊은 남자라면 무조건 곤봉으로 두들겨 팼는데, 시위와는 무관한 가게 점원과 주인은 물론 주먹깨나 쓰던

저 젊은이도 길을 가다 느닷없이 머리를 맞아 쓰러진 모양이었다. 윤상원 곁에 있는 사람 말이, 저 사람이 너무 덩치가 커서 끄집고 가기에 버거우니 공수들이 그냥 뻗어 있는 대로 놔두고 갔다는 것이다. 말투로 보아 조직의 중간 보스나 행동대장인 모양이었다.

시위대는 이 우람한 사내의 뒤를 따라 전진했다. 그러나 잠시 후 공수 차량 10여 대가 더 오더니 공수들의 수가 배로 늘어났다. 공수들은 거침없이 시위대를 뚫고 들어왔다. 그러나 이번에는 달랐다. 시위대는 모두 겁을 먹고 뒤로 줄달음을 치기 시작했으나 우람한 사내와 그 뒤를 따르는 협객들은 공수들과 맞서 일진일퇴 공방을 벌였다. 그들은 손에 무언가를 들고 있었는데, 처음에는 공수들이 몽둥이를 휘두르며 우세를 보이는가 싶었지만 이 협객들을 함부로 쫓아가지는 못했다. 공방을 벌이면서 협객들이 칼로 공수들을 찌른 것이다. 그러나 공수들의 수가 너무 많았다. 협객들은 뒤로 물러나면서도 결코 줄행랑을 놓지는 않았고 시위대가 물러서는 맨 앞에 서서 필사적으로 싸웠다. 공수들이 떼로 몰려들자 시위대는 길 양쪽 골목으로 빠지기 시작했다. 그러나 이번에 공수들은 시위대를 쫓아가지 않았다. 비로소 상황을 눈치 챈 것이다. 시위대의 시민들은 자연스럽게 칼이나 송곳으로 무장하기 시작했다. 맨손으로 평화롭게 구호를 외쳤던 시위대는 공수들의 잔학한 살육에 처음에는 겁을 먹었지만, 이제는 다같이 죽기를 각오한 것이다.

사실 7공수가 철수한 것도 시위대의 돌멩이 세례와 칼을 맞은 공수들의 전투력 상실이 원인이었다. 당시 광주공항 내무반에 근무했던 방위들의 말에 따르면, 출동하고 밤늦게 내무반에 들어오면 분대별로 두세 명이 사라지고 없었기 때문에 공수들도 겁을 먹고 부들부들 떨며 잠을 잤다고 한다. 겁먹은 공수들을 더 이상 출동시킬 수 없게 되자 7공수를 철수시키고 3공수와 11공수를 투입했지만, 시위대는 가만히 당하고만 있지 않았다.

윤상원도 절대 잡혀서는 안 될 중차대한 임무가 있었기 때문에 김상집과 나누어 가진 송곳을 바지 호주머니에 숨긴 채였다. 공수들이 쫓아오면 본능적으로 송곳을 손에 들고 뛰었다. 공수들과 맞닥뜨리면 우선 도망칠 골목이나 담을 파악하면서 머리를 맞지 않아야 했다. 그래서 김상집에게 왼손을 45도 각도로 들어 머리를 직통으로 맞지 않도록 하고, 칼이나 송곳으로 공수의 허벅지를 찔러 추격하지 못하게 한 다음 10초 이내에 골목으로 사라지거나 담을 넘으라는 지침까지 전하도록 했었다. 그런데 이 협객들은 공수들을 상대로 끈질기게 공방을 벌이며 맞서는 게 아닌가. 이제는 공수들도 겁을 먹고 함부로 덤벼들지 못했다. 시민들이 이렇게 용감하게 싸우고 있는데도 방송에서는 광주 시민을 폭도라고 부르며 해산을 종용했다. 시위대는 부산항에 미 항공모함이 기항했다는 뉴스를 듣고는 불안해하고 있었다. 윤상원은 녹두서점에 전화를 걸어 김상집에게 〈투사 회보〉를 만들어야겠으니 상황일지를 요약해 가져오라고 했다.

운수노동자들의 차량 시위

오후 5시경, 윤상원은 김상집이 가져온 내용으로 〈투사 회보〉를

금남로에서 열린 대규모 차량 시위 모습.

만들기 위해 광천동으로 가려는데 공설운동장에 모인 차량들이 유동삼거리에서부터 도청을 향해 길게 행렬을 이루며 차량 시위를 하기 시작했다. 차량 행렬의 선두에는 짐을 가득 실은 대한통운 소속의 대형 트럭과 고속버스, 시외버스와 시내버스 등 10여 대가 앞장섰고, 그 뒤로 200여 대의 영업용 택시가 금남로를 가득 메운 채 뒤따랐다. 그 가운데 김상집이 광주고속 버스를 운전하고 있는 기사를 가리키며 "구기운이다! 상원이 형, 홍천 야수교 동기야"라고 하는 것이었다.

차량 시위 행렬이 금남로를 타고 들어오자 연도의 시민들은 환호성을 지르며 감격의 눈물을 흘리기도 했다. 그리고 시민들은 손에 손마다 각목과 쇠파이프 등을 꼬나들고 차량 행렬의 뒤를 따라 나아가기 시작했다. 겁먹은 공수들은 밀리고 밀려 도청까지 밀려났다. 공수들은 당황해 뒷걸음질을 치면서도 엄청난 양의 최루가스를 쏘아댔다. 순식간에 금남로 일대가 앞뒤를 분간할 수 없는 안개바다로 변해버렸다. 공수들이 쏘아댄 직격탄은 앞장선 차량의 유리창을 부수고 차안으로까지 떨어져 차량들은 공수들 바로 앞에서 멈출 수밖에 없었다. 곧바로 방독면을 쓴 공수들이 차량 기사들을 끌어내 두들겨 패기 시작했다. 많은 기사들이 의식을 잃은 채 공수들에게 발목을 잡혀 도청 안으로 질질 끌려 들어갔다.

이때 노동청과 학동 쪽에서 시위대가 차에 불을 질러 도청 앞 공수들의 바리케이드를 향해 돌진했다. 맨 먼저 한기원이 자신이 운전하던 택시에 불을 붙이고 도청 정문을 향해 돌진하다 차량이 최고 속도에 이르자 차에서 뛰어내렸다. 그리고 밤새도록 시위 대열에 함께 있었다. 시간이 지나 금남로에 불에 탄 차량이 많아지

불에 타서 그을린 광주문화방송 건물.

자, 이제는 주로 노동청과 학동 쪽에서 차량에 불을 지르고 공수
들의 바리케이드를 향해 돌진했다. 불에 탄 차량은 타이어까지 타
는 데 보통 두 시간가량 걸렸다. 이렇게 수십 대의 차량이 불에 탄
채 공수들에게 돌진하자 공수들은 도청 안으로 숨어버렸다. 그러
다 갑자기 뛰어나와 시위대를 공격하기도 했다. 밤새도록 일진일
퇴 공방이 벌어졌다.

8시가 되자 흥분한 시민들이 MBC방송국으로 몰려갔다. 시민
들은 MBC 7시 뉴스에서 광주시민을 '광주 폭도'로 오도하는 데 화
가 났던 것이다. 뉴스는 광주의 시위 상황을 내보이면서 폭도들이
난동을 부리고 있으니 자제해달라 호소하는 내용이었다. 이 뉴스가
나오자마자 온 동네 집집마다 "에이~" 하는 야유가 쏟아졌다.

윤상원은 녹두서점에서 화염병을 쇼핑백에 담아 들고 몇 차례나 도청 앞을 오갔다. 택시운전사들이 화염병을 보자 서로 가져갔기 때문이었다. 그동안 택시운전사들은 차량 휘발유 탱크의 바닥 코크를 열어 깡통에 휘발유를 담아 택시 안에 기름을 뿌리고 차를 전속력으로 몰다 라이터로 불을 붙였는데, 이제는 화염병의 휘발유를 차에다 뿌리기만 하면 되니 간편했다.

화염병을 가지러 녹두서점에 온 윤상원은 MBC방송국이 불타는 모습을 보고 김상집에게 자초지종을 물었다. 김상집은 MBC 7시 뉴스를 듣고 인근 주민들이 MBC방송국 앞으로 우르르 몰려나와 항의하기 시작했는데 녹두서점에 있는 화염병을 가지고 가 던졌다고 대답했다. 작은 형 김상하도 들고 가 방송국에 화염병을 던졌고, 정현애는 물론이고 여동생 김현주도 쇼핑백에 화염병을 날랐다.

이날은 밤새도록 싸웠다. 공방전 속에 무수한 사람들이 잡혀 갔다. 도청 부근에서 한참 시위를 하고 있는데 광주포병학교에서 일반 군복 차림의 군인들이 왔다. 그동안 잔인한 공수들만 봤던 시민들은 '우리를 도와주러 왔을까' 하는 마음에 그들이 끌고 온 장갑차와 탱크가 지나가도록 길을 터주었다. 한쪽에서는 환영하는 뜻으로 박수도 쳤다. 군인들도 시민들의 눈치만 보고 도청 안으로 들어갔다.

그런데 도청 안으로 들어간 그들은 시민들에게 총부리를 겨누며 장갑차로 시위대를 밀어붙였다. 공수들은 불붙은 차량이 돌진하는 노동청 쪽으로 대열을 이루어 쳐들어왔다. 시민들은 일제히 도망쳤다. 공수들은 노동청에 머무르지 않고 장동로터리를 거쳐

격전지였던 노동청 앞 모습.

전남여고 정문 앞까지 쳐들어왔다. 뒤로 밀려나던 시위대가 길가로 피하자 공수들이 득달같이 달려들어 무자비하게 몽둥이로 후려쳤다. 길가에서 '팡! 팡!' 곤봉으로 내리치는 소리와 '아이고' 하는 비명이 들렸다. 차츰 비명이 약해지더니 곤봉 소리만 들렸다. 그렇게 수십 명이 도청 안으로 끌려갔다.

　21일 새벽, 윤상원은 약속한 시간에 이태복에게 전화를 걸었다. 시외전화가 끊어지기 직전이었기에 이 전화가 이태복과 마지막 나눈 대화인 셈이었다. 윤상원은 '70년대와 달리 80년대는 목숨을 건 적극적인 투쟁으로 민주화와 조국통일을 밀어 올려야 한다'고 했다. 윤상원에게 이태복은 '민주노동자연맹이 전국적인 시위를 조직하기에는 역량이 부족하고, 또 조직 보안 문제도 있으니 너무 앞에 나서지 말라'고 재차 권유했다. 하지만 윤상원이 전하는 광주 상황은 심각하기 그지없었다. 결국 이태복은 '지금 부산에서 광주로 갈 테니 기다리라'고 말하고 전화를 끝냈다.

그 전화를 마지막으로 시외전화는 중단되고 말았다.

16장 | 전라 민중, 무기를 들다

5월 21일 아침 시위대는 도청을 제외한 광주 일원을 장악했다. 윤상원은 새벽에야 광천동 집에 들어와 〈투사 회보〉 제작 상황을 점검하고 다시 도청 앞 광주YMCA까지 갔다. 날이 밝아오자, 도청 담과 분수대 주위로 불탄 차량들이 즐비했다. 군인들이 도청 앞을 바리케이드로 막고 있었다. 분수대 앞에는 '부처님 오신 날'이라는 간판 기둥이 서 있었다. 도청으로 오는 도중 유동삼거리에서 북중학교 가는 길에 간밤에 죽음을 당한 이름 모를 시민의 시신이 태극기에 뒤덮여 리어카에 실려 가고 있었다. 많은 시민들이 그 주검을 보고 경악했다.

민주 영령들의 주검을 헬기로 서해바다에 빠뜨리고 있다

주검을 실은 리어카 앞에 선 남자는 끊임없이 "도청으로 가서 공수들을 몰아냅시다!"라고 외쳤다. 도청 앞 금남로로 시민들이 몰려들고 있었다.

몇몇 사람들은 지나는 차량마다 현수막을 달아주고 있었다.

"비상계엄 철폐하라!"

"김대중을 석방하라!"

녹두서점으로 가고 있는데 웬 도로공사 차량이 나타났다. 김상집이 운전하고 조수석에는 윤태원과 김효석 그리고 김상집과 같은 날 제대한 서울대생 김광섭이 앉아 있었다. 김상집은 중앙초등학교 담 곁에 주차돼 있던 도로공사 덤프트럭의 운전대 아래 키 뭉치를 풀어 시동을 걸고 몰고 온 것이었다. 윤상원의 동생인 윤태원은 아버지가 형을 꼭 집으로 데려오라고 엄명을 해 아침 일찍부터 녹두서점에 와서 기다리다가 김상집과 함께 덤프트럭을 탄 모양이었다. 트럭을 몰고 백운동·지원동·산수동·중흥동을 돌아보는 동안, 김상집은 가는 곳마다 시민들의 환영을 받았다. 시민들은 음료수, 주먹밥, 심지어 누룽지까지 차 위로 올려주었다. 광주 시내를 한 바퀴 돌고 지금 막 녹두서점에 도착한 김상집의 차를 세우고 윤상원은 신신당부했다.

"도청 옥상에서 헬기가 2분 간격으로 떴다 앉았다 하는데, 아마도 어제 죽은 사람들을 서해 바다에 빠뜨리는 모양이니 사람들에게 오후 1시에 가톨릭센터 앞으로 모이라고 알려라."

당시 외신에 따르면 아르헨티나에서는 1976년부터 실종된 민주 인사가 5만여 명에 달했는데, 고문을 하다 죽으면 시신에 돌을 매달아 대서양에 빠트렸다고 했다. 윤상원은 이틀간 민주화를 외치다 공수들의 총칼에 죽은 시민들을 전두환 군부가 서해에 빠트렸다는 소문이 무성하다고 했다. 윤상원의 계획은 의로운 무명 용사들을 아르헨티나처럼 실종자로 만들지 않고 역사의 영웅으로 기리기 위해 모든 차량에 시민이 탑승하여 그대로 도청 안으로 밀고 들어가 공수들을 무장해제하고 무명 용사들의 시신을 인수하여 누구인지 확인하는 것이었다. 계획을 실행하기 위해 윤상원은 가능한 많은 차량에 연락하여, 오늘 오후 1시에 가톨릭센터 앞에 집결하고 차량마다 시민이 함께 탑승하여 그대로 도청 안으로 행진하자고 알렸다. 김상집은 만나는 차량마다 멈춰 세우고는 "1시에 가톨릭센터 앞으로"를 외쳤다. 적재함에 타고 있던 시위대도 김상집이 운전석에서 지나가는 차량을 향해 손을 밖으로 내어 흔들면 "1시에 가톨릭센터 앞으로"라고 외쳐주었다. 이어서 아세아 자동차에서 쏟아져 나온 군용트럭과 지프차들도 거리를 쉬지 않고 달리며 똑같은 구호를 외쳤다.

오후 1시가 되어가자 가톨릭센터 앞 금남로는 군중으로 가득 찼다. 버스와 트럭들이 대오를 맞춰 대기하기 시작했다. 윤상원은 어젯밤 등사한 〈민주 수호 전남도민 총궐기문〉을 살포했다. 들불 교사들과 학생들이 곳곳에서 뿌려대고 있었다.

차량을 타고 확산되는 항쟁.

민주 수호 전남도민 총궐기문

4백만 전남도민이여, 총궐기하라!

(중략)

최후의 일 인까지 최후의 그날까지 끝끝내 싸워

저 원한의 살인마 전두환을, 흉악한 국민의 배반자

유신 잔당 놈들을 갈기갈기 찢어 죽여

피 토하며 죽어간 우리 아들딸들의 원한을 풀어주자.

(중략)

하늘이여! 이 원통하고 피맺힌 민주시민의 분노를 아는가.

삼천만 애국 동포여! 이 억울한 죽음의 소리가 들리는가.

(중략)

처절한 공포의 광주, 핏빛으로 물든 아스팔트 위에

무참히 죽어간 시체더미 위에 우리는 죽음으로써 함께 모였다.

이제 우리가 무엇을 두려워하랴.

무엇을 어려워하랴.

일어서라! 일어서라! 일어서라!

우리는 분노의 원한과 구국 민주 일념뿐이다.

애국 근로자여, 손에 닥치는 대로 공구를 들고 일어서라!

애국 농민이여, 손에 삽과 괭이를 들고 일어서라!

삼천만 애국 동포여, 모두 일어나라!

(하략)

1980년 5월 21일

전남 민주주의와 민족통일을 위한 국민연합

전남민주청년연합회

전남민주구국총학생회연맹

전남도청 위로는 끊임없이 수송헬기가 내렸다 뜨고 있었다. 금남로는 입추의 여지가 없을 정도로 차량과 인파로 꽉 메워져 있었다. 1시가 되자 맨 앞줄에 있던 버스 위에 어떤 남자가 서서는 태극기를 들고 좌우로 흔들었다. 태극기가 앞으로 내려오는 것을 신호로 시위대는 애국가를 부르며 일제히 차량을 앞세우고 도청을 향해 전진했다.

그때 갑자기 '드드득' 하는 굉음이 들려왔다. M16 소총 소리였다. 우측에 있던 차가 놀라 가로수를 치받고 나뒹굴었다. 나머지 두 대는 황급히 뒤로 빠져나갔다.

윤상원은 정신이 번쩍 들었다. 대낮에 수만 명에 달하는 맨손 시위대를 향해 발포하리라고는 상상도 하지 못했다. 본능적으로 바닥에 엎드려 몸을 움츠린 윤상원의 눈에 도로에 있던 많은 사람이 총에 맞아 고꾸라지는 모습이 보였다. 차마 눈 뜨고 볼 수 없는 광경이었다. 총소리가 멈췄다.

이때 엎드려 있던 사람들이 하나둘 일어섰다. 그러나 일어서지 못한 사람들이 있었다. 총에 맞아 피범벅이 된 채 죽었거나, 죽지는 않았어도 의식이 없는 사람들이었다. 일어선 사람들은 길거리에 누워 있는 사람들을 가리키며 외쳐댔다.

"여기 사람이, 총 맞았다!"

이곳저곳에서 "총 맞았다! 총 맞았다!" 하는 소리가 금남로에 메아리처럼 울려 퍼졌다.

서로서로 쓰러진 사람들을 차에 싣고 있었고 한 대 두 대 차량들이 빠져 나가기 시작했다.

'백주대낮에 발포라니······'

차량과 사람들이 어느 정도 빠져나가자, 위기의식을 느낀 윤상원은 불안한 마음에 급히 녹두서점으로 갔다. 김상집도 녹두서점으로 뛰어 오고 있었다. 도청에서 벌어진 발포 사실을 모르는 정상용과 이양현은 녹두서점 뒷방에서 화염병을 만들고 있었다. 김상집이 상기된 목소리로 정상용과 이양현에게 말했다.

　　"형, 인자 화염병 소용 없어라우."

　　"왜?"

　　"방금 도청 앞 금남로에서 발포했단 말이오."

　　정상용과 이양현은 깜짝 놀랐다. 대낮에 발포했다는 사실을 전해들은 정상용은 아무래도 계엄군이 진주할 것 같으니 서점에서 철수하자고 했다. 곧바로 보성기업에 연락해서 일단 그곳으로 집결하기로 했다. 녹두서점 문을 닫고 윤상원은 정상용·안길정과

거리에 서 있다가 총에 맞은 시민.

함께 보성기업으로 가려고 가톨릭센터에서 금남로를 건너는데 사람들이 손을 크게 젓고 악을 쓰며 가지 말라고 소리쳤다. 공수들이 곳곳에 숨어서 금남로에 보이는 사람마다 조준사격을 하고 있다는 것이다. 윤상원 일행은 수창국민학교까지 내려가 금남로5가를 건너 광주일고 담을 끼고 광주천을 따라 보성기업으로 갔다. 보성기업은 정상용이 사장으로 있고, 이양현과 박형선, 이기승이 함께 운영하는 회사였다.

이미 보성기업에는 정상용·이양현·윤강옥·박효선·정해직·박영규·김영철·김상집·안길정 등 많은 이들이 모여 대책을 숙의하고 있었다. 이들은 대한민국 군인이 무장하지 않은 국민을 향해 백주대낮에 발포했다는 사실에 큰 충격을 받았다. 이미 18일부터 공수들은 대검으로 시민들을 찌르고 충정봉으로 무자비하게 정수리를 가격해 피범벅으로 만들었고, 쓰러진 시민들을 짐짝 싣듯 차량 적재함에 던지는 것을 보았다. 밤이 되면 암암리에 총질을 해댄다는 것도 익히 알고 있었다. 그러나 환한 대낮에 수만 명의 시위대를 향해 집단 발포를 한다는 건 완전히 다른 얘기였다.

오후 3시쯤, 화정동에 사는 정상용의 부인에게서 전화가 왔다.

"상무대 앞에 있는 군용트럭 20여 대가 화정동에서 시내로 진입하고 있어요!"

전화를 받은 정상용과 그 자리에 있던 30여 명은 모두 참담했다. 광주가 고립되었더라도 여기서 끝까지 싸운다면 민주 정부가 수립되리라는 기대로 지금까지 버텼는데, 백주대낮에 시민들에게 발포하는 것도 모자라 시위대를 진압하기 위해 군인들이 쳐들어오다니. 정상용이 말했다.

"군용트럭 20대가 시내 방향으로 들어오고 있다면 이것은 이미 군이 광주 시내에 진입하여 시위를 진압하겠다는 의미다. 아까 1시에 공수들이 집단 발포를 했고, 이제 군까지 진입한다면 이미 싸움은 끝난 것이나 다름없다."

사실상 투쟁 상황을 종료할 수밖에 없다는 뜻이었다. 모두 침묵에 빠졌다. 한참 있다가 이양현이 말했다.

"각자 자구책을 강구하여 피신하되 죽지 않고 살아서 만납시다."

결국 이 상황을 받아들이기로 했다. 5월 18일부터 하루하루 매 순간 오로지 민주정부 수립을 위해 공수들과 목숨 건 사투를 벌였는데, 이렇게 허망하게 투쟁을 포기해야 하는 것인가. 그들은 자리에서 일어나 한 사람 한 사람 포옹했다. 그리고 서로의 눈을 강하게 응시한 채 굳게 약속하며 헤어졌다.

"꼭 살아남아 역사의 증인이 됩시다."

시민들, 총을 들다

윤상원은 태평극장 부근에 있는 보성기업을 나와 바로 삼화신협으로 공중전화를 걸었다. 삼화신협은 김영철이 이사장으로 있었고, 김길만 상무가 밤낮으로 대기하여 윤상원에게서 오는 연락을 받았다. 윤상원은 김상집에게만 삼화신협 연락처를 주며 비밀 연락은 들불야학이나 동명이네 가게(김영철의 신발가게) 말고 삼화신협으로만 하기로 해놓았었다. 김상집도 김길만 선배를 어렸을 때부터 잘 알고 지냈기 때문에 서로 이름을 부르지 않고도 목소리만으로 상대를 분간할 수 있었다. 윤상원은 김길만에게 전화하여 "1시에 도청에서 공수들이 집단 발포를 했고, 지금 상무대에서 20여 대의 군용트럭이 시내로 진입하고 있으니 모두 피하십시오"라고 알려주었다.

윤상원이 전화를 걸고 나오는데 눈으로 보고도 믿기지 않는 광경이 펼쳐졌다. 트럭에 탄 시민들이 총을 들고 있는 것이 아닌가. 무기를 가득 실은 지프와 군용트럭이 그 뒤를 따라오고 있었다. 깜짝 놀란 윤상원은 일단 지프를 세우고 시민군 차량으로 다가갔다.

"총은 어디서 났습니까?"

"화순 경찰서에서 가지고 왔소."

"지원동 탄약고에서 가지고 왔소."

윤상원은 답답했다. 집단 발포와 군용트럭 시내 진입에 운동권이 겁을 먹고 도망치기로 작정하고 있는 동안, 시민들은 어느새 탄약고와 무기고를 털어 단단히 무장을 한 것이다. 바로 그 무장한 시민들이 군중에게 집단 발포를 한 공수들을 응징하기 위해 광주 시내로 진입한 것이다.

어마어마한 무기 반입과 시민들의 무장에 놀란 윤상원은 운동권 동지들을 다시 끌어 모으기 위해 이곳저곳 전화를 해보았다. 녹두서점은 집단 발포 직후 문을 닫았고, 보성기업에서 모든 운동권 식구가 각자 흩어졌기 때문에 서로 연락할 길이 없었다. 삼화신협도 벌써 전화를 받지 않았다. 우선 김상집이라도 연락이 되어야 조직적인 대응을 할 텐데 막막했다. 그때 500MD 헬리콥터가 저공비행을 하며 머리 위를 맴돌았다. 많은 사람이 500MD 헬리

무장한 시위대 차량과 시민들.

콥터를 향해 총을 쏘았다.

6시에 광주공원으로 모인다는 소식을 전해 듣고 그곳으로 갔다. 공원은 많은 사람으로 혼잡했고, 한쪽에서 무기를 나눠주고 있었다. 이때 어떤 청년이 지휘자를 뽑자고 제안했다. 지원자가 나타나지 않자 그 청년이 스스로 지휘자로 나섰다. 후에 알고 보니 그들이 바로 김화성과 김원갑이었다.

광주공원에 있는 사람들은 누가 누구인지 알 수 없었다. 앞장선 사람들은 복면을 하고 모자까지 써 눈만 보였다. 누가 누구인지 알 수 없었지만, 윤상원은 이들을 믿고 상황에 대처하기로 결심했다. 어느 정도 체계가 잡히자 시민군은 2인 1조로 골목 입구에 서 있다가, 뒤에 1조가 오면 한 블록 전진하는 방식으로 도청을 포위하기로 했다. 그렇게 학동, 금남로, 황금동, 계림동 쪽에서 한 블록씩 도청을 향해 전진했다. 윤상원은 학동 쪽에서 출발했다. 원래는 뒤에서 2인 1조가 오게 돼 있었지만 한 시간쯤 지나자 참여 인원이 점점 불어나 10여 명으로 늘었다. 윤상원 조는 숨을 죽이고 조심스럽게 도청 정문으로 다가갔다. 겉에서 보는 도청 안은 조용했다.

오후 7시경 드디어 도청 진입 작전을 시작했다. 이미 공수들은 조선대 뒷산으로 퇴각해버렸고 도청 안 화단에는 시신만 즐비했다. 신원 확인을 위해 시민군은 화단에서 시신을 파냈다. 윤상원은 시민군 가운데 아는 사람이 없어 앞장서는 자신의 행동이 자칫 운동권에 피해를 줄까 염려되었다. 이 많은 인파 가운데에는 틀림없이 기관원들이 잠입해 있을 것이고 이들은 요시찰 인물들이 있지나 않은지 하나하나 살피고 있을 터였다. 이 요시찰 인물들을 잡아다가 고문하여 북에 갔다온 '빨갱이'로 만드는 것이 군부독재 세력의 흔한 수법이었다. 도청 안에 잠시 머문 후 윤상원은 도청을 빠져나왔다.

5월 21일 오후 전남대병원 오거리에서 유인물을 나눠주던 손남승과 김홍곤은 군부 세력의 각본에 따라 화순 방향으로 퇴각하던 계엄군의 탱크로부터 기총 사격을 받았다. 본능적으로 가드레일을 방패 삼아 엎드렸고, 그 철판에 맞아 튄 총탄이 상점들의 셔터에 박혔다. 죽을 뻔한 대낮의 총격을 떠올리며 김홍곤의 집 벽장에서 밤을 지샌 손남승이 다음 날 충혈된 눈으로 도청에 가겠다고 선언했다. 김홍곤은 손남승에게 이양현 선배가 늘 얘기하던 실패한 '파리 코뮌'을 상기시키며 말렸지만, 손남승은 '사랑한다면 혁명도 총도 두려울 것이 없다'라는 말을 남기고 도청 안으로 들어갔다.

5월 27일 새벽, 손남승은 계엄군의 압도적 화력에 밀려 도청 담장과 도지사 공관 철책을 연달아 넘었다. 재래식 야외 화장실 똥통에 숨구멍만 내놓은 채 몸을 숨겼다. 그는 밝아온 아침에야 비로소 공관 노동자의 도움으로 똥통을 빠져나왔다. 소식을 듣고 달려온 아버지 자전거에 제 몸의 똥을 포개 싣고 집으로 향했다.

전남대 스쿨버스로 길거리 방송을 시작하다

5월 22일 아침 윤상원이 일찍 녹두서점에 갔더니 이미 정현애가 서점 문을 열어놓았다. 예비검속된 선배들의 부인들과 윤만식·임

황금마차로 불리던 전남대 스쿨버스.

영희·김윤기·김태종 등 극단 광대 그리고 임영희가 데려온 홍성담, 계속 녹두서점을 왕래하던 김영철·정유아·이행자·김광섭·이현철 등 여러 사람이 속속 녹두서점으로 몰려들었다. 김상집은 계속 전화를 받고 있었다. 뒷방에 들어가 앞으로의 대책을 숙의했는데 의견이 엇갈렸다. 한쪽은 '지금 운동권이 한 명이라도 모습을 나타내면 광주 운동권은 모두 작살난다'고 주장했고, 다른 한쪽은 '이런 큰 대중 봉기에서 포기하면 말도 안 된다, 끝까지 싸우자'고 했다. 윤상원은 조용히 듣고만 있었다. 많은 논의 끝에 일단 계속해서 투쟁하기로 결론을 내렸다.

윤상원은 시민들에게 진실을 알리기 위해 김상집에게 일명 '황금마차'란 애칭으로 불리는 노란색 전남대 스쿨버스를 가져오자고 했다. 시민들이 가장 신뢰하는 전남대 학생들이 스쿨버스를 타고 방송을 하면 효과적일 것이라고 했다. 21일 가두방송을 하던 전춘심과 차명숙이 간첩으로 몰려 시민군에 의해 보안사에 넘겨진 사건이 있었다. 이 사건으로 홍보 활동이 크게 위축되어서 윤상원이 대안을 제시한 것이다.

"계엄군 아저씨, 당신들은 피도 눈물도 없습니까?"

"광주시민 여러분, 여러분은 어떻게 편안하게 집에서 잠을 잘 수 있습니까? 우리 동생, 형제들이 죽어가고 있습니다."

차명숙과 전춘심은 공수들의 만행을 알리기 위해 곤봉에 맞아 죽은 사람을 리어카에 싣고 메가폰을 들고 연설을 했다. 시내 곳곳에서 시위대를 향해 공수들의 만행을 알렸는데, 시민들 사이에서 이들을 의심하는 사람이 있었던 모양이다.

"웬 여자가 저렇게 말을 잘하는가. 혹시 간첩 아닌가?"

"수상하다. 일단 잡아라!"

차명숙과 전춘심은 졸지에 시민들에게 붙잡혔다. 이런 상황이
니 윤상원 일행도 진실을 알리려고 방송하다 잘못하면 보안사로
넘겨질 수 있었다. 마침 김상집이 버스를 운전할 수 있어서 스쿨
버스를 가져오기로 했다. 김상집은 어제도 도로를 정비하는 덤프
트럭을 운전하며 모든 차량마다 "1시에 가톨릭센터 앞으로!"라고
외쳐 알려주며 시내를 질주했었다. 서점에 있던 몇 사람들과 봉고
차를 타고 전남대로 갔다. 전남대 본관 앞에는 스쿨버스 기사를
비롯하여 여러 사람이 모여 있었다. 일행이 봉고차를 타고 도착하
자 본관 앞 화단 경계석에 앉아 있던 사람들이 호기심 어린 눈으
로 바라보았다. 일행이 버스로 다가가자 그 사람들이 하나둘 엉덩
이를 털며 일어섰다. 그 가운데 약간 이마가 벗어진 사람이 일행
을 향해 말을 걸었다. 그는 김태진 교수로, 당시 전남대 학생처장
이었다. 윤상원과 김태종 등 학생들은 김태진 교수를 알고 있으므
로 얼른 봉고차 뒤로 숨어 김상집의 행동을 지켜보았다.

"뭐 하러 왔소?"

"스쿨버스를 가지러 왔는데 책임자가 누굽니까?"

"당신이 누군데 스쿨버스를 가지러 왔소?"

"광주시민들이 곤봉에 맞아 죽고, 대검에 찔려 죽고, 총에 맞아
죽고 있습니다. 이런 사실을 시민들에게 알리기 위해서 이 스쿨
버스가 필요합니다. 시민들이 믿는 전남대 스쿨버스를 사용해 시
민들에게 방송하고, 〈투사 회보〉도 뿌리고, 시민들을 도청 앞으로
실어 날라야 하겠습니다."

김상집은 이미 이런 상황을 예견하고 윤상원이 만들어 준 도

청 상황실 출입증을 보여주었다. 그 출입증이란 윤상원이 도청에 있는 비교적 큰 도장을 종이에 찍은 뒤 멋지게 사인한 것이었다.

"도청 상황실에서 차가 필요하니 차를 가져가야겠습니다. 나중에 이 차를 찾으시려거든 이 출입증을 가지고 오십시오."

김태진 학생처장은 그 출입증을 받아들고 잠시 들여다보더니 다시 돌려주면서 거절했다.

"안 되겠소. 여기 이 차들은 국가에서 관리하는 국유재산이오. 그러니 줄 수가 없소." 학생처장이 김상집을 가로막았다. 김상집은 단호하게 말했다.

"당신이 책임자요?"

학생처장이 애매한 표정을 짓더니 "아니오" 하고는 한발 물러섰다. 김상집은 그 자리에 있는 사람들을 죽 둘러보았다.

"누가 책임자요?"

모두 입을 닫고 아무 말도 하지 않았다.

"책임자 없어요?"

"여기는 없습니다."

모두 김상집의 시선을 피하고 딴 데로 시선을 돌렸다. 김상집은 가로막고 있는 학생처장에게 도청에서 가져온 출입증을 다시 쥐여주었다.

"차를 찾으려면 이 출입증을 가지고 도청으로 오십시오. 우리는 차를 가져가야겠습니다."

전남대 스쿨버스에 가서 보니 문이 굳게 닫혀 있었다. 김상집은 김태진 학생처장과 운전수들을 향해 외쳤다.

"이 차 운전사가 누구십니까? 키를 주십시오."

아무도 대답하는 사람이 없었다. 두어 번 더 외쳐보았으나 대답이 없자, 김상집은 바닥에 있는 벽돌을 빼내어 운전석 옆 유리창을 깨고 운전석에 앉았다. 김상집은 군대에서 운전병으로 복무해 차량 정비에도 일가견이 있었기 때문에, 운전대 아래에 있는 배선 뭉치를 빼내고 시동모터를 돌려 시동을 걸었다. 일행이 모두 전남대 스쿨버스에 타고 강당 앞 주차장을 빠져나가는 모습을 김태진 학생처장과 운전사들은 멍하니 바라보고 있었다.

전남대 스쿨버스를 시내로 가지고 나와 곧바로 앰프를 설치하려고 계림전파사로 갔다. 전파사 주인은 앰프가 없다고 했다. 돈을 주고 사겠다고 해도 한사코 고개를 설레설레 저었다. 마침 광주고등학교 방송반 출신인 김광섭이 차라리 모교인 광주고등학교의 방송 시설을 뜯어 전남대 스쿨버스에 옮기자고 제안했다. 김상집과 함께 5월 1일 군에서 제대한 김광섭은 서울대 복학을 앞두고 날마다 녹두서점에 나타나 시위를 함께 하고 있었다. 윤상원이 이에 응해 광주고등학교로 가자고 말했고, 학교 정문에 차를 세우자 윤상원은 김광섭을 데리고 안으로 들어갔다. 둘은 마침내 앰프와 스피커 등 방송 기자재를 모두 찾아냈다. 일행은 성능 테스트까지 마친 뒤 스피커를 황금마차인 전남대 스쿨버스 지붕에 철사로 고정하여 단단히 묶었다. 이제 마음껏 가두방송을 할 수 있게 된 것이다.

방송을 시작하자 길거리에 있는 사람들이 전부 박수를 쳐주었다. 녹두서점에서 기록한 상황일지를 활용해 공수들의 만행을 하나하나 방송했다. 멀리 떨어진 사람들도 가만히 서서 황금마차를 쳐다보며 듣고 있는 것을 보면 앰프의 성능은 매우 뛰어난 것 같았다.

"광주시민 여러분!

살인마 전두환 일당은 국민투표로 대통령을 뽑겠다는 민주 일정의 약속을 어기고 5월 18일 자정을 기해 제주 일원까지 비상계엄을 확대했습니다. 그리고 김대중을 비롯한 민주 인사들을 예비검속했습니다.

전두환 일당은 이미 5월 17일 밤에 전남대, 조선대, 교육대에 공수들을 투입하여 학생들을 무차별 구타하고 연행했습니다. 대검으로 찌르고 총을 쏘아 죽였습니다. 어제는 백주 대낮에 수만 명의 시민들을 향해 집단 발포를 하여 수백 명의 사람들이 학살당했습니다.

공수들은 집집마다 난입하여 젊은 사람들은 무조건 구타하여 초주검으로 만들고, 팬티만 입힌 채 끌어가고 있습니다. 총으로 쏘아 죽이고 대검으로 찔러 죽인 사람들을 군용차에 싣고 어딘가에 암매장하고 있습니다.

광주시민 여러분!

광주시민들이 죽어가고 있습니다. 민주 인사들이 예비검속당하고 학생들이 대검에 찔리고 총에 맞아 죽어가고 있습니다. 살인마 전두환 일당과 공수들에 대항하여 총을 들고 싸웁시다. 그리하여 공수들을 광주 밖으로 몰아냅시다."

가두방송을 하고 의기양양하게 녹두서점으로 돌아오자, 정현애를 비롯한 여자들이 영령들을 추모하기 위한 검은 리본과 현수막을 만들어야 한다며, 검은색 천과 광목을 대인시장에서 사 오라고 했다. 일행은 대인시장으로 차를 이동하면서 가두방송을 했다.

검은색 천과 광목을 사가지고 서점으로 돌아오니, 곧바로 이명자·정현애·정현순·윤경자·정유아·이행자 등 여자들이 검은 리본을 만들었다. 만들어진 검은 리본은 옷핀과 함께 녹두서점 앞에서 나눠주었다.

홍성담과 임영희, 박용준의 친구 이현철 등은 국세청으로 가서 종일 현수막을 만들었다.

"계엄령을 해제하라!"

"전두환을 찢어 죽이자!"

"민주 인사 석방하라!"

"비상계엄 해제하라!"

"구속 학생 석방하라!"

김상집은 최인선·서대석·박정열·이현주 등 학생들과 함께 스쿨버스를 타고 열심히 가두방송을 했다. 그간 공수들의 만행을 열심히 알렸고 시민들에게 총을 들고 함께 싸우자고 독려했다. 시민들은 방송 차량이 가는 곳마다 박수를 치며 연호했고 가던 길을 멈추고 귀를 기울이며 경청했다. 황금마차는 오후 3시에 도청 앞 분수대에서 광주시민 보고회가 있음을 알리기 시작했다.

수습대책위원회의 구성

22일 오전에는 분수대에서 독립운동가 최한영 선생과 정시채 부지사 등이 "광주시민들이 더 이상 희생되지 않도록 총기를 회수해야 합니다"라고 호소하고 있었다. 이어서 장형태 도지사는 이종기 변호사, 사업가 장휴동, 장세균 목사, 박재일 목사, 윤공희 대주교, 조비오 신부 등 10여 명에게 사태 수습에 나서달라고 요청했다. 그리하여 12시 반경 목사·신부·변호사·관료·기업인 등 15명의 지역 인사들이 참여하고, 최한영을 위원장으로 하는 '5·18수습대책위원회'가 구성되었다. 이들은 7개 항목의 요구 사항을 결정했다. 그러나 '군부 정권 퇴진과 민주 정부 수립' 등 항쟁이 제기한 본질적인 문제는 거론조차 되지 않았다.

- 계엄군의 과잉 진압 인정.
- 구속 학생 및 민주 인사 연행자 석방.
- 시민의 인명과 재산 피해 보상.
- 발포 명령 책임자 처벌과 국가 책임자의 사과.
- 사망자 장례식은 시민장으로 치를 것.
- 수습 후 시민, 학생들에게 보복하지 말 것.
- 이상의 요구가 관철되면 무기 자진 회수 반납 무장해제.

오후 1시 반경 수습대책위원회 협상 대표 8명이 전남북계엄분소를 찾아가 계엄군 측과 협상을 시작했다. 이때는 전교사령관이 윤흥정 장군에서 신임 소준열 준장으로 갑자기 교체된 직후여서 부사령관 김기석 소장과 협상이 진행되었다.

그러나 계엄군은 '작전상 후퇴한 것일 뿐'이라는 입장을 분명히 했다. 만약 시민들이 계속해서 계엄군에 대항하여 버틴다면 탱크 등 중화기를 동원해서라도 진압하겠다며 사실상 '무조건적인 투항'을 요구한 것이다. 나중에 조비오 신부는 "항쟁 기간에 위 7가지 요구 사항 중 약속이 지켜진 것은 하나도 없었다. 수습대책위가 마련한 시민들의 요구는 물거품이 되고 만 것이다. 협상 결과 얻어진 것이라곤 '선별 석방' 외에는 하나도 없었다"라고 말했다.

학생수습대책위원회가 만들어지다

오후 3시가 되자 김상집은 차량에 있는 방송 기기를 떼어내 분수대 위에 설치했다. 시민들은 스피커에서 안내 방송이 나오자 바늘하나 떨어지는 소리까지 들릴 정도로 조용히 했다. 당시 극단 광대는 장동로터리 부근 건물 지하에 동리소극장을 열어 개소식 겸황석영의 〈한씨 연대기〉 공연을 준비하고 있었다. 5월 말 공연이 예정되어 있던 터라 이미 티켓까지 판매 중이었다. 박효선을 단장으로 한 극단 광대 단원들은 날마다 오전 9시에 동리소극장에 집결하여 맹연습을 하고 있었기 때문에, 비상계엄이 확대되고 5월 18일 오후 4시경 근처인 장동로터리에서 공수들이 시위대를 습격하고 주위 건물마다 뒤져 젊은 사람들을 몽땅 두들겨 패고 잡아가는 만행을 똑똑히 볼 수 있었다. 그러니 단원들은 매일 녹두서점에도 들러 시위에 참가했다. 5월 21일에는 집단 발포까지 된 상황이었으니, 자연스럽게 극단 광대의 공연은 5월 22일 분수대의 궐기대회로 이어졌다.

상무대 전투교육사령부에 있는 전남북계엄분소에 다녀온 수습대책위원회 인사들이 궐기대회에 참여했다. 마이크를 잡은 장휴동(태평극장 사장) 수습위원은 분수대를 중심으로 결집한 시민들을 향해 "여러분 지금 당장 총기를 모두 반납하고 평화적 해결을 위해 계엄사에 치안을 맡겨야 합니다"라고 발언했다. 그의 발언에 많은 시민들이 야유를 보냈다. 이미 군인들이 시민들을 학살하는 광경을 목격한 이들이었다. 조선대학교 재학생 김종배가 단상에 올라가 마이크를 빼앗았다. 그는 5·18 이전까지 민주화 관련 시위에 참여해본 경험조차 없던 평범한 대학생이었다. 그는 마이크를 잡고 연설을 시작했다.

"지난 며칠간 수많은 광주시민들이 군인들에 의해 죽었습니다. 이 상황에서 단순한 수습과 상황 종결만을 이야기해선 안 됩니다. 구체적인 방안이 제시되어야 합니다."

곧 이에 동조하는 함성이 터져 나왔다. 전일빌딩과 광주 YMCA 옥상에 있던 무장 시민들은 하늘로 공포탄을 발사하며 김종배의 발언에 동의를 표했다.

극단 광대 주도로 보고회가 열리는 것을 보고 윤상원은 김상집과 김광섭을 데리고 녹두서점으로 와서 도청 지도부를 만들어야 할지 말아야 할지 물었다. 오전에 박석무 선생과 여러 사람들이 녹두서점으로 전화를 걸어, "지금 도청 분수대에서 정시채 부지사와 최한영 선생 등이 '광주와 광주시민들을 살리기 위해서 총기를 회수해야 합니다'라며 읍소하고 있는데, 혹시라도 운동권 사람이 분수대에 올라 그에 반대되는 의견이라도 내면 이 모든 사회 혼란의 책임을 운동권에게 뒤집어씌울 터이니 절대 나서지 말도록 연락하라"며 신신당부했기 때문이었다. 그러나 윤상원은 김 상집과 김광섭의 의견을 듣고는 일단 수습대책위원회 형태로 참 여하자고 의견을 모았다. 윤상원은 김상집에게 '학생수습대책위 원회를 만들어야 하니 학생들을 모으라'는 메모를 주면서 분수대 에서 보고회를 하고 있는 사회자에게 전하라고 했다. 그리고 윤상 원은 급히 누군가를 만나야 한다면서 녹두서점을 나갔다. 윤상원 은 학동에 있는 양동신협 이사장 김세원을 만나러 갔다.

윤상원은 이 절체절명의 순간에 함께 상의할 사람이 없어 매 번 어떤 결정을 내려야 할지 걱정스러웠다. 그래서 연락이 가능한 선배들을 찾아가 상의하곤 했다. 아무래도 경험이 많은 선배의 판 단이 자신보다 더 나으리라고 생각했을 것이다.

김상집은 윤상원의 메모를 가지고 군중 사이를 뚫고 분수대 둥근 턱에 걸터앉아 있는 오재일에게 메모를 전해주었다. 메모에 는 "학생들은 광주시민 보고회 후 오후 4시 남도예술회관 앞으로 모입시다"라고 적혀 있었다. 오재일은 사회를 보던 김선출에게 메 모를 전달했고, 김선출은 방송을 통해 알렸다.

그러나 4시가 되었는데도 윤상원이 도착하지 않았다. 윤상원 은 김세원 이사장을 찾아 학동 집으로 갔으나, 김세원은 비상계엄 이 확대되자마자 바로 인근 병원에 입원해 있었다. 사회 혼란 때 마다 사찰 요원들이 자신의 동태를 감시한다는 것을 알았기에 자 신의 행적을 입증하기 위해 한 자위 조처였다. 김세원은 한국전쟁 과 4·19혁명 이야기를 장황하게 하며 오합지졸에 불과한 지금 상 황에서 휩쓸리지 말라며 적극적으로 말렸다.

4시 30분쯤 윤상원이 도착해 남도예술회관 앞으로 달려갔으나 학생들은 보이지 않았다. 보고회가 끝나고 대학생들이 남도예술회관 앞에 모였는데 윤상원이 나타나지 않자, 송기숙·명노근 교수가 대학생들을 도청 민원실 2층 회의실로 데리고 간 것이다. 도청 민원실 모임에서는 학생수습대책위원장에 김창길, 부위원장에 김종배, 황금선이 선출되었다.

당시 회의를 주도했던 송기숙 교수의 증언을 들어보자.

10시 쯤 김 교수 집에 도착하여 집에 전화를 걸어보니 우리 집에는 아무 일 없다는 것이었으나 도청과 YWCA에서 빨리 좀 나와달라는 전화가 여러 번 왔다는 것이다. 김 교수 집에서 아침밥을 먹고 명 교수와 나는 우선 사태부터 알아보자며 홍남순 변호사 댁으로 갔다.

우리들이 들어서자마자 홍 변호사님은 자리에서 훌쩍 일어서서 앞장을 섰다.

나중에 알고 보니 홍 변호사님은 우리들이 도청에 있다가 자기를 모시러 온 줄 알았었다는 것이다. 자기도 우리와 비슷한 경위로 서울로 피신을 했다가 그때 막 다시 돌아와 있는 참인데 여기저기서 도청과 남동성당에서 나와달라는 전화가 있었으나 도청에 모여 있다는 사람들 이름을 들어보니 그 가운데는 신뢰가 가지 않는 사람들이 있어 뜨악해 있는 판이었다는 것이었다. 그때 우리들이 나타났던 것이다. 우리는 남동성당으로 갔다. 거기에는 남동성당 주임신부인 김성용 신부와 조아라 장로, 이애신 YWCA 총무, 이성학 장로, 이영생 씨, 이기홍 변호사 등 여남은 명이 모여 있었다.

우리가 도착해서 처음 논의한 일은 지금 도청에 몇 사람들이 모여 수습을 논의하고 있는 것 같은데, 그 사람들 가운데는 시민의 대표로는 신뢰하기 어려운 사람들이 많은데 우리도 거기 합류할 것이냐, 독자적으로 논의를 할 것이냐 하는 것이었다. 그 자리에 모인 사람들은 유신 때 반독재 투쟁을 한 경력을 가지고 있는 사람들이었기 때문에 그런 논의를 할 수밖에 없었다. 그때 김성용 신부가, 지금 도청에는 조비오 신부가 나가 있는데 곧 돌아올 것이니 그가 오면 거기 사정을 들어보고 결정을 하자고 했다. 얼마 뒤에 조 신부가 왔다. 그사이 도청의 분위기를 대충 설명한 다음 거기서 논의되고 있는 수습 조건을 대강 설명했다. 다른 일이 아니고 수습 조건을 논의하는 것이라면 합류하자고 하여 모두 도청으로 갔다. 우리들이 갔을 때는 7개항의 수습 조건에 대한 논의가 결론 단계에 이르러 있었다. 좀 약하기는 했으나 일단은 그런 정도로 만족할 수밖에 없다는 의견들이어서 우리들도 거기 동의했다. 그 수습 조건을 가지고 계엄사와 접촉하는 일은 기왕 거기서 논의하고 있던 사람들이 하기로 했다. 계엄사에 다녀온 다음에 다시 모이기로 하고 수습위원들은 일단 헤어졌다.

　나하고 명 교수는 산수동 공무원아파트 이석연 교수 집에 가서 그동안 투쟁 사항을 처음으로 자세하게 들을 수가 있었다. 그러니까 우리들은 가장 치열하게 싸우던 이틀 동안 광주에 없었던 것이다.

　거기서 쉬었다가 4시쯤 명 교수하고 둘이 다시 도청 앞으로 나왔다. 시민들이 분수대 주변에 모여 성토대회를 하고 있었는데 군중 수는 그렇게 많지 않았다. 그런데 우리들이 그 주변에 얼굴을 나타내자 여기저기서 우리들더러 시민군들의 본부가 없으니 그들을 모아 본부를 만들어서 실질적인 수습의 지휘를 할 수 있도록 해야 할 것 아니냐고 했다. 그들은 시민수습위원 몇 사람들의 이름을 대며 그들의 과거 경력을 들추어 강력한 불신감을 드러냈다.

명 교수는 시민군 수습위위회 결성에 찬동했다. 그러나 나는 반대였다. 그 반대 이유를 얼른 설명할 수가 없어 강력한 반대 의사만 밝혔으나 명 교수는 어떤 학생이 가지고 있던 휴대용 확성기를 달라고 하더니 여기 있는 대학생들은 전부 이리 모이라고 했다. 자칫하면 큰일 날 일이라고 말렸으나 명 교수는 듣지 않았다.

나는 난감했다. 내가 반대를 한 이유는 이런 것이었다.

첫째는 아직까지 시민군 지도부가 없었는데, 우리들이 앞장을 서서 지도부를 만들면 이 사태 전반에 대한 책임을 우리 두 사람이 전부 뒤집어쓸 위험이 있었다. 그 책임이란 죽음을 의미할 수 있었다. 지금 공수단이 잠시 광주에서 물러났다고 하나 광주시민은 사실상 60만 대군을 상대로 싸움을 하고 있는 셈이므로 다시 그들에게 탈환이 될 것은 시간문제며, 그때는 지금까지 그런 잔인한 살육을 했던 만큼 억지를 부려 그 책임을 광주시민에게 뒤집어씌울 것이니 그렇게 되면 우리 두 사람은 과거의 경력이 있겠다, 그 일차적인 표적이 될 것은 너무나 명백한 일이었다. 그 조직이 순수하게 수습만 한다 하더라도 그럴 것인데, 만약 변질이 되어 다시 저항의 지도부가 된다면 그때는 더 물을 필요도 없었다.

둘째, 지금 겉으로는 드러나고 있지 않으나 지하에 부분적이고 영향력이 적은 대로 지도부가 숨어 있을 가능성이 있었다. 더구나 그 세력이 겉으로 드러날 수 없는 세력이라면 우리들은 도청에 들어가자마자 사살의 대상이 될지도 모른다는 생각이었다. 그럴 가능성은 극히 희박했지만, 죽음을 무릅쓰고 설마의 도박을 할 수는 없다는 생각이었다. 그런 일이 없다 하더라도 전투 뒤의 극도로 격앙된 분위기였기 때문에 의견이 엇갈릴 경우 조그마한 의견 충돌로도 감정이 격발되어 총을 휘둘러댈지 모를 일이었다. 그러면 그건 개죽음이었다.

셋째, 무장투쟁은 변혁 운동의 가장 적극적인 형태인데 교수 신분을 가진 우리들이 실질적인 싸움의 주체가 아닌 대학생들로 지도부를 결성하는 것이 옳은 일일까 하는 운동적 차원의 회의였다. 이 사건은 학생들이 촉발시키기는 했지만 학생들은 이미 19일 거의 광주를 빠져나가버렸고 실제로 총을 들고 싸운 사람들은 밑바닥 시민들이었다. 더구나 우리 교수들은 시위 군중 속에도 제대로 뛰어들지 못하고 겉으로 빙빙 돌며 구경이나 하다가 피신을 했던 사람들이었다. 그런 사람들이 과거 민주화운동으로 얻은 어쭙잖은 명망을 업고 학생들을 모아 지도부를 결성하면 어떻게 되겠는가? 지도부를 결성했다는 사실 때문에 계속 영향력을 행사해야 할 것인데 우리들은 필연적으로 보수적인 입장에 설 수밖에 없을 것이고, 그렇게 되면 죽음을 무릅쓰고 싸운 항쟁 주체 세력은 뒷전으로 밀려날 것이기 때문이었다. 지금은 지도부가 없더라도 그들이 싸움을 하던 과정에서 부분적으로 전투를 지도하던 사람들이 있었을 것이니 시간이 좀 걸리고 충돌이 있더라도 그 세력이 모여 지도부가 결성되는 것이 자연스러우며, 그래야만 운동의 자기 논리가 제대로 관철될 것이라는 생각이었다. 내가 반대하는 데는 이 세 번째 이유가 사실상 더 컸다. 이것은 역사적으로 책임을 져야 할 심각한 문제였다.

당장 눈앞에 죽음이 오가는 문제인 데다 자칫하면 역사적으로 역적이 되어야 할 판이었다. 그러나 벌써 명 교수 앞에는 학생들이 모여들고 있었다. 나는 명 교수 성격으로 보아 더 말릴 재간이 없을 것 같아 나 혼자 가버리려고 발길을 돌려버렸다. 발길이 떨어지지 않았으나 죽음 길을 동행할 수는 없다는 비장한 각오로 발길을 돌린 것이다. 몇 번 더 돌아보다가 그대로 노동청 앞에까지 갔다. 그런데 더는 발길이 떨어지지 않았다. 친구를 사지에다 두고 혼자 도망치다니 이게 뭔가? 더구나 서울서 내려가자고 강력히 주장했던 것은 나였으니 나는 명 선생을 사지에다 몰아넣어놓고 혼자 내빼는 꼴이었다. 만약 저러다가 명 선생이 혼자 죽게 된다면 나는 어떻게 될 것인가? 심각한 고민에 빠지고 말았다. 나는 명 교수가 이때처럼 미운 때가 없었다. 그때 번쩍 머리를 스치는 생각이 있었다.

'저기까지는 기왕 저지른 일이니 명 교수하고 같이 학생들을 도청으로 데리고 들어가서 학생수습위원회 결성까지만

하고 그를 끌고 나와버리자.'

이런 생각이 들자 나는 다시 그리 갔다. 100여 명의 학생들이 모였다.

"전남대학교하고 조선대학교 학생들이 따로 모여 대표들을 5명씩만 뽑아주세요."

명 교수의 목소리가 확성기를 타고 쟁쟁하게 울렸다. 나는 이미 작정한 생각이 있었기 때문에 흔연스럽게 그 곁으로 갔다. 5명씩의 대표가 뽑혔다. 우리들은 10명의 학생 대표를 데리고 그때 이순신 장군이라 불리던 방석모를 쓴 시민군들이 총을 들고 살벌하게 지키고 있는 도청 정문으로 들어갔다. 전투경찰들의 방석모를 빼앗아 쓴 것인데 철망을 앞으로 돌리지 않고 뒤로 돌렸을 때 그게 꼭 광화문 통에 세워진 이순신 동상의 모양과 같았기 때문에 그런 별명이 붙은 것이다. 오전에 수습위원회가 열렸던 서무과로 들어가려는 참이었다. 마침 그때 당시 부지사이던 정시채 씨가 내려오다 명 교수를 보고 의논할 것이 있다고 하여 그들은 2층으로 올라갔다.

나 혼자 학생들을 데리고 들어갔다. 서무과 안은 아수라장이었다. 수십 명이 우왕좌왕 난장판인데 한쪽에서는 웬 수사 비슷한 짓을 하고 있는 사람들이 여남은 명이나 있었다. 공수단의 첩자라고 붙잡혀온 사람들과 간첩 같다고 붙잡아온 사람들을 수사한답시고 고래고래 악을 쓰고 있었다. 그런 수사는 아무나 할 수 없는 일이라 답답해서 깡깡 악다구니만 쓰고 있는 것이다. 한쪽에는 김밥이 무더기로 쌓여 있고 여기저기서 총소리가 나기도 했다. 오발을 하거나 재미로 한 방씩 쏘아보기 때문이었다. 더 기겁을 할 일은 수류탄을 차고 다니는 꼴들이었다.

안전핀 고리를 그렇게 차고 다니는 고린 줄 알고 줄래줄래 꿰어 달고 다니고 있었다. 그게 뽑히는 날에는 떼죽음이 벌어질 판이었다. 그리고 총 파지법을 모르기 때문에 대작대기 들듯 들고 휘젓고 다니는데 식은땀이 날 지경이었다.

나는 수류탄부터 모두 회수하라고 했고 총 파지법을 가르치라고 했다. 그런데 모두가 오합지졸이었으므로 누구 말을 들을 것 같지도 않았고 모이라 한다고 모일 것 같지도 않았다.

학생들의 수습위원회가 제 기능을 하려면 그 안에 있는 사람들부터 설득을 시켜야겠기에 사람들을 모아 무슨 이야기를 조금 해보려 하면 느닷없는 사람들이 나타나 어이없는 악다구니를 썼다.

"지금 시체는 막 썩어가는데 왜 관을 주지 않냐 말이여?" 눈이 벌겋게 충혈된 사람들이 총을 들이대며 악을 썼다. 그들은 도청에 이미 지도부가 형성되어 있는 줄 알고 그런 요구를 하고 있는 것이었다. 겨우 그들을 달래놓고 나면 또 느닷없이 나타나 저놈들이 언제 쳐들어올지 모르는데 수습위원회는 무슨 수습위원회냐고 악을 쓰기도 했다. 어떤 젊은이는 이게 누구냐며 내 목에다 카빈을 들이대기도 했다. 곁에서 전남대 교수라며 내 과거 경력을 대자 아니꼬운 듯한 눈초리였으나 총만은 거두어 갔다. 그 젊은이를 겨우 설득을 시키고 나니 이번에는 또 한 젊은이가 나타나 수습위원회를 만들기만 하면 수류탄을 터뜨려버리겠다고 수류탄으로 위협을 했다.

"그럼 어쩌자는 것인가?"

"학생들 저것들이 뭔데 이제 와서 저것들이 설친단 말이에요?"

예상했던 소리였다. 뜨끔했다.

"그럼 자네 의견을 말해보게."

"수습위원회가 아니라 전투본부를 만들어야 해요."

"그래 전투본부든 수습위원회든 조직을 만들어야 하지 않겠어. 이렇게 오합지졸로 우왕좌왕하고 있다가 공수단들이 다시 쳐들어오면 어쩌자는 것인가? 수습을 하다가 우리 요구를 들어주지 않으면 항쟁을 하는 수밖에 없겠지. 그렇지 않아?"

나는 타협적으로 나갈 수밖에 없었다. 그러나 그는 학생들이 앞장서는 것에는 끝내 반대했다.

"자네 말도 맞는데, 그럼 누가 누군지 모르는 판에 어떤 사람들이 앞에 설 것인가? 총 들고 싸웠다고 아무나 앞장을 설 때 당장 같이 싸운 시민군들부터가 그들을 믿지 않을 것인데, 그러면 그런 사람들이 어떻게 지도력을 발휘하지? 지금 사람들이 모두 믿을 수 있는 건 학생밖에 없잖아?"

그는 내 말에 반론을 내세우지는 못했으나 납득하는 것 같지는 않았다. 그는 김원갑이란 이로 그때는 그냥 재수생이라 불렸는데 이미 그 안에서 어느 정도 실권을 행사하고 있었던 모양이었다. 그런데 이런 반대 의견을 내세우는 사람들이 한꺼번에 나타나는 것이 아니고 산발적으로 나타나 기분 내키는 대로 덤비는 통에 대처하기가 그만큼 어려웠다. 그러나 시간이 걸리더라도 반대 의견이 있는 사람은 다 납득을 시킬 데까지는 납득을 시켜야 할 것 같았다. 나중에는 어깨에 붕대를 처매고 눈이 시뻘겋게 충혈된 젊은이가 나타났다. 그는 대번에 내 목에다 총을 들이댔다.

"다 죽을 때까지 싸워야 해. 수습이 뭐야, 수습이?"

바로 턱밑에 총구를 들이대고 밀어 올리며 악을 썼다. 턱밑 오목한 데로 총구가 들어가버려 목을 돌리면 총구도 따라 돌아왔다. 방아쇠를 당기기만 하면 턱으로 해서 머리통이 박살날 판이었다.

"야, 새끼야! 지금까지 죽을 만큼 죽었어. 이제 살자. 네 어미 생각도 안 하냐, 이놈의 새끼야."

나는 총구에 고개가 쳐들린 채 악을 썼다. 내가 기가 죽지 않고 악을 쓰자 그는 슬그머니 총구를 뽑아냈다. 나는 기왕 벌린 춤이기도 했으나, 그들을 설득시키는 사이 내 논리에 스스로 확신이 섰던 것이다. 정말 너무 많이 죽었으므로 이쯤으로도 죽음은 충분하다는 생각이 들었다. 더구나 이런 젊은이들이 다 죽어버린다면 뭐가 되겠느냐는 생각이 들었다. 나한테 그렇게 거세게 덤비는 그들이 미운 것이 아니라 아까운 인재들로 느껴졌다. 겨울이 되어야 솔이 푸른 줄을 알듯 평소에는 모르지만 이럴 때가 되어야 제 모습을 드러내는 사람다운 사람들이었다.

나는 이들과 이렇게 실랑이를 부리는 사이 그들의 저항이 조직적인 것이 아니고 산발적이라는 점에 지하 지도부가 없다는 것을 확신하게 되었고, 이런 인재들이 더 죽어서는 안된다는 생각을 더욱 굳게 가지게 되었다. 아까 들었던 회의 같은 것은 이미 내 머릿속에 없었고, 그들에게 큰소리를 칠 만큼 확신이 서고 말았다.

그런 사태에 직접 맞닥뜨려보지 않고 지금 뭐라 이러쿵저러쿵 하는 사람들을 볼 때 나는 그들의 말이 더러 논리적으로 수긍 가는 대목이 있더라도 이런 자들이 그런 현장에 있었다면 과연 그들처럼 목숨을 내놓고 싸우겠다고 나설 수 있을까 하는 생각을 할 때가 많다.

나는 앞으로 어떤 책임을 지더라도 시민군이 촉발해서 군인들과 싸움이 붙는 일은 말리겠다고 작정했다. 남의 슬픈 사랑이란 당사자들은 피가 마르는 일이지만 곁에서 보기는 아름답고, 이럴 때의 죽음도 구경하기는 비장하고 화려하지만 당사자는 하나뿐인 목숨을 내놓는 것이며 그의 가족들에게는 얼마나 큰 슬픔과 고통을 안겨주는 것인가? 2000여 명이 죽었으면 이것으로 충분하다. 거기에 1000~2000명이 더 죽어보았자 그 의미가 죽음의 수에 비례하는 것은 아닐 것이라는 생각이 들기도 했다. 이건 소시민적인 감상이 아니라는 생각과 함께 나는 여기서 이들을 살리고 시민을 살리겠다, 이런 오기 같은 감정이 굳어져가고 있었다. 이런 확신이 섰기 때문에 총구 앞에서 악을 쓸 수 있었던 것이고, 내가 그런 확신으로 당당하게 나가자 웬만한 사람들은 더 덤비지 못했다.

그런데 지금도 애석한 것은 그때 나한테 그렇게 거세게 총구를 들이댔던 그 젊은이를 그 뒤로 볼 수 없었다는 점이다. 그는 나중에 상무대에 잡혀오지도 않았고 지금까지 소식을 알 수 없다. 그의 이름도 신분도 모르지만 그의 얼굴은 마치 사진처럼 내 기억에 역력한데 지금까지 종적을 알 수 없다. 도청 탈환 작전 때 죽은 것이 아닌가 싶은데, 그때 도청 안에 있었던 젊은이들에게 그의 인상을 말하며 수소문을 해보았으나 알고 있는 사람이 없었다. 제발 어디엔가 살아 있기를 바랄 뿐이다. 나에게 수류탄을 들이대며 위협했던 김원갑 군은 지금도 늘 만나 그때마다 옛날이야기를 하며 웃는데 김군을 만나면 그 젊은이 생각이 난다. 30여 세쯤 되었고 키는 보통 키에 노동자 같았으며 부상을 당했던지 왼쪽 어깨에 꽤 크게 붕대를 감고 있었으며 처음 들어올 때는 카빈 노리쇠 부분의 총목을 잡아 총을 공중으로 받쳐 들고 나타났었다. 상당히 격렬하게 싸웠던 듯 그때까지도 눈이 충혈되어 있었으며 기가 팔팔했었다.

그들을 대충 설득시키고 그 자리를 정리하는 시간이 무려 3~4시간은 걸렸던 것 같다. 더 나서는 사람이 없어 회의가 시작되었다. 언제 또 그런 사람들이 나타날지 몰라 회의는 일사천리로 진행되었다.

책상을 길게 늘어놓고 양쪽으로 전남대생들과 조선대생들이 늘어 앉았다.

"누가 위원장을 했으면 좋겠는가?"

내가 묻자 누군가가 전남대 농대 3학년이라는 김창길 군을 가리켰다.

"김창길 씨는 낮부터 학생 대표로 계엄사에도 다녀오고 했으니 김창길 씨를 위원장으로 했으면 좋겠습니다."

"다른 의견 없는가?"

"없습니다."

"그럼, 자네가 위원장 하게. 부위원장은 누가 좋지? 전대서 위원장이 나왔으니까 조선대서 나왔으면 좋겠는데."

그러자 조선대 학생이 김종배 군을 추천했다.

"아닙니다. 저는 장례위원장을 하겠습니다."

자기는 기독교 신자로 며칠간 각 병원을 돌아다니며 그런 일을 해왔다면서 장례 일을 맡겠다는 것이었다.

"그럼, 자네는 부위원장하고 장례위원장을 겸하게."

이의가 없었다.

"또 무슨 부서가 필요하지?"

총기회수반, 차량통제반, 홍보반 등이 필요하대서 그런 부서의 반장과 부반장을 임명했다.

학생수습위원회가 결성된 셈이다. 그런데 지금 사직공원과 산수동오거리 같은 데도 투쟁 거점이 있다는 것이어서 그런데서 조직이 부상될 수도 있고 또 다음 날쯤이면 잠적했던 학생회 조직이 다시 나타날지도 몰라 내일 아침까지 임시라는 조건을 붙였다.

일이 이렇게 쉬웠던 것은 거기 모인 학생들 가운데서 벌써부터 이런 조직의 필요성을 느끼고 학생수습위원회를 조직하자는 의견이 오갔었기 때문이었다. 그런 의사를 아직 결집

못하고 있는 판인데 우리들이 나타나자 그들의 생각과 합치
했던 것이다. 그러니까 시민들이나 많은 학생들의 의사를 결
집할 방법이 없는데 우리들이 교수에다 과거 민주화운동의
위신으로 그들에게 정통성을 부여한 셈이 되었다.

— 송기숙

　김창길은 위원장에 선출되자마자 곧바로 무기 회수를 명령했
다. 그리고 치안 유지와 무기 회수를 위해 기동순찰대를 편성했
다. 윤상원의 의도와는 정반대의 상황이 되었다. 녹두서점으로 전
화한 여러 선배들의 반대 의견에도 불구하고 윤상원은 학생수습
대책위원회를 조직하기 위해 안내방송까지 하여 학생들을 모아놓
고도 제시간에 도착하지 못해 엉뚱한 수습대책위가 되어버린 것
이다. 위원장은 김창길, 장례 담당 겸 부위원장은 김종배, 총무에
정해민, 대변인 양원식, 무기 관리 담당에 허규정이 선정되었다.
　보고회가 끝나고 방송 기기를 다시 전남대 스쿨버스에 설치한
김상집은 〈투사 회보〉를 싣고 시내 곳곳에 배포하면서 가두방송
을 했다. 사실 22일의 보고회는 궐기대회라기보다 이 사람 저 사
람이 분수대 위에 올라가 자유 발언을 하는 모양새였다. 이 보고
회는 30분 만에 끝나고 말았다.
　오전에는 독립운동가 최한영 등 지역 유지들이 총기 회수를
호소했다. 한편 많은 시민은 민주 정부가 수립될 때까지 싸우자는
주장을 계속하고 있었다. 분수대 주변에 모인 시민들의 의지는 강
렬했지만, 어제 흩어져버린 운동권 식구들의 소식은 알 길이 없었
다. 하지만 어떻게든 총기 회수만은 막아야 했다. 총기가 회수되

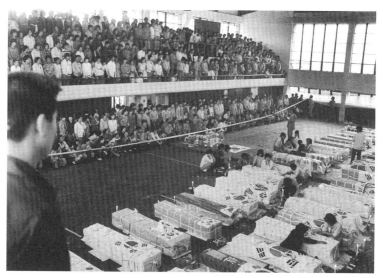
상무관 안에 모인 시민들과 시신들.

면 곧바로 계엄군들이 시내에 진입하여 시민들을 무차별 살육할 것이 명확했다.

실망하여 민원실 건물 밖으로 나오는데 시신을 안치한 상무관 앞에 길게 줄을 선 행렬에 전홍준 의사와 최연석 전도사가 있는 모습을 보고 깜짝 놀랐다. 윤상원은 뛰어가서 두 사람을 가로막고 못 들어가게 했다.

> "두 분은 얼른 돌아가서 절대 이 도청 부근에는 얼씬도 하지 마십시오. 지금 이렇게 사람이 많이 죽었는데 이 상황이 끝나면 누군가에게 책임을 물을 것입니다. 대신 제가 잠깐잠깐 상의를 드리겠습니다."

전홍준과는 매일 오전, 한낮, 오후 이렇게 세 번씩 사직공원 팔각정에서 만나기로 약속했다. 평소 매사를 상의했던 김상윤은 이미 예비검속되어 있었고, 대학 동기이면서 노동운동 선배인 이양현은 21일 오후 3시경 시민군을 계엄군의 진입으로 잘못 알고 보성기업에서 '각자 살아남아 역사의 증인이 되자'며 헤어진 이후로는 얼굴을 볼 수 없었다. 시외전화도 끊겨 21일 새벽 통화한 이후로 이태복과도 다시 연락을 취할 수 없었으므로 윤상원은 매 순간 어떤 판단을 내려야 할지 난감했다. 그동안 중요한 순간마다 김상집과 상의해왔지만 선배 운동가들의 경험이 절실했다. 자신의 잘못된 판단으로 민주통일운동에 걸림돌이 될지도 모른다는 생각에 한 시간 전에는 양동신협 김세원 이사장도 찾아가 의견을 들었으나 지금 상황에는 맞지 않는 것 같았다. 그러다 4·19세대이면서 6·3세대인 전홍준을 만나자 일단 이것저것 상의하기로 하고, 최악의 경우를 대비하여 그에게 도청 주위에 나타나지 말라고 한 것이다.

사실 도청을 중심으로 사방 천지에 정보과·대공과 형사들이 널려 있었다. 이들은 눈이 마주쳐도 단지 시선만 옆으로 돌릴 뿐 전혀 겁을 내지도 않았다. 그들은 계속해서 녹두서점과 궐기대회 그리고 도청 주변을 어슬렁댔다. 그런 사실을 알고 있었기에 분수대에서 사회를 보거나 낭독을 하고 내려오면 식은땀이 나면서 '이제 죽었구나!' 싶기도 했다.

분노를 참지 못한 윤강옥이 분수대에 올라가 30여 분 넘게 열변을 토하고 내려왔다. 윤강옥은 녹두서점의 상황일지를 요약한 내용을 차분하게 읽어가며 공수들의 만행을 폭로했고, 윤상원과 논의했던 요구 사항 내용을 또박또박 설명했다. 시민들은 열렬한 박수를 보내주었다. 분수대에서 내려온 윤강옥의 핏발선 눈은 죽음을 각오하고 있었다.

지금까지 이미 시민 수백 명이 죽었고, 계엄군이 다시 시내로 진입하면 얼마나 더 많은 사람이 잡혀가고 죽을지 알 수 없었다. 분명한 것은 녹두서점을 중심으로 활동한 사람들과 궐기대회를 주도했던 사람들은 결코 안전할 수 없다는 것이었다. 윤상원과 녹두서점에 모인 모든 사람들은 5·18 기간 내내 아무도 모르게 살해돼 암매장당할지도 모른다는 공포를 떨칠 수 없었다. 녹두서점은 공개된 공간이었고, 온갖 기관원들이 주시하고 있다는 것을 알았기 때문이다. 게다가 누군가에 의해 녹두서점으로 전해진 군부의 움직임이 〈투사 회보〉에 그대로 실려 있는데다가, 궐기대회를 주도하는 인물과 사용하는 장비들이 대부분 녹두서점으로 들고 났으니 표적이 되는 건 어찌 보면 당연한 일이었다.

이번에 조직된 학생수습대책위원회에는 신분이 확실한 사람이 거의 없었다. 기동순찰대를 편성해 무기 회수 작업을 시작하자 윤상원과 녹두서점에 모인 사람들은 몹시 불안했다. 일단 운동권 학생들을 규합할 필요가 있다고 의견을 모았다. 그래서 윤상원·김윤기·안길정·김영철 등은 도청 안으로 들어가 추이를 살피기로 했다. 그러나 들불야학과 극단 광대, 송백회 여성들을 다 모아도 숫자가 너무 적었다. 밤이 되면 계엄군이 공격해오지 않을까 불안에 떨었고, 날이 새면 어제 왔던 동지들이 혹시라도 못 올까 마음 졸여야 했다.

17장 | 총기 회수와
                                 | 재무장

5월 23일 오전 도청 내 학생수습대책위원회는 재야 수습대책위원
회와 합의하여 강제로 무기를 회수하기 시작했다. 큰일이었다. 일
단 우선 총기 회수를 중지시키는 것이 급선무였다. 시민군이 왜
총을 들 수밖에 없었는지 알리고 고등학생 등 총기를 다룬 경험
이 없는 사람들의 총기는 회수하되 군대를 다녀온 사람들에게는
총기를 지급하여 재무장하도록 촉구하기로 했다. 또한 시민궐기
대회를 통해 결집한 시민의 힘과 요구로 도청 내 수습대책위원회
의 입장을 변경하도록 촉구하자고 의견을 모았다.

총기 회수를 중지시켜야 한다

김상집이 전날 장도리를 든 정보 요원들의 습격을 피해 스쿨버

스를 내버리고 온 터라, 가두방송을 다시 시작하려면 스쿨버스를 찾아야 했다. 수소문한 끝에 계림동파출소 부근에 주차된 버스를 찾아냈다. 그러나 시동이 걸리지 않았다. 기름이 떨어진 모양이었다. 윤상원과 김상집, 그리고 극단 광대의 김태종·김윤기·전용호·김효석·김광섭은 다시 전남대로 스쿨버스를 가지러 갔다. 전남대 측에서는 윤상원 일행이 차를 가져가지 못하도록 차마다 바퀴 하나씩 바람을 빼놓았다. 군대에서 수송병과에 있었던 김상집이 능숙하게 스쿨버스 공구함을 열어 바람 빠진 바퀴를 스페어타이어로 교체했다. 드디어 운전석에 앉아 어제처럼 여러 시도를 했으나 당최 시동이 걸리지 않았다. 김상집은 더 시간을 지체할 수 없어 윤상원과 김광섭, 김효석에게 차를 밀어야 하니 사람들을 불러 모으라고 했다. 서너 사람이 합세하여 버스를 밀었고, 김상집은 기어를 넣은 채로 클러치에서 발을 떼어 시동을 걸었다. 디젤엔진이기에 가능한 일이었다. 마침내 의기양양하게 본관을 지나 스쿨버스를 운전하며 전남대를 빠져나왔다. 일행은 곧장 계림전파사에 가서 마이크를 설치했다. 계림전파사는 어제 녹두서점 사람들이 도청 분수대에서 보고회를 하는 모습을 보고 자기들이 성능 좋은 방송 기기를 가지고 있으니 가져다 쓰라고 연락해왔다. 계림전파사 사장은 손수 전남대 스쿨버스에 앰프를 설치해주었다. 광주고등학교에서 떼어온 방송 기기는 전남대생 엄태주가 운전하는 봉고차에 설치했다. 그리하여 2개 조로 가두방송을 운영할 수 있게 되었다.

김상집과 엄태주가 가두방송을 하러 나가자, 윤상원은 어제 전홍준 의사와 약속한 대로 사직공원 팔각정에 갔다. 윤상원이 녹두서점에서 논의된 '총기 회수를 중지시켜야 한다'는 입장을 설명하자 전홍준은 펄쩍 뛰었다. 6·25 때나 쓰던 M1과 카빈 총으로 고도로 훈련된 정규군과 싸운다는 것은 계란으로 바위 치는 격이라며 군부 세력은 운동권에 모든 책임을 뒤집어씌우려고 할 테니이에 대비해서 몸을 숨겨야 한다고 말했다. 윤상원은 도청 민원실 지하창고에 300톤이 넘는 다이너마이트가 있으니 '공수들이 쳐들어오면 자폭하겠다'고 으름장을 놓으면, 이 많은 광주시민들의 희생이 뻔히 보이는 상황에서 공수들이 쳐들어오기는 쉽지 않을 것이라고 말했다.

어제 장도리를 든 일당들에게 잡혀갈 뻔했던 김상집은 오후에는 버스 운전을 다른 사람에게 맡겼다. 스쿨버스에 올라가 마이크를 잡고 오후 3시에 도청 앞에서 궐기대회를 하자는 홍보 방송을 하면서 〈투사 회보〉를 뿌렸다. 아는 사람들이 보이면 녹두서점으로 모이라고 알렸다. 도청 지도부를 장악하려면 많은 사람이 힘을 모아야 했다. 도청 내 지도부를 장악하지 못하면 위험에 빠질 수있었다. 수습대책위원회가 무기를 회수하면서, 강경 발언을 하거나 문제를 제기하면 바로 간첩이나 용공분자로 몰아가는 험악한 분위기였다. 도청 내에는 녹두서점을 빨갱이 결집소로 보는 사람들도 일부 있었다.

이양현의 함평 집으로 피신했던 정상용·이양현·김성애가 오후 2시 반쯤 다시 녹두서점으로 돌아왔다. 정상용과 이양현은 우선 김상집에게 그동안의 상황을 듣더니, 녹두서점으로 들어온 윤상원을 만나 조직적으로 대응하여 현재의 수습대책위원회를 교체하기로 결정했다. 엄청난 위기의식 속에서 녹두서점에 모인 이들은 〈투사 회보〉와 송백회가 만든 대자보를 통해 '무기 회수 결사반대' '군사독재 및 전두환 타도' '노동자·농민의 기본권 보장' 등을 주장했다.

제1차 민주수호 범시민궐기대회

마침내 23일 오후 3시 도청 앞 분수대에서는 10만 명이 넘는 시민이 운집한 가운데 '제1차 민주수호 범시민궐기대회'가 열렸다. 이날은 극단 광대의 김태종과 이현주가 사회를 보았다. 먼저 희생 영령에 대한 묵념, 애국가 제창, 노동자·시민·학생 등 각계각층 대표의 성명서 발표가 있었고, 수습대책위원회가 계엄분소에 전달한 내용을 낭독한 뒤 마지막으로 '민주주의 만세' 삼창을 했다.

5월 23일 도청 앞 범시민궐기대회.

녹두서점 정현애는 극단 광대의 임영희와 함께 녹두서점 상황일지를 참고하여 각계각층 대표의 성명서를 만들었다. 도청 수습대책위원회가 총기 회수를 하고 있었기 때문에 가장 먼저 〈우리는 왜 총을 들 수밖에 없었는가?〉를 발표했다. 또한 궐기대회를 주도하는 인원이 적어 여러 사람에게 성명서를 낭독하도록 순서를 정해주어야 했다. 당연히 윤상원, 김영철, 윤강옥, 박효선, 김상집도 성명서를 낭독하기 위해 분수대에 올라갔다.

우리는 왜 총을 들 수밖에 없었는가?
시민군 대표

먼저 이 고장과 민주주의를 수호하기 위해 피를 흘리며 싸우다 목숨을 바친 시민 학생들의 명복을 빕니다.
　우리는 왜 총을 들 수밖에 없었는가?
　그 대답은 너무나 간단합니다.
　너무나 무자비한 만행을 더 이상 보고 있을 수만 없어서 너도나도 총을 들고 나섰던 것입니다.
　본인이 알기로는 우리 학생들과 시민들은 과도 정부의 2~3일 내 중대 발표와, 또 자제하고 관망하라는 말을 믿고, 학생들은 17일부터 학업에, 시민들은 생업에 종사하고 있었습니다.
　그러나 정부 당국에서는 17일 야간에 계엄령을 확대 선포하고 일부 학생과 민주 인사, 정치인을, 도무지 믿을 수 없는 구실로 불법 연행하였습니다. 이에 우리 시민 모두는 의아해했습니다.
　또한 18일 아침에 각 학교에 공수부대를 투입하고, 이에 반발하는 학생들에게, 대검을 꽂고 "돌격 앞으로"를 강행하였고, 이에 우리의 학생들은 다시 거리로 뛰쳐나와 정부 당국의 불법 처사를 규탄하였던 것입니다.

그러나, 아 이럴 수가 있단 말입니까?

계엄 당국은 18일 오후부터 공수부대를 대량 투입하여 시내 곳곳에서 학생, 젊은이들에게 무차별 살상을 자행하였으니!

아! 설마! 설마! 설마 했던 일들이 벌어졌으니, 우리의 부모형제들이 무참히 대검에 찔리고, 귀를 잘리고, 연약한 아녀자들이 젖가슴이 짤리우고, 차마 입으로 말할 수 없는 무자비하고도 잔인한 만행이 저질러졌습니다.

또한 나중에 알고 보니, 군 당국은 계획적으로 경상도 출신 제7공수병들로 구성하여 이들에게 지역감정을 충동질하였으며 더구나 이놈들을 3일씩이나 굶기고, 더더군다나 술과 흥분제를 복용시켰다 합니다.

시민 여러분!

너무나 경악스러운 또 하나의 사실은, 20일 밤부터 계엄 당국은 발포 명령을 내려 무차별 발포를 시작했다는 것입니다. 이 고장을 지키고자 이 자리에 모이신 민주시민 여러분!

그런 상황에서 우리가 할 수 있는 일이 무엇이겠습니까?

우리가 어떻게 해야 되겠습니까?

묻고 싶습니다! 우리는 더 이상 당할 수만은 없었습니다.

그래서 우리는 이 고장을 지키고 우리 부모형제를 지키고자 손에 손에 총을 들었던 것입니다!

그런데도 정부와 언론에서는 계속 불순배, 폭도로 몰고 있습니다.

여러분!

잔인무도한 만행을 일삼았던 계엄군이 폭돕니까?

이 고장을 지키겠다고 나선 우리 시민군이 폭돕니까?

아닙니다.

그런데도 당국에서는 계속 허위사실 날조, 유포하는 데 혈안이 되어 있습니다.

시민 여러분!

우리 시민군은 온갖 방해에도 불구하고 여러분의 안전을 끝까지 지킬 것입니다!

또한 협상이 올바른 방향대로 진행되면 우리는 즉각 총을 놓겠습니다!

일부에서는 우리 시민군에 대한 오해가 많은 것 같습니다.

그러나 우리 시민군은 절대로 시민 여러분을 괴롭히지 않습니다.

민주시민 여러분!

우리 시민군을 절대 믿어주시고, 적극 협조해주시기 바랍니다.

감사합니다.

1980. 5. 25.

시민군 일동

　　그러나 궐기대회가 진행되고 있는 사이에도 도청의 수습대책위는 계속 무기를 회수하고 있었다. 기동순찰대가 아닌 사람이 총을 들고 있으면 강제로 총기를 회수해 갔다. 어제 보고회와 달리 녹두서점에서는 제1차 범시민궐기대회를 성공적으로 치르기 위해 준비를 단단히 했다. 녹두서점 상황일지에 기록된 피해 상황을 정리해 시민들에게 조목조목 보고하기로 했다. 그간의 피해 사실로 전남대병원·조선대병원·기독병원·적십자병원에서 확인된 사망자 30구를 포함하여 사망자 500여 명, 부상자 500여 명, 연행자 1000여 명이 발생했음을 발표했다. 극단 광대의 임영희가 홍성담 화가를 데려와 녹두서점 안 좁은 바닥에서 글씨를 써서 현수막을 만들었다. 나아가 상무관에 시신을 안치하고 분향소를 설치하자 분향하는 시민들의 발길이 끊이지 않았다는 사실과 도청 정문에 확인되지 않은 시신이 있다는 사실도 알렸다. 혹시 내 식구가 죽지 않았나, 내 자식이 도청 안에서 총을 들고 있지나 않을까 걱정하는 부모들이 찾아와 도청 앞에 줄지어 서 있는 상황이었다.

　녹두서점에서는 〈투사 회보〉를 통해 부산항에 정박한 미국 항공모함이 계엄 치하의 군부독재 세력을 견제할 것이라고 발표했

5월 22일 도청 안 임시 시신 안치소.

다. 당시 상황에서 반미적 표현은 대중으로부터의 고립을 자초할 수도 있었기 때문이다. 국군통수권이 미군에 있으므로 계엄군의 시내 진입을 저지하기 위해서는 미국이 민주주의를 수호하는 나라라는 인상을 줄 필요가 있었다.

궐기대회가 끝났는데도 시민들은 분수대 주변을 떠나려 하지 않았다. 사회자가 가두행진을 하겠다고 하자 시민들은 열광했다. 가두행진은 대형 태극기를 앞세우고 전남대 스쿨버스로 방송을 하며 금남로1가 → 유동삼거리 → 광주역 → 공용터미널 → 금남로4가를 거쳐 다시 도청으로 돌아오는 코스였다. 제1차 범시민궐기대회는 대성공이었다.

대동세상이 펼쳐지다

학생수습위원회가 총기 회수에 돌입하자, 윤상원은 어제 학생수습위원회를 조직하려고 안내 방송까지 해놓고도 오후 4시까지 남도예술회관 앞으로 가지 못한 것을 크게 자책했다. 도청 안은 가족들의 생사를 확인하려는 사람들로 인산인해를 이루고 있었다. 시신의 신원이 확인되면 상무관에 안치되었지만 외곽 지역에 공수들이 출몰하여 시민들을 학살하고 가버리는 사건이 끊임없이 발생해 시신의 숫자는 계속 늘어났다.

문제는 장례위원들의 수도 점점 늘고 기동순찰대도 총기 회수에 바쁘다 보니 숙식을 도청 안에서 해결해야만 했는데 취사 인력이 턱없이 부족한 것이었다. 22일부터 주소연 등 고등학생과

취사장을 마련한 시민들.

대학생, 주부들이 도청에 들어와 밥 짓는 일을 했지만 하루 세끼 수백 명 분의 밥을 하기에는 인력이 부족했다. 이미 22일부터 산수시장 아주머니들이 밥을 지어 손수레로 실어다주었고, 도청에 가족의 생사 확인을 위해 들렀던 사람들이 집으로 돌아가 동네사람들과 상의하여 주먹밥과 빵, 우유 등을 가져다주었다. 양동시장과 서방시장에서도 밥을 짓거나 주먹밥을 가져오기 시작했다. 산수동, 학운동, 백운동, 농성동, 운암동, 두암동 등 외곽을 방어하는 지역방위대에게도 동네사람들이 앞장서서 식사를 공급했다. 동네 골목마다 누구나 밥을 해서 함께 나눠먹는 대동세상이 된 것이다.

김성용 신부는 도청 안의 식사 문제가 심각하다는 것을 알고 남동성당의 신자 정숙경에게 요청하여 취사를 도와줄 사람을 찾도록 했다. 이미 간호사들을 조직해 병원에서 부상당한 시민들을 보살피는 활동을 하던 정숙경은 마침 함평으로 피란 갔다 돌아온 가톨릭노동청년회 김성애를 통해 호남전기노동조합 이정희 지부장과 윤청자·김순이·최정님·최연례, 전남제사 정향자 등 노조원 20여 명을 모았다. 이황이 운영하는 교육문화사에서 독서토론 학습에 참여하고 있던 전남방직과 일신방직 노동자들도 취사에 뛰어들었다. 특히 전남방직과 일신방직 기숙사의 2000여 여성 노동자들은 24일, 25일, 26일 분수대에서 개최된 민주수호 범시민궐기대회에 참여했는데, 임동공장에서부터 금남로를 가로질러 도청 앞 분수대까지 4열 종대로 일사불란하게 구호를 외치는 모습은 장관을 이루었다.

우리가 8일만 버티면 민주 정부가 수립될 것이다

24일 녹두서점은 제2차 범시민궐기대회를 준비하느라 내내 사람들이 북적댔다. 사실 녹두서점은 너무 좁았다. 예비검속된 이들의 부인들과 극단 광대, 가두방송 팀, 궐기대회 준비 팀 등이 함께 일하니 정신이 없었다. 아무래도 광주YWCA 같은 넓은 장소로 옮길 필요가 있었다. 윤상원은 22일 밤 외신기자들이 두 손을 높이 들고 여덟 손가락을 펴 보이면서 했던 말을 녹두서점에 모인 사람들에게 설명했다.

"여러분들이 앞으로 8일간만 버텨주면 미국은 전두환을 지지하지 않고 민주 일정에 따라 민주정부가 수립될 것입니다."

그러니까 '우리가 광주를 사수하고 있으면 많은 광주시민을 희생시켜가면서까지 미국이 전두환을 지지하지는 않는다'는 의미였다. 다른 지역의 움직임을 알 수도 없고 광주만 고립된 상황에서 외신기자들의 이야기는 너무나 솔깃했다. 윤상원은 손가락 여덟 개를 펴 보이며 외신기자들이 말한 이 소식을 광주시민들에게 알려야 한다고 말했다. 김상집 역시 고무되어 확신에 찬 목소리로 가두방송을 했다. 우리가 총을 들고 끝까지 저항하면 결국 승리하리라는 믿음을 시민들에게 주기 위해서.

"미국은 항공모함을 부산항에 정박하고 전두환이 무고한 광주시민을 더 이상 학살하지 못하도록 견제하고 있습니다. 우리 시민군이 끝까지 저항하면 미국은 전두환을 더 이상 지지하지 않을 것입니다. 결국 민주 일정에 따라 국민투표에 의한 민주 정부가 수립될 것입니다."

오전에 윤상원은 사직공원 팔각정에서 전홍준을 만나 이 외신 기자들의 주장을 설명하며 재무장의 중요성을 강조했다. 그러나 전홍준은 오합지졸에 불과한 시민군으로는 싸움 자체가 불가할 뿐만 아니라 계엄군이 들어오면 어떻게 해서든지 살아야 하니 총기 회수가 계속되면 도청에서 얼른 나왔으면 좋겠다고 말했다.

YWCA 항쟁파 지도부 구성과 보성기업 회의

24일 오후 3시 제2차 범시민궐기대회가 시작되었다. 궐기대회 후 '대학생들은 YWCA 앞으로 모이라'는 광고도 했다. 광주YWCA 를 사용할 수 있도록 해달라고 이애신 총무를 통해 몇 차례 요청했으나 허가해주지 않자, 무작정 들어가 자리를 잡기로 했다. 마침내 24일 오후부터는 광주YWCA를 사용해도 된다는 허락이 떨어졌다.

이날 궐기대회도 시민들의 적극적인 호응 속에 성황리에 끝났다. 도청 안의 수습위원들은 윤상원 등을 소위 '강경파'라 불렀다. 궐기대회 후 1만여 명의 시민들과 함께 도청 분수대에서 공용터미널, 광주역, 유동삼거리를 거쳐 금남로5가에서 다시 도청 앞 분수대까지 가두행진을 했다. 행진을 끝마치고 오후 7시경 광주YWCA로 돌아오니 신영일·김정희 등 100여 명의 학생이 모여 있기에, 곧바로 팀을 결성했다. 전날(23일) 함평에서 돌아온 정상용·이양현은 김영철·윤상원·윤기현·윤강옥과 함께 전체 기획을 맡기로 했고, 홍보 및 가두방송은 김상집, 〈투사 회보〉 인쇄는 박용준, 궐기대회는 임영희, 대자보는 정현애가 팀장을 맡기로 했다.

회의가 끝나고 어두워지자 정상용·이양현·윤상원·윤강옥·김영철·윤기현·정해직·박효선·김광섭·안길정·김효석 등 일행은 모두 김상집이 운전하는 전남대 스쿨버스를 타고 보성기업으로 자리를 옮겨 밤을 새워 회의를 했다. 우선 가장 시급한 일은 총기 회수를 저지하는 일이었다. 전남대 부근과 학운동, 지원동, 백운동 등지에서는 공수들이 출몰하여 민간인을 살해하고 달아나는 경우가 빈번했기 때문에 기동순찰대가 급히 출동하여 공수들과 교전을 벌이는 일이 잦았다. 이양현·정상용·윤상원이 나서서 내일 오전 11시 YWCA에서 각계 민주 인사 원로들을 모시고 회의를 열어 동의를 구하기로 했다. 우선 '총기 회수 중단, 학살 인정과 군부 정권 퇴진, 책임자 처벌과 희생자 안장' 등 광주시민의 요구를 설명할 계획이었다. 각계 민주 인사들의 동의를 얻으면 도청 수습대책위원회의 개편이 훨씬 용이해지고, 개편된 수습대책위원회의 무게감도 커지리라 기대했다.

윤상원은 '민주주의와 민족통일을 위한 국민연합 전남지부' 사무국장이기 때문에 전체 명단을 가지고 있었다. 윤상원이 전화번호를 불러주면 평소 친하게 지내온 정상용이 전화를 걸어 내일 오전 11시 광주YWCA에서 회의가 있다고 알렸다. 재야인사들에게 전화 연락을 마치고 본격적인 회의에 들어갔다. 윤기현이 오랜 농민운동 경험, 특히 함평 고구마 사건 때 경험을 얘기하며 대응책을 설명했다. 윤기현 작가의 증언을 들어보자.

회의가 시작되어 의논들을 했는데 처음에는 상황을 잘 몰라 듣고만 있었다. 그런데 큰 집회나 대회를 해본 경험들이 없는 사람들 같았다. 그래 내 의견을 이야기하게 되었는데 모인 사람들은 집중을 해 들어주고 있었다. 그래 먼저 돌아가면서 자기들이 알고 있는 현 상황들을 이야기하기로 했다. 전부 돌아가면서 이야기를 하다 보니 윤상원이의 이야기가 가장 중요한 의제가 되었다.

윤상원 씨는 도청에 수습위원으로 있으며 현 상황을 관리하는 위치에 있는 사람 중에 한 사람이었다. 윤상원 씨가 급박한 도청 상황을 이야기하며 이걸 잘못 수습하면 이제까지 흘린 피가 아무런 보람도 없이 와해될 수 있는 상황이라는 것이었다. 도청 안의 수습위원들의 분위기는 시민들이 무장을 해서 감당할 수 없는 상황이라고 생각한다는 것이었다. 그래 벌써부터 총기 반납 이야기가 나온다는 것이었다. 급박한 상황이라는 것에 회의를 하는 우리까지도 모두 긴장하고 있었다.

나는 무기를 반납하게 되었을 때의 참상을 이야기했다. 계엄령 아래서 무기를 들었다는 것은 곧 반란을 의미하고, 목숨을 지금의 권력자에게 맡기는 것임을 알아야 한다고 이야기했다. 그들은 반란군의 목줄을 쥐고 몇몇은 공개 총살을 시킬 것이다. 광주시민들을 모두 반역자로 몰아 마음대로 할 수 있는 권리를 주는 것이니, 책임을 묻지 않겠다는 각서를 받지 않고 총기를 반납한다는 것은 계엄군의 사형 작두날에 고개를 들이미는 것이라고 이야기했다.

함평 고구마 사건도 말로 하는 협상을 농민 대표들이 받아

들었지만 그들이 백지화해버려 다시 투쟁해서 각서를 받아서야 현실이 되었다. 그 사례도 이야기했던 것 같다. 그러면서 3일 동안 시위대와 같이 다니면서 공원에서 자보기도하고 지방에 내려가 사람들을 데리고 와보기도 하면서 들었던 민심과 내가 생각했던 것을 그대로 이야기했다.

첫째는 일단 사람들이 많이 흥분되어 있으니 이 흥분을 투쟁의 동력으로 빨리 전환시켜야 하는데 그것은 대중 집회밖에 없다는 것을 이야기했다. 21일은 엄청난 사람들이 거리에 쏟아져 나와 이리저리 휩쓸리며 흥분해서 돌아다니고 있었으며 공수부대가 도청만 장악한 상태에서 많은 공간이 열려 있는 상황이었는데, 열린 공간 곳곳에서 집회를 열 수도 있었다. 그런데 준비된 집단이 없어 그대로 방치된 채 그들을 조직하고 교육할 수 있는 기회가 방기되는 것 같아 안타까웠다. 집회 장소의 목적지인 분수대 앞에서 대중 집회를 조직하는 것이 급하다는 것을 이야기했다.

둘째, 공수가 물러갔지만 대신 광주를 에워싸 고립시킬 것이니 광주의 참상을 밖으로 알릴 방법을 찾아야 한다. 그러기 위해서는 적십자사를 적극 활용해야 한다는 것을 상기시켰다. 시민들이 참여하는 헌혈 운동을 하고, 적십자사를 통해 전국적인 헌혈 운동을 하게 함으로써 광주의 참상을 간접적으로 알리는 것도 방법이 될 수 있을 것이라고 이야기했다.

셋째, 대중 집회에 명망 있는 지도자들이 앞에 나와서 같이 싸우고 있다는 것을 알려야 한다. 목사, 교수 등. 각 부문

의 대표들이 자신이 속한 부문도 이 투쟁에 적극 동참한다
는 것을 선포해서 불안해하는 대중을 안심시켜야 한다는 생
각을 이야기했다. 대중 집회에서 자발적으로 나선 연사들도
있겠지만, 명망 있는 지도자들이 시민 앞에 나섬으로써 자발
적으로 참여하는 시민들의 신뢰를 쌓아야 했다. 그래야 대중
이 안심하고 참석해 지속적인 집회를 할 힘을 얻을 수 있기
때문이다.

넷째, 광주의 상황을 외국에 알리고 외국의 지원과 응원
을 얻어내기 위해 외신 기자회견을 조직해서 그때그때 상황
을 설명하고 광주 상황을 적극적으로 알려달라고 부탁해야
한다. 국내 언론사 기자들은 언론사들의 왜곡된 보도 때문에
극도로 시민들 증오를 받고 있어 취재에 어려움을 겪고 있
었지만, 외신기자들에게는 시민들이 인터뷰를 자청하는 호
의적인 분위기였다. 광주의 참상을 외국에라도 알려 양심 있
는 인사들의 항의를 이끌어내는 것도 중요한 일이라고 생각
했다.

다섯째, 도청에 있는 윤상원 씨를 도와줄 수 있는 사람들
이 도청으로 더 들어가야 한다. 밖에서만 있으면 안 된다. 도
청 안에 일정한 세력을 형성해야 하고 밖에서 그들을 지원
할 수 있는 사람을 조직해서 계속 들어가야 한다. 또 도청 안
과 밖이 긴밀하게 소통할 수 있는 장치가 필요하고 거의 실
시간으로 이루어져야 한다.

여섯째, 지금 차들이 너무 어지럽게 돌아다니는데 이 질서
를 잡아줘야 하고 총기와 폭발물 등 무기의 안전사고가 나

지 않게 관리되어야 한다. 교육 집단을 만들어 안전사고에 대한 교육을 해야 한다.

일곱째, 민원 조직을 만들어 사망자·부상자·실종자 접수를 받고 각 병원 환자들의 신상을 파악하여 민원인들이 대조해볼 수 있게 함으로써 많은 사람들이 질서 있게 참여할 수 있는 방안을 만들어야 한다. 사망자·부상자·실종자 가족이나 친지 등 관련자들이 투쟁할 수 있는 동력으로 발전하게 될 것이기 때문이다. (민원실이 설치되어 사망자와 부상자들의 사진이 걸렸다. 사람들이 몰려들어 확인했고, 도청에서 이 업무를 하다가 나중에 민원 확인실은 도청 별관에 설치하고 시신은 상무관으로 옮겨 안치함으로서 항쟁 지도부와 추모객과 실종자 확인차 모여드는 사람들을 분리할 수 있었다.)

여덟째, 지도부의 역할과 위상을 정립하고 그 지도부를 보호할 수 있는 조직을 갖춰야 한다. 무장한 사람들을 시민군으로 묶고, 도청 안에 기동타격대를 두어 지도부를 보호하고 급박한 상황시 출동하여 지원할 수 있어야 한다. 중구난방으로 어울려 있는 사람들에게 완장을 채워주면 시민들에게 공개되고, 또 시민들의 감시를 받음으로써 함부로 활동할 수 없도록 규율이 생겨나게 된다. 시민들의 신뢰와 믿음을 받게 해야 한다. 완장은 그냥 완장이 아니라 책임감과 사명감의 표시가 되고 스스로를 강제하는 증표가 되기 때문이다.

아홉째는 시위를 하면서 변두리를 돌아다녀보니 사람들이 굉장히 궁금해하더라는 거였다. 시내 중심부는 알 수 있는데 중심지에서 조금만 벗어나도 상황을 모르니 포스터나 전단,

방송조를 만들어 전 시내를 돌아다니면서 선전전을 전개해야 한다.

열째, 시위에 참여한 사람과 싸우는 시민군과 타격대가 배가 고프지 않게 해야 한다. 도청 구내식당을 최대한 활용해 하루 쌀 30~40가마니는 밥을 해서 주먹밥이라도 만들어야 한다. 이렇게 하지 못하면 배고픈 것에 장사 없다고 불상사가 날 수 있으니 그걸 꼭 관철해야 한다. 그런데 이걸 윤상원이가 도청에서 수습위원들 회의에서 이야기했더니 정시채가 그런 쌀이 없다 했다고 연락이 왔단다. 그래 내가 광주 시내 비축미가 농협 창고에 가득 들어 있다고 알려주면서 정시채 씨에게 시민들에게 알려 털어버리겠다고 협박을 한 번 하라고 했다. 윤상원이 그대로 이야기했더니 쌀을 50가마니씩 내주겠다고 약속했고 그렇게 내주어서 식당에서 밥을 할 수 있었다.

마지막으로 이런 일이 진행되는 상황을 점검하게 매일 오전과 오후 회의를 해서 서로 협조할 수 있도록 해나가야 한다. 한 번 모이고 끝나면 의미가 없고 미룰 시간도 없다.

이런 제안을 하자 모인 사람들은 다 옳은 이야기라고 했다. 그런데 이걸 어떻게 실행할 것인가를 놓고 의논을 하다 보니, 모인 사람들이 역할을 나누어 맡을 필요가 있었다. 총알이 튀고 사망자가 생기는 상황에서는 모인 사람들로 조직을 할 수 밖에 없으니, 조직을 만들자고 해서 조직이 만들어졌다. 그리고 각자 맡은 역할에 최선을 다하자고 결의까지 할 수 있었다.

내가 이런 제안을 할 수 있었던 것은 남들이 중·고등학교 다닐 때 현장에서 삶으로 겪었기 때문이다. 1972년부터 기독교청년회 연합운동으로 각종 집회를 조직하고 집행해봤고, 거기다 1977년과 78년 함평 고구마 사건 집회와 북동성당에서의 10일간의 단식 투쟁을 하면서 겪은 경험들이 쌓여 있었다.

이 제안들은 그대로 집행되었고, 공수부대가 물러간 혼란기에 분수대 앞에서 열린 대중 집회는 투항으로 흐르는 집행부를 끝까지 항쟁하자는 지도부로 바꾸는 역할을 효과적으로 해낼 수 있었다. 결과적으로 24일 보성기업에서의 회의가 광주를 열흘간 버틸 수 있는 근거가 되지 않았나 생각하게 된다.

거기에 참여했던 한 사람으로 살아남았다는 부끄러움과 죽은 사람들의 뜻이 제대로 실현되지 못한 현실에 절망하면서도 최선을 다해 살아가고 있다고 생각한다.

— 윤기현

그리하여 일행은 내일(25일) 오전 10시 광주YWCA 회의에 정상용·이양현·윤상원이 참석하여 일단 총기 회수를 중단할 것을 요청하기로 결정했다. 박효선은 극단 광대를 이끌고 분수대 궐기대회를 맡기로 했으며, 정해직은 상무관 분향소를 맡고 사망자 및 실종자를 파악하여 날마다 벽보에 붙이고 궐기대회에서 보고하도록 하고, 윤기현은 적십자사를 통해 광주의 참상을 외부에 알리고 농협에 가서 당장 굶는 사람들에게 양곡을 풀도록 요청하기로 했다. 정현애는 송백회와 여대생들과 함께 대자보를 쓰고 궐기대회를 진행하도록 하고, 김상집은 가두방송과 〈투사 회보〉 배포를 맡기로 하였다.

그리고 25일 오전 광주YWCA 회의 결과를 가지고 지도부가 도청으로 들어가 총기 회수를 중단하고 계엄군의 진공 작전에 저항할 수 있도록 수습대책위원회를 민주투쟁위원회로 개편하기로 했다. 기동순찰대는 공수들의 양민 학살에 대응할 수 있는 기동타격대로 재편해 외곽 지역에 공수가 나타날 경우 즉각 출동해 대응할 수 있게 하기로 했다.

대학생들을 시민군으로 조직하다

5월 25일 오전 10시 YWCA 2층 소회의실에 재야 민주인사들이 모였다. 제헌국회의원 이성학, 변호사 홍남순과 이기홍, 전남대 교수 송기숙과 명노근, 신협 이사 장두석, 광주YWCA 회장 조아라, 총무 이애신, 교사 윤영규·박석무·윤광장, 민주헌정동지회 회장 최운용 등이었다. 여기에 정상용과 윤상원이 참석하여 전날 밤 보성기업에서 정리된 청년·학생의 입장을 설명했다. 한편 1층 강당에서는 송백회와 극단 광대 그리고 여학생 70여 명이 대자보를 쓰고 있었다. 대자보 팀을 맡은 녹두서점 정현애 선생과 가두방송을 맡은 김상집은 2층 계단 입구에 서서 초조하게 재야 민주 인사들의 회의 결과를 기다리고 있었다.

정상용은 총기 회수를 중단해달라고 재야인사들을 설득했다.

"도청 수습위는 7개 항의 협상 분위기 조성을 위해 무기를 먼저 무조건 반납하려 하는데 그렇게 해서는 사태를 제대로 수습할 수 없다고 생각합니다. 10만여 명이 모인 시민궐기대회에서 '우리는 왜 총을 들 수밖에 없었는가?'를 외치고 있는데, 수습위에서 일방적으로 협상을 진행하기 위해 총기 회수를 한다고 해서 시민군과 시민들이 이에 따를 리 없습니다. 저희는 어젯밤 논의를 통해 궐기대회를 계속 추진하여 시민들의 뜻을 모으고, 강력하게 의사를 결집하여 협상에 유리한 여건을 만들기로 작정했습니다. 이제 어른들께서 나서서 수습위가 총기 회수를 중단하도록 말씀해주십시오."

윤상원이 회의 전에 미리 자초지종을 설명했던 터라 민주통일국민연합 전남지부장인 제헌의원 이성학은 젊은이들의 의견에 적극적으로 찬성했다. 이에 양서조합 상임이사 장두석, 대동고 박석무 선생도 적극적인 찬성을 표명했으나 대부분 인사들은 반대했다. 진보적인 민주 인사들이라고 하지만 총기 회수를 중지하고 재무장하자는 정상용과 윤상원의 주장에 동의하는 것이 쉬울 리 없었다. 자리에 참석한 인사들 가운데 제일 연장자인 이성학 제헌의원은 젊은이 못지않은 열정으로 다른 인사들을 설득하려 애썼으나 쉽지 않았다. 이성학·장두석·박석무 세 사람의 노력에도 불구하고 재야 민주 인사들은 총기 회수 입장을 거두지 않았다. 서로 자기 주장만 반복하다가 평행선을 그은 채 회의를 끝낼 수밖에 없었다.

사실 그동안 민주통일운동을 함께 하면서 재야인사들이 청년

희생자 가족에 드리는 글, 3차 5/25
민주 쟁취를 위하여 쓰러져간 영령 앞에 삼가
조의를 표합니다.
　금번 광주의거 희생자 가족 여러분!
또 아직 유체도 찾지 못하고 영안실을 헤메는
가족 여러분!
　너무도 당혹스러운 이 참상을 과연 무엇으로
표현하고 무엇으로 보상 할수 있을까요?

　너무도 원통하고 분하여 죽어간 이들의 넋은
저하늘을 헤메고 있을 것입니다.
　작금의 인즌 헤아리기 전에 우리는 그들의 처절한
투쟁을 눈으로 확인 하였습니다.
　용사가 따로 있는 것이 아니라 바로 이민족의
피 뿜은 영혼들이 모두 용사가 되었습니다.
　　가족 여러분!

　5월의 하늘은 민주의 함성으로 가득하였읍니다.
　우리 민족이 이 민족의 서러움 밑에서 해방된후
조국은 분단되고 분단된 조국위에 이승만, 박정희의
독재시대를 겪었습니다

5·18 당시 시민들이 작성한 성명서와 선언문 등. 유네스코에 등재된 기록물.

전국 민주 학우여 !
우리는 더 이상은 숨지 않습니다. 더 이상 참을수
없습니다. 전세계 각국이 광주 ~~○~~ 의거
~~중앙에~~ 맞어 싸우는 우리를 응원하고 있습니다.
우리는 장렬하게 싸우고 있으며 온 광주시민, 아니
전 전라도 ~~도민~~ 5백만이 뭉쳐서 전두환 군부 독재에
항거하고 있습니다.

~~전국~~ 전국 민주 학우 여러분!
민주학생의 봉기로 시작된 지금의 민주 투쟁을
승리로 완성 시키기 위해 ~~○~~ 광주 민주 학생은 눈물로
전국 학생에 간곡히 호소합니다.

一 ○ 전두환 군부 독재를 타도시키는데 ~~○~~전국 민주 학생
은 온 몸을 바쳐 독재를

~~○~~

一 ○ 총칼로 무장한 군인이 전국을 우리의 학우들 ~~타도하라~~

一 ○ 북방 연행된 우리의 동료 구속 인사를 석방 ~~○~~
~~○ 죽음으로 민주화의 횃불을 승리할 때까지 ○~~ 시켜라

1980. 5. 광주 ~~시민~~ ○ 일동
민주 학생

一 ○ 목숨을 바쳐 민주 독재에 일장한 동료 ~~구속을 석방○(여지)막라~~

우리는 조국의 민주주의가 위협을 받을 때마다
언제나 죽음을 무릅쓰고 물러 섰었다.

일제의 폭압에도 총칼 앞에서도 광주 학생 운동을 일으켰
으며, 이승만의 독재에 항거하여 4.19를 일으켰으며
~~또한~~ 조국의 ~~분~~ 위기와 안보를 위협 했던 때에도
분연히 항거하였으며, 1972년 유신체제 앞에서도
굴함없이 민주주의를 수호하기 위하여 ~~항쟁은~~ 택하였던
것입니다. ~~전국 민주 학생 여러분!~~

~~정치적~~으로는 세계 역사에서 볼수 없던 지독한 독재요.
~~인격적~~으로 민족의 앞날을 더럽혔던 박정희 치하
18년이 ~~끝난~~ 뒤에도, 여전히 자유와 민주주의 봄은
멀기만 했던 것을 지난 몇달 동안 우리들은 너무나
뼈저리게 느꼈습니다.

그렇기에 서울을 비롯한 전국 각지에서 대학생은
새로운 군부 독재의 망상을 타파하는데 선봉이
되었던 것입니다.

그 연속으로 이곳 광주에서는 학생들의 숭고한
뜻을 도와하며 ~~○~~ 남녀노소 가릴것 없이 수많은
시민들이 한데 독재에 항거하는 데다 대열에 ~~○~~
~~○○○○○~~ 앞장섰으며,

~~투쟁은~~ 전두환의 마지막 발악이 무차별 사격으로

전국 민주 학생에게 보내는 글 33쪽 5월

민족사의 정통성을 지켜감에 있어, 굽힘없이
온 몸으로 분연히 항거하여 분연히 일어섰던 전국
민주 학생 들이여. ○
우리는 지난 5월 18일 부터 유신독재의 연장인
전두환 군부 독재에 맞서서 싸우고 있는 광주 시민,
청년, 학생 들이다. ~~죽음을 무릅쓰고~~
다시 싸자 사태 5월 18일 이후 우리는 계엄령 철폐
와 유신잔당의 퇴치, 정치일정의 명확화, 노동 삼권보장
농민 수탈 종식 등의 우리의 민주를 의지여
결사 저연히 ~~언론은~~ 정당하고 사리를 했던 것입니다.
그러나 이 어찌 천인 ~~혀악~~ 이라 말입니까!
전두환은 위시한 몇몇 군부 독재는 ~~○~~ 5월 19일
~~○~~ 아음은 틈타 전국의 민주 인사와 학생들은
불법 연행하고, 5월 18일 0시를 기해 전국의
비상계엄을 확대하고 모든 권력을 장악하려
쿠데타를 일으켰습니다.
정권욕과 사리에 눈멀고 ○ 과도정부의 빈모르 의다라고
전국 국민은 최후 이천의 비선보여 사기에 이었습니다
~~○○~~ 민주 학생 여러분!

응우했을때 우리는 무기를 들수 없이 ~~○~~ 있었던 것입니다.
온 광주 시민은 ○ 분연 어제까지의 ~~무운과 죽음을~~
아우머 들은 응우하며 식사로 제공했으며
~~○~~ 차을 몰고 ~~경운○에~~ 맞서
바리케이트를 쌓○으며 ~~총알에~~

남녀 학생을 비롯한 민주 시민은 빗발치는 총탄을
무릅쓰고 도청으로 전진 하였던 것입니다.
~~[민주시민 여러분]~~
연 1주일의 투쟁 기간으로 사망자수는 500여명에
이르러 1만여명을 훨씬 되고 ~~니○지는~~ 군부대맞
살아, 시청장에 ~~○~~ 버려진 것으로 추정합니다.
부상당한 환자는 너무나 처참하여 차마 볼수 없이
시내 병원에서 신음하고 있습니다.

전국 민주 학우여 !
~~○~~ 온국민의 한결같은 염원인 민주한국을 수립하
느냐, 아니면 또다시 짓밟히는 군부 독재 ~~의~~ 의
굴레속에 짓밟히느냐 하는 것인의 순간 입니다.
전두환은 마지막 발악을 하고 있습니다.
전 매체 ~~방송을~~ 장악하여 ~~○○○○○○○○○○○~~
~~○○○○○○○○~~ 그들의 음모로 왜곡하고 있습니다
이러한 수법은 독재를 ~~자행 하였던~~ 이승만,
박정희가 상투적으로 써먹었던 수법입니다.

들의 이야기를 거부한 적이 거의 없었기 때문에 정상용과 윤상원은 적잖이 실망할 수밖에 없었다. 그러나 곧장 도청 안으로 들어가 총기 회수 중단을 요구해야 했기 때문에 마냥 이 자리에서 토론만 하고 있을 수는 없었다. 정상용은 이성학 장로 앞으로 가서 감사인사를 드렸다. 이성학은 정상용과 윤상원에게 신신당부했다.

"국민의 생명과 재산을 지켜야 할 군인들이 백주대낮에 맨손으로 평화 시위를 하고 있는 시민들을 향해 총을 난사했네. 이건 학살이야. 전두환이가 김대중 선생님을 비롯한 민주 인사들을 예비검속하고 통대 선거로 대통령이 되려고 하네. 이건 헌정을 유린한 쿠데타야. 자네들이 소신을 가지고 이 나라를 구해야 하네. 절대 항복해서는 안 되네."

이에 정상용과 윤상원은 대답했다.

"네, 저희는 죽음을 각오하고 있습니다. 절대 지지 않을 겁니다."

그리고 정상용은 회의 내내 계엄사로부터 확답을 받기 전까지는 총기 회수를 중단해야 한다고 열변을 토했던 박석무 선생 옆자리에 앉으며, 조용히 종이 한 장을 내밀며 말했다.

"좀 이따가 오후 3시 궐기대회에서 이 성명서를 낭독해주십시오."

그 성명서는 어젯밤 재야인사들에게 연락을 마친 다음, 정상용이 재야인사들의 입장에서 총기 회수 중단을 요구하는 내용으로 정리해놓은 것이었다. 어젯밤 회의에서 논의한 대로 대중 집회에 명망 있는 지도자들이 대중 앞에 나와서 우리도 같이 싸우고 있다는 것을 알려야 할 필요가 절박한 시점이었다. 목사와 교수 등 각 부문의 대표들이 나서서 공수들의 잔악한 살육을 규탄하며 민주 정부를 수립하겠다는 확답을 받을 때까지는 총기 회수를 중단해야 한다고 선포해 불안해하는 대중을 안심시켜야 했다. 박석무 선생은 난감한 표정을 지었다. 총기 회수를 중단해야 한다는 입장에는 동의하나 궐기대회에서 낭독하는 것은 어렵다는 것이었다.

틀렸다고 생각한 정상용은 자리를 박차고 일어섰다. 정상용이 씩씩거리며 회의장을 나서자 윤상원도 뒤따라 나왔다. 윤상원은 1층 계단에서 대기하고 있던 김상집과 눈이 마주치자 고개를 절레절레 흔들었다. 총기 회수 중단 요구가 받아들여지지 않았다는 뜻이었다.

가장 먼저 회의장을 나온 조아라 회장과 김경천 간사는 1층 소심당에서 대자보를 쓰고 있는 송백회와 여학생 70여 명을 보고 깜짝 놀랐다. 대자보 상단에 큰 글씨로 '대학생은 YWCA로 모여라'라고 쓰여 있었다.

"총 들고 싸우자고 해서 얼마나 많은 사람을 더 죽게 만들려고 그러느냐? 여기서 나가라! 총 다 뺏어라!"

회의에 참석했던 조아라 YWCA 회장과 김경천 간사가 계속 큰 소리를 쳤다. 궐기대회 준비를 하고 있던 대자보 팀은 고개를 돌리고 옆으로 숨었다. 몇몇 여자들은 묵묵히 고개를 숙인 채 또박또박 대자보를 써내려갔다. 아무도 대꾸를 하지 않자 두 사람은 밖으로 나가 금남로 곳곳에 붙은 대자보를 찢었다. 대자보에는 공수들의 만행이 낱낱이 폭로돼 있었고, 역시 '대학생은 YWCA로 모여라'라는 문구가 크게 쓰여 있었다. 대학생을 모이라고 한 것은, 총을 지급하여 새로운 시민군을 조직하려는 계획 때문이었다.

당시 수습대책위원회는 광주시민들의 요구와 상관없이 강제로 총기를 회수하고 있었다. 그러나 무장을 해제하면 곧바로 계엄군의 공격을 받을 것이고, 광주에는 또다시 피바람이 몰아칠 것이 분명했다. 시민들은 그런 사실을 잘 알고 있었기에 '총기 회수 결사반대'를 외치며 궐기대회에 참여했다. 〈투사 회보〉에 실은 '우리는 왜 총을 들 수밖에 없었는가'라는 주장은 시민들의 뜨거운 호응을 받았고, 궐기대회에서 낭독할 때마다 열화와 같은 박수를 받았다. 그러나 기대했던 민주 인사들은 총을 드는 것을 막무가내로 반대했다.

계엄군은 총기를 회수하지 않고서는 어떠한 협상도 없다는 입장이었다. 수습대책위원회는 협상을 명분으로 100여 정의 총기를 반납한 뒤 시위 도중 연행된 일부 학생들을 석방시켰다고 자랑했다. 전날인 24일 일이었다. 반면 텔레비전에서는 '간첩이 광주에 침투하여 무장 폭동을 일으키고 있으며 그중 한 명을 잡았다'고 보도하고 있었다. '협상을 위해서라도 총기 회수를 중단해야 한다'고 주장하면 빨갱이로 몰리는 상황이었던 것이다. 시민군의 무장이 해제되면 계엄군들은 또다시 피의 살육을 자행할 것이고, 지금까지 민주주의를 위해 싸우다 억울하게 숨진 모든 사람은 폭도라는 누명을 쓰고 역사의 죄인으로 남을 터였다. 윤상원 등은 더이상 수습대책위원회에 기대를 걸지 않기로 했다. 궐기대회를 통해 시민군을 새롭게 조직하여 결사항전을 결행하기로 했다.

광주YWCA에서 회의가 끝난 뒤 재야인사 일부는 오후 2시 남동성당에서 다시 모였다. 이성학, 홍남순, 이기홍, 송기숙, 명노근, 김성용, 조비오, 장두석, 조아라, 이애신, 오병문, 김천배, 최운용, 위인백 등이었고 청년·학생 측에서는 이양현, 윤기현, 오재일이 참여했다. 이양현과 윤기현은 다시 24일 밤 회의 내용을 설명하며 총기 회수를 중단해달라고 설득했으나 총기 회수 중단만큼은 의견이 좁혀지지 않았다. 재야인사들은 '비폭력 저항'을 주장했고, 만약 계엄군이 탱크를 앞세우고 시내로 쳐들어온다면 직접 몸으로 막겠다며 반대했다. 그러나 조비오 신부의 간곡한 설득으로 도청 수습대책위원회에 적극 참여하기로 하였다. 조비오 신부는 평소 민주화운동에 앞장섰거나 시민들의 신망을 받는 종교인들이 사태를 평화적으로 해결하는 데 앞장서야 한다고 말했다.

오후 5시 재야인사들의 수습대책위 참여는 기존 11명의 도청 수습대책위에 큰 변화를 가져왔다. 이종기 변호사, 명노근 교수, 조비오 신부가 남고, 관변 단체나 관의 부탁을 받고 참여한 사람들이 모두 빠져나갔다. 참석자는 김성용·김천배·명노근·송기숙·오병문·위인백·윤상원·이기홍·이성학·이애신·이영생·장기언·장두석·정상용·조봉환·조아라·조철현·허규정·홍남순(가나다순) 등이었다. 재야인사들이 합류한 수습대책위는 도청 부지사실에서 곧바로 회의를 열었다. 이 자리에서 김성용 신부가 〈최규화 대통령 각하께 드리는 호소문〉을 채택했다. 첫째 이번 사태는 정부의 잘못임을 시인할 것, 둘째 사과하고 용서를 청할 것, 셋째 모든 피해는 정부가 보상할 것, 넷째 어떠한 보복 조치도 없을 것 등이었다.

정상용과 윤상원은 회의가 끝난 뒤 남동성당으로 가지 않고 도청 안으로 들어갔다. 윤상원은 21일 밤부터 계속해서 시민군들과 함께해왔기 때문에 많은 시민군으로부터 신뢰를 받고 있었다. 우선 박남선을 설득했다. 우리의 요구 사항을 관철하려면 계엄 당국에 대한 협상력을 높여야 하는데, 그러려면 이른 시일 내에 시민군을 재조직하여 방어 태세를 완벽하게 갖추어야 한다고 말했다. 또한 학생수습위원회의 투항주의적 입장을 비판하면서 지도부를 대학생과 운동권 청년들로 교체할 계획이니 협조해달라고 부탁했다. 교체 과정에서 시민군 내부에서 무력 충돌이 일어나지 않도록 철저하게 시민군을 장악해줄 것을 당부한 것이다.

윤상원은 김종배와 허규정도 별도로 만났다. 현재 녹두서점에 모인 사람들이 광주YWCA로 본부를 옮겨 '대학생들은 YWCA로 모이라'고 방송하고 있으며 시민궐기대회가 끝나면 많은 대학생들이 시민군에 합류할 거라고 말했다. 김창길과의 입장 차이 때문에 갈등을 겪고 있던 김종배와 허규정은 새로운 집행부 구성을 환영했다.

김상집은 광주YWCA 회의에서 총기 회수 중단 요청이 받아들여지지 않자, 평소와 다름없이 스쿨버스로 가두방송을 하며 "대학생은 YWCA로 모여라"라고 외쳤다. 시내 곳곳에 "대학생은 YWCA로 모여라"라고 인쇄된 〈투사 회보〉를 배포한 뒤, 오후 3시 제3차 범시민궐기대회를 위해 분수대에 마이크를 설치했다. 비가 오는데도 많은 시민이 우산도 없이 모여들었다.

궐기대회가 끝나고 오후 6시경이 되자 100여 명의 학생이 모였다. 김상집은 학생들을 10명씩 1개 분대로 묶은 뒤, 학생증과 주민등록증을 걷었다. 그리고 간단한 제식훈련으로 정신을 가다듬은 다음 현 시국에 대해 간략히 설명했다.

지금부터 여러분은 시민군이다. 이제 제2의 생명인 총기를 지급받으러 간다. 가두방송을 통해 알린 대로 공수들은 지금도 시도 때도 없이 광주시 외곽 지역에 숨어들어와 양민들을 학살하고 암매장한 후 도망치고 있다.

어제 공수들이 전남대에 침투하여 학생 둘을 죽이고 문리대 앞 야산에 암매장하고 도망쳤다는 제보가 들어왔다. 곧 기동순찰대가 전남대로 긴급 출동하여 시민들이 목격한 암매장 자리에서 학생 시신 두 구를 파내어 도청으로 데려왔다. 현재 신원 확인 중이고 곧 상무관에 안치할 예정이다. 여러분의 임무는 이러한 공수들의 만행으로부터 시민들의 생명과 재산을 보호하는 것이다.

현재 부산 앞바다에는 미국 항공모함이 정박해 광주의 움직임을 예의 주시하고 있다. 동시에 전두환 군부의 움직임도 감시하고 있기 때문에 우리 광주시민군이 끝까지 저항한다면 그리 쉽게 진압 작전에 동의하지 못할 것이다. 수습대책위원회는 도청 지하에 300톤의 TNT를 보관하고 있다. 만약 계엄군이 진압 작전을 단행한다면 자폭하겠다고 선언했다.

최규하 대통령 권한대행은 민주 일정에 따라 국민투표에 의해 민주 정부를 구성하겠다고 약속했다. 우리의 요구는 비상계엄을 철폐하고 민주 일정에 따라 국민투표를 해서 민주 정부를 수립하라는 것이다. 너무나도 당연한 요구조차 거부하고 진압을 하겠다면 우리는 자폭할 것이다.

외신기자들의 말로는, 미국은 이러한 엄청난 시민의 희생을 원치 않을 것이므로 우리가 끝까지 광주를 지킨다면 미국은 더 이상 전두환을 지지하지 않고 민주 일정에 따른 민주 정부 수립으로 방향을 선회할 수도 있다고 한다. 22일 광주가 해방구가 되었을 때 외신기자들이 두 손을 앞으로 내밀어 여덟 손가락을 펴 보이며 '여러분들이 앞으로 8일간만 버틸 수 있다면 여러분이 이깁니다'라고 말했다. 외신기자들은 수습대책위 사람들을 만날 때면 그때마다 손가락을 하나씩 접더니 오늘은 네 개의 손가락을 펴 보였다. 우리가 앞으로 4일간만 더 버티면 우리가 승리한다는 의미다.

현재 공수들은 광주시 외곽에서 시내를 들락거리며 양민을 학살하고 있다. 동시에 지금 시내에서는 각종 기관원들이 시민군의 동태를 감시하며 때때로 시민들을 납치하고 있다. 그렇기 때문에 여러분들 가운데 누군가가 잡혀가더라도 고문에 못 이겨 시민군 전우의 이름을 댈 우려가 있으니 지금부터는 일절 이름을 부르지 않고 몇 분대 몇 번 이렇게 번호만 부르도록 한다.

학생증과 주민등록증을 회수한 것은 혹시 전투 중에 여러분 가운데 누군가 죽는다면 그 사람은 시민군으로서 의롭게 싸우다 죽었으므로 여기에 있는 명단을 바탕으로 반드시 국가유공자임을 증명하기 위해서이다.

잠시 후에 도청에 들어가 총기를 지급받으면 그때부터는 암호를 가르쳐줄 것이다. 암호는 두 시간 간격으로 변경되니 잘 기억해야 한다. 공수들과 기관원의 출몰이 너무 잦으므로 암호를 모르면 위험에 빠질 수 있고 잘못하면 죽을 수도 있다. 여러분은 주로 도청 경비와 외곽 지역 방어에 투입될 것이다.

이렇게 세세하게 설명한 다음 도청 안에 있던 윤상원에게 연락했다. 잠시 후 안길정이 와서 10개 분대를 인솔해 갔다. 100여 명의 학생은 곧바로 총기가 지급받았고 초소에 배치됐다.

마침내 학생수습위원회를 개편하다

오후 7시경 윤상원의 안내로 정상용·이양현·김영철·정해직·윤강옥·박효선 등이 학생수습위원회 부위원장인 김종배·허규정과 처음으로 자리를 함께 했다. 이미 윤상원이 사전 정지작업을 해놓은 터라 학생수습위원회를 새로운 집행부로 결성하기로 했다. 그리고 광주YWCA에서 온 대학생 시민군들을 식산국장실 옆 회의실에 대기시켰다. 잠시 후 김창길 수습위원장이 회의장에 들어와서 목소리를 높였다.

"도대체 당신들은 어떻게 하겠다는 것인가요? 앞으로 광주를 피바다로 만들 것인가요?"

이때 현장 상황을 지켜본 조비오 신부의 증언을 보자.

그날 밤 최후의 담판을 짓는데, 항쟁파는 이양현·허규정·윤상원 등이고, 윤상원이 똑똑했어요. 최후 협상을 하면서 이쪽은 투항파하고 저쪽은 항쟁파하고 휴전 협상 하듯이 했어요. 김창길은 '무기를 놓고 당장 도청을 떠나버리자'고 주장했고, 윤상원은 '여기서 죽었으면 죽었지 총을 못 놓는다. 지금까지 죽은 동지들의 인명피해 대가를 보장받지 못했다. 수습 후에도 우리는 다 죽을 것이다. 이래도 죽고, 저래도 죽으니까 총을 못 놓겠다'고 말했다.

한참 동안 양측 사이에 격렬한 논쟁이 벌어졌다. 밤 9시경 결국 김창길은 자신의 주장이 더 이상 먹혀들지 않는다는 것을 깨닫고, 수습위원장직을 내놓겠다며 사의를 표명했다. 25일 밤 10시 수습위원회가 개편되었다. 도청 내무국장 부속실에서 새로 만들어진 학생수습위원회는 조직을 새롭게 정비했다.

학생수습위원회 조직도

위원장: 김종배

내무 담당 부위원장: 허규정

외무 담당 부위원장: 정상용

대변인: 윤상원

상황실장: 박남선

기획실장: 김영철

기획위원: 이양현·윤강옥

홍보부장: 박효선

민원실장: 정해직

조사부장: 김준봉

보급부장: 구성주

기동타격대장: 윤석루

정상용·이양현·윤상원 등 광주YWCA 항쟁 지도부는 이날 저

녁 도청 학생수습위원회으로부터 주도권을 넘겨받았다. 본격적인
재무장 결사항전의 출발점이었다.

18장

우리가
광주를 지키겠다

밤늦게까지 김창길 등과 논쟁하면서 투항파를 스스로 물러나게
하고 학생수습위원회의 다수를 차지함으로써 총기 회수를 중단
시켰지만, 학생수습위원회라는 명칭은 그대로 이어받아, 24일 밤
보성기업에서 기획했던 민주투쟁위원회로 발전한 것은 아니었다.
이는 재야 수습위원회와 행보를 같이할 수밖에 없는 한계이기도
했다. 항쟁 지도부의 계엄군 진입에 대한 '재무장'론은 재야인사
들의 '비폭력' 원칙에 가로막혔고, 재야인사들은 계엄군이 쳐들어
온다면 자신들이 앞장서서 온몸으로 막겠다며 도청 안에서 시민
군과 함께 잠을 잤다.

죽음의 행진

5월 26일 새벽 4시경, 계엄군이 탱크를 앞세우고 시내로 진입하고 있다는 급보가 시민군의 무전기를 통해 상황실에 보고되자 도청에 비상이 걸렸다. 곧바로 도청 전 병력이 무장 출동할 수 있도록 무기와 탄약 보급이 이루어졌다. 바로 하루 전날 남동성당에서 회의를 마친 뒤 곧장 도청으로 들어와 수습위 사무실인 2층 부지사실에서 함께 철야를 하던 이성학 제헌의원, 홍남순·이기홍 변호사, 김성용·조비오 신부, 김천배·이영생 광주YMCA 이사, 윤영규·장사남 교사 등 17명의 수습위원들이 머리를 맞댔다. 김성용 신부가 말했다.

> "수습위원 여러분, 차라리 우리들이 총알받이가 됩시다. 탱크가 들어오면 우리가 나가서 몸으로 막읍시다. 여기 있어도 어차피 죽을 것이니 죽더라도 밖으로 나가서 탱크를 막읍시다. 우리 17명이 총알받이로 나가 계엄군의 시내 진입을 일시적으로나마 막읍시다."

결연한 분위기에서 '죽음의 행진'이 시작되었다. 외신기자들이 우르르 행진 대열을 따라왔다. 김천배 광주YMCA 이사가 영어로 외신기자들에게 짧게 상황을 설명하는 것을 제외하곤 모두 굳게 입을 다문 채 걸었다. 어둠이 채 가시지도 않은 여명의 거리였지만 길거리에서 지켜보던 시민들이 하나둘씩 뒤따르기 시작하더니 어느새 수백 명의 대열이 됐다.

윤상원 등 항쟁 지도부는 오전 10시 시민궐기대회를 열기로 계획하고 곧바로 가두방송에 들어갔다.

"시민 여러분! 계엄군이 쳐들어오고 있습니다. 모두 도청 앞으로 나와주십시오. 오전 10시 도청 앞에서 궐기대회를 개최합니다. 모두 도청 앞으로 나와 우리 힘으로 광주를 사수합시다."

오전 9시경, 수습위원들은 금남로—돌고개—농촌진흥원 앞까지 약 4킬로미터 구간을 한 시간 동안 걸어서 계엄군의 탱크를 비무장 상태로 막아섰다. 도열한 탱크의 포문이 수습위원들과 뒤따르는 시민들을 향해 활짝 열려 있었고, 탱크 옆에는 실탄을 장전한 채 시민들을 향해 총구를 겨눈 계엄군이 도열했다. 근처 건물의 옥상 위에도 이미 기관총 총좌를 설치한 계엄군들이 위협적으로 대열을 향해 사격 자세를 취하고 있었다.

얼마 뒤에 수습위의 김성용 신부와 상무대 전교사의 부사령관 김기석 준장이 대치 현장에서 만났다. 김성용 신부는 탱크를 물려달라고 요청했고, 부사령관은 교통 소통을 위한 진입이었다고 변명을 한 뒤 이를 받아들였다.

시시각각 계엄군의 진압 작전이 눈앞에 다가오자, 윤상원은 전홍준을 만나러 사직공원 팔각정으로 갔다. 당시 전홍준의 얘기를 들어보자.

"기독교병원에서 총상을 입은 환자들을 수술하고 상원이를 만나러 잠깐 사직공원 팔각정으로 갔는데, 아 그때 상원이를 보고 깜짝 놀랐어. (커피 잔을 들어올리며) 상원이 입술이 바로 이 까만 커피색이야. 얼마나 보챘는지 이미 속까지 까맣게 탔어. 어제부터 지도부는 밖으로 나오라고 했는데…… 결국 못나오고 말았지만.

도청 뒤에 순창지업사가 있는데, 이미 그 골목 상점들은 모두 철시를 해버렸어. 내가 교섭을 해줄 테니까, 상원이더러 그 순창지업사로 와서 도청 안을 왔다갔다하며 일을 보다가 안 되겠다 싶으면 이리 숨소 했지. 어쨌건 지도부가 죽으면 싸움은 끝나는 거니까… 살았어야 하는데……

이미 진다고 하는 일은 명약관화하니까 여기서 할 일은 피해를 최소화하는 것이다. 어쨌건 죽지는 않아야 하니까… 그러려면 빨리 도청에서 나와라. 빠져나오기 어렵다면 계엄군이 들어올 것 같으면 얼른 여기 이 순창지업사로 숨어라. 그랬는데 결국 죽어버렸어, 참."

기동순찰대를 기동타격대로

26일 오후 2시, 항쟁 지도부는 옛 전남도청 2층 식산국장실에서 기동타격대를 조직했다. 정상용과 윤상원은 기동순찰대장 윤석루를 불러 작금의 상황을 설명했다. 날마다 변두리에서 공수들이 출몰하여 양민을 학살하고 외곽 지역방위대도 밤낮으로 공수들과 교전을 벌이고 있으니 기동순찰대를 기동타격대로 재편하여 계

불타고 파손된 가옥.

엄군의 진입에 대응할 수 있게 하자고 말했다. 당시 지역방위대는 광주시 외곽으로 통하는 길목마다 총을 들고 밤낮으로 지키고 있었다. 공수들이 민간인 복장으로 출몰하여 신분이 노출될 것 같으면 주민들을 살해하고 도주했고, 야간에는 몰래 시내로 진입하려다 지역방위대의 반격으로 조용히 물러나곤 했다. 시 외곽지역은 민간인 복장으로 위장한 공수들과 야간 침투를 시도하는 공수들의 살육으로 인해 하루도 조용한 날이 없었다. 주민들은 자신과 가족, 그리고 이웃을 보호하기 위해 지역방위대를 조직할 수밖에 없었다.

화순 너릿재와 증심사로 통하는 길목을 지키기 위한 태봉·숙실 마을 주민들로 구성된 학운동 지역방위대, 무등산 산장 입구 산수동로터리에 있는 산수동 지역방위대, 효촌·남평 길목인 백운동 지역방위대, 송정리·상무대 길목인 농성동 지역방위대, 담양 길목인 두암동 지역방위대, 용전·대전 길목인 오치동 지역방위대, 장성 길목인 운암동 지역방위대가 지역 예비군과 젊은이들로 편성되어 밤낮으로 지키고 있었다. 수습위원회는 이들 지역방위대마다 경찰이 쓰던 무전기를 지급하여 상황실과 교신을 주고받았다.

윤석루는 도청 안이 이미 대학생 시민군으로 가득 찼고, 어젯밤 수습위원회의 개편 소식을 알고 있었기 때문에 적극 찬성했다. 오늘 새벽 '죽음의 행진'으로 농성 광장까지 진입한 계엄군의 탱크는 물리쳤지만, 계엄군의 진압 작전이 임박했다는 소식이 들려오자 처음이자 마지막으로 '준군사 조직'을 만든 것이다. 대장은 윤석루(당시 호적 나이로 19세이나 실제 나이는 24세), 부대장은 이재호(당시 33세)가 맡았다.

기동타격대 규모는 모두 60여 명으로 1~6조는 4~6명씩, 예비로 꾸려진 7조는 30여 명이 편성됐다. 지도부는 지원자들에게 책임감을 부여하기 위해 출범식을 열어 가입 선서문을 낭독하도록 했다. 기동타격대는 각 조당 지프 1대와 무전기 1대, 대원에게는 성능이 좋은 소총과 수류탄, 철모 등을 지급했다. '계엄군의 동태를 파악해 시내 진입을 저지하고 끝까지 도청을 사수한다' '싸움·음주 등 난동자들을 체포해 본부에 이송한다' 등 당시 선서문 내용을 살펴보면 기동타격대의 주요 임무는 계엄군의 동태 파악과 치안 유지였다. 시민들은 기동타격대가 지나가면 박수를 치고 먹을 것을 나눠주는 등 적극적으로 격려했다.

궐기대회에 몰려든 예비군

오후 3시가 되었다. 김상집은 다시 분수대에 방송 장비를 설치하고 오전 내내 쌀가마니를 짊어지느라 피곤해서 잠시 광주YWCA에서 쉬고 있었다. 그때 제5차 범시민궐기대회를 진행하던 임영희와 김태종이 찾아와 시민결의문을 낭독해달라고 요청했다. 오전 제4차 궐기대회에서도 낭독한 내용인데 똑같은 사람이 매일 분수대에 올라가 이것저것 낭독하자니 속보인다며, 김상집은 운전하느라 자주 얼굴을 보이지 않았으니 한 번 더 읽어달라고 부탁을 하는 것이다. 향토예비군에게 총을 들고 광주를 지켜달라고 호소하는 내용으로, 예비군 재무장 문제는 이미 24일 보성기업에서 수습위원회를 민주투쟁위원회로 재편하고 결사항전을 하기 위해 반드시 해야 할 일이라고 논의했었다. '재무장 결사항전'은 군사 훈련을 받은 예비군들을 재무장하지 않고서는 불가능한 일이었다. 지난밤 광주YWCA 안쪽 방에서 제5차 범시민궐기대회 순서를 짤 때 김상집이 주장했던 말이었고 김상집이 예비군이기 때문에 쓴 성명서였다.

김상집은 어제(25일)는 대학생 100여 명을 도청 및 외곽 방어에 투입했고, 오늘은 아침부터 식량이 없는 집마다 쌀가마니를 배달하면서 가두방송과 대자보를 통해 향토예비군까지 제5차 범시민궐기대회에 나오도록 홍보했다. 극단 광대에 낭독할 마땅한 인물이 없어 결국 김상집이 낭독하게 되었다. 김상집이 분수대 위에 올라가보니 수협 앞에 예비군복을 입은 예비군 수백 명이 보였다. 김상집은 '민족의 이름으로 울부짖노니, 살인마 전두환을 공개 처단하라' '예비군은 도청으로 와 무기를 들고 광주를 지키자' 등 여섯 가지 결의 사항을 80만 광주시민의 이름으로 낭독한 뒤 만세삼창을 부르고 내려왔다.

궐기대회는 1시간 넘게 진행되었다. 이때 도청 안 수습위원회에는 오늘 밤 자정을 기해 계엄군이 쳐들어오리라는 소문이 파다했다. 문제는 이 사실을 숨기고 군중 집회를 계속 이어갈지 아니면 이를 시민들에게 알리고 최후까지 싸울 사람만 남아 싸울 것인지였다. 결국 계엄군의 진입이 임박했음을 알려야 한다는 데 의견이 모아졌다. 학생수습위원회 기획위원 이양현이 분수대에 올라갔다. 사회를 맡은 김태종이 마이크를 넘겨주자 이양현은 학생수습위원회를 대표하여 오늘 아침 '죽음의 행진'과 탱크를 앞세운 계엄군의 퇴각, 그리고 이어 상무대에서 김기석 준장과 회담했던 사실을 알렸다. '김성용 신부가 우리의 요구사항을 전달했으나 모두 거절했다'는 사실과 오늘밤 자정을 기해 계엄군이 시내로 진입하겠으니 도청을 떠나라고 통보한 사실을 있는 그대로 알렸다. 끝으로 이양현은 "우리 시민군은 민주 정부가 수립될 때까지 최후의 일 인, 최후의 일각까지 투쟁하겠습니다. 그러므로 여성들과 고등학생들은 집으로 돌아가셔서 살아남아 역사의 증인이 되어주십시오"라고 마무리 짓고 분수대에서 내려왔다. 순간 분수대 광장은 고요했다. 계엄군이 쳐들어올 거라는 두려움도 있었지만, 최후의 일 인, 최후의 일각까지 결사항전 하겠다는 학생수습위원회의 결연한 의지가 분수대 광장에 모인 수만 명의 시민들에게 공식적으로 전달되었기 때문이다.

궐기대회가 끝난 뒤 어제와 마찬가지로 태극기를 앞세우고 전남대 스쿨버스를 운전하며 시가행진을 했다. 스쿨버스 위에서는 목포에서 광주의 동향을 살피기 위해 파견되어 온 남녀가 공수들의 만행을 목격하고는 자청하여 스쿨버스 위에 올라 가두방송을 했다. 그들의 이야기를 듣고 그동안 목포에서의 민주화 시위 과정을 알 수 있었다. 21일 오후 1시 전남도청 앞 집단 발포 후 곧바로 시위대는 광주고속버스 6대를 타고 목포까지 내달렸다. 이들은 가두방송으로 광주시민의 피해 사실에 대해 알리고 목포시민의 궐기를 호소했다. 집단 발포 소식을 들은 목포시민들은 '계엄 철폐' '전두환은 물러가라' '김대중 석방' 등의 구호를 외치며 목포 시내를 행진했다. 시민들은 점점 불어나 2만 명을 넘었고, 연동파출소를 불태웠으며, 목포시청과 세무서를 부수고 파출소마다 들어가 무기를 획득했다. 22일에는 목포역 광장에서 안철 주도하에 궐기대회가 열렸는데 온 인파가 시내에 빼곡 차서 20만 넘는 시민들이 저녁까지 시위를 이어갔다. 23일에는 '목포시민 민주화 투쟁위원회'가 결성되어 위원장 안철, 집행위원장 박상규, 총무부장 황인규가 선출되었고, 시위 본부를 목포역으로 정했다. 목포시민 민주화투쟁위원회는 광주의 소식이 궁금하여 23일부터 날마다 남녀 학생을 1개조로 하여 광주로 보냈는데, 계속 소식이 없어 자기들이 목포에서 올라온 네 번째 조라고 소개했다.

예비군이 광주를 지키겠다

이날은 광주역이나 양동시장으로 가지 않고 평소와 다르게 금남로3가―시민관사거리―전남여고―노동청―분수대 코스로 행진했다. 예비군들은 김상집이 운전하고 있는 전남대 스쿨버스로 몰려왔다. 스쿨버스를 광주YWCA에 주차한 뒤, 김상집은 시민결의문 낭독자로서 가두행진을 마친 예비군 300여 명과 함께 도청 정문 앞으로 행진했다. 5열 종대로 행진하자, 총을 들기를 원하는 시민들이 대오에 합류했다. 특히 고등학생들이 뛰어들어 왔다. 예비군가를 부르며 도청 정문에 도착하자 모두 그 앞에 앉아 연좌시위를 했다. 예비군들은 '군대에 갔다 온 향토예비군들이 무장을 해야 계엄군을 상대할 수 있다'고 주장했다. 더욱이 예비군의 설립 취지가 향토를 방위하는 것이니, 예비군은 광주시민의 생명과 재산을 지킬 의무가 있다며 총을 달라고 외쳤다. '재무장 결사항전' 구호를 외치고 〈우리는 향토예비군〉 등 예비군가를 부르자, 잠시 후 도청 안에서 상황실장 박남선이 나왔다. 박남선은 "아직 수습위원회에서 총기를 지급하라는 결정이 내려지지 않았습니다. 그래서 무기 지급은 안 됩니다"라고 말하며 향토예비군들에게 도청 정문에서 물러날 것을 요구했다. 이에 흥분한 예비군들이 자리에서 일어나, "니가 뭔데 우리 예비군들을 물러나라고 하느냐. 광주는 우리 예비군들이 지키겠다. 너 비켜라. 우리가 직접 총을 가져가겠다"라고 외치며 도청 정문을 밀어붙이기 시작했다. 전남도청 정문이 무너질 듯 삐걱거리자 박남선은 깜짝 놀라 허리춤에서 권총을 꺼내 들고는 하늘에다 총을 발사하며 외쳤다.

"더 이상 들어오면 쏜다! 쏜다!"

총소리를 듣고 도청 안에서 학생수습위원회 정상용과 이양현, 윤상원이 뛰어나왔다. 300여 명의 예비군들이 광주를 지키겠다며 총을 달라고 외치고 있었다. 선두에 김상집이 보였다. 정상용과 이양현, 윤상원은 이미 24일 밤 보성기업에서 예비군을 동원하기로 약속한 상태였기 때문에 선두에 선 김상집과 눈빛을 주고받았다. 박남선이 계속 총을 허공에 발사하며 위협하자 정상용과 이양현, 윤상원 등이 설득했다. 지난 밤 도청 지도부가 민주 진영으로 바뀌었기 때문에, 이들의 설득으로 박남선도 물러섰다. 이윽고 정상용과 이양현, 윤상원이 예비군들에게 총기를 지급할 테니 광주 YMCA에 가서 기다리라고 약속했다. 이때 이양현이 김상집을 불러 고등학생들을 가리키며 '고등학생들은 돌려보내라'고 했다. 이 소리를 들은 고등학생들이 울먹이며 말했다. "우리도 광주를 지킬 거예요. 우리에게도 총을 주세요." 고등학생들은 필사적이었다. 한참을 실랑이하다 김상집은 300여 명의 예비군들과 고등학생들을 인솔해 YMCA로 데려갔다. 그리고 집결해 있는 대학생들에게 총기를 지급하기 위해 YWCA로 돌아왔다.

마지막 재야·학생수습위원회 회의

한편 같은 시각 오후 4시 반경 도청 부지사실에서 재야·학생수습위원회 회의가 열리고 있었다. 이종기, 오병문, 김재일, 장세균, 조비오, 조아라, 이애신, 황금선, 구성주, 김화성, 정상용, 김종배, 김창길 등이 모였다. 김창길은 계엄사에 다녀와서는 황금선·김화성·노수남과 은밀히 만나 도청 지도부 전체 회의를 열어서 무기 반납을 결의하자고 합의했다. 이들이 곧장 수습위원들에게 이 사실을 알리며 전체 회의 소집을 요구했다. 지역 유지라며 나섰던 수습위원들은 김창길의 의견에 적극 동조했고 재야 수습위원들도 이미 예정된 진압 작전이면 피해를 최소화하자는 뜻으로 전체 회의에 참석했다.

그때 윤상원과 이양현은 김상집과 예비군들을 달래느라 도청 정문에 있었다. 정상용이 먼저 회의실로 올라가고 김상집과 예비군들을 광주YMCA로 보낸 다음, 윤상원과 이양현은 김영철·박효선과 예비군들의 도청 난입 움직임에 대해 논의하고 있었다. 예비군들이 군대에 다녀온 자신들이야말로 광주를 지킬 의무가 있다고 주장하고 있기 때문에 이들에게 무기를 지급하려면 수습위원회가 어떤 결정이든 해야만 했다. 만약 이대로 총기 회수만 계속하다가는 도리어 예비군들의 기세로 보아 도청을 강제로 점령할 것만 같았다. 이때 윤강옥이 뛰어와 김창길 등이 회의를 소집해 무기 반납을 결의하기 위해 재야 수습위원들을 설득하고 있다고 알려왔다.

이때의 상황을 광주YWCA 조아라 회장은 다음과 같이 술회했다.

"학생수습위원회가 항쟁파와 투항파로 나뉘어서 싸우고 있는 거야. 정상용·김종배는 이 참혹하게 죽은 시신을 놔두고 절대 도청을 나가지 않겠다고 하고, 김창길은 5시 이후에는 나가겠다고 서로 우기고 난리를 치는 거야. 그 꼴을 보니 속이 뒤집혀서 '비극 속에 비극을 보는 것 같다, 모두 힘을 합쳐 싸워도 모자라는 판에 이게 무슨 추태냐. 나는 이런 꼴을 못 보겠으니 내가 나가겠다'고 호통을 쳤어. 김창길이는 끝내 도청을 나갔어. 그가 나가자 김창길 추종자들도 모두 나가더군. 조비오 신부, 오병문 학장, 장세균 목사, 이종기 변호사 등 몇 명이 남아 있는데 정상용과 김종배가 '우리는 모두 죽고 단 한 사람이 남더라도 끝까지 여기서 있겠습니다. 우리는 못 나갑니다. 우리와 함께 최후까지 일을 합시다'라고 울면서 말했어. 그때가 7시쯤 되었을 때야. 8시경 내가 집에 간다고 하자 조비오 신부, 오병문 학장이 따라 나와 광주 YWCA까지 데려다줬어. 그날 밤도 이애신 총무와 함께 걸어서 집으로 갔어."

― 조아라 증언

윤상원 일행은 급히 1층 상황실로 들어간 박남선을 데리고 자초지종을 설명한 다음, 수습위원 회의실인 부지사실로 들어갔다. 권총을 찬 박남선 상황실장이 앞장을 섰고 기동타격대장 윤석루가 따라나섰다. 부지사실 문을 벌컥 열어젖힘과 동시에 박남선은 허리에 차고 있던 권총을 빼들고 천장을 향해 한 발을 발사한 다음 악을 썼다.

"누가 우리와 협의도 없이 무기를 반납하려 해! 어떤 놈들이 우리를 계엄군에 팔아넘기려 하느냐 말이야! 싸울 사람만 남고 항복할 사람은 나가라."

그러자 김창길과 황금선 등 무기 반납을 주장하던 사람들은 회의실을 떠났다.

민주투쟁위원회의 결성

김창길 등 투항파가 도청을 떠나자, 자리에 남아 있던 학생수습위원들로 회의가 열렸다. 도청 정문에서는 예비군들이 광주를 지키겠다며 총을 지급하라 외치고 있었고, 한 차례 고성이 오간 다음 투항파가 떠난 데다 대학생 시민군이 계속 들어오고 있었기 때문에 회의는 정상용이 주재하였다. 이미 계엄군의 진입이 예견되었기 때문에 회의는 짧게 끝났다. 회의 참가자는 위원장 김종배, 외무부위원장 정상용, 내무부위원장 허규정, 대변인 윤상원, 기획실장 김영철, 기획위원 이양현·윤강옥, 상황실장 박남선, 민원실장 정해직, 보급부장 구성주, 조사부장 김준봉, 기동타격대장 윤석루 등이었다. 수습위원회 명칭을 민주투쟁위원회로 바꾸고 외무부위원장 정상용이 민주투쟁위원회 위원장이 되고, 수습위원회 위원장이었던 김종배가 정상용이 맡았던 외무부위원장이 되는 것으로 조직을 개편했다. 그리고 여기서 비로소 결사항전을 결의하게 된다. 학생수습위원회가 민주투쟁위원회로 정식 출범하고 결사항전을 결의하자, 윤상원은 외신 기자회견을 열었다. 아직 해가 남아 있었기 때문에 외신 기자회견은 26일 5시를 넘긴 시각이었을 것이다. 윤상원은 민주투쟁위원회가 결의한 결사항전의 입장을 담아 기자회견문을 작성하였다.

윤상원이 도청 본관 2층 대변인실에 들어섰다. 대변인실 앞에는 전남대 학생 김윤기와 안길정, 박종성이 카빈 총을 들고 경비를 섰다. 《뉴욕타임스》 도쿄지국장 헨리 스콧 스토크스, 《뉴욕타임스》 서울특파원 심재훈, AP통신의 테리 앤더슨, 《요미우리신

문》의 마쓰나가 세이타로, 독일 NDR방송 힌츠 페터,《볼티모어
선》의 브래들리 마틴,《쥐트도이체차이퉁》의 게브하르트 힐셔 등
10여 명이 참석했다. 통역은 미국인이면서 순천에서 태어나고 자
란 선교사 집안의 인요한이 맡았다.

대변인 윤상원은 새로 구성된 민주투쟁위원회의 입장과 계엄
분소와의 협상 결과, 피해 상황 등을 간략히 브리핑했다. 외신기
자들에게는 특별히 두 가지 사항을 협조해달라고 요청하였다. 글
라이스틴 주한 미국대사와 연결해달라는 것과 국제적십자사에
구호를 요청해달라는 것이었다. 윤상원은 "우리가 오늘 설령 진
다고 해도 영원히 패배하지는 않을 것"이라는 말로 회견을 마무
리했다.

《볼티모어선》의 브래들리 마틴이 송고한 1980년 5월 29일자
1면 머리기사 제목은 이렇게 시작되었다. "항쟁자의 눈빛은 차분
했다. 그러나 죽음을 예고하고 있었다."

훗날 그는 1994년 월간《샘이 깊은 물》에 기고한〈윤상원 그
의 눈길에 담긴 체념과 죽음의 그림자〉에서 당시의 상황을 다음
과 같이 적었다.

> 나는 광주의 도청 기자회견실 용접 탁자 바로 건너편에 앉
> 아 그를 정면으로 바라보며 이 젊은이가 곧 죽게 될 것이라
> 는 예감을 받았다. 그의 두 눈이 나를 향해 다가오자 나는 그
> 자신 스스로도 자신이 곧 죽게 될 것임을 알고 있을 것이라
> 고 생각했다.
> 그는 한국인으로서 흔치 않은 곱슬머리였다. 그의 행동에

는 자신보다 훨씬 어려 보이는 무장 동료들의 거의 광란 상
태에 이른 것 같은 허둥거림과는 극명한 대조를 이루는 침
착함이 있었다. 그 침착함 속에서 나는 다시 한 번 그가 죽고
말 것이라는 예감을 뚜렷하게 받았다. 그의 눈길은 부드러웠
으나 운명에 대한 체념과 결단이 숨겨져 있다고 생각되었다.
그는 나의 눈을 뚫어지게 바라보면서 거의 눈길을 돌리지
않았다.

　그는 스물다섯 살 정도에 광대뼈가 나온 지적인 모습이었
다. 나에게 강한 충격을 준 것은 바로 그의 눈이었다. 바로
코앞에 임박한 죽음을 분명히 인식하고 있으면서도 부드러
움과 상냥함을 잃지 않는 그의 눈길은 너무나 인상적이었다.

　바로 그날 아침, 광주시 외곽을 포위하고 있던 계엄군은
도시의 중심부를 향해 좀더 접근해 들어왔다. 학생 투사들에
게는 일단 계엄군이 작전을 개시할 경우, 장기간 저항할 수
있는 화력이 명백히 모자란 상태였다. 학생 대변인은 나를
똑바로 바라보며 말했다.

　"우리는 미국이 우방으로서 한국 정부에 영향력을 행사
할 수 있다고 봅니다. 이제껏 그렇게 하지 않았기 때문에 우
리는 미국이 전두환 장군을 지지하고 있는 것으로 의심하고
있습니다."

　그는 미국이 광주 문제의 중재를 위하여 대사를 파견하여
야 한다고 하면서 그 이유를 다음과 같이 말했다.

　"우리는 한국 정부 당국을 믿을 수가 없습니다. 최근 사북
탄광 광원들의 차업 사태에서 알 수 있듯이 정부는 사태의

주동자들이 파업을 중단하면 어떠한 처벌도 하지 않겠다고 약속해놓고서는 사실상 얼마 되지 않아 그들을 구속해버리고 말았기 때문입니다."

그 대변인은 자신의 이름을 밝히려 하지 않았다. 그것이 학생 투사들의 방침이라고 말했지만 그는 계엄군이 자신에 대하여 분명히 알고 있을 것이라고 믿고 있었다.

나는 그를 바라보면서 그의 두 눈에서 보았던 미래에 대한 불길한 상념들을 떨쳐버릴 수가 없었다. 당시 뉴스에서 밝힌 숫자에 따르면 항쟁 기간 중 100명이 넘는 광주시민들이 사망했었다. 그런데 그 학생 대변인은 실제 사망 숫자가 약 260여 명이라고 알려줬다.

나는 그때까지 나의 머릿속을 괴롭히고 있던 질문을 던졌다. "누구든지 나 같은 외부 사람의 눈으로 볼 때 계엄군은 시내로 진격해서 광주를 탈환할 수 있는 압도적인 화력을 갖고 있음이 분명하다. 보잘것없이 무장한 학생 투사들은 저항하다 죽을 각오가 되어 있는가? 아니면 항복할 것인가?"

그는 침착하게 대답했다.

"우리는 최후까지 싸울 것입니다."

그의 눈길은 자신의 말을 믿어줄 것을 호소하고 있었다. 그는 학생들이 '광주시를 전부 날려버릴' 정도로 충분한 다이너마이트와 수류탄을 가지고 있다고 말했다.

대학생 시민군

광주YWCA에 돌아온 김상집은 어제(25일)와 마찬가지로 궐기대회 방송을 듣고 모인 70여 명의 대학생들을 분대로 편성했다. 그런데 학생들은 이제부터 광주를 지켜야 할 시민군으로서 결연한 자세를 보이지 않았다. 사실 윤상원이 아침에 광주YWCA에 찾아와서 '어제 초소에 배치된 학생들이 거의 대부분 총을 놔둔 채 사라져버렸다. 그러니 군기를 잡아서 보내라'고 말한 바 있었다.

김상집은 '지금부터 너희는 제2의 생명인 무기를 지급 받으러 간다. 이제는 학생이 아니라 시민군이다'라고 인식시키고 흐트러진 군기를 잡기 위해 제식훈련을 하며 몇 명을 시범적으로 호되게 다루었다. 그런 뒤 학생들의 이름과 주민등록번호를 적으라고 했다. 그리고 학생증과 주민등록증을 모두 회수하고 서로 이름을 부르지 말고 번호만 부르도록 했다. 이 학생증과 주민등록증은 박용준에게 맡겼는데, 27일 새벽 계엄군이 쳐들어오자 당시 사망한 박용준이 증거를 없앤다며 태워버렸다.

어느 정도 규율을 잡은 뒤 절도 있는 행동으로 "1분대부터 번호 맞춰 앞으로 가!"라고 하자 모두가 구령을 제창하면서 열을 지어 도청으로 들어갔다. 도청 앞에서 사망자 및 실종자를 신고하거나 상무대 분향소의 시신을 확인하러 길게 줄을 선 시민들은 시민군 지원병에게 뜨거운 박수를 보내주었다.

김상집은 학생들을 데리고 본관 3층 회의실로 들어갔으나, 마침 도청 대변인을 맡고 있던 윤상원이 외신기자와 회견 중이라 회의실에서 대기했다. 그때 김윤기가 회의실 밖에서 안을 들여다

보았다. 그는 알철모를 쓴 채 카빈 총을 메고 보초를 서고 있었다. 김상집은 김윤기에게 총을 달라고 한 후, 거기에 모인 70여 명의 대학생들에게 직접 총을 발사해가며 총기 교육을 시켰다. 사실 김윤기도 군대에 다녀오지 않아 총기 사용법을 모르는 채 총을 메고 있었다.

문제는 야간에 교전 상황이 발생했을 때였다. 노리쇠의 스프링이 약해 한 방 쏘면 노리쇠가 다 전진하지 못해 총알이 발사되지 않았던 것이다. 그래서 밤이면 무전기에서는 총이 고장났다며 패닉 상태가 된 시민군의 지원 요청이 울려 퍼졌다. 그때는 무전으로 '총이 발사되지 않으면 노리쇠를 치고 쏴라. 그러면 발사된다'라고 말해주지만 노리쇠가 아예 뭔지조차 모르기 때문에 공포에 어찌할 줄을 모르는 것이었다.

교육 내용은 각개전투의 기본 상식 정도였다. "조준은 위에서 아래로, 우에서 좌로 하라, 현재 가진 우리의 총은 6·25 때 쓰던 총이라 오래되었기 때문에 스프링이 약해 총을 쏘면 노리쇠가 후퇴된 후 완전히 장전되지 않는 경우가 있다. 노리쇠 장전이 안 됐다고 자꾸 방아쇠를 당기다 만약 실탄이 약실 안에서 터져버리면 화상을 입기 쉬우니, 이때는 한 방을 쏘고 나서 노리쇠를 친 다음 방아쇠를 당겨라. 또한 사격 후에는 왼쪽으로 굴러라. 보이는 물체를 쏠 때 내 눈에서 좌측으로 움직이는 물체는 왼손으로 총구 가늠쇠를 움직이면서 조준할 수 있기 때문에 쉽게 명중이 된다. 그러나 내 눈에서 우측으로 움직이는 물체는 조준이 되지 않아 명중하기 어렵다. 그러므로 내가 좌측으로 굴러, 적의 우측으로 가면 적의 조준을 피할 수 있다."

잠시 후 기자회견을 끝내고 윤상원이 나타났다. 그는 시민군 앞에서 의지를 밝혔다.

"방금 외신 기자회견을 끝내고 왔다. 우리의 의지는 확고하다. 전두환 살인마가 우리 부모형제들을 무차별 살육하고 있고, 오늘도 공수들이 암매장한 시신들을 찾아왔다. 소식을 모르는 행방불명자들이 이미 수천 명이 넘는다. 자유와 민주를 위해 싸우다 비통하게 숨진 열사들의 숭고한 뜻이 헛되지 않도록 우리는 총을 들고 싸워야 한다. 광주시민들의 생명과 재산을 보호하기 위해 시민군이 되고자 여기 모인 여러분들을 열렬히 환영한다. 우리는 전두환 살인마가 즉각 비상계엄을 해제하고 민주 일정에 따라 민주 정부를 수립할 때까지 싸울 것이다. 외신기자들은 손가락 세 개를 펴 보이며 앞으로 3일만 더 버티면 전두환은 물러날 것이라고 하더라. 민주 정부가 수립될 그날까지 끝까지 투쟁하자."

윤상원의 연설은 감동적이었다. 그가 연설 말미에 물었다.
"끝까지 싸울 수 있습니까?"
시민군 모두 우렁찬 목소리로 "네!" 하고 대답했다.
윤상원은 김상집과 함께 도청 1층의 무기고로 가서 대학생 시민군에게 무기를 지급했고, 윤상원은 김상집에게 내일 투사회보 팀을 전남대 인쇄소로 옮기는 문제와 예비군 동원령을 확인했다. 김상집은 여기 들불 팀에게 총기를 지급하고 1개 분대를 더 데리고 내일 아침 전남대 인쇄소로 갈 예정이라고 대답했다. 윤상원은 지시했다. "지금까지 계엄사 측에서는 매일밤 쳐들어오겠다고 엄포를 놓았다. 우리에게는 다이너마이트가 있으니 염려 말아라. 우리가 끝까지 저항한다면 감히 진입하지 못할 것이다. 이제 수습위원회도 민주투쟁위원회가 되었고 여기서 결사항전을 결의했으니 내부가 분열될 염려는 없다. 오늘밤만 넘기면 내일부턴 예비군을 동원하여 전 시가지에 진지를 구축할 예정이니 구용상 광주시장하고 상의해서 반드시 예비군 동원령을 내려라. 우선 광주 외곽지역의 동을 선정해서 내일 아침 10시에 각 동마다 학생 2명과 무기 차량을 보낸다고 해라."

김상집은 들불 형제들을 이끌고 다시 광주YWCA로 돌아왔다.

광주 외곽 예비군 동원령

한편 YWCA의 한 방(조아라 장로의 집)에서는 25일 옮겨 온 투사회보 팀이 활발한 활동을 했다. 26일 밤에는 들불야학 형제들과 투사회보 팀 20여 명이 총기를 지급받고 김상집과 함께 광주YWCA로 돌아와 진을 치고 있었다. 많은 양의 선전물이 필요하다는 것을 알고 27일부터는 전남대 인쇄소를 사용하기로 했던 것이다. 당시 대동고 교사였던 박석무 선생이 전남대 사범대 오병문 학장에게 인쇄소를 사용할 수 있도록 해달라고 연락을 해주었고 마침내 김상집은 문선공과도 직접 통화를 할 수 있었다. 문선공 두 사람은 27일 아침 일찍 출근해 있겠다고 했다. 다만 전남대는 공수들이 자주 출몰하여 시민을 죽이는 일이 발생했으므로, 들불야학 형제들과 투사회보 팀 20여 명이 함께 가서 경비를 서고자 했다.

윤상원으로부터 예비군 동원을 명령받은 김상집은 밤늦게야 시청에 전화를 걸었다. 원래 24일 보성기업 회의에서 25일 민주투쟁위원회를 구성하고 26일 광주시 전체 예비군에게 총동원령을 내리기로 되어 있었다. 그러나 25일에 광주YWCA에서 재야인사들이 총기 회수 중단 요청을 거부한 데다 학생수습위원회도 민주투쟁위원회로 개편하지 못했기 때문에, 윤상원은 우선 광주 외곽 지역 동사무소의 예비군만 동원령을 내리라고 했던 것이다. 전화번호부를 보고 시장실로 전화를 했더니 누군가가 전화를 받았다.

"광주시청입니다."

"누구십니까? 저희는 시민군 궐기대회 팀입니다."

"네 구용상 시장입니다."

김상집은 깜짝 놀랐다. 설마 시장이 받으리라고는 생각지 못했던 것이다.

"오늘 궐기대회에서 예비군 수백 명이 모여 총기 지급을 요구했습니다. 현재는 광주YMCA에서 총기 지급을 기다리고 있습니다. 알고 계십니까?"

"네, 알고 있습니다."

구용상 시장은 아마도 샅샅이 보고를 받고 있는 모양이었다. 사실 공무원들과 경찰들은 공수들의 만행에 대해서 시민들과 똑같이 치를 떨고 있었다. 수습대책위가 궐기대회를 통해 질서를 잘 유지하고 있을 뿐만 아니라 시민들의 전폭적인 지지를 받고 있었기 때문에, 경찰 및 공무원들은 자신들이 해야 할 일을 대책위가 대신하고 있다면서 오히려 고마워하고 있는 실정이었다. 그래서 곧바로 구용상 시장에게 예비군 동원을 요청했다.

"광주시민의 생명을 지키기 위해 향토예비군이 필요하니 광주 외곽 지역인 지원동, 학운동, 지산동, 산수동, 풍양동, 운암동, 용봉동, 농성동, 광천동, 백운동 등의 예비군 동원 명령을 할 수 있도록 각 동사무소에 연락해주십시오. 그러면 수습대책위에서 내일 아침 10시까지 대학생 2명에게 총과 실탄을 보내겠습니다." 그러자 바로 알았다는 답변을 받았다.

30분쯤 지나 각 동사무소마다 전화를 걸어 시장에게 전화한 내용을 설명하고 시로부터 연락을 받았느냐고 물어보았다. 동사무소 당직자는 그렇다고 답했다. 김상집은 각 동 숙직 당번들에게 '27일 아침 10시에 학생 2명씩을 보내 예비군들에게 무기를 지급할 터이니 동마다 예비군을 동원해 대기하라'고 전했다.

밤이 되자 피곤이 몰려왔다. 보초를 서는 들불야학 형제들도 피곤할 터였다. 김상집은 두 사람씩 묶어 보초를 세우고, 나머지 형제들은 방으로 들어가 잠을 자도록 하고 두 시간 간격으로 교대하게 했다.

광주YMCA의 예비군과 고등학생들

외신 기자회견 후 광주YWCA에서 온 대학생 시민군들에게 총기를 지급한 윤상원은 오후 8시 반경에 기획위원 이양현, 상황실장 박남선과 함께 곧바로 광주YMCA에서 대기 중인 예비군과 고등학생들에게 갔다. 박남선은 비장한 목소리로 계엄군의 동향과 시민군이 해야 할 일 등에 관해 하나하나 설명했다. 윤상원 대변인은 나이 어린 고등학생이나 여학생들에게 귀가를 강력하게 권유했다.

> "학생 여러분들의 충정은 이해합니다. 하지만 이 싸움은 어른들이 해야 합니다. 나이 어린 학생들은 살아남아야 합니다. 오늘 여러분들이 목격한 이 장면을 그대로 다른 사람들에게 이야기해줘야 합니다."

각자 주소와 성명을 적어 내고 10명 단위로 분대가 편성되었다. 예비역 대위 송진광이 앞에 나와서 총기 교육을 해주었다. 이들은 자정까지 대기 상태에 들어갔다.

노동운동가 선점숙의 이야기

윤상원이 대학생 시민군들을 도청 정문과 후문 그리고 건물 각 층에 배치하고 있을 때, 정문 앞에서는 노동운동가이면서 민주투쟁위원회 기획위원인 이양현과 청계피복노조 노동교실에서부터 '소녀'라는 이름으로 활동해온 노동운동가이자 이양현의 아내인 선점숙이 심각한 대화를 나누고 있었다. 선점숙은 당시 아들 이규정이 두 살이었고, 임신 7개월이었다. 노동자 선점숙, 일명 소녀의 이야기를 들어보자.

선점숙 네, 나는 광주사람뿐 아니라 그런 상황을 본 사람이라면 누구나 다 똑같은 마음으로 분노를 느끼고 도왔을 거라고 생각해요. 그러니 누군가 특별한 혜택을 누리는 것은 잘못된 게 아닐까요?

면담자 일부만 혜택을 누리는 것은 부당하다? 그때 광주 모두가 함께 한 건데……

선점숙 그렇죠, 광주 모든 시민이 함께 했다고 봐요. 그러나 특별히 지도자는 필요해요. 광주 문제뿐만 아니라 어떤 문제가 일어나도 반드시 리더는 필요해요. 필요하기는 하되, 참다운 리더들은 나 혼자가 아니라 광주시민들이 모두 동참해줬고, 협조를 해줬기에 가능했었다는 생각을 가져야죠. 모든 통신이 다 차단된 상태에서 우리는 정말 고독했잖아요? 언론과 교통이 통제된 우리는 고립된 광주 섬에 갇힌 시민들이었어요. 그런데도 그렇게 공동체로서 하나의 자치, 훌륭한 자치를 한 거죠.

면담자 언론에서는 폭동이라 하는데 뭐 어디 하나 틀린 데도 없고, 질서 정연하게 항쟁이 진행되었더라고요.

선점숙 우리가 더 부끄럽지 않아야 되고, 사람들이 나쁜 짓하면 안 된다고 서로 말리고 기쁜 마음으로 나눠서 주고 그랬지요. 그때 사람들이 참 맑고 순수했다 그렇게 생각을 해요.

면담자 그럼 26일 날 이야기 다시 한 번 해주세요. 26일 날 밤에 가신 거예요? 27일에 도청이 함락될 거라는 소식을 알고 가신 거예요?

선점숙 네, 26일 저녁에 사람들 다 죽인다, 내일 도청에 군인들이 쳐들어와서 사람들을 죽일 수도 있으니 여자들과 약자들은 다 내보내자고 했어요. 지금도 기억나요. 5월 26일 날 헤어지면서 그때 둘째 임신 중이니 저보고도 빨리 집으로 가라고 하더군요. "난 못 헤어지겠다. 나도 여기 있겠다. 함께 죽고 함께 살자고 했지 않았느냐"하니까, 남편이 그래도 자식은 지켜주라며 강제로 도청 밖으로 밀어내더라고요. 남아 있는 사람들 다 죽을 수 있으니 마지막일 수도 있다고 생각했죠. 하지만 죽어 있는 사람이 저렇게 많은데 내 남편이라고 같이 가자는 소리를 못 하겠는 거예요. 그래서 그날 작별을 한 거예요. 헤어지는 것이 엄청 어렵더라고요. 한 발자국 떼고 뒤돌아보고 또 떼고 돌아보고⋯⋯(울먹임)

면담자 아이구야⋯⋯

선점숙 그러면서 YWCA에 가서 저녁밥을 부탁했던 것 같아요. 내가 거기서 활동하고 밥 해주는 사람들에게 우리 남편 뭐 좀 먹게 해주라고(약간 울먹임). 그러니까 그 순간에도 밥 좀 줬으면(웃음) 생각이 들었나봐요. 여자들은 다 가라 그랬는데 그들도 안 간다고 하니까 그냥 그럼 남편 좀 먹게 해주라고⋯⋯ 그때 정말 많은 사람들이 죽어 있고 그렇게 하는데 우리만 살자고 간다는 게 되게 어려웠어요. 그들은 남아 있고 나는 애를 데리고 친정집으로 온 거죠. 친정이 도청에서 가까운데, 새벽에 "광주 시민 여러분 계엄군이 쳐들어오고 있습니다. 지금 도청으로 모여서 끝까지 도청을 지킵시다" 하는 방송 소리가 들렸어요. 애절하고 급박했어요. 그때는 통금도 있었잖아요. 그 방송 듣고 저는 이미 남편도 죽었겠다고 생각을 했어요. 통금이 풀리자 걸어서 도청으로 갔어요.

면담자 총소리도 들렸어요?

선점숙 걱정되면서도 순간적으로 잠이 들었던 것 같아 잘 생각이 안나요.

면담자 안 무서웠어요?

선점숙 아무 생각도 안 했어요. 깜깜한데 무서움보다는 빨리 가야겠다는 생각 외엔. '시신이라도 찾자. 죽지만 말고 몸을 못 쓰게 되어도 좋으니까 살아서 대화만 할 수 있었으면 좋겠다' 하면서 찾으려고 갔죠. 도청에 군인들이 장악해 들어갈 수가 없는데 사람들이 모여 있으니 '시신들을 어디로 옮겨 갔네, 다친 사람들은 어디로 갔네' 등 별별 말들이 떠돌았어요. 죽었을 수도 있다는 충격 때문이었는지 기억이 안 나는데 적십자병원, 기독교병원 등으로 찾아다녔어요. 제가 남편을 찾으러 다닐 때 정향자 씨가 저를 데리고 다녔대요. 27일부터 6월 1일 남편이 통합병원에 있다는 소식을 알기 전까지 기억이 없어요. 지금까지도 아예 없어요. 어디를 갔고 어디를 갔고 막 그랬다는 이야기를 하는데 기억이 전혀 없어요. '해리성 기억장애'래요. 그러다가 6월 1일 통합병원에 근무하는 남편 동창이 시누이 집으로 전화를 해서 소식을 알려주었어요. 중·고등학교 친구인 안상선 씨가 담당 의사였어요.

면담자 남편이 총을 맞았어요?

선점숙 네, 총 파편을 5군데 맞고 갈비뼈가 부러졌어요. 지금
도 파편 자국은 다섯 군데가 있고 갈비뼈는 제대로 치료가
안 되어 배 양쪽으로 툭 튀어나와 있어서 옆으로는 잠을 잘
못자요.

19장

마지막 밤

아내를 겨우 달래 집으로 돌려보낸 이양현은 본관 1층 우측에 있는 기획실로 돌아왔다. 김영철, 윤강옥과 함께 있었지만 모두 서로의 눈을 피하고 있었다. 이양현은 좀처럼 마음이 진정되지 않았다. '나도 여기 있겠다. 함께 죽고 함께 살자고 했지 않았느냐'던 아내의 마지막 말이 귓전을 맴돌았다. 윤상원은 '곧 계엄군이 쳐들어올 테니 집으로 돌아가라'며 본관 1층 좌측 끝 마당에서 취사를 맡고 있는 여자들과 나이 어린 고등학생들을 찾아 내보내고 있었다. 그러나 도청 취사실에 있던 여성들은 밤참과 내일 아침 식사 준비도 해야 하니 마저 끝내고 가겠다며 가지를 않았다. 이양현도 가톨릭농민회 간사로 있던 마복녀를 궐기대회가 끝나자마자 억지로 달래 집으로 돌려보냈다.

그런데 항쟁 지도부 몇 사람의 얼굴이 보이지 않았다. 아마 고등학생과 여자들을 내보내며 함께 나가버린 모양이었다. 윤상원과 김영철이 이양현 있는 방으로 들어왔다. 이때 상황을 눈치챈 윤강옥이 불안한 표정으로 이양현에게 말했다. "형 어째야 쓰겄소?"

이양현은 오후 3시의 궐기대회에서 김태종이 마이크를 건네주자, 궐기대회에 모인 군중에게 계엄분소의 최후통첩을 알리면서 "저희는 도청에 남아 민주 정부가 이루어질 때까지, 최후의 일인, 최후의 일각까지 싸우겠습니다. 함께 싸우실 분들은 도청으로 들어오십시오" 하고 당당히 외치고 내려왔다. 아내를 집으로 보낸 것도 궐기대회에 모인 군중과의 약속이 생각나서였다. 마음이 흔들리던 이양현은 윤강옥의 질문을 듣고 마음을 다잡았다.

"아니, 아까 궐기대회에서 수습위원회의 입장을 밝히면서 '우리 수습위원회는 최후의 일 인, 최후의 일각까지 싸우겠다'고 약속하지 않는가. 우리는 여기 남아야지."

이양현의 말에 윤강옥은 애써 담담한 표정을 지으며 "그럼 나도 남을라요" 하고는 이불을 둘러쓰고 돌아누웠다. 김영철 기획실장도 둘의 대화를 듣고 있다가 소파에 드러눕더니 등받이로 몸을 돌렸다.

"계엄군이 쳐들어옵니다!"

이양현과 윤상원은 기획실에서 나와 도청 안을 둘러보았다. 윤상원은 계속해서 대학생 시민군들을 창틀마다 배치하고 있었다. 이양현은 윤상원과 함께 도청 안을 점검하다 다시 기획실로 돌아와 소파에 등을 기댔다. 깜빡 잠들었을까, 갑자기 상황실에 배치했던 백제야학 교사 손남승이 이양현의 잠을 깨웠다.

"형! 형! 계엄군이 쳐들어옵니다."

상황실에 들어서자, 지원동·농성동·월산동·백운동 등 외곽에 배치됐던 지역방위대에서 계엄군의 진입을 알리는 소식이 무전을 타고 시끄럽게 들어오고 있었다.

"비상! 비상!"

이양현의 지시에 사이렌 소리가 광주 시내 전역으로 울려 퍼졌다. 도청에 있던 사람들은 이때 거의 잠에 빠져 있었다. 며칠간 지속된 피로 때문에 사방에서 코 고는 소리가 들렸다. 사무실 여기저기 졸음에 떨어졌던 사람들이 모두 일어나 조별로 배치된 위치로 찾아갔다.

시민군은 남아 있던 여성들을 먼저 피신시켰다. 정숙경·윤청자 등 취사반에 남아 있던 이들은 시민군의 경호를 받으며 도청 뒤 남동성당으로 피신했다. 동국대 1학년인 박병규는 나머지 7~8명의 호남전기 및 가톨릭노동청년회 여성 노동자들을 동쪽으로 1킬로미터 가량 떨어진 동명교회로 피신시킨 뒤 다시 도청으로 돌아왔다.

광주YMCA 강당 매트리스 위에서 새우잠을 자다 깬 고등학생 임영상은 손목시계를 보니 새벽 2시가 조금 지난 시각이었다. 사이렌 소리, 차량의 엔진 소리, 방송에서 흘러나오는 여성의 애절한 목소리가 한데 엉겨 어지럽게 귀청을 때렸다. 광주YMCA 강당에는 약 200여 명의 예비군과 고등학생 지원자가 10명씩 분대를 편성해 대기하던 중이었다. 이들은 각 조별로 도청, 전일빌딩,

광주YWCA, 전남대 의대, 산수동, 계림동 등 각기 다른 곳에 배치
됐다. 모두 일어서서 열을 짓자 초저녁에 총기 사용법을 가르쳤던
예비군 중대장 송진광이 외쳤다.

"다시 한 번 결사항전을 다짐하자. 오늘만 도청을 사수하면
우리는 승리한다. 죽음을 무릅쓰고 도청을 사수하자."

광주YMCA에 대기했던 예비군들과 고등학생들은 오와 열을
맞춰 뛰어갔다. 무기고에서 총기를 지급받은 다음 각자 맡은 장소
로 이동했다. 예비역 중대장 송진광은 2개 분대 20명을 데리고 계
림국민학교와 학교 앞 육교에 병력을 분산 배치했다.

민주투쟁위원회는 시민군 무장과 배치를 서둘렀다. 이양현·윤
강옥·김영철·김종배·박남선·윤석루 등 항쟁 지도부는 우선 계엄
군의 진입을 저지하기 위해 민원실 지하에 있는 다이너마이트를
터트려 자폭하겠다고 위협하기로 했다. 즉시 김종배가 정부종합
청사 상황실과 직통으로 연결된 행정전화를 들었다.

"지금 계엄군이 진입해 오는데 만약 후퇴하지 않으면 도청
지하실의 다이너마이트로 자폭하겠다. 지금 당장 진압 작전
을 취소하라!"

그러나 전화기 속에서는 아무런 응답이 없었다. 민주투쟁위원
회는 이제 그 어떤 기대도 할 수 없게 되었다. 어제 새벽의 탱크를
앞세운 계엄군의 진입은 재야 수습위원들의 목숨을 건 '죽음의

행진'으로 일단 막아냈지만, 이제는 계엄군 측에서 아예 응답조차 하지 않으니 최선을 다해 싸우는 수밖에 없었다.

"우리는 최후까지 싸울 것입니다"

민주투쟁위원회 항쟁 지도부는 수협, 광주YMCA, 광주YWCA, 전일빌딩, 계림초등학교 등에 병력을 배치한 다음 도청 내 병력 배치 점검에 들어갔다. 공수들이 가장 먼저 공격할 표적이 다이너 마이트가 저장되어 있는 민원실 지하창고라 생각한 이양현과 윤 상원은 김영철과 함께 민원실 2층 회의실을 맡았다.

김종배는 방송실에 있는 박영순에게 방송문을 써서 넘겨주었 다. 곧바로 민방위 훈련용 확성기에서 박영순의 애절한 목소리가 무거운 밤공기를 가르며 울려 퍼졌다. 박영순은 도청 상황실 내 방송실에서 마이크를 잡고 터져 나오는 오열을 삼키며 원고를 읽 어 내려갔다.

"시민 여러분, 지금 계엄군이 쳐들어오고 있습니다. 사랑하 는 우리 형제, 우리 자매들이 계엄군의 총칼에 숨져가고 있 습니다. 우리 모두 계엄군과 끝까지 싸웁시다. 우리는 광주 를 사수할 것입니다. 여러분 우리를 잊지 말아주십시오. 우 리는 최후까지 싸울 것입니다. 시민 여러분, 계엄군이 쳐들 어오고 있습니다."

캄캄한 밤하늘을 뚫고 무거운 밤공기를 가르며 광주 시내 전역에 울려 퍼진 박영순의 목소리는 살아남은 자들을 죄인으로 만들었다. 방송이 끊기고 이어 밤하늘을 찢는 총성이 광주 사람들의 정수리를 관통했다. 여자들과 고등학생들을 내보내는 척하며 도청을 뒤로 하고 발걸음을 재촉했던 민주투쟁위원회 항쟁 지도부 일부와 시민군들도 이 방송을 듣는 순간 그 자리에 얼어붙어 한 순간의 비겁함을 자책하며 다시 도청으로 복귀했다.

민주투쟁위원회 항쟁 지도부는 계엄군이 금남로를 가로질러 쳐들어올 것에 대비하여 광주YMCA, 전일빌딩, 수협, 상무관, 분수대 주변에 병력을 배치하고 도청 정문과 정문을 향한 각 건물 복도에 주 병력을 배치했다. 아무도 떠나는 사람들을 막지 않았고 원망하지도 않았다.

얼마나 지났을까, 사라졌던 항쟁 지도부들이 하나둘 나타나기 시작했다. 방송을 들은 시민들이 속속 도청 안으로 들어와 총을 들었다. 윤상원과 이양현, 김영철은 민원실 지하 무기고를 지키기 위해 민원실 각 층과 민원실 앞 상무관까지 살펴보고 다시 민원실 2층으로 올라왔다. 사라졌다가 나타난 항쟁 지도부에게는 스치듯 조용히 "고맙네"라고 한 마디를 건네고 다시 병력 배치를 점검했다. 도청 안의 시민군들은 계엄군이 금남로를 가로질러 탱크를 앞세우고 쳐들어올 것이라 생각하고 대부분의 병력을 정문 쪽에 배치하고 금남로를 응시하고 있었다.

들불 팀과 대학생으로 구성된 2개 분대 20여 명을 이끌고 광주YMCA로 돌아온 김상집은 광주일고 동기인 정연효에게 광주YWCA 경비대장을 맡겼다. 정연효는 70명이 넘는 대자보 팀과

50여 명에 달하는 투사회보 팀 및 궐기대회 팀의 안전을 위해 광주YWCA 정문에 바리케이드를 쳤다. 정문을 막는 한편 정연효는 피신할 비상구를 하나 만들었다. 광주YWCA와 옆 병원 사이에 2미터 정도의 높은 담이 있었는데, 사람이 타고 올라갈 수 있는 철망을 비스듬히 설치하고 만약 계엄군이 쳐들어올 경우 이 철망을 딛고 담을 넘어 피신하라고 알려주었다.

새벽, 계엄군의 공격 소식이 들려왔다. 아무래도 여자들을 먼저 피신시키는 게 좋을 듯했다. 김상집은 우선 강당에 있는 대자보 팀에게 따라오게 한 후, 차례차례 철망을 타고 담을 넘으라고 알려주었다. 일단 광주YWCA 밖으로 나간 다음에는 사방에 계엄군이 깔려 있을지 모르니 우선 녹두서점으로 들어가라고 단단히 일렀다. 그런데 철망을 타고 담 위로 올라선 여자들은 깜깜한 데다 담이 너무 높아 뛰어내리지 못했다. 안 되겠다 싶어 전용호와 김상집은 총을 담장에 세워두고 담을 넘어가 차례차례 그들의 발을 잡아 어깨에 발을 딛고 담을 넘어오도록 도와주었다.

잠시 후에는 도청에서 재편성된 시민군 20여 명을 이끌고 채영선이 광주YWCA로 들어왔다.

최후의 항전과 윤상원의 죽음

새벽 4시경 가장 먼저 도청 후문으로 공수들이 헬기에서 낙하하며 시민군에게 총을 갈기기 시작했다. 시민군들을 사살하고 낙하한 공수들이 후문을 열자 도청 안으로 본진이 들어왔다.

당시 도청 후문에서 보초를 섰던 대학생 시민군 김인환의 증언이다.

김인환은 5월 27일 새벽, 옛 전남도청 후문에서 보초를 서던 중 헬기 사격으로 고교 친구인 서호빈(21세, 당시 전남대 공대 2학년) 씨가 숨지는 장면을 목격했다. "(계엄군이) 헬기에서 로프를 타고 360도로 빙글빙글 돌면서 무차별 사격을 했다"며 "로프를 타고 내려오면서 총을 쐈는데 헬기에서 사격을 안 했겠느냐. 헬기에서도 총을 쏘았다"고 말했다.

김씨는 "공수부대가 설마 사격하리라고는 생각 못하고 항복하라고 할 줄 알았는데, 무차별 사격을 했다"며, "바로 옆에서 보초를 섰던 친구 호빈이가 총을 맞고 '뻑 뻑' 기어가던 모습을 보고도 아무것도 할 수 없었다"고 말했다.

"계엄군을 향해 방아쇠를 당길 수가 없었어요. 친구 호빈이하고 양쪽에서 쏘았으면 그들이 죽었을 거예요. 그런데 나와 같은 또래의 젊은 군인들을 향해 차마 총을 못 쏘겠더라고요……" 김씨는 "나 말고도 당시 시민군 6명도 호빈이가 헬기에서 쏜 총에 맞은 것을 목격했을 가능성이 높다"고 말했다.

—《한겨레신문》

잠시 후 시민군 둘이 차례로 민원실 2층 회의실로 뛰어 들어와 "후문이 뚫렸다! 후문이 뚫렸다!"고 외치며 민원실 앞문으로 황급히 뛰어나갔다. 민원실에서 정문을 향해 총구를 겨누고 있던 시민군들은 민원실에서 본관과 경찰청으로 통하는 통로의 창틀에 바짝 몸을 붙인 채 숨을 죽이고 있었다.

공수들은 곧장 경찰청과 본관 건물 1층을 장악했다. 그러고는 이내 본관 2층으로 치고 올라오며 별관 끝 계단부터 공격하기 시작했다. 별관 계단을 지키던 기동타격대원들은 황급히 2층 복도로 올라왔고, 2층 복도에서 창문 밖으로 총을 쏘던 시민군들은 대부분 사무실 안으로 몸을 숨겼으나 용감한 기동타격대원들은 총을 쏘며 강력히 저항했다. 그러나 섬광탄이 터지며 앞을 볼 수 없게 되자 기동타격대원들은 도청 본관 쪽으로 밀리기 시작해 민원실까지 밀려났다.

본관과 경찰청으로 통하는 통로 창틀의 맨 앞 창틀 벽에는 윤상원이, 중간 창틀 벽에는 이양현이, 그 뒤 창틀에는 김영철이 몸을 벽에 바짝 붙인 채 숙이고 있었다. 복도에는 정적이 흘렀다. 윤상원이 두어 번 복도를 살피더니 갑자기 "윽!" 하고 그대로 쓰러졌다. M16에 하복부를 맞은 것이다. 그 뒤에 있던 이양현과 김영철이 윤상원을 부축하여 민원실 안으로 옮겼다. 이양현은 이불을 바닥에 깐 다음 윤상원의 시신을 눕혔다. 왠지 그래야만 윤상원의 영혼이 편안할 것 같아서 그랬다고 한다.

민주투쟁위 대변인 윤상원을 바닥에 눕히고 있을 때, 민원실에서 안마당 쪽 발코니로 공수들이 들어와 민원실 안으로 총을 쏘기 시작했다. 시민군은 모두 창틀 아래 몸을 숨기고 응사했다. 공수들은 몸은 숨기고 M16만 창안에 들이대고는 자동으로 "드르륵 드르륵" 갈겨댔다. 시민군은 민원실 앞문으로 퇴각했다. 이양현과 김영철도 민원실 앞문을 나와 복도 바닥에 엎드렸다. 그때 복도 창틀 밖 발코니에서 공수 중사가 복도 안으로 총을 드르륵 갈기고 몸을 숨겼다. 총을 쏘고 고개를 돌릴 때 철모 뒤로 중사 계급장이 보였다. 김영철도 순간적으로 복도 창틀 아래에 몸을 붙이고 총을 머리 위로 들어 창밖으로 한 방을 쏘았다. 공수 중사가 M16 총구를 아래로 숙여 좌우로 드르르륵 갈겼다. 그 뒤에 납작 엎드려 있던 이양현에게 콘크리트 바닥에서 튄 유탄들이 박혔다. 김영철도 또 총을 머리 위로 들어 공수 중사가 몸을 숙인 창틀 벽을 향해 한 방을 쏘았다. 공수 중사가 다시 총을 창문 안으로 들이밀고 김영철 기획실장이 몸을 낮춘 창틀 아래를 자동으로 갈겨댔다. 유탄이 이양현의 얼굴과 총을 든 손, 어깨 위로 쏟아졌다. 다급한 순간 이양현에게는 순간적으로 '항복'이란 단어가 떠올랐다.

"형님 항복합시다. 항복!"

다시 몸을 일으켜 공수 중사를 쏘려던 김영철은 이양현의 '항복' 소리에 다시 몸을 낮추었다.

잠시 침묵이 흐르더니, 공수 중사가 말했다.

"총 밖으로 던져!"

"밖으로 나왓!"

"엎드렷!"

김영철과 이양현은 포로가 되었다. 그 사이에 윤석루 기동타격대장과 대원들은 상당수가 1층으로 내려가 민원실 앞문을 통해 건물 밖으로 빠져나갔다. 김영철과 이양현이 공수 중사와 전투를 하는 동안 나머지 기동타격대원들은 화장실 안으로 숨었다. 이를 알고 있던 공수들이 화장실 안을 향해 10분 넘게 총질을 해댔다. 그러다 잠시 총질을 멈추더니 "폭도들은 항복하라. 항복하면 살려준다"라고 말했다. 아무도 나오는 사람은 없었다. 또다시 5분 넘게 총질이 시작되었다. 잠시 멈추고는 또다시 "폭도들은 항복하라. 항복하면 살려준다"라고 했다. 이를 서너 번 반복하자 한 사람이 총을 밖으로 던지고 항복했다. 그렇게 10여 분을 반복하니 15명이 항복했다. 맨 마지막에 이관근과 이춘봉이 항복했다.

이 민원실 2층의 전투를 끝으로 시민군 항쟁의 진원지 전남도청은 함락되었다.

1980년 10월 23일 상무대 영창 안에서는 1심 군사법원의 선고를 앞두고 모두가 무거운 분위기였다. 재판이 진행 중이었고 선고가 임박했던지라 가끔 가족들의 면회가 부분적으로 허용되던 시기였다. 윤영규 선생이 면회를 가서 영창을 지키고 있던 헌병에게 다가가 '영창 안에 있는 시민군들에게 할 말이 있는데 얘기할 시간을 달라'고 말했다. 윤영규 선생이 가져온 건 매우 슬픈 소식이었다.

바로 도청 재야 수습대책위원으로 활약하다 피신 중이었던 제헌의원 이성학 장로의 사망 소식이었다. 하루 전인 10월 22일 경기도 모 교회에서 한뎃잠을 자다 돌아가셨다는 것이었다. 다들 1심 선고를 앞두고 매우 예민한 상태였다. 사형 선고가 몇 명이나 나올까, 각자의 형량은 얼마나 될까 등등으로 서로 말은 안했지만 전전긍긍하고 있던 터였다. 상무대 영창 안에 있던 이들은 윤영규 선생의 기도로 이성학 장로를 추모하는 묵념을 올렸다.

김대중 내란음모 사건이 된 5·18

이성학이 피신함으로써 한 가지 중요한 사실이 5월 항쟁의 모든 조서에서 빠지게 되었다. 이성학은 1948년 제헌의원 선거에서 전라남도 해남을 지역구에 대동청년단 소속으로 출마해 당선되어 외무국방위원회 위원으로 활동했고, 목포 영흥고등학교 교장을 역임했으며 이후 광주로 이주해 양림교회의 장로로 오랫동안 근무했다. 1953년 11월부터 1954년 8월까지는 광주YMCA의 총무로 활동했다. 그러다 1978년 광주NCC 인권위원장과 광주앰네스티 회장을 맡으면서 반유신 활동과 인권운동에 앞장섰으며, 구속 인사나 구속 학생들을 위해 법원·검찰·경찰서를 오가며 구명운동을 전개했다. 1980년 5·18광주민중항쟁 과정에서는 민주통일국민연합의 전남지부장을 맡아 재야 수습대책위원으로 활동했으며 이로 인해 지명수배를 받았다.

1980년 5·18광주민중항쟁이 '김대중 내란음모 사건'으로 발표된 배경에는 민주통일국민연합이 있었다. 민주통일국민연합에 대해 민주화운동기념사업회의 기록에는 이렇게 적혀 있다.

"전두환을 비롯한 신군부가 시국 수습이라는 명분으로 1980년 5월 초부터 비상계엄 전국 확대와 함께 국회 해산, 비상대책 기구 설치, 예비검속 대상자, 권력형 부정부패 척결 대상자, 정치 활동 금지 대상자 등을 치밀하게 준비하고 있을 때 민주 진영은 대통령 후보직을 놓고 서로 경쟁을 벌였다. 당시 김대중은 민주통일국민연합을 중심으로 민주화를 추진하고자 하는 국민운동을 전개하였다. 계엄 해제와 민주화 일정 제시를 요구하는 〈지식인 134인 시국선언〉이 5월 15일 발표되자 전두환 군부는 5월 17일 자정을 기해 비상계엄을 전국으로 확대했다. 계엄 확대 조치 직전 계엄사는 이미 김대중 등 37명을 내란음모 등의 혐의로, 김종필 등 9명을 권력을 통한 부정축재 혐의로 체포하고, 18일 새벽 무장한 제33사단 병력으로 국회를 점거해 사실상의 헌정 중단 사태인 군사 반란을 일으켰다.

7월 4일 계엄사령부는 계엄법, 반공법, 국가보안법 등을 근거로 김대중을 비롯한 박형규, 백낙청, 송건호, 이효재, 장을병, 유인호, 임재경, 문익환, 안병무, 한완상, 이문영, 송기원, 고은, 한승헌, 이호철, 이해동, 서남동, 조성우 등 37명이 연루된 내란음모 사건을 발표했다. 이 사건은 12·12 쿠데타와 5·18 광주 학살로 집권한 전두환의 신군부 세력이 집권 초기 정통성 시비를 잠재우고 위기 상황을 조성하기 위하여 반독재 민주화 투쟁의 상징이고 광주항쟁의 정신적 구심점인 김대중을 정치적 희생양으로 삼은 것이었다. 동시에 김대중과 국민연합이 중심이 된 민주화 추진 국민운동 계획을 '내란음모 사건'으로 조작한 사건이었다."

"신군부의 통제 하에 있던 1심 군사재판은 1980년 9월 17

일 짜여진 각본에 따라 김대중에게 사형을 선고했다. 판결의
요지는 '소위 국민연합을 전위 세력으로 하여 대학의 복학생
들을 행동대원으로 포섭, 학원소요 사태를 폭력화하고 민중
봉기를 꾀함으로써 유혈 혁명 사태를 유발, 현 정부를 타도
한 후, 김대중을 수반으로 하는 과도 정권을 수립하려 했음
이 드러났다'는 것이다. 신군부는 그 구체적인 사례로 복직
교수와 복학생을 조종하여 학원 사태의 과열과 악화를 꾀했
으며, 전남대 복학생 정동년에게 500만 원을 주어 계엄 해제
와 정치 일정 단축 등을 주장케 하여, 사실상 광주 사태를 배
후에서 조종했으며, 또 광주 사태 당시 무기 반납을 방해하
도록 지시하고, 제2의 광주 사태를 준비했다는 사실 등을 열
거하였다. 광주항쟁 이전에 이미 검거된 상태에서 광주항쟁
을 배후 조종하고, '제2의 광주 사태'를 준비했다는 것은 전
혀 말이 되지 않는 억지였지만, 신군부는 그런 억지에 개의
치 않았다."

즉 5·18광주민중항쟁을 '민주통일국민연합을 전위 세력으로
하고 김대중을 수반으로 하는 과도 정권을 수립하려는 사건'으
로 규정한 것이다. 1980년 '서울의 봄' 당시 민주화운동을 대표했
던 전국 최대 조직인 민주통일국민연합은 1980년 5월 15일 계엄
해제와 민주화 일정 제시를 요구하는 〈지식인 134인 시국선언〉을
발표하고 5월 22일을 기해 전국 동시다발 집회를 계획하고 있었
다. 그러나 5월 17일 자정을 기해 비상계엄이 제주를 포함한 전국
으로 확대되자, 당시 홍보국장 심재권의 연락을 맡은 최형호가 5

월 19일 새벽 녹두서점으로 찾아와 거사 날짜를 앞당겨 5월 20일 10시를 기해 전국 동시다발 집회를 하기로 했다고 민주통일국민연합 전남지부 사무국장인 윤상원에게 전한 바 있다. 물론 이 내용은 민주통일국민연합 전남지부 회장을 맡고 있던 이성학에게도 전해졌다. 5월 항쟁 기간에 두 사람은 긴밀히 연락하면서 항쟁 지도부를 이끌었다.

민주통일국민연합은 1978년 7월 4일 종로5가 기독교회관에서 결성하기로 예정되었으나 결성 대회는 당국의 방해로 무산되었다. 먼저 1978년 '통대'(통일주체국민회의 대의원)를 통해 체육관 대통령을 뽑기 전날 발기 대회를 하려고 했던 '민주주의국민연합'이 1979년 3월 1일 '민주주의와 민족통일을 위한 국민연합'으로 이름을 바꾸고 새롭게 출범했다. 전남 대표로는 박민기, 홍남순, 이성학, 박준구, 최운용 등 5인이 참석했다. 민주통일국민연합의 조직은 윤보선·함석헌·김대중을 공동 의장으로 하는 의장단과 총회, 문익환을 의장으로 하고 고은·함세웅을 부의장으로 하는 중앙위원회, 그리고 그 아래 중앙상임위원회로 이루어졌다. 민주통일국민연합 산하에는 한국인권운동협의회·천주교정의구현 전국사제단·해직교수협의회·자유실천문인협의회·NCC인권위원회·민주청년협의회 등 13개 단체가 가입되어 있었으며 350여 명의 개인 회원이 있었다. 당시 전남에서는 이성학·송기숙·윤한봉 등 단체 대표와 개인 회원으로 박민기·홍남순·김남현·김창주·명재용·위민환·김석형·김봉주·박광웅·최팔균·전상표·한상근·이상채·범인규·김한근·박정웅·노동식·차관훈·고홍석·이수헌·김장옥·최형주·안철·김영진·이기현·이대우·김상용·최성춘·최운용·유영욱·김용석·안식·배기원·김오현·공영석·박준구·박근영·장종욱·김희·이사형·정우인·장기언 등이 소속돼 있었다.

윤상원이 국민연합 전남지부의 사무국장을 맡게 된 데에는 사연이 있다. 1979년 11월 6일 최규하는 유신헌법에 따라 새 대통령을 선출하고 새 대통령이 이른 시일 내에 헌법을 개정한다는 〈시국에 관한 담화〉를 발표했다. 최규하의 담화가 나오자 민주통일국민연합은 11월 12일 통일주체국민회의에서 대통령을 선출하는 일은 결코 용납할 수 없다고 밝히고, 민주헌법을 3개월 이내에 제정하고 이른 시일 내에 선거를 실시할 것을 요구했다.

11월 13일 동아, 조선투위 등에서도 공동 성명을 발표했다. 11월 22일 서울대생들도 조기 개헌, 조기 총선을 요구하며 시위를 벌였다. 11월 24일에는 서울YWCA 강당에서 400여 명이 집회를 갖고 〈통대 저지를 위한 국민선언〉을 발표해 통일주체국민회의 대의원에 의한 체육관 대통령 선출을 강력히 비판하고 국민의 기본권을 보장해 국민의 적극적 참여로 헌법을 확정할 것을 주장했다.

계엄 하인 1979년 11월 24일에는 민주 인사들이 결혼식을 가장하고 서울 명동 YWCA 강당에 모여 '통일주체국민회의에 의한 잠정 대통령 선출 저지 국민대회'를 개최해 유신 철폐와 계엄 해제를 요구하며 가두시위를 감행했다. 이것이 일명 'YWCA 위장 결혼식 사건'이다.

민주통일국민연합·해직교수협의회·민주청년협의회 회원 500여 명은 명동 YWCA 강당에 모여 유신헌법 철폐, 최규하·김종필의 유신 정부 퇴진 및 거국 민주 내각 조직, 직선제 개헌과 민주 일정에 따른 국민투표 요구, 우리나라의 민주화에 대한 외부 세력

개입 일절 거부 등의 내용을 담은 성명을 발표하고 가두시위를 벌였다. 이 사건으로 함석헌·박종태·양순직·김병걸 등 96명이 계엄포고령 위반으로 검거된다.

이성학은 5월 26일 자정까지 전남도청을 비우라는 계엄 당국의 최후통첩에 계엄군의 도청 진입이 임박했음을 알고 피신을 선택했다. 주로 교회를 옮겨 다녔다고 한다. 그래서 계속 재판 소식을 듣고 있었는데 5·18광주민중항쟁은 예상대로 김대중 내란음모 사건으로 변질되고 말았다.

이성학과 윤상원이 산 채로 잡혔다면 아마도 김대중 내란음모 사건은 민주통일국민연합을 통해 광주 폭동을 일으켰다는 군부의 각본대로 재판이 잘 짜여졌을지도 모른다. 그리고 합수단 수사관들이 장담했던 대로 광주에서만 10~15명에게 사형이 언도되고 이를 사주한 김대중 포함 많은 사람들이 사형을 언도받아 그대로 집행되었을 수도 있었다. 1980년 많은 사람들이 죽은 '무장 봉기'였던 5·18광주민중항쟁에 재야 수습대책위와 학생수습대책위의 핵심으로 국민연합 전남지부장 이성학과 사무국장 윤상원이 중심이 되어 활약하고 있었기 때문이다.

그러나 이성학은 피신했고 윤상원은 이미 이 세상 사람이 아니었다. 학생수습대책위 위원장 김종배는 국민연합과는 아무런 연관이 없었고 학생운동과도 거리가 멀었다. 재야 수습대책위의 홍남순 변호사는 국민연합 전남지부장이 아니었고 학생운동과도 조직적으로 연결되지 않았으며, 5월 21일 무장 봉기 당일 광주에도 없었다. 당황한 보안사 합수단은 전남대 복적생 정동년이 동교동 방명록 명단에 있다는 것을 빌미로, 김대중으로부터 500만 원의 자금을 지원받아 학생들을 동원하여 광주를 폭동의 도가니로 몰고 갔다고 날조했다. 그러나 정동년은 단순한 복적생이었을 뿐 국민연합과는 아무런 관련이 없었다.

전두환 정권은 김대중에 대해 사건 발생 1년이 채 지나지 않은 1981년 1월 23일 대법원에서 사형을 확정했다. 같은 날 전두환은 국무회의를 통해 이를 무기징역으로 감형해야 했다. 1982년 3월 2일 무기징역에서 다시 20년으로 감형된 김대중은 같은 해 12월 16일 복역 중 서울대학병원으로 이송되었으며, 12월 23일 2년 7개월의 옥고 끝에 형집행정지로 미국으로 강제 망명을 당하게 된다.

전민노련·전민청련·전민학련의 윤상원 묘지 참배

1981년 5월 18일 오전 10시경 5·18광주민중항쟁 1주기를 맞이하여 전국민주노동자연맹 대표 이태복과 전국민주청년연맹 대표 채광석, 전국민주학생연맹 대표 이선근 등이 윤상원의 묘역을 참배했다. 이태복의 학림 사건 공소장에는 당시의 상황이 다음과 같이 기록되어 있다.

1981.5.17. 19:00경 전일다방에 광민사 편집장인 공소 외 선경식, 녹두서점 주인인 김상윤의 동생 김상집, 위 유해우(유동우의 본명),

동 박태연과 만나 함께 선경식의 집으로 가서 자고 다음 날 08:00
경 그곳으로 온 전민학련 중앙위원인 상 피고인 이선근을 만나
동일 10:00경 광주 사대 희생자 묘소에 있는 윤상원의 묘지를 참
배하고 (…)

전민노련과 전민청련·전민학련의 대표와 중앙위원들은 왜
5·18민중항쟁 1주기를 맞이하여 윤상원의 묘소를 찾았던 것일
까? 윤상원은 전민노련의 중앙위원이었다. 전민노련과 전민청
련·전민학련은 거사를 준비하고 있었다. 전민노련·전민청련·전
민학련과 윤상원은 어떤 관계였으며 윤상원이 장렬한 죽음을 선
택한 이유와 관련이 있는지 살펴보자.

1980년 5월 1일 인천시 북구 계산동 홍진아파트에서 이태복,
김병구, 유동우, 양승조, 신철영, 박태연, 윤상원이 참석한 가운데
전국민주노동자연맹 중앙위원회 결성식이 거행됐다. 정관 등을
축조 심의하고 조직 방침, 당면 투쟁 원칙 등을 철야로 작성하며
축하 회식을 가졌는데, 이 자리에서 윤상원은 '자기 인생에서 최
고로 기쁜 날'이고 '동지들이 영원히 기억해주길 바란다'며 〈소리
내력〉을 불렀다. 자리에 참석한 전민노련 동지들은 이구동성으로
"저 단정한 얼굴에 연극판에 올랐으면 대배우가 됐을 텐데" 하며
박수치며 웃었다고 한다. 전국노동자연맹 결성 이전에는 3월 초
부터 채광석과 청년연맹의 조직을 서둘러 3월 하순에는 전국민주
청년연맹을 조직했다. 전국민주학생연맹은 1981년 2월 27일 이선

근 등 5명을 중앙위원으로 하여 결성된다.

이 전국민주노동자연맹·전국민주청년연맹·전국민주학생연맹의 중앙위원들이 왜 윤상원의 묘소를 참배했는지는 윤상원이 죽은 뒤인 1981년 2월 27일 결성된 전국민주학생연맹의 회칙 전문에 나와 있다.

광주시민의 민주항쟁을 유린하고 등장한 독재 정권은 한국사회를 정치적 억압과 경제적 빈곤의 파국으로 몰아가고 있다. 기만과 폭력에 가득 찬 현 정권에 저항하는 민주적인 모든 운동을 탄압하고 특히 가장 기초적인 양심과 학원의 자유마저 빼앗아 가고 있다. 이러한 민족적 위기 앞에서 우리 청년 학도는 학원의 자유와 사회의 민주화를 위해 한국 민주주의의 보루로서 기만과 폭력에 가득 찬 현 정권의 위기를 심화시켜 민주화의 열기를 불태워야 할 것이다.

전국민주노동자연맹의 중앙위원인 윤상원은 광주민중항쟁의 중심에서 장렬히 산화하여 이미 신화가 되어 있었다. 그리하여 광주시민의 민주항쟁을 유린하고 등장한 독재 정권을 무너뜨리려는 거사를 앞둔 전국민주노동자연맹·전국민주청년연맹·전국민주학생연맹의 중앙위원들은 5·18민중항쟁 1주기를 맞이하여 1981년 5월 18일 윤상원과 광주 영령들을 위한 추모식을 광주 망월동 묘역에서 거행했던 것이다.

그러나 공소장에는 이태복과 선경식, 유해우, 박태연, 이선근

당시 망월동 묘역 장례 모습.

만이 나오는데 여기에도 사연이 있다. 1981년 6월 10일 부산에서 체포되어 남영동 대공분실에서 고문을 당한 이태복은 5월 18일 망월동 윤상원 묘소를 참배했던 인물들이 누구누구인지 이름을 대라며 혹독한 고문을 받았다. 온몸을 발가벗기고 물 고문과 전기 고문을 하면서 항복할 생각이 있으면 엄지발가락을 까닥이라고 했다. 그리하여 다섯 번 엄지발가락을 꿈틀거렸는데 이렇게 혹독한 고문을 받은 끝에 나온 명단이 겨우 선경식, 유해우, 박태연, 이선근이었다. 동지들을 보호하기 위한 것이었지만, 5월 18일 당시 망월 묘역에서는 대공분실 형사들이 이미 묘역 주변에 잠복해 있었고 걸어 나오는 시점에 체포할 계획이었다고 한다. 대략 몇 명이 함께 있었는지는 알지만 함께 참배했던 사람의 구체적인 신원을 몰라 명단을 얻기 위해 고문한 것이었다. 그러나 이태복은 5·18 1주기를 맞이하여 전날 내려와 선경식의 집에서 유해우와 박태연과 함께 자고 윤상원이 전민노련의 중앙위원이었기 때문에 묘소를 참배한 것뿐이라고 대답했다. 함께 참배했던 사람들 대부분은 망월동 묘소에서 만났던 터라 누군지 모른다고 시치미를 뗐다. 사실 전민노련과 관련이 없는 최권행도 선경식을 만나러 묘소에 와서 함께 참배했다. 당시 남영동 대공분실 팀은 제2의 광주 폭동을 미연에 방지해 주요 인물을 검거하겠다는 그림을 그리고, 망월동 묘역에서 참배가 끝난 뒤 그들이 나오기를 기다려 검거할 예정이었다. 그러나 이태복 등 일행이 김상집의 안내로 망월 묘역 뒷산을 넘어 수곡 부락 쪽으로 나가는 바람에 검거에 실패했다.

남영동 대공분실 팀은 왜 전민노련·전민청련·전민학련의 윤상원 묘소 참배를 집요하게 캐물었을까? 이태복은 전민노련·전민청련·전민학련이 제2의 광주 사태를 획책했으며 시민군 대변인 윤상원도 전민노련·전민청련·전민학련의 중앙위원으로서 '빨갱이'라는 것을 강조하고 싶었으리라고 추측한다. 그러나 다섯 번에 걸친 혹독한 고문을 견디면서도 동지들의 이름을 대지 않은 덕분에 전민노련·전민청련·전민학련에 대해서는 전민노련과 전민학련만의 조사로 조서가 마무리되었다. 이 과정에서 남영동 대공분실장 박처원은 뜻대로 조서가 작성되지 않자 마지막에는 직접 찾아와 '이놈이 거짓 항복을 한 체하며 조사를 엉망으로 만들었다'면서 이태복을 묶어놓고 샌드백 치듯이 두들겨 팼다. 농민과 노동자, 청년·학생을 동원한 전국적 조직망을 갖추고 제2의 광주 폭동을 일으키려 했다는 혐의로 조사를 하다가, 결국 내란이 아닌 일부 반국가단체로 기소했다. 이로써 전민노련 중앙위원으로서의 윤상원의 행적은 조용히 묻혔다.

그러나 윤상원은 5·18광주민중항쟁 기간에 이태복과 광주 상황에 대해 연락을 주고받았을 뿐만 아니라, 민주통일국민연합 사무국장 역할도 이태복의 동의를 받고 수락했다. 윤상원은 50가지 문답을 거쳐 전민노련의 중앙위원이 되었고, 이후 중앙위원으로서 충실하게 활동했다. 지나칠 정도로 원칙주의자였고 민주화운동의 열정에 불탔던 윤상원은 5·18광주민중항쟁 기간에 국민연합 사무국장으로서의 역할과 전민노련 중앙위원으로서의 역할을 충실히 수행하면서 고립무원의 광주에 극히 적은 동지들과 함께 남아 죽는 순간까지 자신의 임무를 다했다.

이 과정에서 국민연합과 전민노련의 정세 인식은 달랐다. 국민연합이 개헌을 통한 국민투표, 즉 대통령 선거에 기대를 걸고 있었던 반면, 전민노련은 비상계엄 치하에서 국민투표는 이루어지지 않으리라고 보았다. 민주 정부 수립은 조직된 청년·학생과 조직된 노동자·농민 등 민중이 함께 연대한 투쟁으로서가 아니면 실현하기 힘들다는 입장이었다. 윤상원 등 전민노련은 현장 중심론에 빠지지 않았고 노학연대를 적극 주장하였으며, 나아가 모든 민주 세력이 연대하여 1980년 '서울의 봄'을 승리로 이끌어야 한다는 신념을 강하게 가지고 있었다. 그러나 5월 15일 대략 15만 명의 학생·시민이 운집했던 서울역 집회에서 국민연합은 '소요 사태로 계엄 당국이 개입할 빌미를 줘서는 안 된다'는 입장이었다. 시민·학생들의 열화와도 같은 민주 정부 수립 요구가 대규모 군중 집회로 이어지자 다급해진 국민연합은 이해찬과 김병곤을 보냈는데, 이 서울대 학생운동의 주류인 복적생들이 서울대 총학생회장 심재철 등 지도부를 대우빌딩으로 불러 '서울역 회군'을 종용했다. 당시 전민노련·전민학련은 서울역 현장에서 이선근 등 학생들에게 광화문까지 진출해 미국에게 '군부 출동 저지'와 '선거 보장'을 요구하라고 지시했으나, 국민연합 측의 선거론에 밀려 손을 쓰지 못했다. 집회를 주도한 심재철·김부겸 등은 광화문까지 나가서 미 대사관을 둘러싸는 것은 북한의 간첩이나 하는 짓이라며 발언을 막았다. 이른바 보수 야권과 재야 청년 세력의 선거 전략에 따른 서울역 회군 결정으로 신군부에 탄압 명분을 주고 말았다. 서울역 회군은 결국 신군부의 계엄 확대와 시위 주동자 체포령으로 서울의 봄을 끝장내도록 만들었고, 광주 학살의 여건을 조성했다.

이러한 정세 인식의 차이는 항쟁 기간 내내 재야 수습대책위와 민주투쟁위의 갈등으로 이어졌다. 물론 이러한 갈등도 민주통일국민연합 소속 단체와 회원들의 호응에 더해 이성학과 윤상원의 협력으로 하나하나 극복해나가게 된다. 더욱이 제헌의원 이성학은 윤상원 등 민주투쟁위원회의 입장을 확고히 지지하며 다른 재야 수습위원들을 설득하고 있었기에 계엄군의 진입 직전까지 함께할 수 있었다. 5·18광주민중항쟁 기간의 가장 큰 갈등은 총기 회수와 재무장 문제였다. 계엄군의 진입을 앞두고 벌어지는 극단적으로 상반된 갈등 관계에도 불구하고 재야 수습대책위와 민주투쟁위는 계엄군이 진입할 때까지 항쟁을 이끌어갔다. 민주통일국민연합의 지부장과 사무국장으로서 이성학과 윤상원이 재야 수습대책위와 민주투쟁위의 갈등 관계를 잘 풀어간 덕분이다.

에
필
로
그

임을 위한
행진곡

〈임을 위한 행진곡〉은 김종률이 작곡하고, 백기완의 〈묏비나리〉를 황석영이 개사한 노래다. 1982년 4월 17일경 5·18민중항쟁 2주기를 앞두고 황석영은 김종률에게 기타와 자작곡 노래집을 가져오라고 요청했다. 황석영의 운암동 자택에 모인 것은 이훈우, 전용호, 오정묵, 임영희(오정묵과 결혼을 앞두고 있어 함께 옴), 군복무 중 휴가를 나온 김선출, 임희숙, 김은경, 윤만식, 김옥기, 김영희 등이었다.

노래운동은 네가 해라

김종률은 1979년 제3회 MBC대학가요제에서 〈영랑과 강진〉으로 은상을 받았다. 민청학련 사건으로 제적된 전남대생 이훈우는 5년 후배인 김종률을 주목하고 매니저를 자청했다. 김종률은 이훈우로부터 소개받은 책을 읽고 여러 선배들을 만나면서 차츰 한국사회 현실에 눈뜨기 시작했다. 그리고 곧이어 5·18민중항쟁이 일어났다. 절망의 도시 광주에서 김종률은 절망을 노래하고 작곡하기 시작했다. 1980년 가을, 김종률과 이훈우는 〈공장의 불빛〉을 작곡한 김민기가 머무르고 있는 김제를 찾아갔으나 자리에 없어 메모만 남기고 돌아왔다. 김민기는 1978년 '무등산 타잔 박흥숙'을 노래극으로 만들기 위해 광주를 찾았다가 녹두서점에서 박기순의 사망 소식을 듣고 영결식에서 최초로 〈상록수〉를 부른 적이 있었다. 이훈우와 김민기의 인연은 그때 생긴 것이다. 이후 김종률은 김민기를 자주 만나 그의 음악 세계를 깊이 이해하게 되었다.

　김민기는 김종률의 멘토였다. 김민기도 김종률에게 기대가 컸다. 1981년 12월 25일 김종률이 '제2회 김종률 작곡 발표회'를 할 때 김민기는 손수 무대와 음향을 맡아주었다. 발표회가 끝나자 김민기는 '기타를 가지고 증심사 계곡 모처로 오라'는 메모만 남기고 자리를 떠났다. 자리를 정리한 다음 김종률이 기타를 메고 정용화와 함께 찾아가니 김민기는 그곳에서 홀로 술잔을 기울이고 있었다. 정용화는 일찍 자리를 떠났다. 둘만 남은 자리에서 김종률은 계속 노래를 불렀다. 김종률의 말에 의하면 수백 곡을 불렀다고 한다. 특히 김민기는 〈검은 리본 달았지〉라는 노래를 열 번 넘게 듣고 싶어 했다.

　문득 김민기가 김종률에게 여기가 어딘지 아느냐고 물었다. 김종률은 어리둥절하여 "모르겠는데요?" 하고 대답했다.

　"여기는 '무등산 타잔 박흥숙'이 살았던 무당골이란 곳이야. 수십 여 가호가 이 무당골에서 무허가로 살다 다 쫓겨났어. 그때 박흥숙이가 철거반원 넷을 죽였다는 이유로 사형을 선고받았지. 그

현장이 바로 여기야."

그러고 보니 김민기의 모습이 이상했다. 열심히 노래를 부르며 멘토의 평가를 받고 싶어 했던 김종률은 그때서야 김민기의 눈동자가 퀭하니 풀려 있음을 눈치챘다.

"박흥숙이가 어제 죽었어야."

"예?"하고 물으니, "어제 광주교도소에서 사형이 집행됐어"라고 자리를 털고 일어서며 말했다.

"나는 이제 노래 안 한다. 그냥 빈민운동 할 거야. 노래운동은 이제 네가 해라."

그러고는 떠나버렸다. 영문을 모르는 김종률은 엄청난 충격을 받았다. '무등산 타잔 박흥숙'의 죽음이 무엇이길래 저토록 허무에 빠졌는가. 노래운동의 스승으로 존경하는 김민기가 햇병아리인 자신더러 노래운동을 하라고 하지를 않는가. 영혼이 싹 빠진 듯 허물어진 김민기의 모습은 내내 김종률의 마음을 무겁게 짓눌렀다. 김종률은 존경하는 멘토 김민기가 남긴 "이제 노래운동은 네가 해라"라는 말을 가슴에 담고, 나태해질 때마다 자신을 다그치며 작곡에 전념했다.

〈임을 위한 행진곡〉이 완성되다

다시 1982년 4월 17일. 김종률은 그동안 작곡한 노래집과 기타를 들고 운암동에 있는 황석영의 집을 찾았다. 황석영은 모인 좌중에게 '5·18민중항쟁 2주기'를 맞이하여 문화패인 우리가 무엇인가

해야 할 것이 아니냐'고 말문을 뗐다. 김종률은 그 자리에서 지난 2월 말에 윤상원과 박기순이 영혼결혼식을 치렀다는 것을 알았다. 한참을 논의한 뒤 일행은 민주주의를 외치다 계엄군의 흉탄에 스러진 영령들을 위로하는 〈넋풀이〉 노래굿을 만들기로 했다. 비밀이 새면 안 되니 일행 모두 아예 밖에 나가지 않고 그 자리에서 밤을 새워 제작하기로 했다. 꽹과리, 기타, 징 등 악기 소리와 노랫소리가 밖으로 새어 나가지 않도록 창틀마다 담요로 꼭꼭 덮어 막았다.

김종률이 틈틈이 작곡한 노래집에서 한 곡씩 뽑아 일행 모두 돌아가며 불러보며 곡과 가사에 어울리는 사람을 정했다. 마침내 6곡을 뽑았다. 그러나 무언가 빠진 느낌이 들었다. 〈넋풀이〉는 그냥 넋풀이로만 끝나는 것이 아니라 미래 세대에게 희망을 주어야 했다. 모두들 광주의 영혼들이 미래 세대에게 희망을 주는 행진곡 풍의 노래가 있어야 한다고 하자, 김종률은 1980년 12월 25일 무등산 무당골에서 김민기와 헤어진 뒤 줄곧 입안에 맴돌던 단조풍의 느리고 장중한 가락을 다듬기 시작했다. 처음에는 길고 느린 가락이었지만 반복해서 불러가며 차츰 리듬을 좁혔고, 두 시간 만에 일행 모두가 만족하는 지금의 곡조를 얻게 되었다.

김종률은 이 곡에 가사를 붙여달라고 황석영에게 부탁했다. 곡은 두 시간 만에 완성됐지만 가사를 붙이는 일은 더디기만 했다. 황석영은 김종률과 일행에게서 "대문호가 되어가지고 가사 하나 못쓰니까?" 하는 핀잔을 여러 번 듣고 또 들었다. 마침내 황석영은 어디선가 문서를 들고 와서는 "가사가 뭐 별 거 있다냐?" 하고 독백하더니 가사를 쓰기 시작했는데, 그 가사를 보고는 모두들

감탄했다. 그리하여 당시 일행 모두는 황석영이 〈임을 위한 행진곡〉의 가사를 작사한 줄로만 알고 있었다.

그러나 그 가사의 구절구절이 백기완 시집 《젊은 날》에 수록된 〈가신 님〉, 〈우리들의 합창〉 속에서 발췌한 것이라는 사실이 드러나 그때부터 '백기완 작시作詩'라고 노래책에 기록되기 시작했다. 마침내 1990년 12월에 나온 시집 《젊은 날》의 증보판에 〈묏비나리: 젊은 남녘의 춤꾼에게 띄우는〉이라는 장시가 실림으로써 이 노래의 가사가 백기완의 것이라는 사실이 분명하게 밝혀졌다. 이 시의 삽입 노래 형식으로 〈임을 위한 행진곡〉의 가사가 거의 그대로 들어가 있기 때문이다.

> (…)
> 무너져 피에 젖은 대지 위엔
> 먼저 간 투사들의 분에 겨운 사연들이
> 이슬처럼 맺히고 어디선가 흐느끼는 소리 들리리니
>
> 사랑도 명예도 이름도 남김없이
> 한평생 나가자던 뜨거운 맹세
> 싸움은 용감했어도 깃발은 찢어져
> 세월은 흘러가도
> 굽이치는 강물은 안다
>
> 벗이여 새 날이 올 때까지 흔들리지 말자
> 갈대마저 일어나 소리치는 끝없는 함성

일어나라 일어나라

소리치는 피맺힌 함성

앞서서 가나니

산 자여 따르라 산 자여 따르라

(…)

이 장시 〈묏비나리〉는 1980년 12월에 쓰였다. 백기완은 감옥
안에서 〈묏비나리〉 몇 구절을 입으로 웅얼대다가 잊어버리기도 해
서 깨알만 한 글씨로 종이에 쓰기 시작했다고 한다. 이걸 숨기려고
시 몇 편을 적은 종이를 사타구니에 끼워놓고 지내다가 감옥에서
나왔다. 즉 〈묏비나리〉는 고문 현장과 감옥에서 완성된 시이다.

백기완은 1980년 겨울쯤에 젊은 사람들의 요청으로 그 시를
모아 《젊은 날》이라는 제목의 비매품 시집을 내려다가 일시적으
로 중단했다. 군부 정권의 서슬이 퍼런 때여서 '시를 발표하는 건
죽음'이라며 출판사가 만류했다고 한다. 대신 일부를 비밀 유인물
로 만들어서 돌렸다. 이 유인물을 같은 황해도 출신으로 평소 교
유가 잦았던 황석영이 가지고 있다 개사한 것이다. 백기완은 제5
공화국 출범과 함께 이루어진 대대적인 탄압으로 심한 고문을 받
고, 80킬로그램이었다가 40킬로그램으로 꺼져버린 몸을 추스르
기 위해 이호웅과 최열의 강권으로 강원도 춘천에 황토 돌집을
지어 요양하고 있었다. 그때 불문학자 전채린의 주선으로 《젊은
날》이라는 시집을 1982년 출판하게 되는데, 이 〈묏비나리〉는 서
슬 퍼런 제5공화국 초기로서는 발표되기 어려운 시라 작품을 추
리는 과정에서 빠뜨렸다가 10년 뒤인 1990년 12월의 증보판에서

야 빛을 보게 된 것이다.

백기완 통일문제연구소 소장은 이 시를 처음 쓸 당시를 회상한다.

"그건 내가 입으로 쓴 시야. 입으로 웅얼대면서 감옥 천장에 눈으로 쓴 시야."

유신 잔재 청산을 거리에서 외치다가 1980년 서빙고 보안사에서 고문을 받던 때였다. 5·18 광주에서 시민들이 학살당할 때, 백 소장은 감옥에서 "이 썩어 문드러진 세상, 하늘과 땅을 맷돌처럼 돌려라. 나는 죽지만 산 자여 따르라. 나는 죽지만 살아 있는 목숨이여, 나가서 싸우라"고 절규하였다. "감옥에서 꼼짝없이 드러누운 채 입으로 웅얼거리며 새길 수밖에 없던 시", 그게 〈묏비나리〉였다.

'비나리'는 '빈다'에서 파생된 말로, '손을 모두어 비는 행위'를 일컫는다. '묏비나리'는 '우리 강산을 위한 기원'이라는 뜻이라 할 수 있다. 가사의 원작자인 백기완은 1998년 "나는 이 노래에 대한 소유권도 저작권도 가지고 있지 않다. 이미 이 땅에서 새 날을 기원하는 모든 민중의 소유가 됐기 때문이다"라며 저작권을 행사하지 않겠다는 입장을 밝혔다.

넋을 위로하는 노래굿

〈넋풀이〉 노래굿은 황석영이 총연출 및 감독을 맡은 셈이다. 조연출은 전용호가 맡았다. 전남대 경제학과 78학번이었던 전용호는 당시 5·18 관련자로 수감돼 학교에서 제적당한 상태였다. 1981년 석방된 전용호는 황석영 선생의 집으로 매일 출근하다시피 하면서 5·18을 문화예술로 표현하기 위한 활동에 전념했다. 전용호는 〈넋풀이〉 제작을 위해 카세트 녹음기 준비부터 참가자들을 모집하고, 역할 분담을 하는 등 모든 일을 맡았다. 특히 노래굿의 가사에 참고하기 위해 20여 권의 시집을 준비하여 황석영에게 전달했다.

군 입대를 앞둔 김종률은 작곡 및 기타를 담당했다. '갈릴리'라는 문화운동권 문화패에 몸담으며 노래와 마당극을 통해 5·18을 알리던 오정묵은 당시 〈임을 위한 행진곡〉뿐 아니라 〈젊은 넋의 노래〉, 〈에루아 에루얼싸〉 등 넋풀이 수록곡 중 3곡의 메인보컬을 맡았다. 1년차 교사였던 임희숙은 오정묵과 메인보컬을 담당했고, 박기순 열사 어머니 역을 맡았다. 서울 한신대학원에 다녔던 김은경 역시 보컬을 담당했다. 군대에서 휴가를 나온 김선출은 꽹과리를 쳤으며 윤만식은 징을 쳤다. 이훈우는 성능 좋은 녹음기를 준비하여 녹음을 맡았다.

곡에 이어 가사가 완성되자 카세트 녹음기를 이용해 단박에 녹음을 끝냈다. 이어 홍성담이 서울로 올라가 노래를 복사한 테이프를 비밀리에 2000여 개 만들었다. 노래극을 만들기는 했지만 신군부의 눈을 피해 공연을 한다는 것은 불가능한 일이었다. 그저 조금씩 입으로 불리우던 이 노래는 한신대학원생인 김은경이 처음으로 공연했다. 김은경은 〈넋풀이〉 노래굿을 제작하자마자 등교를 위해 서울로 올라왔다. 다음 주가 한신대학교 4·19 축제 기간(한신대는 4월 19일이 개교기념일이어서 축제가 4월 19일에 시작됨)이었기 때문에 학교 축제 기간에 〈넋풀이〉 노래굿을 부르기 위해서였다. 엄혹한 시절이었기 때문에 제목을 〈넋풀이〉로 하지 못하고 '거기 사람이 있어요?'로 정했다. 김은경은 〈넋풀이〉 노래굿을 함께 녹음하면서 노트에 곡을 자세하게 적어놓았다. 그 곡들을 타이핑해서 박현정, 은신성, 정현순 등에게 나눠주어 연습했다. 그것을 이삼 일 연습한 다음 공연한 것이니 실상은 〈넋풀이〉 최초 공연이었다. 당시 한신대학원은 학생뿐 아니라 교수들 역시 민주화운동에 앞장서고 있었기에 가능한 일이었다.

〈넋풀이〉 테이프는 1982년 후반기에 기독청년협의회 명의로 2000개가 제작되어 전국에 배포되었다. 1983년에는 YWCA 전국대회에서 광주YWCA 회원들이 당시 놀이패 '신명' 윤만식 대표의 연출로 마당극으로 공연하여 큰 호응을 받았다. 또한 이듬해에는 놀이패 신명이 전교조 전신인 YMCA민주교사협의회의 초청으로 경기도 의정부 다락원에서 공연을 하여 관객들의 눈시울을 적셨다.

〈넋풀이〉 노래굿 테이프는 복사에 복사를 거듭하여 전국으로 확산되었다. 특히 〈임을 위한 행진곡〉과 〈에루아 에루얼싸〉는 많은 사람들의 사랑을 받는 노래가 되었다. 노래 가사가 현재진행형이어서 함께 하는 투쟁 현장에서 이 노래를 통해 하나가 될 수 있었다. 반독재 민주화 투쟁은 죽음을 각오한 투쟁이었기에, 이 노래는 투쟁에 나선 이들의 가장 진솔한 자기 고백이기도 했다. 언제 잡혀가 고문당하다 죽을지 모르는 민주통일 운동가들에게 〈임을 위한 행진곡〉은 지배를 받는 국민 모두를 하나로 묶는 마력이 있었다. 그것은 1980년 5월 27일 새벽 계엄군의 진입에 맞서 결사항전을 선언하고 계엄군의 진입 상황을 알리는 방송을 했을 때, 새벽 공기를 가르는 애절한 목소리를 듣고서 '젊은 넋'의 죽음에 꼼짝도 하지 못했던 광주시민의 마음이기도 했다. 〈넋풀이〉 노래굿은 살아남은 자들을 죄인으로 만들었고, 이어서 죽음을 이겨낸 많은 시민군을 만들어내 '6월 민주항쟁'을 승리로 이끄는 힘이 됐다.

〈넋풀이〉의 첫 곡인 〈젊은 넋의 노래〉에서 '젊은 넋은 애달프고 안타까워도/ 남과 북이 하나 되듯/ 둘이서 하나 되어 합쳐지소서'라는 가사는 1982년 2월 20일 윤상원과 박기순의 영혼결혼식을 상징한다고 여겨졌다. 특히 〈부활의 노래〉는 문병란 선생의 시로, 윤상원과 박기순의 영혼결혼식 때 쓴 추모시였다. 이후 〈넋풀이〉 노래굿에는 '빛의 결혼식'이란 부제가 따라다녔고, 지금은 〈임을 위한 행진곡〉이 윤상원과 박기순의 영혼결혼식을 상징하는 곡으로 알려져 있다.

나아가 1980년대 이후 민주통일 운동을 하는 사람들은 집회 때마다 '민중의례'에 자발적으로 임하는 흐름이 생겨났다. 민중의례란 국민의례의 애국가 제창, 순국선열 및 호국영령에 대한 묵념을 대체하여 〈임을 위한 행진곡〉을 제창하고 민주 열사에 대한 묵념을 실시하는 것이다. 〈임을 위한 행진곡〉은 홍콩, 미얀마 등지에서 지금도 투쟁 현장마다 불리는 노래로 전 세계 민주화운동의 상징이 되었다.

〈넋풀이〉 노래극 대본

* 아래 넋풀이 노래극 대사는 2005년에 광주문예진흥위원회가 주최한 '광주 이야기 공모전'에 전용호 작가가 출품하여 우수상을 수상한 글로 2006년 수상작을 모아 출간한 《광주 이야기》(광주문화예술진흥위원회 편, 2006)에 실려 있다. 〈임을 위한 행진곡〉의 첫 대사를 '윤상원·박기순 함께'로 설정한 것은 전용호의 해석이다.

1. 서곡: 젊은 넋의 노래[7]

(음향: 바람소리, 흐느끼는 울음 소리)

음 사람들은 잊지 못하네 / 음 밝아오던 마지막 새벽 하늘
음 우리들은 잊지 못하네 / 음 거리마다 울리던 그 목소리
젊은 넋은 애달프고 안타까워도 / 남과 북이 하나 되듯
둘이서 하나 되어 합쳐지소서

2. 무등산 자장가[8]

(피리 소리 배경에 어머니 대사)
아이고 이놈아. 니가 천둥인지 지둥인지 그런 큰일에 죽었으니 이 에미는 누구 믿고 사끄나. 살아생전에 학교도 못 갈치고 그놈의

---

7 황석영 작사.
8 황석영 사설과 작사.

공장에 나가 뼈빠지게 고생만 하다가 장개도 못 가고 죽었으니 그것이 이 에미의 피맺힌 한이다. 하지만 니 혼자 죽은 것도 아니고 전생에 몹쓸 짓을 한 일도 없을텐께 이 에미는 슬프면서도 마음이 놓여. 오냐, 마른하늘을 보아 하나도 부끄럽지 않고 그 먼저 가신 느그 아부지한테도 떳떳해야. 인자 느그 친구들이 한 날 한 시에 죽은 느그들 영혼을 쩜매준다니께 두 넋이 하나 되어서 저 그 무등산 너머로 훨훨 날라가거라……

우리 아가 우리 아가 / 엄니 엄니 불러봐라
떡도 사서 물려주고 / 엿도 사서 물려주마
둥기 둥기 무등산아 날아가는 저 구름아
구름 밑에 신선인가 일어나서 걸어봐라

3. 회상[9]

(〈회상〉 전주곡 배경음악으로 여자 음성으로 독백)
언니는 학교를 그만두셨어요. 학교에 다니기가 부끄러워 못 견디 겠다고 늘 그랬어요.

교문이 보이는 야산에 올라 / 실없이 웃음만 흘리는 마음
허황한 책장마다 거짓만 가득 / 어깨를 구부린 친구들 모습
모두들 떠나버린 교정에 서서 / 도서관 흐릿한 불빛을 보며

---

9   황석영 작사.

차디찬 돌담 벽은 너무도 높아 / 사방은 캄캄한 어둠뿐이네

4. 에루아 에루얼싸[10]

(남) 형님은 헛되이 죽은 것이 아닙니다. 오늘도 저 공장의 기계
   소리 가운데서 형님의 음성이 들리는 것만 같습니다.
(여) 우리 언니는 진달래꽃입니다. (남) 형님은 재 속의 불씨입니다.
(여) 삭막하고 캄캄한 이 도시를 (남) 언젠가는 눈부시게 환히 비
   춰줄 것입니다.

앞서서 끌어주고 에루아 에루얼싸
뒤에서 밀어주고 에루아 에루얼싸
우리 모두 힘 합하여 에루아 에루얼싸
이 어둠을 밝혀보세 에루아 에루얼싸
에루아 에루얼싸 에루아 에루얼싸
에루아 에루얼싸 에루아 에루얼싸

(굿거리 장단에 맞춰 징소리 자지러지게 울린다)

5. 무당 초혼굿 마당[11]

무당: 어 히 어히 좋다.

---

10 황석영 작사.
11 황석영 사설.

(굿거리 한 장단 울리고 시나위로 다섯 장단 울리다 사설) 어허 가는구
나. 훌쩍 떠나가는구나. 한도 많은 세상 모두 두고 넋만 가나-넋
이야 넋이로다.

(시나위 여덟 장단 계속되다 사설) 쉬어가게, 쉬어가게, 천지 같은 이
세상을 하직하고 떠나갈 제, 술렁이는 거품이면 홀로 가는 위치
로다. 어―허.

(시나위 다섯 장단 정도 계속되다 사설) 서러워라 서러워라. 하룻밤
울고 가는 두견새가 바로 너로구나. 아―하 넋이야, 넋이로다―
(무당 구음 없어지고 장단 서서히 작아진다)

6. 부활의 노래[12]

(징 소리 3번 울리고 남자 구음소리에 맞추어 시낭송)
돌아오는구나 돌아오는구나.
그대들의 꽃다운 혼, 못다 핀 사랑, 못다 한 꿈을 안고
넘어 생명의 노래로 정녕 그대들은 돌아오는구나. (북 장단)
야학에서 강의하듯 공장에서 일하듯
어여쁘디 어여쁜 그대들의 혼이 돌아오는구나. (북 장단)
하나는 고향집 양지밭에 피어 있는
수수한 장다리꽃, 순결한 빛깔로 활활 타오르고
하나는 빛깔 고운 호랑나비, 그보다 더 어여쁜 노랑나비, 흰나비
두 날개 펴 춤추듯 맨살에 고운 혼으로 만나는구나. (북 장단)

---

12 문병란 시인의 시 〈부활의 노래〉 중 일부 발췌.

밟아도밟아도 죽지 않는 풀빛으로 한 알의 돌멩이로 살아나는
구나.

빛나는 고향땅에 아침으로 돌아오는구나.

돌아와 우리들의 마음이 되는구나. (북 장단)

그리움에 눈물 자욱한 이슬 머금고

물오르는 개버드나무 망울 끝, 여린 봉오리 벙글어지는 봄의 아픔
속으로

우니는 듯 꾸이는 듯 손목잡고 정답게 흔드는 듯

이승에서 못 닿은 마음 이승에서 못다 한 사랑

오늘은 영원 속에서 만나는구나. (북 장단)

억겁의 죽음을 넘어 억겁의 삶 속으로 고요히 돌아오는 순결한
혼들이여

거친 들판에 한줄기 풀잎으로 완강한 참나무의 꿋꿋한 기상으로

죽음을 넘어 돌아오는 혼이여 머나먼 주소에서 찾아온 생명의 넋
이여!

(징 소리)

7. 못 오시나[13]

산이 막혀 못 오시나 물이 막혀 못 오시나[14]

산 막혀도 굽이굽이 물 막혀도 철썩철썩

---

13 황석영 작사.
14 "산이 막혀 못 오시나 물이 막혀 못 오시나"는 '사랑하는 임을 그리는 심정'을 노래한 전래 민
요의 가사이다.

울고 덮인 무덤 열고 메워지노니
넘쳐나는 물보라에 가슴 뛰노니

산이 막혀 못 오시나 물이 막혀 못 오시나
지금부터 우리들이 채워가리라
지금부터 우리들이 우리의 그리움
기다림도 서글픔도 작별하러 떠나가네

8. 격려가[15]

(대사: 윤상원) 살아남은 분들이 너무 풀이 죽었어.
(대사: 박기순) 그래요. 우리 격려해주어요.

슬퍼하지 말아라 오늘부터는
절망하지 말아라 오늘부터는
세상에서 사라지는 것들은 하나도 없단다
슬퍼하지 말아라 먼 훗날에도
절망하지 말아라 먼 훗날에도
강물이 흘러가는 새 울던 아득한 옛날부터
하늘 아래 남아 있는 사람의 사람다움을

---

15 김준태 시인의 〈이 세상에서 사라지는 것은 하나도 없다〉에서 일부 발췌하여 황석영 작가가
    가사로 만들었다.

9. 임을 위한 행진곡[16]

(대사: 윤상원·박기순 함께)

우리가 죽음을 이기고 합쳐지듯이

남녘땅 북녘땅이 합쳐지소서

사랑도 명예도 이름도 남김없이

한평생 나가자던 뜨거운 맹세

동지는 간 데 없고 깃발만 나부껴

새 날이 올 때까지 흔들리지 말자

세월은 흘러가도 산천은 안다

깨어나서 외치는 끝없는 함성

앞서서 나가니 산 자여 따르라

앞서서 나가니 산 자여 따르라.

---

16 통일운동가 백기완 선생의 〈묏비나리〉 시에서 일부 발췌하여 황석영이 가사로 만들었다.

윤상원 연보

1950.8.19.	전남 광산군 임곡면 신룡리 천동(1987년 이후 광주광역시 광산구 신룡동 570-1로 변경)에서 아버지 윤석동 씨와 어머니 김인숙 씨 사이에서 3남 4녀 중 장남으로 출생. 본관은 파평.
	호적에 올린 이름은 개원(開源). 밑으로 윤정희(53년생), 윤웅원(개명 정원, 56년생), 윤경희(개명 현희, 58년생), 윤태원(개명 제원, 60년생). 윤덕희(62년생), 윤승희(68년생).
1956.	임곡면 소재지의 가톨릭 계열 임곡유치원에 다님.
1957.3.	임곡초등학교 입학.
1960.	초등학교 4학년(1960년 1월) 때부터 두 할머니 중 작은할머니의 지도로 일기를 쓰기 시작해 고교 졸업 때까지 꾸준히 씀. 대학 시절 이후에도 간헐적으로 씀.
1963.2.	임곡초등학교 졸업(58회).
1963.3.	광주북중학교(현재 광주북성중학교) 입학.
1966.1.	광주북중학교 졸업(15회).
1966.3.	광주살레시오고등학교 입학. 고1 때 아버지에 의해 상원으로 개명됨.
1967.	크리스마스이브에 송정리성당에서 광주살레시오고 교목인 원 신부로부터 '요한'이라는 세례명을 받음
1969.1.	광주살레시오고등학교 졸업(8회).

1969~70.	광주, 서울 등지를 오가며 대학입시를 준비함.
1971.3.	전남대학교 문리대 정치외교학과에 입학. 친구 김석균과 함께 전남대 연극반(현재 전남대 극문화연구회)에 가입.
1972.6.12.	육군 입대. 하사관으로 경북 상주에서 복무.
1975.3.	군 복무 마치고 복학. 친구 황철홍의 소개로 민청학련 사건으로 구속되었다가 석방된 김상윤과 생의 결정적 계기가 되는 만남을 가짐. 주경야독하는 두 동생 정원, 현희와 함께 자취함.
1976.	양승현·신정식·이현우 등과 함께 학습 팀을 꾸려 김상윤의 지도를 받음. 김상윤을 통해 민청학련 관련자인 윤한봉·이강·김정길·윤강옥 등과 교분 시작. 정상용··이양현과는 입학 때부터 알고 있었음.
1977.4.	4·19 혁명 주간을 기해 전남대 반유신 시위를 준비함. 거사 전야 약속장소에 신일섭·이택만 오고 나머지 사람들이 오지 않자 포기함.
1977.9.	김상윤이 계림동 헌책방 거리에 녹두서점을 열자, 녹두서점을 통해 각계 민주 인사들과 만남.
1977.12.	광주YMCA에서 마련한 민족극 교실에 친구 정오현과 함께 참여하여 전통극의 이론과 탈춤을 배움. 한국 문화운동의 1세대 격인 최희완·유인택과 무세중 등을 강사로 초빙했고 윤만식·김정희·김윤기·김선출·조길례 등 전남대 탈춤반 출신들과 교류함. 이때 〈소리 내력〉 테이프를 구해 연습함.
1978.1.	주택은행 입사시험에 합격.
1978.2.	전남대학교 정치외교학과 졸업. 서울 주택은행 봉천동 지점 근무. 녹두서점에서 만난 적 있는 김상집의 친구 백삼철(서울대 75) 등을 통해 겨레터야학이나 구로동과 문래동 대방동 등지의 공장 지대를 둘러보면서 노동운동의 꿈을 키움. 그리고 서울로 올라온 지 얼마 되지 않아 경동교회에서 교회 청년들이 마련한 '노동자의 밤'이라는 행사를 보러 갔다가 광민사 대표 이태복을 만나 노동운동의 길을 모색함.
1978.6.	전남대 6·27 교육지표 사건 및 6·29 시위 사건이 전개됨.
1978.7.	수배망을 뚫고 찾아온 6·29 사건 관련자 조봉훈·김윤기·김선출·박몽구 등을 통해 광주의 실상을 듣고 직장에 사직서를 제출, 광주로 내려옴.
1978.10.25.	한남플라스틱에 위장취업. 들불야학은 1기 교사 가운데 전복길·최기혁·김영철이 군 입대를 앞두고 있어 충원이 시급했음. 김상윤과 이양현은 윤상원이 공단에 자리를 잡지 못하자 우선 들불야학 교사로 일할 것을 권

유함. 윤상원은 10월 중순경 배환중·전용호·김연중·고희숙 등과 함께하는 대기 교사 오리엔테이션에 참석. 그리고 며칠 뒤 한남플라스틱에 고졸로 입사원서를 내고 면접을 본 다음 10월 25일 첫 출근을 함.

1978.11.   광천동 시민아파트의 방 한 칸을 사글세로 빌려 들불야학 학생 백재인과 함께 살게 됨.

1978.12.26.   한남플라스틱 노동을 그만두고 양동신협에 첫 출근을 함. 출근과 동시에 들불야학 1기 교사인 박기순 사망 소식을 들음.

1979.1.   들불야학의 2학기 시작과 함께 들불야학 1기생에게 일반사회 수업 진행.

1979.5.   주민운동의 일환으로 김영철·박용준과 함께 광천동 시민아파트 청년들인 박용규·서동주 등과 학습 모임 진행.

1979.6.   광천삼화신협을 확장 이전하면서 총회에서 감사로 선출됨.

1979.10.26.   광천동에서 박정희 피살 소식을 듣고 김영철, 박용준, 박관현 등과 정국의 추이를 주시하며 새로운 운동 모색. 이태복은 이양현이 아내 문제 때문에 노동운동을 계속하는 데 어려움이 있겠다고 생각하고 전민노련의 광주전남 책임자를 윤상원으로 정하기로 마음먹음. 이후 이태복은 윤상원의 중앙위원 참여 문제를 매듭짓기 위해 광주에 들를 때마다 다방, 공원 등을 산보하면서 자연스럽게 문답을 나눔.

1979.11.30.   유신헌법에 의한 대통령 선거 반대 시위의 선언문을 작성함. 박용준이 등사하고 전용호·김정희가 시위를 주도함.

1979.12.   양동신협 사직. YH 투쟁 과정에서 보여준 이태복의 뛰어난 투쟁 전술과 보수 야권 활용 등에 찬사를 표하면서 자신도 본격적인 노동운동가로서 활동하기를 소망. 외국의 노동운동을 학습하고 이를 이태복에게 리포트로 제출함. 윤상원과 이양현·김상윤은 호남전기의 이정희 지부장, 김성애 JOC 간사, 이행자 광주YWCA 노동간사, 정유아 농민간사 외 학생 두 명과 한 달에 한 번씩 만나며 노동 문제를 숙의함. 들불야학의 문화 수업 교사이기도 한 박효선은 전남대 탈춤반 출신들과 연극반 출신들을 모아 극단 '광대'를 결성.

1980.1.5.   들불야학 4기 출범.

1980.3.   춘투에 돌입한 민주노조들. 광주YWCA, 중흥동성당, 계림동성당 등에서 교육하고 본격적으로 각 현장마다 소모임을 확장해나감.

1980.4.   열흘간의 투쟁 끝에 호남전기노조 이정희 지부장과 김성용 신부 등 대책위는 광주관광호텔에서 김남중을 만나 협상을 타결함. 3만 2000원 했던

월급이 5만 2000원으로 100퍼센트 인상되었고 30가지나 되는 요구 조건도 모두 수용됨. 동시에 일신방직도 파업 하루만에 곧바로 임금인상과 함께 타결됨.

1980.4.　4월 말경 노동운동에 뜻을 두고 전민노련 활동을 하고 있던 윤상원에게 재야 청년운동권의 윤한봉이 국민연합의 광주전남지부 사무국장을 맡아 달라고 요청하여, 이태복과의 상의 끝에 수락함.

1980.5.1.　노동절을 맞이하여 인천시 북구 계산동 홍진아파트에서 이태복, 김병구, 유동우, 양승조, 신철영, 박태연, 윤상원이 참석한 가운데 전국민주노동자연맹 중앙위원회 결성식 거행.

1980.5.14.　전남대는 서울보다 하루 늦은 5월 14일부터 가두시위에 들어감.

1980.5.15.　도청 앞 분수대에서 민족민주화성회를 개최. 특히 호남전기는 1500여 명의 노동자들이 전원 도청 앞으로 행진하여 노학연대를 이룸.

1980.5.16.　민족민주횃불대성회에서 5·16 화형식을 함.

1980.5.17.　광주YWCA에서 이양현·최연석·김상집·이행자와 함께 아세아자동차를 민주노조로 만들기 위해 노조원 20여 명과 토론함. 자정을 기해 김상윤 등 민주 인사들이 계엄사 합수단에 의해 예비검속 당함.

1980.5.18.　새벽 5시경 김상집에게 서점에 남아 상황일지를 기록하도록 주문함. 10시경 전남대 정문 시위 참여. 이후 금남로로 진출. 오후 늦게까지 시위를 함. 공중전화로 전민노련의 이태복에게 전화하여 상황일지에 적힌 광주의 잔인한 학살을 설명함.

1980.5.19.　아침 일찍 서울에서 내려온 국민연합 간부인 최형호가 녹두서점으로 옴. 원래 5월 22일 전국 집회를 예정했지만 비상계엄이 확대되고 민주 인사들이 예비검속되었기 때문에, 5월 20일 오전 10시를 기해 전국 주요 도시에서 국민연합 주최로 동시다발적 가두시위를 벌이기로 했으니 광주에서도 그때까지 힘껏 싸워달라 부탁함. 김상집에게 화염병을 만들라고 지시함. 〈투사 회보〉 배포.

1980.5.20.　국민연합 전 조직을 가동하여 한일은행 사거리에서 집회를 주도함. 박관현이 집회에 나와주기를 바랐으나 완전히 연락이 두절됨. 전남민주민족통일을 위한 국민연합 유인물을 다량 배포하며 오후 늦게까지 시위를 이어감. 택시기사들의 차량 시위와 MBC 방송국이 불타는 것을 보고 〈투사 회보〉 제작을 위해 광천동으로 귀가.

1980.5.21.　도청을 제외한 광주 일원이 해방구가 됨. 도청 옥상에 헬기가 오르내리며 어제 시위하다 죽은 시민들의 주검을 서해 바다에 빠뜨리고 있다며, 모든

차량에 시민들이 탑승하여 그대로 도청 안으로 진격해서 시신들을 구해내고 민주주의를 위해 투쟁하다 숨진 영령들의 장례를 치를 수 있도록 1시에 가톨릭센터 앞으로 집결하도록 알리라고 김상집에게 지시함.

1시 집단 발포로 지휘소였던 녹두서점에서 철수하고 보성기업으로 운동권이 집결함. 통합병원으로 가는 군 차량을 계엄군의 진공 작전으로 오인하고 운동권은 해산함. 무장 시민군의 등장에 광주공원에서 무장하고 6시경 도청에 진입하여 밤을 새움.

1980.5.22. 김상집과 함께 전남대 통학버스를 끌고나와 광주고등학교 방송 장비를 버스에 설치하고 가두방송을 시작함. 오후 3시가 되자 김상집은 차량에 있는 방송 시설을 떼어내 분수대 위에 설치하고 동리소극장 팀이 사회를 보는 보고회를 개최. 4시 대학생들은 남도예술회관으로 모이도록 방송했으나 윤상원이 늦게 도착하는 바람에 송기숙·명노근 교수 주도로 학생수습위가 조직되고 김창길이 위원장이 됨. 김창길은 곧바로 무기 회수를 명령하여 학생수습위 내부가 분열되기 시작함.

1980.5.23. 오후 3시 제1차 민주수호 범시민궐기대회를 개최. 수습대책위원회가 총기 회수를 하고 있었기 때문에 가장 먼저 〈우리는 왜 총을 들 수밖에 없었는가?〉를 발표함.

1980.5.24. 오후 3시 제2차 민주수호 범시민궐기대회를 개최한 뒤, 7시경 광주YWCA에서 정상용을 위원장으로 하는 투쟁위를 결성함. 이후 보성기업에서 밤새도록 투쟁 전략을 짬. 총기 회수 및 반납을 진행 중이던 학생수습위를 개편하고, 대학생과 예비군을 동원하여 민주정부를 수립할 때까지 결사항전 하기로 함.

1980.5.25. 오전 10시 YWCA 2층 소회의실에 제헌국회의원 이성학, 변호사 홍남순과 이기홍, 전남대 교수 송기숙과 명노근, 신협 이사 장두석, 광주YWCA 회장 조아라, 총무 이애신, 교사 윤영규, 박석무, 윤광장, 민주헌정동지회 회장 최운용 등 재야인사들이 모였고, 정상용과 윤상원이 참석하여 지난밤 보성기업에서 정리된 청년·학생의 입장을 설명함. 제헌의원 이성학 장로와 양서조합 상임이사 장두석, 대동고 박석무 선생도 적극적인 찬성을 표명함. 밤 9시경 결국 김창길은 자신의 주장이 더 이상 먹혀들지 않는다는 것을 깨닫고, 수습위원장직을 내놓겠다며 사의를 표명함. 김종배를 위원장으로 하는 새로운 학생수습위가 구성됨.

1980.5.26. 새벽 4시경, 계엄군이 탱크를 앞세우고 시내로 진입하고 있다는 급보가 시민군 무전기를 통해 상황실에 보고되자 도청에 비상이 걸림. 수습위 사

무실인 2층 부지사실에서 함께 철야를 하던 이성학·홍남순·이기홍·김성용·조비오·김천배·이영생·윤영규·장사남 등 17명의 수습위원들이 농성광장까지 '죽음의 행진'을 함. 김성용 신부가 김기석 부사령관을 면담하여 계엄군의 진입을 물리쳤으나 자정까지 도청을 비우라는 최후통첩을 함. 오후 2시, 항쟁 지도부는 옛 전남도청 2층 기획관리실장실에서 기동순찰대를 기동타격대로 개편함.

오후 3시, 제5차 민주수호 범시민궐기대회 후 예비군 300여 명이 도청 정문으로 몰려와 '재무장 결사 항전' 구호를 외치고 〈우리는 향토예비군〉 등 예비군가를 부르며 향토예비군이 광주를 지키겠다며 총기 지급을 요구함. 학생수습위는 예비군들에게 광주YMCA에 가서 기다리라고 말한 뒤 곧바로 회의를 하여 학생수습위를 민주투쟁위로 바꾸고 정상용이 위원장이 됨.

오후 5시를 넘긴 시각, 윤상원이 도청 본관 2층 대변인실에서 기자 10여 명이 참석한 가운데 외신 기자회견을 함.

1980.5.27. 새벽 2시경, 도청 상황실 손남승이 이양현에게 계엄군 진입을 알림. 이양현이 비상 사이렌을 울리도록 지시함. 박영순이 방송실에서 김종배가 써준 원고를 오열하며 읽어감.

새벽 4시경, 가장 먼저 후문이 뚫리고 도청 건물에 공수들이 진입하기 시작. 민원실 2층으로 몰린 시민군들이 30여 분간 공수들에 대항하여 최후의 항전을 함. 이 과정에서 시민군 대변인 윤상원과 15명의 시민군이 전사하고 모두 포로가 됨으로써 열흘간의 5월 민중항쟁은 막을 내림.

참
고
문
헌

한국기자협회, 《5·18 특파원 리포트》, 풀빛, 1997.
박호재·임낙평, 《윤상원 평전》, 풀빛, 2007.
김상집 외, 《녹두서점의 오월》, 한겨레출판, 2019.
노금노유고집 간행위원회, 《땅의 아들》, 돌베개, 2014.

윤상원 평전

1980년 5월, 광주를 지킨
최후의 시민군 대변인 윤상원의 삶과 죽음

ⓒ김상집

초판 1쇄 펴낸날 2021년 5월 18일

지은이 김상집
펴낸이 이건복
펴낸곳 도서출판 동녘

주간 곽종구
편집 구형민 정경윤 강혜란 박소연 김혜윤
마케팅 권지원
관리 서숙희 이주원

등록 제311-1980-01호 1980년 3월 25일
주소 (10881) 경기도 파주시 회동길 77-26
전화 영업 031-955-3000 편집 031-955-3005 **전송** 031-955-3009
블로그 www.dongnyok.com **전자우편** editor@dongnyok.com
인쇄·제본 새한문화사 **라미네이팅** 북웨어 **종이** 한서지업사

ISBN 978-89-7297-990-6 03810